张志安▶主编

潜入深海

深度报道30年幕后轨迹

南方日报出版社
NANFANG DAILY PRESS
中国·广州

图书在版编目（CIP）数据

潜入深海：深度报道30年幕后轨迹 / 张志安主编. —广州：南方日报出版社，2009.12

ISBN 978-7-80652-832-7

Ⅰ. ①潜… Ⅱ. ①张… Ⅲ. ①新闻报道－作品集－中国－当代②新闻特写－作品集－中国－当代 Ⅳ. ①I253

中国版本图书馆CIP数据核字(2009)第231851号

本书是2009年度教育部人文社科研究青年项目“新时期深度报道史（1978—2008）：以新闻生产社会学为视角的研究”系列成果。项目批准号：09YJC860005。

潜入深海：深度报道30年幕后轨迹 张志安 主编

出版发行：南方日报出版社

地　　址：广州市广州大道中289号

电　　话：（020）87373998-8502

经　　销：全国新华书店

印　　刷：广州市怡升印刷有限公司

开　　本：787mm×1092mm　1/16

印　　张：18.75

字　　数：300千字

版　　次：2010年1月第1版

印　　次：2010年1月第1次印刷

定　　价：35.00元

投稿热线：（020）87373998-8503　读者热线：（020）87373998-8502

网址：http://www.nanfangdaily.com.cn/press　http://www.southcn.com/ebook

导言　深度报道30年：轨迹回望与专业反思

…………………………………………………………… 张志安　3

第一篇　告别之事

这是一群远去的背影，它们中有要延续“擦边球”调查传统的《新周报》，有处沉闷环境而发清脆声响的《外滩画报》，有在主流体制中另类生存的《社会记录》，还有试水第一份合资媒体的《现代人报》。可惜，这些努力都或明或暗地最终告败。难道结局真的只有两种：要么被驱逐，要么被改造？且回望它们的背影，消弭胸中的惆怅，期待别后的重逢。

在细雨中呼喊：《新周报》的短暂历程 …………………… 黄缨杰　23

探求它存亡的真相，定格它曾经的理想，“做中国第一新闻周报”总会在历史的长河里回响。

《社会记录》：一个异类央视节目的五年史 ……………… 沈亚川　40

五年，66个精华，1000多期节目，《社会记录》已成标本，却肌理丰富、结构复杂，且留下回忆、摇曳梦想。

《现代人报》：“中国第一报”的九年征途…………………… 言真子　58

第一份合资媒体、第一份全彩日报，九年的《现代人报》已经在中国新闻史上重重地写上了一笔。

《外滩画报》：深度报道的“另类”探索 ……… 耿　瑛　鞠　靖　67

《外滩画报》短暂而另类的深度实践史，充分说明缺乏政策土壤的调查之花无法常开不败，没有市场养料的深度之果无法瓜熟蒂落。

第二篇　启蒙之热

20世纪80年代，是启蒙主义的年代，也是理想主义的年代。鼎盛期的“深度报道年”好作品呈井喷态势，新闻与纪实文学的联姻体现出浓厚的批判色彩，中央级媒体引领着探求改革、激辩体制的思想前沿。如今，属于那个年代的启蒙之热已逐渐降温，又到哪里去寻找新闻业的温暖乡愁聊以慰藉？

1987“深度报道年”：特征、动因及影响 ……… 阴　良　张志安　85

历史就像一条长河，经过一段湍急的加速后，可能会遭遇浅滩而减速。深度报道在1987年，到达了高潮期，之后，很快就改变方向，折返而去。

双重身份的时代宠儿：20世纪80年代报告文学热的回顾与思考 …………………………………………………………… 黄　贞　94

从文学性报告文学向纪实性报道文学的转型，让20世纪80年代的报告文学成为深度报道的“变种”，迸发出比新闻作品更具思想性的时代强音。

改革守望者：20世纪90年代的《中华工商时报》 …………………………………………………………… 魏一平　108

最早走市场化道路，却元气大伤；最早“打擦边球”，却遭遇重创。报人丁望，让我们记住他的壮志与惆怅。

第三篇　监督之惑

高举舆论监督的旗帜，《南方周末》从一张周末文艺报转型为调查性报纸，《中国青年报·冰点》也从关注平凡生活渐入历史深处。然而，这种监督又因特殊的新闻环境呈现出季候性、差异化特征，要么是倚仗“中央工作”的集体行动，要么是非市场化身份的“治理技术”，要么是艰难空间中的个体坚韧。就算这样，制度层面的缺钙并不会妨碍监督的力量，民粹主义的不足亦不能掩盖监督的锋芒。

集体行动式的舆论监督：“中国质量万里行”活动回顾 …………………………………………………………… 康　凯　119

一次自上而下的集体策划，一次联合作战的批评报道，重启了公众舆论的汹涌大门，成就了舆论监督的行动起点。

《中国青年报·冰点》：当代中国的政治标本 …………… 王晶晶　128

“冰点”是温暖的，“冰点”也是残酷的，“冰点”是个性的，“冰点”也是集体的。“冰点”寄生于中央大报中，“冰点”也存活于制度夹缝中。

《南方周末》：从告别《真理报》模式开始 ……………… 洪　兵　143

为什么只有《南方周末》，才能够独家对话奥巴马，从告别《真理报》模式开始，你才能读懂它。

未曾远去的背影：《人民日报》华东版深度报道回顾 …………………………………………………………… 郝　洪　157

《人民日报》做起舆论监督既猛且烈，深度博弈背后的启发是：到一定阶段、一定程度之后，新闻改革需要的不再是形式的创新，而是观念的变革。

报人马云龙的新闻口述史 …………………………… 张志安　黄缨杰　167

一个人的力量有多大，老马的故事能回答；一位老人的心可以多年轻，老马的激情能回答。

第四篇　调查之力

在这里，你能读到故事：《新闻调查》撕开运城渗灌工程的谎言，《财经》挖开银广夏的陷阱，《新京报》冒险记录嘉禾拆迁事件，《21 世纪经济报道》爆出汉芯造假丑闻；在这里，你能感受精神：戴镣铐跳舞的智慧，打“擦边球”的勇气，冲黄灯跑步的果敢……调查的力量更多时候，不在于使多大的体力，而在于费多大的心力。

《新闻调查》：追问与自问 ……………………………………… 石力月　181

《新闻调查》的追问，是电视深度语态的变迁史；《新闻调查》的自问，是专业主义精神的心灵志。

《财经》十年：专业调查的力量 …………………… 黄缨杰　李　超　195

只要能有效地存活，就能更准确地反映当代中国；只要能缜密地调查，就能更扎实地推进社会变革。《财经》十年，借助权力以监督权力，追求专业亦践行专业。

《新京报》的“核心”之道 …………………………………… 罗昌平　208

“一出生就风华正茂”的《新京报》，“一出招就身手不凡”的深度报道，“核心”之道飞过新世纪的高空，留下求真相的烙痕。

《21 世纪经济报道》：调查如何彻底 ……………………… 左志坚　220

在一份锐气十足的报纸上，《21 世纪经济报道》的调查作品，阐释着职业记者最大限度的话语空间，也见证着日报深度报道的专业实践。

第五篇　记录之真

从央视评论部对电视语态的改造，到《青年报·焦点新闻》对“大特写”体裁的优化，再到《北京青年报》对深度报道多元类型的实践，如何讲好故事始终至关重要。事实的记录方式折射着从业者的生产观念，真相的阐释模式影响着受众的新闻解读。怎样避免因强烈的正义伸张而影响报道的理性客观，值得我们在记录中反思；怎样在概念提供与实践过程中追求真相，始终是记录者的不懈追求。

央视新闻评论部：电视语态的十年变迁 ……………… 林仲旻 233

历史是机遇创造的，历史更是人创造的。CCTV 不仅改变了中国电视的语态，也深刻改变着中国人的精神世界。

《北京青年报》：概念提供与深度实践 ……………… 宋 燕 248

新闻竞标、精确新闻，以及听证、访谈、暗访及回访，逐渐形成了《北京青年报》的深度报道模式。

守望理想：上海电视的深度追寻 ……………… 李 桢 256

在相对温和的氛围中保持锐气，即便这股力气不在本地挥洒，只在异地放逐，其守望理想的坚持也依然令人慰藉。

生态、故事与价值：《华商报》深度报道的足迹 ……… 江 雪 268

“奔走在这杂草丛生的大地上，做一个记录者。记录世道，记录人心，记录这时代的悲喜。”由此，《华商报》成就了一个又一个故事传奇。

《青年报·焦点新闻》的口述往事 ……………… 叶辰亮 张志安 275

已经暗淡的“焦点新闻”，在回味中再度提起；已经消逝的“口述往事”，在记忆中再度清晰。被称为“黄埔军校”的《青年报》如何才能延续当年的惊喜。

后记　当 30 年已成往事 …………………………………… 289

参考文献 …………………………………………………… 291

导言

深度报道30年：轨迹回望与专业反思

深度报道 30 年：轨迹回望与专业反思[①]

□ 张志安

30 年，只不过弹指一挥间，倏忽而逝。30 年，却又是百转又千回，风雨苍黄。

改革开放让中国以加速度的姿态从传统社会向现代社会、从计划社会向市场社会、从单位社会向公民社会急遽转型，新闻业的变革亦根植其中，顺势而变。从报道方式到社会功能，从文本形态到价值理念，今日之新闻与 30 年前已经大不相同。

在这样一个历史时刻，回望过去不是为了恋旧，而是为了踏在历史之轨上更好地看清脚下，以期对前路的方向有所把握。如果把新闻业比作金字塔，深度报道无疑是这座建筑物的顶端，当绝大多数从业者按照日常惯例报道着变动世界的"事实"时，一小部分人却始终怀着悲悯之情与勇敢之心挖掘着背后的"真相"，他们就是深度报道的实践者。可以说，站得最高的这群人，也看得最远、付出最多，最有职业风险，最具牺牲精神。本文试图关注和解读的正是他们——他们的面孔和表情、步伐与脚印、奔腾血液与热忱心灵。

如果从"揭示真相"的共同追求看，中国的深度报道显然不是从 1978 年开始的。学者们在传统"文人论政"的办报实践和新闻生涯中找到了深度报道的诸多印记[②]：1874 年，王韬在香港创办了《循环日报》，该报以政论为主，但"运用了深度报道解释和揭露功能"；同年 4 月开始，《申报》连续三年跟踪报道"杨乃武与小白菜"案，题材重大、跨地采访、报道持续，这组多篇的连续报道颇具调查报道的元素；此外，早期中国报刊"从戊戌维新时期开始"就刊载有关各地物价、土产和税收的社会调查类稿件，辛亥革命时期的"纪实、解释、述

① 本文是 2009 年度教育部人文社科研究青年项目"新时期深度报道史（1978—2008）：以新闻生产社会学为视角的研究"成果。项目批准号：09YJC860005。

② 相关研究成果的综述详见《深度报道探胜》"深度报道溯源百余年说"一节，刘海贵/主编，复旦大学出版社 2007 年，其中融合了方汉奇、芮必峰、韩永青、董媛媛等研究者的观点。

评性新闻”也可列为深度报道的范畴，如《广州血战记》、《调查河口情形记》等。还有学者认为，20世纪初著名记者黄远生写的“北京通信”中有些报道，如《闷葫芦之政局》、《张振武案之研究》实际上是“我国深度报道的开端与雏形”[①]；创刊于1902年的《大公报》早期发表大量报道揭露清政府腐败无能，1935年特派记者范长江陆续发表报道西北地区的通讯，后结集《中国的西北角》，也是深度报道的典范之作。

对于改革之前的深度报道史，长期研究调查报道的钱钢先生曾作如是概括[②]：“中国报刊早期的调查报道，有的文如聊斋，有的政党色彩浓重，有的夹杂分析和评论，有的流露着作者的好恶褒贬。但如果用最基本的尺度——‘被调查的问题关系公共利益’‘被调查的真相被权力和其他力量遮蔽’——来衡量，它们当属‘调查’无疑……事实上，中国传媒的发展道路与西方迥异，中国调查报道，也和美国调查报道从党派报到商业报一路走来的发展轨迹不同。”百年前的这些历史虽然已经远去，传统知识分子的家国情怀和忧患意识依然流淌在当今中国深度报道从业者的血脉中，同时，政论性、文学性的文本特征也对近30年尤其是20世纪80年代的深度报道影响至深。

然而，本文无意考察这些相对较早的历史，而是将目光拉回到近30年深度报道的实践上来。如果不以20世纪80年代中“深度报道”概念在国内的达成广泛共识为起点，而以改革开放初期旧思维、旧体制的告别为社会环境转折的整体拐点，以1980年“渤海二号”翻沉事故报道为批评报道及媒体监督的重要起点，新时期中国深度报道差不多正好走过30年征程。在改革开放走过30年的时候，社会各界都在回望改革、反思改革，深度报道恰好提供了一种回顾新闻改革的独特路径。遵循这条路径，我们可以细致考察最优秀的从业者在不同时代、不同语境中是如何实践职业理想的，他们的专业理念和报道的核心功能有怎样的变化，变化背后的复杂动因和社会影响又是什么样的。

为避免这种对深度报道30年的回顾流于泛泛，本文尝试以“专业主义”为参照系，在回望实践轨迹的基础上进行专业反思。所谓专业主义，是“一套论述新闻实践和新闻体制的话语，强调的是新闻从业者与新闻工作的普适性特征；它又是一种意识形态，是与市场导向的媒体（及新闻）和作为宣传工具的媒体相区别的、以公众服务和公众利益为基石的意识形态；它还是一种社会控制的模

① 《试论我国改革开放以来报道方式的革新》，张骏德、王博一宝/文，《新闻大学》2008年秋季号。
② 《中国传媒与政治改革》，钱钢/著，天地图书有限公司2008年。

式，是与市场控制与政治控制相抗衡的、以专业知识为基础的专业社区控制模式”①。在历史追溯和反思的过程中，笔者试图不断追问“记者如何专业”或“为何不专业”这样的问题：这些不同时期的深度报道精英，今天用专业主义的眼光来看，为什么依然不够专业呢？这种反思显然有点事后诸葛亮的味道，但过于苛责的回顾背后实则是为了让未来之路走得更加坚实、更加专业。

20世纪80年代：启蒙之热

20世纪80年代，旧秩序被打破，新规则再建立，中央推动思想解放热潮，民间兴起全民文化热，农村搞联产承包，城市搞增量改革，整个国家在长久窒息后大口呼吸着新鲜空气，并以狂飙突进的速度沿着新征途奔涌向前。新闻改革也是热点不断：“新、短、快、活、强”的报道理念改革了党八股式的旧模式，信息概念、受众本位的广泛传播推动了新闻本位功能的回归，对新闻立法、言论自由的呼吁逐步触碰到新闻改革的边界……伴随整个行业的变革，深度报道于80年代中期快速兴起，在1987年左右形成高潮，极大呼应和满足了社会对新思维、新思想、新观念的信息需求。

一批有代表性、影响力的作品共同营造了这个时期深度报道业的繁荣景观。1985年的《大学毕业生成才追踪记》（1—8），关注新闻的“灰色”地带，突破了非黑即白的思维模式；1986年的《第五代》报道海外学子的生活情况，开创观念式报道的先河；1987年，《大兴安岭的警告》“三色系列”（红色的警告、黑色的咏叹、绿色的悲哀）从人与自然、社会的关系反思灾难背后的深层原因，突破了“丧事当成喜事报”的框架，堪称灾难报道的典范之作；1987年《关广梅现象》的系列报道有力地促使公众打破姓“社”姓“资”的政治审视和思维模式，同年的《中国改革的历史方位》又以其反映历史纵深和改革方向的信息容量和思想张力引起强烈反响。

这些作品也造就了一批名记者，其中，以《中国青年报》张建伟最负盛名。当他拿出《大学生毕业成才追踪记》这样“事件没头没尾，人物不求形象”的

---

① 《成名的想像：中国社会转型过程中新闻从业者的专业主义话语建构》，陆晔、潘忠党/文，《新闻学研究》第71期。

报道时，总编辑甚至找不出文体概念为其命名，干脆叫做“张建伟模式”[①]，学界和业界也曾用“全息摄影式”、“深度专题系列”、“新闻怪胎”等来称呼这组报道。由此可见，文体、思维和功能，新时期中国深度报道的兴起是真正富有“中国特色”的，是这块土地上的从业者“自发的、冲动的、无意识的”新闻实践[②]。

这个时期的深度报道，总体上呈现出这些特征：（1）实践主体，以《中国青年报》、《工人日报》、《农民日报》等中央级报纸为主，这些报社当时的新闻人才比较集中、全国发行量比较大，具有相当的权威性和影响力。此外，颇具“民间色彩”的《世界经济导报》也发表了大量经济领域的深度报道，1986年开始，该报将关注点扩大至政治改革之后报道视野更加广泛、深入。（2）文本特征，挥洒叙论结合的报道风格，篇幅短则数千，长则数万字，凸现主题高度与宏观视角，内容充满哲学思辨、理性思维。如名记者张建伟曾将这些深度报道作品的显著特征，概括为“专题性、客观性、启蒙性、综合性、信息化”。（3）报道主题，关注经济改革的方向、新旧体制的碰撞等，比较多集中于两个方面：一是关注改革，面对社会热点难点，试图对时代进行解惑；二是关注个体，跳出集体至上的传统观念，呼唤个体意识的觉醒[③]。此外，报道思维上突破非黑即白、政治审视的旧模式，报道方式上扩展组合报道与系列报道的版面容量。

究其社会功能，笔者认为可以用“社会启蒙”来加以概括。纵观80年代的深度报道，“无论是分析研究性的深度报道，还是充分信息化了的深度报道，由于它们的时代性，都或多或少地带有启蒙的特征。尤其是80年代中期，对新体制的呼唤，对新观念的钟情，都使这些报道有很强的前瞻性（启蒙的意义）”[④]。有“深度报道之父”之誉的张建伟也将启蒙概括为当时深度报道从业者的主要追求，“思想理论在报道中的作用和直接参与报道的可能性，尤其是报道多担负的启蒙作用，对不断涌现出来的新观念进行启蒙，是80年代新闻工作者乐此不疲的努力方向”[⑤]。深度报道的启蒙意义在于改变观念、启迪民心，解答公众的

---

① 张建伟在总结该文成功之处时，曾说：我们早已习惯的范式，在日益复杂的社会生活面前常常捉襟见肘，一旦在范式的复杂度上有所增加，它所容纳的信息量便大大增加，显出旺盛的生命力。见《深呼吸（下）》，张建伟/著，经济日报出版社1997年。

② 参见拙文《中美深度报道的差异》，《青年记者》2005年第8期。

③ 《新闻生产：职业意识与社会环境的影响——以1987“深度报道年”为个案》，张志安、阴良/文，《新闻大学》2009年春。

④ 《深度报道范文评析》，时统宇/著，新华出版社2001年。

⑤ 《媒体中国》，刘勇/著，四川人民出版社2000年。

困惑、廓清改革的方向，这种报道的启蒙功能深刻契合了社会变革对新思维、新思想的需求，“使用深度报道的形式来开启民智，是一种符合中国国情的报道方法”[①]。在名记者卢跃刚看来，80年代的时代主题有两个，一个是启蒙，一个是改革，前者是社会的精神形态，后者是社会的制度诉求，“一种经过大灾难后的制度性需求”，深度报道满足的正是公众对改革的理解诉求、对思想的启蒙需要。[②]

1986年，“深度报道”被官方的中国新闻奖正式“收编”，以系列报道、组合报道和连续报道作为深度报道的三种形式进行评选，从而完成了从自发实践向权威认同的过渡。1987年，因大量深度报道作品的“井喷式”发表被誉为“深度报道年”。《1988年中国新闻年鉴》对这一年的深度报道有如是概括：“1987年的深度报道追求表现单一新闻事件的整体背景和发展趋势，以促进读者对社会现状与发展形式完整而深刻的认识，成为新闻体现历史意义、追求历史真实的最佳模式之一。同时，以这类手法报道的社会重大题材往往触动社会敏感神经，引起重大反响，体现出新闻参与历史进程的主动性。”

与深度报道盛况相呼应的是，报告文学也在80年代呈现出空前繁荣的景象，而且形成了多种题材、多种类型的创作格局。有的作品重在推崇知识和知识分子，如徐迟关于数学家陈景润的著名作品《哥德巴赫猜想》，理由写遗传学家童第周的《让我们活得更年轻》，柯岩写青年学人的《奇异的书简》等；有的为极“左”思潮和十年浩劫中的不幸者鸣屈、正名和表达怀念，如记录陶铸不幸遭遇的《一封终于发出的信》、聚焦1976年天安门广场上“四五运动”的《革命》、纪念真理斗士张志新的《正气歌》等；还有的关注改革主旋律和社会精英人物，如李士非报道蛇口工业区创建者袁庚的作品《热血男儿》，鲁光报道中国女排精神的《中国姑娘》，黄宗英描绘女科学家故事的《小木屋》等。

这些题材中，与深度报道最具相似和相通之处的是“社会问题报告文学”。这类报告文学兴起于1986年左右，主要聚焦社会发展的现实矛盾、具有普遍意义的“社会问题”，进行反映、审视，对丑陋落后现象进行无情批评[③]。由于强调对社会现实的关注和贴近，作家创作前往往需要进行大量、扎实的采访，不少

---

① 《深度报道原理》，杜骏飞、胡翼青/著，新华出版社2002年。

② 笔者对卢跃刚的访谈资料，2006年夏，北京。

③ “中国当代报告文学精品书系”的“总序”，李炳银、袁鹰/文，见《以人民的名义》（卢跃刚/著，人民文学出版社2005年）。

记者也积极参与其中。如果要追溯，这类报告文学至少应该始于20世纪50年代《人民日报》记者刘宾雁发表的《在桥梁工地上》、《本报内部消息》，“文革”结束、平反复出后，他又采写出《人妖之间》、《第二种忠诚》等经典作品，前者聚焦轰动一时的王守信贪污案，却没有局限于如实报道案件过程，而是指出了背后官员之间形成的关系网、金钱网，具有相当的社会深度和批判力度。他的报告文学不仅为“社会问题报告文学”提供了重要的示范，也对很多深度报道从业者产生了标杆意义。笔者曾邀《大河报》原副主编马云龙先生来复旦做讲座，他在回顾新时期深度报道史时就坦陈，“刘宾雁是80年代深度报道的先驱，也是我自己新闻生涯的‘老师’”，之所以选择新闻事业，“就是在看了刘宾雁的一些报道以后，懂得了新闻记者的责任是什么，历史使命是什么”①。

“社会问题报告文学”背后有一种从文学性报告文学到纪实性报告文学的转向。在《哥德巴赫猜想》这样颇具文学性的作品中，其实存有作家自己的很多主观感受和内心冲动。与之有所差异的是，纪实性报告文学则使用绝不虚构的报道素材，强调事实的准确性和现实的贴近性。遵循这种原则，一系列影响至深的报告文学作品脱颖而出，如赵瑜报道太行山交通不畅的《中国的要害》、呼吁人们理性看待体育的《强国梦》，贾鲁生混入丐帮进行调查写出的《丐帮漂流记》，苏晓康关注年轻人感情生活的《阴阳大裂变》、反思教育问题的《神圣忧思录》，卢跃刚揭露湖南娄底“非法拘禁人大代表”事件的《以人民的名义》，钱钢于1976年唐山地震十周年之际出版的《唐山大地震》等。

与深度报道相似，这些纪实性很强的报告文学体现出作者积极主动参与社会变革的姿态，亦融合了社会批评与社会启蒙的双重功能。以《西部在移民》荣居“中国潮”征文奖榜首后，《中国青年报》山西记者站记者麦天枢曾这样解释创作初衷：记者的新闻报道方式受到束缚太多，使他对社会的一些认识、观察和思考无处言说，因此才转向写报告文学。可见，纪实性报告文学与深度报道“殊途同归”，在特定社会语境中扮演着相似角色。像钱钢这样身兼报告文学作家、新闻记者双重身份的作者也肯定地说：80年代的纪实性报告文学完全可以归入深度报道的范畴，“与其说这是文学现象，毋宁说它是新闻现象。一些报告文学作品对社会所做调查的勇敢和深入，对传媒和传媒人影响至深”②。

---

① 见马云龙复旦讲座实录《深度报道社会责任和历史使命》，2008年6月11日，来源：www. mediaview. cn。

② 《中国传媒与政治改革》。

如果要对80年代的深度报道从专业角度进行反思，存在哪些问题？首先，当时报纸发表的大量深度报道作品，存在明显的“主题先行”问题，理性并非借助事实传达，反过来，却成为组织事实的“红线”，这种重思想甚于重事实的“本末倒置”，固然有其启蒙社会的需求动因，但归根结底不符合新闻以事实为基础、以记录为本位的功能定位。其次，从报道文本看，注重思辨、政论结合、篇幅冗长的作品，读起来气势宏大有余却生动不足，需要读者有充分的耐心和时间。新闻报道毕竟不是写论文，不是谈思想，而要摆事实、做记录，用事实本身来说话才是最有力量的。再次，一些典型报道还无法完全遵从事实和理性原则，彻底打破非黑即白的思维条框和“改革至上”的意识形态。《中国青年报》记者卢跃刚曾对当时的一些改革人物进行报道，“1988年1月份，我发现年广久违法了，他卖霉变瓜子给消费者，严重损害了消费者利益。然后我又发现关广梅不懂法律，不尊重法律，假改革之名而损害改革。她成立了东明商业集团，却不去工商局注册，更换法人代表。我问她，你们为什么不注册？你是不是一个独立承担责任的企业法人？她说：‘我们注册干吗啊？市委不是已经开过大会了吗’”①。他写的报道《“关广梅现象”之怪现象》没有发表，然而，调查发现的事实促使他反思，“把改革作为价值，本身就是有问题。因为你改革，你就有价值，就是标准”。可见，改革作为当时社会的主流价值观，为深度报道实践提供了思想基础，然而，若以改革为绝对价值、为至上思维，依然有可能成为遮蔽新闻从业者记录事实、揭示真相的“云翳”。此外，据了解，《经济日报》影响深远的“关广梅现象”系列报道的新闻由头是“制造”出来的，那封关广梅写给报社的“来信”是记者和当地政府制造的，问题的讨论也是制造的②。用专业的标准来看，这种新闻操作难免有“策划新闻”之嫌，难以完全经得起推敲。

任何人都无法脱离特定时代的局限，何况，80年代深度报道的文本、形态和功能都是因时而生的。但是，对这些问题的反思可以促使我们不断地追问：斗争年代的旧思维，非黑即白的旧模式，僵化宣传的旧习惯，如何才能彻底告别？如果能够在重记录、重事实的基础上体现启蒙、展现理性，是否更遵从新闻规律、更符合读者需求？改革作为一种社会思潮，如何在给从业者提供精神营养的同时，又不至于成为遮蔽事实的思维桎梏？组织和实施报道时，如何避免过度地

---

① 参见《记者如何专业：深度报道精英的职业意识与报道策略》，张志安/著，南方日报出版社2007年。

② 笔者对卢跃刚的访谈资料，2006年夏，北京。

"策划新闻"，避免因参与倾向影响客观原则？……这些问题的答案仍在"专业"之中。

20世纪90年代：监督之惑

一场政治风波之后，深度报道实践经历了3年左右短暂的平寂时期。1992年，《人民日报》经济部策划了"中国质量万里行"大型系列报道，预示着深度报道的再度兴起，中国媒体在对大量企业假冒伪劣产品批评曝光的过程中逐渐扛起"监督"大旗。其实，"舆论监督的"的概念早在1987年到1989年上半年之间已被多次讨论，学者李良荣认为，"新闻媒介要发挥舆论监督，还是我国新闻媒介一项全新的功能。虽然利用新闻媒介开展批评一直是我们党报的传统，但系统地全面提出舆论监督，在我们党的新闻史上毕竟还是第一次"。[①]

尽管80年代后期"舆论监督"概念已被提出，但真正付诸实践、逐渐发展并产生规模效应则是在90年代中后期。作为一次自上而下、集体行动式的舆论监督，"中国质量万里行"只是开了个好头，显然，需要被监督的不仅是企业的产品质量问题，更有伴随改革开放和社会转型逐步涌现的大量社会问题：公民利益的受损、政府权力的滥用、腐败官员的贪污堕落、贫富差距的悬殊扩大、发展经济导致的环境污染等。由是，社会在政治、经济、文化等各层面暴露出的问题，为深度报道提供了取之不竭的消息源。与此同时，管理部门也在为媒体的"松绑"或"授权"中促使其释放能量、发挥舆论监督的功能。

以中央电视台新闻评论部为先锋，电视舆论监督的实践推动了中国电视新闻语态的转型。1993年央视推出了《东方时空》，电视深度报道进入发展和勃兴期，1994年电视新闻评论栏目《焦点访谈》开创了电视述评式深度报道先河，成为中国媒介开展舆论监督的典范。同年，中央人民广播电台《新闻纵横》栏目创办，广播从业者加入深度报道队伍。1996年，央视参照美国CBS（哥伦比亚广播公司）著名的《60分钟》推出《新闻调查》栏目，该栏目经历了主题性报道、新闻性与故事性并重的摸索阶段，于2000年左右确立了"探寻事实真相"

① 《十五年来新闻改革的回顾与展望》，李良荣/文，《新闻大学》1995年春季号。

定位，并以记者中心制、出镜记者、“剥笋式”调查等节目形态确立了电视调查报道的样本。在一本名为《十年：从改变电视的语态开始》的书中，孙玉胜讲述了自己亲身经历的这场电视改革及幕后故事。

差不多与此同时，报纸深度报道亦开始以有别于80年代的形态重新焕发活力。90年代初报业改革的两大重点为深度报道的再度兴盛提供了契机：一是报纸改版。1992年全国公开发行的报纸进行扩版的有200家以上，1993年扩版的也有130种。二是周末版和晚报的出现，约从1991年开始。这些都给深度报道的发展提供了版面基础①。整体上，报业深度报道呈现“南北热、中间冷”的格局，这种格局实质上沿袭至今，其背后跟新闻监管力度、报业开放程度密切相关。当北京、广州两地报人已经开始更接近新闻真相、更具有监督力度的深度报道实践时，其他城市的晚报、周末报以及90年代后期兴起的都市报（如《华西都市报》等）还在沿袭80年代末的流行大量发表“大特写”，或以“策划报道”为主要手段重推组合报道、系列报道，前者以猎奇性、趣味性、故事性为特色，后者以大版面、信息量、密集度取胜。其中，值得一提的是，四川成都《经济学消息》报1994年策划发起“诺贝尔大追寻”系列报道，派记者到美国遍访诺贝尔经济学奖得主，其跨国界的深度报道引起经济学界高度关注，“算是精英办报的经典之作”②。此外，上海一家被誉为“黄埔军校”的报纸《青年报》也在1993年推出《焦点新闻》版后，逐渐告别“大特写”时代，以突发事件、精确新闻、暗访调查等形式探索日报化深度报道的报道形态。

在北京，老报人丁望创办的《中华工商时报》坚持“尽可能说真话，而且绝不说假话”的精神，大胆发表了一系列经济题材的深度报道，为民营经济、股份制、市场改革坚定地“鼓与呼”。《北京青年报》自1992年开始连续创办《青年周末》、《新闻周刊》、《下周刊》等“老三刊”，以之为平台开展了大特写、新闻特写、精确新闻、新闻暗访、新闻访谈等不同体裁的“深度”实践，极大地推动了这份报纸在激烈竞争中快速崛起。在海运仓2号的中国青年报社内，编辑李大同接过报纸扩版后没人“认领”的两个版，主持、酝酿后于1995年1月6日推出了《冰点》特刊。走平民路线的近8000字开篇力作《北京最后的粪桶》激发了强烈的社会反响，“冰点”式特稿使这份80年代深度报道的“旗舰店”再度成为90年代报纸深度报道的“先锋军”。

---

① 《深度报道原理》，杜骏飞、胡翼青/著，新华出版社2002年。

② 《媒体中国》“诺贝尔大追寻”一节，刘勇/著，四川人民出版社2000年。

在广州，与《中华工商时报》齐名的《粤港信息时报》快速扩大影响力，先后策划了两会专题报道、"长江万里行"系列报道等，引起全国关注，可惜报纸"叫好不叫座"，经营情况始终不佳。1994年，"两报一刊"[①]成员、曾有"中国第一报"之称的《现代人报》终因"没有主管的挂靠单位"而被迫停刊。之前，这份报纸以鼓吹改革、言论大胆而著称，且先后对西安咸阳空难、虎门炮台因施工被毁、珠海前山工厂大火塌楼事件等进行过深度报道，鼎盛时全国发行量达到了70万份。从90年代中期起，《南方周末》以大量揭黑性调查报道获得巨大成功，超百万的发行量使其成为中国最具影响力、公信力的"第一新闻周报"。如研究者概括的那样："《南方周末》通过提供深入和全面的公共事务报道，尤其调查性报道，从而在更彻底的意义上告别了'真理报模式'，而且集中呈现了20世纪末中国报纸所具有的良知、勇气、水准和创造力。"[②]

杂志方面，1996年《新周刊》、《三联生活周刊》等先后诞生，逐渐增多的新闻类周刊亦成为深度报道的重镇，其中，最值得一提的无疑是1998年创刊的《财经》，有着"亚洲最危险的女人"之称的主编胡舒立带领团队，实践专业主义理念，很快抛出《基金黑幕》、《银广夏陷阱》等几篇"重磅炸弹"，令业界震惊、让读者称快。

总体上看，90年代中后期的深度报道呈现出"北央视、南周末"的典型格局，而这种格局背后实际上又体现出中国特色舆论监督的两种模式。

"焦点访谈"式的舆论监督本质上是一种自上而下、权威型监督，是行政权力监督职能的延伸，是一种行政系统的"治理技术"[③]。作为国家台和商业台的混合物，《焦点访谈》的央视背景，使其拥有其他栏目所不具有的行政背景、权威优势和政策资源，换句话说，正是作为"权力的媒介"才使其拥有"政治资本和文化资本直接转化成的权利"，使人们感受到"媒介的权力"[④]。很长一段时

---

① 20世纪80年代后期，中国报业曾有"两报一刊"的说法，指北京的《新观察》杂志、上海的《世界经济导报》和广州的《现代人报》。

② 参见《转型社会中的新闻生产——〈南方周末〉个案研究》（1983年—2001年），洪兵/文，复旦大学博士论文，2004年。

③ 《批评报道作为治理技术》，孙五三/文，《全球信息化时代的华人传播研究：2003年中国传播学论坛文集》，复旦大学出版社2004年。

④ 文化批评者戴锦华在接受记者采访时说，必须重视中央台的重点栏目所包含"权力的媒介"和"媒介的权力"问题。"这两个东西结合起来时，就是另一种超级权力的形态。它不是政治形态，但又可以施治于普通人，施治于整个社会。"详见2005年第37期《三联生活周刊》朱文轶的相关报道《"东方时空"为何丢失支持率》。

间里，这种监督呈现出这样的特征与流程：监督对象多为市县级地方政府，调查手段多采用“暗访”方式，节目播出后多引起中央领导重视和批示，而领导“重视”之前基于此节目的威慑力，地方政府往往动用行政力量直接解决问题。不少国家领导人曾为这个栏目题词或到节目组视察，如1998年时任总理朱镕基曾赠言“舆论监督，群众喉舌，政府镜鉴，改革尖兵”。因此，“焦点访谈”式的监督与其说是媒体的监督、舆论监督，不如说是领导的监督、权力监督，因而既有内在缺陷，也难以复制：（1）靠这种零碎、随机的监督，无法从制度上解决问题；（2）领导重视或许一时行之有效，政策变动后便“无疾而终”，这种监督背后的“人治”特征使其缺乏可持续性；（3）成也萧何，败也萧何，领导的“重视”也会异化成对这个平台的“宣传要求”。近年来，《焦点访谈》逐步“无焦点”即是明证，大量“命题作文”“正面报道”让这个栏目的监督锋芒日渐暗淡。何况，不是每个舆论监督栏目都有《焦点访谈》这样的“政治待遇”，与之相似的是，少数省市电视台一些冠之以“舆论监督”名义的栏目依托的同样是省市官员的行政支持，监督的也主要是下级基层政府部门，但多数都好景不再，热闹了几年后很快便偃旗息鼓。

在广州，《南方周末》的转型与崛起迅速成就了报纸调查报道的“盛世”，同时，也探索出另一种舆论监督的典型模式。与《焦点访谈》不同的是，该报只是省级党报旗下的一张处级子报，没有“中央级”的行政权威，它的舆论监督是一种由内向外的草根型监督。其监督的内在动力来源于一批职业报人、流浪记者的社会责任和良心勇气，而非中央领导的关注或高层授权，监督力量既来自所在集团内部竭力保护的支援空间，更来自超百万份发行量所建立的公众影响力基础，监督手段则主打揭黑式的调查报道。《南方周末》式舆论监督的典型特征是“主打异地监督，本地监督缺位”，重点关注非广东省的社会民生、官员腐败等负面题材。

用专业主义的标准来看，90年代中国新闻界以舆论监督为主功能的深度报道实践有何不足？

首先，舆论监督由于缺乏法律保障而“先天不足”，政策约束、权力控制、领导更迭等诸多因素随时会影响其监督力度和功能持续。如前述分析所言，具有相当行政级别的中央媒体所进行的、以批评报道为主的监督，是一种类似“治理技术”的权力监督；而具有强大影响力的精英报纸进行的、以调查报道为主的监督，是一种如履薄冰式的冒险行为，随时可能受阻。在文化批评学者戴锦华看来，前者接近于“越权”行为[1]：“从某种意义上说，90年代中国的‘大众传媒’不仅在某种程度上行使并接替了经典权力的功能，而且履行着超载（或曰越权）的多重社会功能。这种‘越权’的最典型例子就是中央电视台的‘焦点访谈’。”学者黄旦则将“舆论监督”的特征概括为两方面[2]：一方面要得到各级党组织批准，是党的权力在媒介中的延伸和反映；另一方面，媒体则在不断寻找机会，试图挣脱束缚，独立行使揭露和批评。前者是常态，后者则是困难重重。他深刻地指出，如果西方“看门狗”式的监督属于“权利”（rights）的范畴，是“权利”对“权力”（power）的制约，那么，中国的“舆论监督”实质上属于政治权力支配下的媒介权力，缺少的正是“权利”。

其次，遵循专业主义的原则，新闻记者首先是事实的记录者、观察者，其次才是影响者或监督者，但受个人生活经历或特定社会情境的影响，一些深度报道从业者尤其是调查记者对政府官员怀有比较偏激的反感情绪或“先入为主”的刻板印象，从而导致报道不够平衡、全面和理性。换句话说，不少记者身上有一种民粹主义的价值倾向，对弱势群体持同情立场、对强势集团持批判态度，其背后固然有值得敬佩的悲天悯人情怀，但也可能在报道中融入情绪、使单篇报道中的消息源不平衡或报道整体上欠公正。笔者访谈的一些深度报道精英曾对《南方周末》辉煌期的这种“民粹主义”倾向进行过反思：如曾在该报工作的记者迟宇宙说，“当时传递的两种信息是很可怕的：第一是暴力，我们会在一起讨论，哪里又判死了几个，我们甚至还不用‘判’，一般用‘搞’；第二是那种民粹主义的东西。我们不能认为牺牲那些人是理所当然的，因为有一些人从个体上来说，不应该去支付那么高的成本……这种暴力是有问题的，它妨碍了我们去追求新闻的基本原则，那就是公正”[3]；《三联生活周刊》副主编李鸿谷也认为，如果抽去时代背景、以现在的眼光来看《南方周末》当时的报道，的确非常值得商榷，“《南周》有很多报道都在一对尖锐矛盾中成为某一方的代言人，这一方就是他们所谓的弱势、底层、悲情……当报道形成惯例后，矛盾的另外一方一定会拒绝它，因为他知道你会选择对他不利的证词。这就形成了人际关系的倾斜或者不平衡。在我看来，一个媒体的记者应该跟矛盾双方都保持足够的距离关系”[4]。

---

① 见2005年第37期《三联生活周刊》朱文轶的相关报道《“东方时空”为何丢失支持率》。

② 《“权力”与“权利”：中国语境中的舆论监督》论文提要，黄旦、瞿轶羿/文，2008年9月，未发表。

③ 笔者对原《南方周末》记者迟宇宙的访谈资料，2006年夏，北京。

④ 笔者对《三联生活周刊》副主编李鸿谷的访谈资料，2006年夏，北京。

所谓“民粹”，目前存在两种解释：一是“以民为粹”，表现的是反精英的大众主义或平民主义，这个意义上的民粹主义成为“底层的主义”；另一种是“民之精粹”，视民众为工具的精英主义，这个意义上的民粹主义成为一种政治策略或统治工具①。90年代《南方周末》一定程度上存在的“民粹”倾向，比较接近于前者的内涵，也体现在“让无力者有力，让悲观者前行”之类报纸的口号上。还原到90年代中后期问题丛生的社会现实中，这种“民粹主义”的反思显然过于苛责，而且，即便是《南方周末》编辑部内部的一些同仁当时也曾对这种过度给弱势代言、对官员不公的“民粹”倾向进行过讨论和省察。据时任主编江艺平回忆②，“对民粹主义，《南方周末》一直是有警觉的”，许多知识分子朋友也会有很多提醒，“也可能是因为中国积聚的问题太多，在90年代末几乎是一个个爆发，那么多年司法不公正、不完善，很多东西在那个阶段积聚起来，政府还没有足够的应对。所以，那个时候的报道是比较集中的，而且跟现在相比来说缺少一点理性的东西，天然地觉得应该站在弱势群体一方”。可见，不公正的社会现象和问题集中爆发，是影响一些记者形成“民粹”倾向的外部原因，而就内部原因看，也跟当时《南方周末》招聘的“流浪记者”的个人经历有关③，曾任《南方周末》副主编的钱钢曾这样反思：“《南方周末》的成员大多是出身贫寒，基于这一点，他们对农村、对农民有很天然的同情，对于那些枉法的警察、检察官、法官具有一种本质的愤恨……我们必须时时控制由于个人生活境况所带来的简单的爱憎，以严谨的新闻职业态度来面对我们的物件。这样报纸才能在全社会获得它的公信力。”④

再次，舆论监督的实践过程中，由于不够遵循专业规范，存在监督错位、“放大”效果的问题，主要体现在部分报道由于事实不尽准确、为赚眼球夸大事实而导致“宏观”失实，给被批评和监督的对象造成不必要的损失。此类例子

---

① 见《民粹主义——概念、理论与实证》，林红/著，中央编译出版社2007年。

② 笔者对南方报业传媒集团副总编辑江艺平的访谈资料，2007年2月，广州。江艺平现为南方报业传媒集团副总编辑，曾于20世纪90年代后期担任《南方周末》主编。

③ “流浪记者”主要指报社从社会上临时招聘的记者，一般无高学历、无事业单位编制、流动性比较大、社会保障不健全，相对应的“正规记者”主要指由集团统一招聘的应届大学生，有所谓计划内的“编制”并享受较好的福利条件。《南方周末》曾于20世纪90年代中招聘了一批“流浪记者”，代表人物有著名揭黑记者赵世龙、《消费广场》责编曹西弘等，江艺平主政时期曾进行内部薪酬考核体系改革，实现同工同酬。

④ 见《南方周末与中国新闻改革》（2001年5月17日在南大演讲）一文，选自《中国传媒与政治改革》，钱钢/著，香港天地图书有限公司2008年7月。

屡见不鲜[①]：山西某县几个村子制造毒酒，媒体报道时将事件概括为“山西毒酒”事件，让很多公众产生误解，从而抵制所有山西出品的酒；“晋江假药”事件，也是几个村子生产假药，媒体报道使晋江地区的药品销售普遍受到影响等。这种情况一方面与受众接触新闻时的认知习惯有关，也与媒体监督时对新闻事实报道得不够精确有关。因此，要求深度报道从业者进行监督报道时，更加真实、全面、客观、公正。

新世纪迄今：多元之变

整个20世纪90年代末和世纪之交，以CCTV新闻评论部和《南方周末》为桥头堡，中国媒体的舆论监督阵营空前活跃，此外，以《财经》、《南风窗》等为代表的杂志舆论监督，以中央人民广播电台《新闻纵横》为代表的广播舆论监督，亦值得高度肯定。迄今，中国深度报道从业者们又在新世纪征途上走过8年，这个时期深度报道的实践景观又有哪些特征？笔者试图做这样的总体概括：

1. 从实践主体看：电视方面，央视《焦点访谈》、《新闻调查》在艰难平衡中继续坚守舆论监督和电视调查的传统，央视新闻频道曾有过或现存的一些栏目（如《面对面》、《新闻会客厅》、《社会记录》等）和省级卫视的新闻节目（如东方卫视的《深度105》、上海电视台的《1/7》、东南卫视的《东南新闻眼》）则主要从事新闻访谈、社会故事之类题材相对较软的深度报道。整体上看，此类节目收视率的压力普遍较大，如果缺乏政策的足够支持，多数难以长期坚持。

报纸方面，《南方周末》“一枝独秀”的格局已被打破，三类主力军以各有侧重、各具特色的深度报道丰富了深度报道的行业结构：一是以《新京报》、《南方都市报》、《华商报》等为代表的主流都市报，设立深度报道部或报道小组，对新闻事件进行快速跟踪、深入挖掘，逐步摸索出日报深度报道的操作模式，而且在诸如“夫妻看黄碟案”、“孙志刚案”、“彭水诗案”、“定州血案”等新闻事件中有突出表现；二是以《中国青年报》“冰点”周刊、《新华每日电讯》的“新华视点”、《人民日报》华东版等为代表的中央级报纸，凭借行政权威，

---

① 《中国式调查报道》，曾华国/著，南方日报出版社2006年，P9。

监督社会问题，形成比较成熟的批评报道模式；三是以《21世纪经济报道》、《经济观察报》、《中国经济时报》等为代表的专业财经类报纸，针对经济领域建立了专业性深度报道的良好口碑和强大影响，包括《21世纪经济报道》对上海社保案的调查、对交大汉芯案的揭露和《中国经济时报》对北京出租车行业黑幕的调查等一批作品曾引起强烈反响。这三支队伍相互补充、协作，是深度报道领域最具战斗力、最具影响面的骨干。

杂志方面，以《财经》、《环球企业家》、《瞭望东方周刊》、《新闻周刊》、《三联生活周刊》等为代表的财经、新闻类周刊也是深度报道业界的重要组成。其中，《财经》专注于政经报道，以严谨、大胆见长，每当一些敏感事件发生、业界“万马齐喑”时它却敢发出声音，令人敬佩；《环球企业家》等则模仿国外《财富》、《福布斯》等杂志，集中精力、精耕细作于商业报道；《瞭望东方周刊》等新闻杂志则各有侧重，以比较密集、频繁的姿态从事着题材多元、类型多样的深度报道实践。此外，以新浪、网易等为代表的商业网站，以人民网“强国论坛”、天涯社区为代表的BBS论坛，以牛博网为代表的博客平台，对深度报道消息源的提供、报道转载后的舆论制造等起着越来越重要的积极作用。较有代表性的一个例子是网易对2007年“陕西周老虎”事件穷追猛打、参与调查，积极推动该事件真相的揭露。

2. 从社会控制看：管理部门在一定时期内对舆论监督的空间收紧、对异地监督的政策限制使舆论监督类栏目和报刊面临考验和挑战，可以说，行政控制依然是深度报道最大的“拦路虎”。2007年12月召开的第七届舆论监督研讨会上，不少调查记者感叹，当前利益集团正形成“板结化”趋势，舆论监督能发挥的作用正在遭遇顽强抵抗，效能不断减弱，社会学者孙立平还呼吁，政府部门要尽快打破“稳定压倒一切”的旧观念，改变一切以“稳定”为由抵制批评报道的习惯性做法，从而为舆论监督扫清思维障碍。

此外，商业利益对深度报道的负面影响也更加明显：收视率、发行量等利益诉求强化了媒体的功利性，迫使很多媒体减少深度报道的生产成本，直接影响着从业者与管理者的信心；被监督的商业机构，或以贿赂方式，或以有偿新闻，或以广告投放等不同形式，抵制和消解深度报道的发表和传播，负面题材的调查报道很容易因此被内部“枪毙”或发表后的社会效应很快被铺天盖地的广告所掩盖。市场控制的这种“反”作用在微观层面表现突出，而从较宏观的角度看则“正”作用更加明显——激烈的市场竞争是促使很多报纸为避免产品同质而做深度报道的关键动因，而且，不断扩张的资本实力和积聚起来的强大市场影响力也是少数主流都市报敢于与行政部门“协商”或“突破”管制的重要条件①。

3. 从专业意识看：深度报道从业者们的角色认知、专业理念呈现出多元化、差异化的特征。笔者在对数十位报道精英进行深度访谈后发现②：“中国深度报道从业者的职业意识存在多元化的差异特征，不同个体对记者角色、媒体功能的看法各有侧重，对职业记者、专业主义等概念的理解也迥然相异。可见，这是一个没有明确标准的新闻界，也是一个缺乏专业共识的职业圈。”关于记录还是影响、中立还是参与、监督还是启蒙，不同人有不同抉择和理解，而对“职业记者”、“专业主义”等概念的认知也是各有差异。影响从业者职业意识的因素包括个体、组织、行业与社会环境等多个层面，正因为个体经受这些宏、中、微观层次的影响各有不同，这个群体的职业意识才呈现“和而不同”的差异化特征。

不容乐观的是，中国深度报道从业者职业意识，与传统党报新闻坚守的“宣传”范式形成冲突、告别与对抗，但又未形成类似西方新闻界的“专业主义”共识。同时，传统士大夫济世救国的“启蒙情怀”正在逐渐式微。恰如有学者研究发现，从专业主义话语建构的角度看，“专业主义在中国有多个传统的渊源，面临各种力量的制约，在实践中具有碎片和局域的呈现”③。

概言之，当前影响深度报道实践的负面因素主要包括：行政权力和经济利益的双重控制，约束着深度报道的空间和效果；媒体组织重利不重义，无法提供适宜环境、健全内部机制，使很多从业者“无处可归”或心灰意冷；中年调查记者虽经验丰富却普遍存在焦虑情绪或面临转型危机，新生代记者队伍年轻化，活力有余而积累不足，缺乏人生阅历、认知深度、从业激情与职业信仰……这些都在相当程度上制约了深度报道业界的整体水平。如钱钢所描绘的那样：“‘文人论政’的时代似乎已经飘逝，‘商业传媒’的时代却未曾真正到来。行走在路上的传媒人，四野混沌。他们的步履，他们的身姿，因路途的陡峭崎岖而别具特征。”④

---

① 关于市场控制对深度报道、新闻生产的这种积极的“解放”作用，参见拙文《媒介、市场与民主的关系张力呈现：以〈南方都市报〉为个案的研究》，收于“和谐社会、公民社会与大众媒介”国际学术研讨会，2007年12月，北京。

② 参见拙文《和而不同：深度报道从业者职业意识特征研究》，《现代传播》2008年10月。访谈内容则可参见拙著《记者如何专业：深度报道精英的职业意识与报道策略》，南方日报出版社2007年。

③ 《成名的想像：中国社会转型过程中新闻从业者的专业主义话语建构》，陆晔、潘忠党/文，《新闻学研究》第71期。

④ 《中国传媒与政治改革》，钱钢/著，香港天地图书有限公司2008年。

当然，我们也大可不必因此而过于悲观，在多种力量、多元格局的变化背后也有一些积极因素的推动。比如，网络媒体尤其是博客、BBS论坛的兴起，就发挥着“释放”与“支援”的力量——普通公众借助这种相对自由宽松的平台拥有了提供信源的开放管道，传统媒体借助网络媒体的转载和传播大大提升了深度报道的影响力，而针对社会焦点事件网络发挥的广泛传播、会聚舆论功能更直接强化了深度报道监督功能的实现。同时，境外媒体在奥运前夕报道权限的放开、绿色和平组织等中外非政府组织的新社会运动、知识精英日益活跃的网络表达、新闻学界对专业理念的传播和“共同体”平台的建设（如中国青年政治学院连续多年举办的“舆论监督研讨会”、复旦大学新闻学院的“调查记者系列讲坛”）等，都对深度报道从业者的专业意识提升、报道空间扩大发挥着积极作用。

结　语

行文至此，不妨再度重申一下西方情境下“专业主义”的多重内涵：它定义了媒介“社会公器”功能的基本信念，它强调一种服务政治与经济权力之外的更高权威的精神、服务公众的自觉态度，此外，它还包含了一系列规范新闻工作者实践报道的准则和职业的伦理。可见，“专业主义”是融合公众意识、自主精神和专业技能等多层意义的概念。不可否认，新闻从业者的“专业”追求具有相当的普适价值，以西方的专业主义为精神准则和实践诉求来反思和推进中国情境中的深度报道实践，具有重要的参照意义。虽然立足中国实际，这种专业主义原则的彻底实践似乎遥不可及，但所谓“虽不能至，心向往之”，在通往彼岸的河流中不断搏击，或者像西西弗斯那样重复无数次把巨石推上山顶，也应该成为有理想的从业者的不懈追求。

有种说法曰：中国是调查报道的天堂，却不是调查记者的天堂。所谓“调查报道的天堂”主要指消息源的极度丰富，转型中国发生的新闻故事所包含的戏剧性、复杂性、反常性是难以预料和想象的。然而，很多事件和真相由于各种控制而无法被传播，深度报道从业者也往往生活在焦虑、妥协的精神困境中。因此，有研究者提出，崇尚专业主义，要从实际出发、因地制宜地实践，如一篇题为《在自己的河床上奔流至此》的文章所言：“中国传媒人肯定‘专业主义’的重要，同时警觉对‘专业主义’的误读，特别警觉‘专业主义’在中国现实环境下成为苛刻乃至窒息调查报道的借口……如果不对这特定语境下的特定话语进行解释，就像‘棒球圈内的话’（Inside Baseball），国外同行势必感到费解。要读懂跋涉者的脚步，首先需要读懂他们脚底的土地，理解他们选择的路径。”①

强调立足本土实际，避免陷入完美主义、技术主义的“作茧自缚”式困境，是一种善意的自我勉励。同样出于这种动机，笔者试图就转型社会的当下，中国深度报道从业者如何实践专业要求，提出四点“过渡性”策略：

第一，精神理念上，即便会受制于体制、国情和管理要求，但归根结底，应该追求传媒社会公器功能的实现，以服务于公共利益而非特定集团的利益为宗旨。

第二，自主意识上，虽然没有实质性的独立地位，但可以培养强烈的独立意识，这种自主意识不仅体现在对权力和利益控制保持警觉，也体现在对新闻事实保持质疑精神和独立判断的立场。同时，明确记者的角色既非天然的启蒙者或监督者，而首先是观察者和记录者，在记录基础上影响、在监督过程中启蒙，恐怕是比较理性而现实的功能定位。

第三，报道规范上，遵循真实、准确、客观、公平的报道原则。在这一点上，中外基本无异。同时，灵活运用“有可以不说的真话，但绝不说假话”、“边缘突破”、“打擦边球”等中国特色的“底线”和“技巧”。

第四，职业伦理上，如果靠个体力量去抵制“红包”不太现实的话，起码要对这种行业普遍存在的“潜规则”保持批判和内省，同时对有偿新闻等交易行为予以坚决抵制。不过，对深度报道从业者来说，这种“红包”式的诱惑比较鲜见。

必须强调，这只是无奈的“权宜之计”，是暂时的“缓兵之计”。经过对深度报道30年实践轨迹的回望和反思，我们发现，“启蒙”之热在20世纪80年代汹涌澎湃之后已然退潮，“监督”之惑在90年代形成后始终延续，而新世纪迄今的这个时期，深度报道在“多元”之变后逐步呈现力与痛、进与退交相辉映的图景。其实，通往真正“专业”的路上陷阱密布、荆棘丛生，期待深度报道从业者们能以专业为基准、以自由为理想、以中国为阵地，尽筚路蓝缕之功，朝雄关漫道奔去。

① 《中国传媒与政治改革》，钱钢/著，香港天地图书有限公司2008年。

第一篇 告别之事

这是一群远去的背影，它们中有要延续“擦边球”调查传统的《新周报》，有处沉闷环境而发清脆声响的《外滩画报》，有在主流体制中另类生存的《社会记录》，还有试水第一份合资媒体的《现代人报》。可惜，这些努力都或明或暗地最终告败。难道结局真的只有两种：要么被驱逐，要么被改造？且回望它们的背影，消弭胸中的惆怅，期待别后的重逢。

在细雨中呼喊：《新周报》的短暂历程

□ 黄缨杰[①]

探求它存亡的真相，定格它曾经的理想，“做中国第一新闻周报”总会在历史的长河里回响。

2004 年 12 月 10 日，赵世龙[②]告别江城武汉，踏上了北上的列车，去北京参加翌日开幕的第三届“新世纪舆论监督研讨会”。

与往年上台慷慨陈言不同，坐在会场里的他，谢绝了主办人、中国青年政治学院展江教授的发言邀请，沉默而沉郁，“说什么呢？有些话一时还没法说、不能说，期期艾艾、哭哭啼啼也不是我的风格”。

两天前，即 12 月 8 日，他参与主创的《新周报》由刊号方和资方——湖北知音集团宣布休刊，作为主编的赵世龙随后离职。“我宁愿在无力改变它的命运、看它由窒息而成植物人致终于死去之前逃离。”

这份报纸曾被新加坡《联合早报》评为“2004 年中国最具影响力媒体”，誓要超越《南方周末》“做中国第一新闻周报”，在出刊 7 期后遭遇了休止符，生命的旋律随之黯然而止。

休刊以及之后正式停刊的原因，自然成为各方关注的焦点。面对外界种种猜测和评论，风口浪尖上的新周报人在当时大都选择了沉默，希望围绕《新周报》种种的真相和意义在历史的长河里逐渐显现。

2008 年，部分事件亲历者向笔者分享他们记忆中《新周报》的种种过往。或许因为“历史的叙述者与历史的记录之间存在着历史的真空”[③]，各人对事件的叙述和理解难免有所不同甚至有所冲突，但天时、地利、人和方面的因素，却

---

① 作者本科毕业于复旦大学新闻学院，现为香港浸会大学硕士研究生，感谢所有受访者对本文的支持。

② 赵世龙，著名调查记者，曾任职于《羊城晚报》、《新周报》、《时代周报》等媒体。

③ 引自《太平湖的记忆——老舍之死》一书序言，郑实、傅光明/著，海天出版社 2001 年。

是几位主要当事人共同提到的思考方向。

《新周报》短暂的生命历程再次印证了一个事实：新闻理想的践行必须植根于现实，当现实很难为它提供适宜的土壤时，结局或许只能如曾担任《新周报》编委会召集人的杨海鹏①谈到当年离开《南方周末》时的无奈一样：要么被驱逐，要么接受改造。

从另一个角度看，《新周报》确乎存在过的生命也提醒着人们理想之于现实的意义和力量。一位署名“神枪手李向阳”的网友曾在《再见，新周报》中将这份报纸喻为舒婷笔下的三角梅，“越是生冷的地方，越显得放浪、美丽”。

鲇鱼入水

谈及创办该报的初衷，赵世龙说：“创办这样一份报纸，是我们一群原南方周末同仁想要恢复老南周‘正义、爱心、良知’风骨所进行的尝试。”

在杨海鹏看来，《新周报》更多想要恢复的是1996年到1998年之间，那个带点草莽色彩的《南方周末》。

1995年底，广东省委机关报《南方日报》旗下的《南方周末》开始由文化文摘类报纸向新闻时政类报纸转型。转型，也是南周人才引进的开始，通过招聘，《南方周末》有了第一批比较职业化的记者。

转型后的《南方周末》奠定了舆论监督和启蒙的价值基调和理念，新闻操作集中于对权力、腐败的监督，日益成为公众尤其是弱势群体心目中“正义、爱心、良知”的代表和诉求对象。

时任《南方周末》主编的江艺平女士在回顾新闻价值观时谈到：“那么多年司法不公正、不完善，很多东西在那个阶段积聚起来，政府还没有足够的应对。所以那个时候的报道是比较集中的，而且跟现在相比来说缺少一点理性的东西，天然地觉得应该站在弱势群体一方。因为感觉到他们几乎没有说话的空间。”②

---

① 杨海鹏，著名调查记者，曾任职于《青年报》、《申江服务导报》、《南方周末》、《外滩画报》、《财经》等媒体。

② 引自《记者如何专业》一书中《坚守内心忠诚，这是职业化的底色》章节，张志安/著，南方日报出版社2007年。

1996年底，在为南周做了一篇《六千年古城横空出世》的独家报道之后，赵世龙以不在编制的身份进入报社，此前他先后在广州《现代人报》、《粤港周末》等媒体工作。

"泼喇喇如鲇鱼入水，"在为赵世龙《调查中国》一书所作的序言中，江艺平这样评价以赵世龙为代表的中国早期流浪记者，"新闻界后来变得众语喧哗，这群人是不可忽视的一个元素。"

在南周的两年里，赵世龙"始终在路上"，凭借着一种浪迹江湖的不驯与不羁，很快显示出异于庸常的职业特质，"有正义感，有激情，爱冒险，不盲从，尤其对揭开真相有一种特别的执拗与坚韧"。

1998年是赵世龙在南周新闻事业上的一个高潮阶段，3月到8月间，他就报道了三个头版新闻，其中，抗洪报道还获得了当年南方日报社特等奖。然而职业荣誉的获得却在抗洪报道归来后没多久就戛然而止，因为内部人事纠葛等方面的原因，这年12月份，他收到了南方周末不再与其续约的通知。离开报社时赵世龙心里有个抱负："一定要胜过你们，做得比你们好，让你们看到我的价值。"这种为自己"正名"的想法，也是他日后创办《新周报》的初衷之一。

离职后，赵世龙到了同城的《羊城晚报》工作。这段时间，他先后发表了"南丹矿难调查"、"湖南嘉禾高考舞弊案调查"等轰动一时的报道，然而在羊晚传统的党报体制下，做舆论监督报道的空间很小。"很多报道都是我逼老总发的"，包括那篇给他带来极高声誉的《长洲戒毒强卖戒毒女为娼案》报道，最初见报仅有600余字，1万多字的全文后来是在央视国际网站发表的。赵世龙自觉在羊晚报社是不太受欢迎的记者，"领导觉得你是个刺头，老惹事"。

囿于既有平台和个人新闻理想的冲撞，离开南周3年后，赵世龙向时任南方周末主编江艺平和副主编钱钢表达了希望回去的意愿，两位主编同意了他的要求。但因其他一些原因，调动迟迟没有办成，而随后《南方周末》遭遇的重大变动，更是让他回到南周的打算成为泡影。

《南方周末》在2001年底遭遇的那场变动，不仅导致原高层的调离，也使得曾经为这张报纸"流过汗、流过泪"的一批记者离开。作为这场变动中最早离开的记者之一，杨海鹏在日后分析时说："大家觉得以后在中国找不到那么好的媒体了，或者有好的媒体也没有那么好的收入，所以都带了非常强的悲情在里面。同时这些知名记者编辑觉得自己的名字加起来就是《南方周末》了，很多人有这种意识，觉得我们可以再造一个南周。"

这批出走记者中，一手打造南周“消费广场”的编辑曹西弘①是对“复制南方周末”一事最热衷的人，他曾草拟过一份办报的商业策划书，并向国内几个富豪和媒体投资商人推介自己的计划。

“曹西弘的计划偏重民生环保等，与十六大后主旋律颇为合拍，在这一领域搞舆论监督，政治正确，会减少报道风险。曹西弘在《南方周末》，属于‘技术流’，做编辑非常精细，对与报道内容相关的法规条例抠得很透，因此，即便报道触犯权贵，对方也很难寻找出内容上的瑕疵，无法通过管理部门施加太多压力。”杨海鹏回忆说。

目睹南周人员流失的赵世龙认为这份报纸“精华已尽”，和这些前同事一样，他也产生了自己打造一个新闻平台的想法。当时他已经与湖南广电合作筹办一份日报，却因为刊号问题而搁置。回到广州后，赵世龙开始和曹西弘等人为办报计划寻找资方和刊号方。

在杨海鹏看来，《南方周末》的成功从某种意义上说是一个特例，人们往往只看到了由名编辑、名记者光环所笼罩的成功景象，却忽视和遮蔽了很多维系南周生存和成功的关键要素：20世纪90年代所处的特定历史时期和政治环境，《南方周末》与可以提供强大政治保护的母体之间存在的微妙关系，以及报纸创始者左方等人卓越的政治远见和应对技巧。

即使可以秉持一份报纸的品格，其赖以维系的宏观和微观环境也是难以复制的。在不同的背景下，想要再造一个《南方周末》似乎很难实现。

尽管意识“比较清醒”，杨海鹏仍不免被悲情和激情裹挟，他对当时正在寻找资方的曹西弘说：“看你们做吧，如果能拉到一个大的、有理想的投资商，那我也算一分子，我就当上海站站长。”

牵手知音

在有华中重镇之称的湖北武汉，经营期刊二十余年的知音集团开始酝酿向报业进军。建立一个多样态、跨领域的传媒集团，是集团老总胡勋璧的夙愿。

---

① 曹西弘，现任职于21cn网站。

2003年秋天，胡勋璧从湖北日报传媒集团旗下的《楚天都市报》挖来了当地的名记者占才强[①]，请他负责为知音集团筹办一份报纸。

首次试水报业的知音集团在考虑了经验和投入等方面的问题后，决定由办日报转为办周报。凭借知音雄厚的财力支持，占才强希望以国内第一时政周报《南方周末》为标准和竞争对象操刀这份周报："我们想做真正的新闻，希望通过舆论提供一个反思的空间，不光是推动人，也是推动政府、国家自我完善。"方案初定后，在网络论坛"西祠胡同"里的"记者的家"发布了招聘信息。

在招聘邮箱收到的众多反馈中，赵世龙进入了知音的视野。通过他，知音得知广州也有一群人想做一份取代《南方周末》的报纸，并且已经有了方案和人事构架。

经过数次接触和沟通，知音集团和赵世龙确定了合作意向。知音准备采用赵世龙拿来的方案，计划3年出资5000万元打造一份时政类周报，并任命赵世龙为筹委会负责人。而曹西弘等人或因之前与知音有官司纠纷，或因不认为在知音体制内能够干大事以及地区因素的缘故，大多没有加盟知音。

惯于走女性情感类路线的《知音》杂志一直被业界批评格调不高，武汉的新闻环境也远不及广州那么活跃。然而，面对拥有雄厚资金、手握刊号资源又有办报诚意的知音集团，在寻找资方过程中屡屡碰壁的赵世龙没有理由不抓住对方抛出的橄榄枝；同时，对于看中新闻周报潜在市场商机的知音而言，既然要办一份和南周竞争的报纸，找一个熟悉南周内部运作、清楚深度时政周报市场兴奋点的人来扛旗，是个不错的选择。

2004年5月27日，赵世龙与专程到穗的胡勋璧和占才强一起，从广州坐火车到武汉，正式开始筹办《新周报》。令人喟叹的是，抵汉一周后，赵世龙等人在送央视《新闻调查》记者柴静、项先中到湖北荆门调查刑讯逼供案的返程中，突逢江汉平原雷鸣电闪、大雨滂沱，天地似乎失色。赵世龙莫名预感办报一事亦将风风雨雨，非人力所能掌控，触景生情写下了《古风八句》：

飘篷江海余一影，
楚天空阔寂寥心。
潇湘水云南归地，

---

① 占才强，现任职于《南方都市报》，曾与人合著有《卧底当代丐帮》一书，北京出版社2003年出版。

暮色苍暝霏雨霪。
人生兹始行无念，
淡绪闲愁可堪惜？
紫陌红尘寻常事，
雾隐楼台远君卿。

最后两句“紫陌红尘寻常事，雾隐楼台远君卿”，预示了赵世龙半年后将先同仁离去的难过心情，“首创者先离开自己理想中的报纸，那一缕淡绪闲愁也不见得为很多人认同”。

“开始即为结束语”，在博客中，赵世龙特意以此诗为序，纪念这段五味杂陈的办报经历。

蓄势待发

2004年7月，前新华社湖北分社记者姚海鹰①听说知音集团斥巨资、由赵世龙主持打造一份时政类深度新闻周报，第一反应是有些恍惚。

待他与赵世龙电话确认这一消息后，赵一再邀请他加入，身在上海的姚海鹰毫不犹豫地回武汉了。“武汉报业发育程度属中部内陆地区之首，但一直缺乏一张能彰显提升‘大武汉’气质的新闻周报。能有一份高扬理想主义旗帜、有想超过《南方周末》的霸气的报纸出现，而且是与一群职业新闻人共事，待遇也非常丰厚，没有什么理由不加盟。”

2003年下半年以来，广州孙志刚案、哈尔滨宝马撞人案、南京野蛮强拆等一系列重大新闻事件进入公众视野。但是和20世纪90年代末期，以《南方周末》为代表的调查报道，特别是以草根及公众利益为核心关注值的舆论监督黄金时期相比，媒体的语境明显不同以往那样汪洋恣意了。

进入2004年，全国舆论大环境逐渐趋紧。彼时，2002年末由陈涛、杨海鹏、张平等一批南周老臣在上海打造的主流新闻周报《外滩画报》已经开始被文新

① 姚海鹰，现任职于《长江商报》。

集团收购，退下火线做起声色小资内容。是年底，17个省的宣传部门向上级反映，中央电视台对地方的负面批评报道影响了当地的安定团结，不利于社会稳定与经济建设。一时间，包括《焦点访谈》、《新闻调查》在内等被视为央视享有舆论监督特权的栏目都不同程度受到冲击。①

“在全国媒体都比较低调的背景下，知音集团能出资创办《新周报》，并且在全国招募职业新闻人来做，是很轰动、很敢想的，我对集团负责人胡勋璧顿生敬意，同时也觉得不容易。”姚海鹰这样解释那一瞬间的恍惚。

在他前后加入报社的，还有首个公开报道河南艾滋病问题的记者喻尘②，因报道南京拆迁户自焚事件获南方周末2003年度致敬之社会关怀奖的原《外滩画报》记者鞠靖③等人。

“不是每个人都能做深度报道的，100个记者里面，最多10个调查性记者。”赵世龙深知做这行的艰辛。在与知音集团签订合同时，他要求为每个采编人员购买10万美金的保险④。当时，《新周报》的薪酬标准为普通编辑记者年薪在10万元以上，底薪3000元到5000元不等，报社还为每个记者配发了笔记本电脑和录音工具，这样优厚的待遇在全国并不多见。

8月，新周报的招聘工作基本结束，加盟的编辑们齐聚武汉，为出报进行最后的筹划。这段日子，给筹委会负责人之一的占才强留下了许多美好回忆：“调查版编辑黄建伟老师来了以后，40多岁的人却像个小伙子一样，组织大家到武汉的洪山广场玩轮滑。大家在一起吃饭、聚会联欢的时候谈论最多的就是新周报，那种赤诚坦荡的气氛在其他报社很难看到的。”

很多新周报人把这种兴奋由报社内部传播到了网络上，知音集团没有在《新周报》前期的宣传和铺陈上投入太多的资金，加盟者们自发在“西祠胡同”等网络论坛为《新周报》高调造势，其中最为人熟知的是一份题为“《新周报》十大牛人”的名单。该文是一位署名为“央视老喻”的报社成员在9月7日《新周报》第一次采编人员培训大会结束后发表在“西祠胡同”上的。作者将那次培训视为“一次开战前的集中培训，更是一次新闻界大腕的饕餮盛餐”，而他自

---

① 引自赵世龙博客文章《舆论监督是怎么样变成监督舆论的》，作于2006年3月。

② 喻尘，现任职于《南方都市报》。《海峡摄影时报》曾对其进行报道，参见该报网站 http：//www.hxsysb.com/detail.asp？id=2688。

③ 鞠靖，现任职于《南方周末》。

④ 杨海鹏对此说法存疑，姚海鹰证实知音未与其签订过相关保险合同，推测是赵世龙争取过但未实现。

己“将投入到《新周报》火热的事业中去”，字里行间洋溢着自豪与兴奋之情。

但预想中的“火热事业”没能按原定计划在9月正式拉开大幕。此间知音做出了为报纸引进社长的决定，等待社长到位使得出报时间延后了。新来的社长叫冯小平[①]，曾先后担任过成都《商务早报》总编辑和广州日报报业集团旗下《信息时报》总编辑。对于知音这个突如其来的决定，赵世龙感到无法理解，而代表知音集团的占才强认为集团在人事安排上是有考虑的：

> “在我人都招齐、准备出报的情况下，胡总突然决定引进个社长，既然‘拜帅’又搞个‘监军’，而我当时坐在火山口上，表面上风平浪静，实际上办报伊始就承受着很多压力。”
>
> ——赵世龙
>
> “我的理解，胡总是考虑到，不能让一个人权力太大，要做到权力制衡，互相要有牵制，这是胡在用人上的一个策略。因为冯小平正在跟知音接洽没最后落实，所以推迟了出报时间，此时赵世龙听说还要再过来一个人，他当时不理解。9月份《新周报》采编人员培训大会上，赵、冯矛盾公开化了，报纸的核心人物相互攻击，语言上对立冲突，当时所有新周报的员工都很奇怪，不知道发生什么事情了。”
>
> ——占才强

“胡勋璧认为冯小平有当老总的经历，管理和业务上有经验。胡总后来也跟冯小平、赵世龙两人做了多次沟通，最后定下来了两人的分工。”占才强回忆说。

9月10日下午，知音集团董事长胡勋璧对外正式宣布了《新周报》核心层人员名单：社长和总编分别由冯小平和赵世龙出任，分管报社经营和业务采编；占才强和原《21世纪环球报道》新闻部主任、北京《青年参考》编委李小鸣[②]，分别担任记者部和编辑部主任；以上四人均为新周报编委。原中央电视台记者喻圣宏、《外滩画报》主笔杨海鹏等人分别为北京、上海等地记者站站长。

除了人事方面的问题，和胡勋璧颇为接近的占才强观察到，胡勋璧一直希望《新周报》不要进行过于激进的批评报道。虽然合同中规定赵世龙对采编负有全权，在出报前，赵世龙还是根据胡勋璧的意思，采纳了编辑记者的意见之后，对

① 冯小平，现任职于《上海证券报》。
② 李小鸣，曾任职于南方周末报社，现任职于凤凰网。

原先办报方案进行了多次修改，加入了一些建设性的东西。

“可以说，这实际上是全体新周报人和知音的集体行为，并不代表个人意见。”赵世龙说。在他的建议下，报社还专门设立了由湖北省委宣传部一位退休处长担任的政治审查员岗位，“我们是充分作了风险评估预警的，并建立了一套机制来保障”。

人事方案正式公布之后的一个月，报纸进入最后的磨合期，谨慎的知音集团连续进行了三期内部试刊。

10月，江汉平原栀子花开的时节，蓄势待发的《新周报》也在孕育着自己的芬芳。

一炮而红

> 我们立志成为社会的守望者，传承爱心、良知与正义，以强烈的责任感关注社会，以无限迫近事实真相为新闻内驱力，开展建设性的舆论监督……
>
> 我们的口号是：“做中国第一新闻周报”。这不是张狂，更不是空想，而是我们切实的追求和目标。因为我们坚信，有志者，事竟成！
>
> 从今日始，《新周报》将与这个时代的命运联系在一起，一道呼吸，一同感触，一块震撼，一起奋进。
>
> ——《新周报》发刊词《时代精神和我们的理想》

2004年10月26日，《新周报》正式创刊。创刊号一炮而红，获得的社会影响和网络转载率可谓空前巨大。

“新的报纸头三个月或者半年打不起来，以后的成长会很漫长，会烧很多钱。”在知音未投入大规模资金进行前期宣传和造势的情况下，赵世龙把筹码都放在了新闻内容上，只有“内容上去了，发行和广告才会跟着上去”。他原定的计划是“冲三个月，视情形而定再转轨”。

第一期报纸头版安排了《黑龙江掀起肃贪风暴》，报道黑龙江5名高官下台一事，二版的《一个省人大代表的涉黑之道》，三版的《廉政访谈死而复生》和《国资拍卖》，对象涉及福建、湖南、广西诸地，夹叙夹议，结尾意味深长。B叠四个版的评论不乏惊人之作，头条《精简机构应从省委副书记开始》，被视为颇为超前的论断，配合新闻报道所发的《太平矿难谁该引咎辞职》，矛头指向了"省一级"……

在众多报道当中，A4版独家刊发的《南师大女生停课陪舞事件调查》[①] 在当时即引发了强烈的轰动效应，网络上相关的评论逾万条，在年末更被新锐杂志《新周刊》评为"2004年中国社会关注的十大热点新闻"之一。

颇具戏剧性的是，这篇报道曾数度面临流产的命运。采写报道的记者姚海鹰感叹："这条新闻出台的背后故事，很曲折，但这种'曲折'不是采访本身，而是来自当时报社对新闻价值判断与把握上的讨论与分歧。"

2004年9月30日晚上8点多钟，姚海鹰在对外公开的新浪线索邮箱发现了一封举报邮件，主要内容为：中秋节前一天，南京师范大学校领导强行指派音乐学院全班女大学生陪舞，接受陪舞的对象是江苏省主要部门38名正副厅级领导（最高级别官员是一名副省长），其间，他们正在参加江苏省委党校的"厅局级干部学习班"。

这是一个让姚海鹰颇为心动的时刻。他看到邮件后第一反应，即是用双手紧紧脸，然后迅速关上电脑来到大街上，看似散步，但脚步却并不从容。"我不是一般的兴奋，因为，我意识到了这是个十分难得的好'料'"。

他掏出手机给《三联生活周刊》的一个朋友打电话，对方听完这个线索的具体内容后，并没有分享他的激动和热情，而是直截了当地提出反对意见："整个陪舞过程中并没发生性侵害，如果这样的话，就是没有新闻兴奋点，很一般！""你说的'性侵害'固然没有，但性质是很恶劣的，主要是性质！"姚海鹰反驳。

这位资深记者朋友的"建议"并没有让姚海鹰变得沮丧，考虑再三后，当晚深夜，他向《新周报》公共邮箱申报了这个选题，为了提请报社重视这个线索，还特别给记者中心负责人发了一条手机短信："有一非常重大选题已发至报社邮箱，请注意查收。"

第二天早上，姚海鹰一到报社就与同事讨论这个选题。与设想的不一样，还是有人认为"类似这种陪舞现象社会上太普遍，不特别值得关注"，有负责人建

---

① 原文及后续报道、相关评论可参见新浪、腾讯网页 http：//news. sina. com. cn/s/2004－10－26/14284710126. shtml；http：//news. qq. com/zt/2004/evildance/。

议他：继续找更厚重的选题。也有人提出能否把这个线索做成一个“舆情版”，即把事件部分简单化，重点采访社会各界对此事的看法。

“低俗的社会接待风气居然蔓延到了‘德高为师、身正为范’的著名师范大学校园内；接受陪舞的，是厅局级高级官员，并且还是在参加省委党校学习提高期间。这两点，就足以让中国所有的公众关注。”出于对自己新闻价值判断的坚持，姚海鹰找到了主编赵世龙，赵世龙也同意他的判断，认为这不是单纯的桃色新闻。经过沟通，记者部主任占才强原则上同意让姚海鹰先去南京师范大学摸摸情况。赵世龙还特别交代了几个需要抓住的点。

国庆节结束的当晚，姚海鹰乘火车赶往南京采访。

在南师大的三四天里，他采访了几位学生当事人和家长以及相关老师和校方负责人，“接受陪舞的都是厅级高干，很难采访到，只能通过学生、老师等进行佐证。”在学校宾馆服务员的配合下，姚海鹰找到了陪舞场所试图对此事进行核实。为了保护这两位线人，他在文中将其身份做了模糊处理。

“我清楚地记得，具体安排陪舞一事的南师大校长办公室主任得知我的来意后，很惊诧地反问我：‘安排学生陪领导跳跳舞还值得你从武汉赶来采访吗?’他很等闲视之的样子，也因此，采访这个核心人物就很简单了。”

对校方的采访还算顺利，姚海鹰当时没有带笔记本电脑，为了让编辑部尽快看到稿子，只能泡在网吧里熬了 5 个多小时，写了 7000 多字的稿件传回报社。之后，他即刻返回武汉，“当时我心里没底，也许报社就真会把它当作一个一般新闻稿来处理吧”。

“姚海鹰的采访能力很强，比我原先想的挖到的还多。”收到发回的稿件，赵世龙在调查版编辑黄建伟修改的基础上，又亲自对稿件进行了改动，“我每个地方看得很细，越是杀伤力大的新闻，越是要谨慎，比如和事件有关的人身份被隐去，这也是考虑到生存，讲求技巧，我们就报道事实本身，尽可能地安全发表。这个稿子也不会有太多政治风险。稿件入库，占才强看版时来找我，他还是觉得又没有发生性侵害，这个事没有太大的意思。我认为在南师大这样的全国重点学校发生这样的事情，是具有政治和社会意义的，倘若发生了性侵害，这个事情反倒变得庸俗了。”

据姚海鹰事后了解，为减轻他的思想负担，报社后来几次关于这个稿件能否刊发的讨论会都没让他知道，意见正反双方数度争论得面红耳赤。最终，赵世龙等人力排众议，经集团领导拍板后，决定在 10 月 26 日《新周报》创刊号上刊发这篇报道。

出乎所有人的意料，报道引发了各大媒体包括新华社记者的追踪跟进，事实上成了《新周报》创刊号上最大的亮点。中央人民广播电台《新闻观潮》栏目也就此事连线姚海鹰做了一期节目。

> “《南师大女生停课陪舞事件调查》的稿子出来后，有关部门到处找我们的报纸，也找不到，因为我们当时还没有走‘邮发’。后来，他们在街上买了20份，拿回办公室人手一份地审看。第一期的阅评并没有发现问题。”
>
> ——赵世龙

《新周报》创刊时印刷13.78万份，第二期报纸风采不减，印数已达15万。

除“南师大陪舞事件”以外，11月10日第三期报纸独家刊登的，由记者吴采平报道的《山东邹城一女播音员死在副市长家床上》一文反响最为热烈，两篇报道均入选《新周刊》杂志“2004年中国社会关注的十大热点新闻”之列。

在被公认为舆论风气相对保守的武汉，《新周报》的锐意让很多武汉市民感到意外和欣喜。即使把视野扩大到全国观察，相较于此时大多数表现平淡的媒体，《新周报》在舆论监督方面表现得气势如虹，也让很多人欣喜、意外、担忧和密切关注。

“雾隐楼台”

人前的红火并不意味着人后的风光。《新周报》风生水起的同时，来自内部和外部的各种矛盾和压力也在潜流暗涌。

“第一份报纸出来时的激情，那些围在乒乓球桌前一起吃饭时的亲密，还有讨论会时自由率真的言谈。新周报的评报会大概是中国最自由的评报会，觉得主编说话时间长了，记者编辑可以直接告诉他，你说多了，让别人也说一下，觉得社长说的和自己的意见不一致，可以直接跟他说，我不同意你的观点。每个人都可以畅言，每个人都可以指点。”西祠胡同论坛里活跃的版主“老宋”无比怀念在新周报工作的那段日子。

而赵世龙更愿意用“人生不满百，常烦千岁忧”来概况当时的心境。作为主编，应对来自业务、团队、宣传体系和社会各方的压力，注定要比其他采编人员有更多的焦虑甚至焦躁。这种每天“坐在火山口上”的生活让他感到“一点都不开心，一点都不纯粹”。

内部矛盾中首当其冲的，是知音集团高度集权的体制和新周报人事上的摩擦。

> “我是在多么艰难的条件下办报，在知音这种体制下努力为新周报采编人员营造一种民主宽松的氛围。知音集团的老总不在，我甚至连一打复印纸都无权审批。包括知音集团的几个常务副总都没有权力批。知音在操控这张报纸时，没有表现出任何放权的意思，甚至真正的采编终审权也在老总手上，全方位违反了与我签订的主编工作合约。”
>
> ——赵世龙
>
> “赵世龙和冯小平矛盾愈演愈烈，那时胡勋璧比较少到新周报来，一来就很郑重地开会。有一次当着他的面，冯小平、赵世龙争执起来了，这让胡觉得颜面大失。”
>
> ——占才强

《新周报》高层人事冲突同样困扰着知音集团，同时报纸锐意的报道方向也让缺乏办报经验的母体颇为不安。“胡勋璧在以后跟我说，他觉得这样做风险太大，报道反腐败、司法不公，跟地方政府、权势集团硬碰硬，知音在政治保护上的能量是不够的。”杨海鹏事后回忆道。

第二期出刊后，知音集团即召集各个记者站的站长到武汉开会，要求几个站长对报纸作出评价。杨海鹏在会议上对第一期提出批评：“当时，我给第一期报纸打60分，觉得如此下去，这张报纸会有生存问题。而且，当着胡的面，我再次要求报纸能够强化民生报道，把监督对象尽可能转向与民生直接有关的公共服务部门和公司。实际上，知音集团的资金充裕，完全可以从容地做，没有必要追求短期效益，增加政治风险。”

“我年纪大了，不想再次漂泊。但报社的年轻人，想法不一样。他们完全被一种激情裹挟。”杨海鹏说。

据占才强回忆，胡勋璧传达了集团已经做出的休刊三期的决定后，请大家谈看法。“世龙在谈看法时是反对休刊的，黄建伟老师、小鸣和我，在场其他人没有谁是赞同休刊的，大家一片沉默。”

另一位在场者李小鸣表示，他当时的建议是：“我们甚至可以登载新华社发的消息，但不能把这份报纸停掉。”

“后经集团高层做思想工作，在场者只好表态，接受集团决定，休刊调整后尽快出报。”占才强说。

12 月 8 日，未发行的第七期报纸出刊当天，《新周报》的网站上出现了一则“敬告读者”，称“本报因搬迁新址办公，本月休刊三期。2005 年新年之际，将以全新面貌与读者见面”。知音正式对外公布休刊决定。

铩羽之殇

《新周报》休刊的命运已无挽回之势，赵世龙选择提前离开，用他自己的话来说：“离开，是因为想用辞职来保住这样一份报纸，也因为疲惫于身前身后各种谋划力量的表演，不想亲见这份报纸休刊后即难以复刊的残忍过程。”

12 月 10 日当天，赵世龙离职的消息不胫而走。在从武昌到汉口火车站一个多小时的车程中，他记得自己接到了近百条短信和数十个电话。关注者中，深圳青年作家俱乐部创始人刘建永写下了《是谁逼走了赵世龙》[①] 一文，他还在当天晚上收到过《新周报》一位成员发来的大哭头像。

赵世龙的出走也引来了报社内外种种猜测和议论，其中不乏对他政治把控能力和处事风格的评论，他并不接受那些针对其个人的批评。

让外界关注的还有知音集团为何力主休刊。作为集团在《新周报》的实际代表，占才强从与胡勋璧的多次谈话中捕捉到了几点信息。

> “一是知音集团认为报纸方向危险，想利用这个机会调整版面内容，不要过于激进，多些建设性的东西。二是新周报第 5 期和第 6 期的要报

① 原文可见 http：//www. yuluncn. com/article/show. asp？ id = 807 及 http：//blog. sina. com. cn/s/blog _ 48d24c56010006vr. html。

数量、实销率下降，让胡勋璧开始对报纸产生怀疑了。胡勋璧是做《知音》杂志出身的，多年的实战经验告诉他，发行量下滑，说明内容并未赢得读者。还有胡总一直对新周报的人事问题头痛，他认为报纸的核心骨架散了，也想借休刊进行调整。”

——占才强

知音公布休刊决定之前，赵世龙去意已决，知音也早在酝酿接替其负责《新周报》事务的人选。

12 月 10 日，胡勋璧在告知全体成员赵世龙辞职后一个小时，宣布由上海站站长杨海鹏出任编委会召集人。

在这样一个敏感时刻去武汉接任《新周报》，杨海鹏自觉像是“床底下拉出个黎元洪”，而他在决定公开宣布前半小时才与胡勋璧有了第一次私下谈话。

“我对知音的要求是，不要主编名分。一是一旦报社关门，外人不了解，以为是我办砸的。二是自己不愿意离开上海，我与知音集团约定到武汉工作为期半年，同时向胡勋璧推荐了几个主编人选，有《南方周末》的高层，还有几个是自己景仰的几位北京新闻人。”

现在看来，杨海鹏说当初加盟《新周报》，即已意识到再造或者超越《南方周末》是难以实现的。

杨海鹏认为：“知音集团和《新周报》都缺少风险预估和政治常识。还有管理失序，采编人员都要抢占道德最高点，胁迫主编签样。”

接手《新周报》后，杨海鹏认为，若要让这样的报纸办下去，有一批强于技术分析和风险预估的专业记者是关键，在他看来，当时报社部分采编人员缺乏这样的素质。上任伊始，他就向知音建议降低包括自己在内所有报社人员的薪酬标准并根据绩效开除包括成都记者站站长在内的 5 个人，“但是命令下去有些人开不掉，他们已经形成了很强的保护网”。

可以想见的是，此时《新周报》内部议论纷纷，休刊和人事的更迭，让下面的采编人员对报纸和自己的未来惶惶迷茫。“这个信息反馈到知音高层那里，知音想复刊的决心开始动摇了，而之前集团和报社对复刊的态度都是积极的。”占才强说。

此前不久，创刊号头版文章《黑龙江掀起肃贪风暴》里一个细节引发的后遗症也让知音集团感到压力。

这个细节涉及到当地电视台的一个频道总监，赵世龙在审稿时将其标注要求核实，但相关人员在反馈过程中出现了失误，民间传闻被当作事实出现在了当天的报纸里。当事人不满，找到东北某位退休官员给湖北省有关方面去信交涉。这封信被层层转到知音集团，有关部门希望其对此进行核实，如果错了需要纠正。

在武汉的这段时间里，杨海鹏等人对这件事情进行了处理。知音对此很重视，派出集团法务部主任、法务部干事和占才强等人去哈尔滨与当事人协商，最后彼此达成了一个赔偿协议。占才强认为，在所有引发争议的报道中，这篇文章对知音集团造成的影响最大。

2005年春天接二连三的大雪，对《新周报》似乎是一个预兆。这年春节过后，很多新周报人幻想中的复刊，没有如期到来。

杨海鹏等人写了很多复刊申请，意料之中地，始终没有得到有关部门明确的答复。

“再做这种报纸不可能了。”杨海鹏与胡勋璧沟通时打了个比方，“知音面临着改制，甚至未来的上市问题，旗下的期刊都是听话的‘闺女’，有了《新周报》这个爱闯祸的儿子，小小的问题，都可能被人用放大镜看。”

知音集团名为全国资，实际上是由集团领导者个人创立的期刊。“在传媒产权政策松动之前，作为创始人的胡和他的团队，与名义所有人的关系尚为承包关系。人事任命权也在名义所有人手里。创始人在私有化前被排挤掉，无法享有自己数十年打拼的成果，这类故事在中国改革史上太多了。”

杨海鹏知道上述这席话“很残忍”，但只有如此才会使知音集团迅速地作出决断。他那时要面对的是休刊期间，春节将至，员工的工资发放问题。“胡勋璧不发话，集团其他领导无人决策。如此，复刊未成，劳资先起冲突就更让人看笑话。”

经过协商，采编人员的劳资问题得以解决，而集团关于报纸停刊的决定，也成定局。

《新周报》正式停刊的日子，恰巧是2005年的3月15日。一年半后，当人们再次看到“新周报”的报名时，它已经转变为知音旗下的一份文摘类报纸。

结　语

生命之谜如此深奥，通向答案的道路不会只有一条，为什么我们不能用自己的方式探寻谜底？

——昆塔斯·奥勒留·西马克斯

因这份报纸经历过悲喜的大多数新周报人，至今仍在新闻的道路上行走，跫音笃笃。《新周报》留给他们各自的体悟和思考，关乎理想，关乎现实。

对于报纸的夭折，占才强和姚海鹰认为其不该被过多曲解，更不必单纯臆断是遭有关部门抹杀。“原《新周报》每位编辑和记者曾经的付出都值得尊重，但也同样需要自我反省提升，不仅是职业素养，也包括从业心态，这才是中国新闻界值得乐观的基础。”姚海鹰说。

“《新周报》是很多人合力的理想和努力，并不是一个人的行为。回过头来看，失败一次，也没多大的事，我也赢得了广泛认同。”赵世龙自觉湖湘文化越挫越勇的精神气质始终在自己血脉中奔涌，自己的新闻理想不会因为一次短暂的尝试而消弭，“做自己想做的事，默默地坚持，环境不容许就做一些能被容许的事，读书、思考，天地之大，多走一走，主要是不迷失自己。我很爱这个转型时期的中国，希望在和自己人生重合的这个时段的中国做一个新闻人，客观真实地记录未来社会转型期中关键的二三十年，并适当地参与历史的进程。”

不退缩，亦不盲动。

基于对当下媒体生态的厚重思考，杨海鹏认为记者作为记录者和守望者，应该寻找一种新的叙事手段和分析的技术：“现代记者必须要对社会进行制度化研究。比如同是写反腐败，《财经》的《马招德卖官链》里运用扎实的财务分析，借用商业模式，来揭示分析官场的地下经济行为的做法很值得称赞。”

无论争议、成功抑或失败，这样一群新闻人的身影连同这样一份凝结着“做中国第一新闻周报”理想的报纸，已然被定格在了中国新闻的历史记忆之中。而与之相关的全部的真相和意义，也将在历史的长河里逐一清晰和得以证明。

《社会记录》：一个异类央视节目的五年史

□ 沈亚川[①]

五年，66个精华，1000多期节目，《社会记录》已成标本，却肌理丰富、结构复杂，且留下回忆、摇曳梦想。

2008年3月的一天，央视新闻频道编导何萍给北京一家都市报的女记者打了个电话。何在电话里痛斥对方："你看过《士兵突击》吗，我告诉你，你就是702团里面编团报的那个傻叉宣传干事！"

何是央视新闻频道一个刚被撤销栏目《社会记录》的编导，她的愤怒不仅是栏目被撤销，而是这家都市报记者在报道中称"《社会记录》被撤销是因为央视每年底对栏目收视率和观众满意度调查的结果"。

"这是一种羞辱。"何表达的是对栏目死得不明不白的愤怒，她不能容忍栏目撤销的原因被这样解释，而她的同事们却是另外一种忧伤——实际上《社会记录》被撤销的消息，早在1月中旬就已悄悄传开。

1月14日这一天，何的一位同事在博客里留下一篇题为"天使折翼"的帖子，说想哭，哭不出来；另一位女编导则留下一首诗：空气漫过了，没有气息，时间经过时，突然停了，这群人很悲伤。一位还没来得及签约的编导则在博客里写道：我家的《士兵突击》很照顾我的感情，一到14集就卡壳……

《士兵突击》第14集是钢七连解散。从2007年下半年开始，《社会记录》制片人李伦就强烈推荐大家看这部电视剧。彼时央视刚开始大张旗鼓地清理黑工，相当一批数量的未签约员工被迫以各种方式离开了节目组。大家判断李的用意，是让团队学习这个片子主流价值观创新表达的同时，进一步凝聚工作之上的

---

① 作者沈亚川，笔名石扉客，《南都周刊》主笔，原央视新闻评论部《社会记录》编委，此文原刊于2008年4月25日《南都周刊》，修改后收入本书。应受访者要求，文中何萍、姚一五、陶华、刘丽乔均为化名。

价值观共识。

3 个月后，《社会记录》被宣布撤销。事后回想起来，何萍感叹一语成谶。虽然新闻频道改版的风声早有耳闻，但《社会记录》的每一个人都没能想到，这个开播近 5 年的栏目，恰和钢七连的结局一样。

意外之死

《社会记录》的第一期节目，开播于 5 年前的 2003 年 5 月 1 日，其时恰是央视新闻频道试播出的第一天；最后一期节目，播出于 2008 年春节前的 1 月 31 日，也正是新闻频道开播 5 周年的前夕，因为要上《迎战暴风雪》的直播节目，这期名为《验房师的故事》的节目甚至连制作完毕的下集都未能播出，栏目就戛然而止。屈指算来，这个日播深度报道栏目，在 CCTV 新闻频道上播出了 1000 余期节目，一共存活了 1730 天。

按照央视内部公示的栏目生存规则，每个季度都会有综合指标排名，这个指标包括收视率、专家意见和观众满意度等综合数据，再加上相应的播出时段系数，成为央视每个频道考评节目的决定性依据。进入频道倒数三名范围内的，会被黄牌警告，连续两次获警告，栏目会被拿下。据悉，此前央视新闻频道的《声音》和《央视论坛》等节目，就是因此原因被拿下。

央视官方也自始至终没有公开宣布过《社会记录》撤下的原因。从获知的央视新闻频道开播 5 年来季度考核综合指标数据来看，全频道 20 个左右节目中，《社会记录》几乎每次都在前 10 名之内，《社会记录》被撤销显非此因。

尽管按照央视新闻中心的规定，任何员工未经授权不得对外以任何形式发表和职务相关的任何意见，但《社会记录》主持人阿丘在接受上海《新闻午报》采访时，提出了栏目被撤销的一个说法，是因为“时效性不够强，和新闻频道的定位不符”。

颇具讽刺意味的是，《社会记录》在新闻频道消失一个月后，2 月底出版的《新闻记者》杂志刊登了一篇名为《社会记录，真在记录社会》的文章。文章说：“不管是硬新闻还是软新闻，远的像衡阳大火、佘祥林案，近的如肖志军拒绝签字、陕西华南虎照片真假，《社会记录》往往抢在 CCTV 所有栏目之前甚至在CCTV独家报道。”

作者感叹：“它的LOGO，只是一块小小的拼图。当我面对凤凰卫视和报刊的同行还有非同行观众，亏得这块拼图，减轻了一点点我内心的恐慌。”

这篇文章甚至比较了同属央视新闻评论部的《社会记录》和《焦点访谈》两档节目，觉得“《焦点访谈》是文，《社会记录》是笔。有韵为文、无韵为笔，《焦点访谈》韵文居多，有人觉得专事歌颂；《社会记录》是笔记、是小说，编辑、记者和阿丘都有些蒲松龄、纪晓岚的神韵。理想状态，《焦点访谈》监督政府，《社会记录》价值重估”。

文章的作者，是时任《焦点访谈》主编的庄永志。

偶然之生

在何萍的记忆中，《社会记录》的出现纯属偶然。

2003年5月1日央视新闻频道试播，此前一个月，频道整体方案上报到中宣部和国家广电总局，一位主要领导提出新闻频道应该有一期纪录片节目，《社会记录》由此而生。在央视一个著名的纪录片栏目《生活空间》（《百姓故事》的前身）拍了近10年老百姓的李伦，得以竞聘成为这个新栏目的制片人。

“在央视这棵大树下，成为一个栏目的制片人，就意味着弄了一块地做小地主，有了种什么和怎么种，以及请什么人来种的相对自由。”原南方报业集团记者姚一五，在《社会记录》开播不久后即应李伦之邀北上加盟，多年后如此评价李伦和《社会记录》刚开播时的情形。李是姚多年交情的老友，姚回忆，他北上那时节北京城正是萨斯（SARS）肆虐，杨絮乱飞。

39岁的李伦，一头长发，见人先带三分笑，在新闻评论部以做人低调和好脾气著称，以至刚开播的时候，栏目组里新来的实习生们总把这个点头哈腰的制片人误认作打杂的司机。

对李伦来说，2003年的4月是个纷乱繁忙的季节，忙着揽人，找办公室，筹备开播。几个从《百姓故事》出来的老编导和一帮实习生成为这块地的首批长工，何萍也在此时得以进入这个新栏目工作。

“社会记录”这个名字其实也是偶然。李伦回忆，开始想过一系列名字，“新记录"、"镜面"，甚至"世说新语"、"世语新说"等等，李伦希望借这些现在看来也还相当另类的名字，表达一种有别于央视常规语境的视角。最后，时任新闻评论部主任的梁建增定下了"社会记录"这名字，梁同时给李伦找来的主持人邱孟煌定了一个后来迅速蹿红的名字：阿丘。

如同栏目的名称一样，《社会记录》的 LOGO，也有过诸多选择。开始试图用一个迷宫图案，最后确定下来的 LOGO，是一块"拼图"，每天晚上准时出现在央视新闻频道屏幕上阿丘背后的淡蓝色布景上。但李至今觉得这个使用了好几年的"拼图"LOGO，还是未能准确传达出这档节目蕴涵的意味。

他最满意的，是片头曲音乐，这首曲子至今保存在李的手机里。这首猛一听有点像天气预报音乐的曲子，创作者是演员周迅的音乐制作人曾雨。李清晰地记得，他曾经向曾雨如此描述自己想要的音乐标准：要现代、清新，又不要像《新闻联播》那样情绪太强；要有行进感，又不要像《焦点访谈》那样强势……

"我只记得那时我特痛苦，几乎没一个人能清晰理解我的意思。其实到现在我才知道，我那时自己也不知道到底想要表达什么，但我知道我一定不想要什么。"

包老片的时光

似乎是巧合，《社会记录》最后一期节目和最初一期节目，都是包老片。所谓包老片，是将其他栏目已经播出的节目重新加工播出，这是电视圈内经常出现的应对播出方法，术语叫资源再生，说白了就是废物利用。

《社会记录》的编导们事后回想时开玩笑说，节目虽然和新闻频道同生未共死，和包老片却是共始终。如果说最后一期节目包老片，是当时栏目已确定撤销，无力再组织生产新节目，那么在 2003 年刚开播时，包老片的节目持续了近半年时间，则和当时的节目播出时段和栏目定位息息相关。

《社会记录》刚开播时的广告词是："不看不睡"，言下之意是对不起您，我们这个节目实在太晚了，看完了您也就该睡了——时段定在央视新闻频道晚上 11 点 40 分播出。毋庸讳言，在收视率和广告价值上，这几乎是个令人绝望的时段。

在那个时候，《社会记录》还只是试播出，随时可能因综合指标不达标而拿下。为了在残酷的节目竞争中求生存，《社会记录》一开始就确立了别具一格的讲故事模式，这一点从此时另一个已近俚俗的节目推广语可见一斑：“你看了吗？你听了吗？百姓民生，我指给你看，凡人小事，我说给听。”

但这个在垃圾时段播出的深夜节目，同时也获得了部分宽松的表达空间。初创阶段的《社会记录》，在部分原创新闻节目中已经开始初步显现出和央视本身格格不入的节目气质。

这段时期的代表作，是编导王阳制作播出的一期节目《大桥下面》，以纯纪录片的方式朴素地呈现了沈阳一群流浪汉的底层生活状态。在此之前，这类社会边缘人群从无可能以如此大的篇幅，以如此积极正面的形象进入央视这样的主流传播渠道。李伦回忆，当时的审片领导就已经警告，这种类型的节目已经接近央视播出的底线。

另一方面，这种坐吃山空以包老片为主的日子显然不是长久之计，半年后，《生活空间》和《百姓故事》时代的老片已经快包光了。2003年国庆，节目组全体成员在香山开会。和姚一五一样，前《南方周末》记者赵世龙此时也应邀北上，时任《社会记录》编委，香山会议上的激烈争辩给赵留下了深刻印象。这次会议后来也被称为是节目组的一个关键转折点。

李伦让竖起一块大黑板，团队里每个人把希望《社会记录》承载的元素，归纳成一个词后写在上面，不断擦掉重复和接近的概念，合并同类项到最后，只剩下当时刚被邀请到栏目工作的随笔作家王开岭提出的“良知”和“审美”两个词。而赵世龙则强调《社会记录》一定要做原创新闻，要把新闻“织细织密”，赵的火爆脾气和大嗓门，也给大家留下了深刻印象。

香山会议后，“良知”和“审美”这两个词，能否成为这个跌跌撞撞的新栏目的价值观共识，还在激烈的争议中，随后的衡阳2003年“11·3”大火迅速点燃了这个团队的新闻热情。以副制片人郭佳和编委赵世龙、编导沙洛、助编范云环组成的《社会记录》团队，在央视所有栏目组里最早到达现场，传回的素材在同属新闻评论部的《社会记录》和《焦点访谈》节目组制作播出了六期节目。这是在针对硬新闻和突发事件的抢拼战中，《社会记录》第一次真刀实枪的成功尝试。

但在随后发生的河南黄勇案和开县井喷事件中，《社会记录》碰到了和兄弟栏目同质化竞争的问题。在大家都能做的新闻中，当日播出时段占尽劣势的《社会记录》如何抢占制高点?《社会记录》的优势是事实传播还是价值探讨?做新闻开掘还是评论梳理?李伦的焦虑使得《社会记录》的脚步陷入了犹疑，赵世龙随后也离开了节目组。姚一五回忆，被一把大火点燃的新闻热情，在随后的开县井喷事故里又迅速泄了气。

恰在这时，原新闻评论部副主任陈虻提出了评论空间的问题，这个电视业界声名卓著的大佬，是李伦在《生活空间》做编导时的制片人，也是《社会记录》的分管领导。陈认为《社会记录》还是应该以做新闻为主，以评论为主打的路不好走。李伦回忆，这个老领导的理由很简单，但很准确，即做评论不能只说四平八稳的道理，而在央视这个平台上又必须遵循话语的平衡。

在一年后的新闻频道第一次改版中，另外一个主打评论的节目《央视论坛》停播，似乎坐实了陈虻的隐忧。

2004年春节后，在凯瑞大酒店的一次会议上，李伦如此评述新闻频道的诸多节目:《焦点访谈》有其舆论监督的看家宝，《共同关注》有采访部的独家支撑，《每周质量报告》有曝光食品安全的杀手锏，《法治在线》有和警方长期合作的良好资源，那么《社会记录》的核心竞争力在哪里?

“那个时候我天天睡不着，天天晚上出虚汗，天天失眠，然后白天头疼晚上失眠，我也不知道到底是因为头疼导致失眠还是失眠导致头疼。”5年后，李伦如是回忆当时的极度焦虑。

阿丘式道路

在电视业界专业人士看来，主持人是电视节目的符号，也是节目价值观的承载者。姚一五觉得，《社会记录》主持人阿丘这张脸，在某种程度上可以起到解构CCTV的作用。

而根据李伦的描述，当初对这个栏目主持人的设想，其实是想找一个女孩，在演播室里能率性地哭，敢咯咯地笑，在找阿丘前，他曾找过无数人来试镜，包括现在的《新闻调查》记者柴静，甚至想过电影演员陶虹——那时李伦刚看完她主演的《空镜子》。

最后，这个广西南宁的小品演员邱孟煌来了。试录节目是在中华世纪坛下面的新闻频道演播室，何萍的同事陶华当时在现场，看到陈虻边看边点头，说这个小个子有观众缘，一定会火起来。

但刚试完镜的邱一头汗，李叫住了全无自信的他，说别急着走，留下来试试。陈虻所说的观众缘，李伦理解，是央视语境下一种有别于其他常规栏目的平民语态，而邱孟煌恰好长得很家常甚至有点“歪瓜裂枣”，普通话不那么标准甚至有点南腔北调，姿态不那么义正词严。

这种和央视主流语态刻意差异化的特质，也是为晚上11点40分的播出时段度身打造。李伦决定，倾全栏目之力打造和包装这个登上前台说新闻的小品演员，让其外在的差异化特质内化为亲切、睿智的人格特质，最终成为一个有传播价值的电视符号，即所谓：脸上嬉笑怒骂，心里是非分明。

节目里的每一句话，甚至每个标点符号，都是由编导事先写好，反复修改，邱孟煌要做的，是坐在字幕提示机前，听从监控台前编导的指令，根据每期节目的内容，尽好一个演员的本分。这个时年35岁的广西男人邱孟煌，从此成了央视主持人阿丘。

对一个非直播的录制节目而言，很难说这种电视手段的技术化包装在当时有什么后患。假以时日后，事实上也收到了陈虻所预期的观众缘效果。何萍回忆，栏目组里收到了大量写给阿丘的观众来信，多有对这个小个子主持人的机灵睿智和能说会侃的惊叹：“阿丘老师，您太了不起了，每一句话说出来都是警句啊!”

这种包装的成功也赢得了业内的部分赞许，2006年5月在北大新闻学院召开的《社会记录》开播3周年研讨会上，中国青年政治学院的新闻学教授展江甚至以“电视节目主持人里的葛优”来比喻阿丘。阿丘本人则在央视国际的一篇帖子里，感叹自己其实只是一只鼠标，“脊梁上有无数的人来点击和操纵”。

在成功包装出阿丘这个非主流标志性符号的同时，李伦也为《社会记录》赢得了一个非主流的操作空间。在央视的语境下，一些话放在罗京的嘴里决不能说，但从阿丘的嘴里，以这种稍显另类的方式说出来，既能给人留下深刻印象，也往往会得到体制的宽容。“领导会想，这是阿丘说的嘛，不要紧，又不是白岩松和罗京。”有人如此戏言。

2004年底前的《社会记录》，尝试着拓展这种另类主持人形态和特殊播出时段叠加在一起所带来的空间，介入到一系列更敏感的新闻事件当中。这一年的3月，编导徐婵娟、苗淼采访播出的《宝马飞了》、《宝马归来》，在央视内部率先介入陕西彩票宝马舞弊案，《新闻调查》、《焦点访谈》、《经济半小时》、《时空连线》等随后迅速跟进。媒体的集中关注，使得这一地方新闻迅速发酵成为著名的全国性公共事件。

4月，编导沈亚川、摄像王蜂深度介入到当时被称为网络争议第一案的湖南湘潭女教师黄静离奇死亡事件，并在全国媒体中率先采访到案中核心人物姜俊武，随后播出的《黄静之死》上下集，创《社会记录》开播以来被转载最多的纪录。

该报道的另一个标本意义，是《社会记录》自此开始注意到传统媒体和网络互动的巨大空间，以后也的确制作播出了相当一批紧扣网络热点的报道，如编导胡蓉采访制作的报道陈易卖身救母事件的《我本善良》、编导郑波采访制作的网络事件天仙妹妹的《天仙之惑》等。

2004年年底的国际助残日，《社会记录》播出了一期节目《雁城往事》。这期同样由沈亚川和王蜂在上半年采访制作的节目，从保护弱势群体就是保护整个社会健康发展的角度，忠实报道了衡阳市珠晖区的一起恶性案件，残疾人罗贤汉因残疾人三轮车运营问题纵火和副区长邹传云同归于尽。

尽管此前《经济半小时》也从健全残疾人社会保障制度的常规角度报道了这一事件，尽管《社会记录》这期节目在播出时已经由两集压缩成一集，但该期节目事实上延续了从《大桥下面》肇始的对社会边缘群体的强烈关注，并已从单纯的人文关怀上升到了对政府部门和既得利益阶层的审视。其浓郁的“不和谐”气质，使得这期节目受到了监管部门的严厉批评。

即便如此，到2005年的时候，凭借这些节目造成的影响，《社会记录》在新闻频道的生存已经不是问题。但接下来出现的一个情势是：从选题筛选到方向解读，节目内容都不得不和阿丘这个非主流意识形态的栏目符号相匹配，越来越强化其民间立场和微观叙事，呈现出游离于主流之外的边缘化色彩。

王开岭的一句名言是，“我们就是要饭碗里养金鱼，就是要被窝里孵恐龙”，而姚一五的忧虑则是，这种当初出于生存策略化考虑的阿丘模式，会不会慢慢成为栏目发展和转型的一个瓶颈。金鱼养死了怎么办？没孵出恐龙只孵出了四脚蛇又怎么办？

一个故事是，央视一位副台长曾半开玩笑地对李伦表达某种意味深长的担忧：说一天晚上做梦，梦见阿丘居然在主持《新闻联播》，说着说着突然跳到桌子上说起来了，把他也一下子给吓醒过来了。

凤凰新媒体评论频道主编彭远文曾在《社会记录》做过两年编导，他形容

《社会记录》：用一个字是“偏”，两个字是“边缘”或“异数”，三个字就是“非典型”了。“这些词既没有褒义也没有贬义，放在不同的位置有不同的意义。比如从新闻专业主义的角度说，这种偏有时候就不够堂堂正正；从央视这个平台来说，这种偏就显得意识形态味道比较少。”彭如是表述。

在开播3周年时，《社会记录》在北大新闻学院展播。有学生感叹，仔细看每一期节目的名字，报道佘祥林案的《油菜花开》、天津医疗事故盲童案的《你的眼神》、记录都市人群生活状态的《地铁陌生人》、近似文化寓言片的《一只特立独行的羊》等等，串起来都像一首诗。与之相比，《新闻调查》的每个片名，都像是一篇社会学调查报告的的论文提纲。

与此同时，被不断强化另类色彩的《社会记录》节目本身，随着其影响不断扩大，首播播出时段也逐渐前移，开播一年后就从晚11点40分前移到11点30分，到2005年5月1日新闻频道第一次改版时，大幅前移到晚间10点05分，这意味着《社会记录》已经进入和2年前天壤之别的晚间黄金时段了。

这次调整之突然，让《社会记录》团队一时措手不及。一次编委会上，王开岭甚至表示不希望时段提前，因为在这个黄金时段，以前阿丘可以说的话都不方便说了。成长中的《社会记录》，开始面临自身的另类色彩和央视语境之间的自洽问题。

“喉舌”的技巧

这其实也是陈虻的隐忧。

陈虻在10年前开创的《生活空间》，通过“讲述老百姓的故事”创造了中国电视业界的一个神话，业界对其口碑是，这个栏目为后人留下了一部小人物的历史。李伦承认，《社会记录》的精神气质，部分源于《生活空间》，他希望《社会记录》能秉持和传承这种民间立场和微观叙事的价值取向。

一个玩笑是，如果《社会记录》获准可以采访某位政治局常委，采不采？李伦的态度是，不采，理由是：“这样的节目，我妈不爱看。”作为一个央视新闻频道播出的新闻专题节目，《社会记录》从不参与两会、党代会、重大典礼或工程竣工之类的所谓主流新闻事件，一方面是节目气质使然，另一方面也可见其在央视体制内的另类色彩和尴尬地位。

陈虻担心，10年前的《生活空间》选择了一条非主流意识形态的道路，但不是做新闻，而是通过记录小人物的命运来承载这个使命，这条路《社会记录》未必能复制，因为在新闻频道播出的《社会记录》，做的是以社会事件为主打的社会新闻，而社会事件有主流意识形态所规定的价值方向。姚一五理解，这就是“喉舌”的功能，即便如《南方周末》，做“喉舌”也是需要技巧的。

李伦并不认为他试图挑战主流意识形态，他一直强调《社会记录》是社会的建设者，而《社会记录》多年来一直在做的一件事情，不过就是回归基本的新闻常识。李的朋友、央视法制专题部主任钱蔚也认可李这个看法，在一次研讨会上，她认为回归了常识的《社会记录》是“孤独的胜利”。姚一五理解，钱蔚所说的“孤独”，是指《社会记录》对选题的选择，叙述语境和思维方式的自我。

2005年10月，编导沈亚川和彭远文拍摄了两期反映甘肃发廊女不幸命运的片子，这两期名为《日记》的节目播出后让钱蔚为之泪下。彭回忆，接受采访的中国人民大学社会学教授潘绥铭看到节目后又吃惊又兴奋，称《南方周末》报道这个不奇怪，央视能播出这样的内容就匪夷所思了。文化学者摩罗则将《社会记录》这个重要关注领域归纳为社会学上的“底边弱”：社会底层、边缘人群和弱势群体。

这种对社会“底边弱”群体的关注，始终贯彻到《社会记录》长达五年的节目历史里，但几乎每一次关注，都会伴随着压力到来。《日记》的播出，使得这类压力到达高潮，广电总局收听收看中心为此专门下发题为《仅有记录是不够的》的文件，指称该期节目倾向性有问题，主题设置明显不当。

监管部门的意见，再次印证了陈虻的担忧，但李伦并不承认外界所指称的《社会记录》的边缘和另类，只不过觉得自己是秉持一种区别于常规宣讲模式的叙事立场，而目标是一致的。“你能说黄静之死和佘祥林事件是非主流吗？采撷到新闻事件中的人性闪光点，其实是真善美。”他说。

一方面是对“底边弱”群体的强烈关注，另一方面是对强力部门的高度警惕。《社会记录》5年来，制作播出了相当数量直指社会阴暗面的司法领域（广义）深度报道，主要有报道河南平舆黄勇案的《清明节后》和《永无宁日》（编导沈亚川、董然），报道郑州警察嫖娼事件的《惊闻消息》（编导徐婵娟、沈亚川），报道“路有冻死骨”的《衡生之死》（编导沈亚川），报道福州公安局警匪勾结枪杀无辜大案的《人间正道》（编导银建章），报道沈阳苏家屯区建行运钞车保安枪杀储户事件的《银行运钞车枪击案》（编导徐娜、郑波），报道银川出租车集体罢工事件的《银川出租车新规定风波》（编导徐娜）。

这些报道的特点是，完全区别于央视其他法制栏目《今日说法》、《法治在线》、《经济与法》、《大家看法》等浓厚的法制宣传和警务报道立场，也不同于《新闻调查》的揭示事实真相操作手法，更不同于《焦点访谈》的大棒政策（事实上《焦点访谈》极少做这类选题），而是直指公权力部门涉嫌腐败的公共事件，并试图在新闻元素中注入纪录片手法，记录事件冲突中人性的绽放和裂变，呈现人物的复杂形象。

在具体拍摄和采访中，《社会记录》并不提倡流行的对抗式采访，反对简单粗暴的干预和监督，坚决反对电视媒体常见的摆拍，讲究记者的发现能力、交流能力和对人的关怀能力。

在李伦看来，2005年4月播出的记录佘祥林冤案的《油菜花开》上、下集（编导沈亚川、高岚，摄像张国星），是《社会记录》这类节目的高潮和代表作。收视率记录表明，这一时期也是《社会记录》的黄金岁月。在选题报批程序和播出审查程序上，节目组也获得了相对宽松的空间。比《焦点访谈》深，比《新闻调查》快，成为《社会记录》在重大突发新闻事件上的竞争优势。

李伦认为，《社会记录》的核心竞争力，其实还不止于此，而是其定位和价值取向。事实上《社会记录》很少做《焦点访谈》式的纯粹舆论监督节目，但李承认《焦点访谈》主编庄永志对《社会记录》的定位归纳极为准确，那就是价值重估。用李伦特意撰写的一段话说，是不断“发现鲜活的社会现象（准状态），通过价值重估，努力为观众提供独立思考和判断的可能”。

栏目主编王志安更喜欢用另外一句话来表达这个价值重估的概念，那就是“《社会记录》试图呈现转型社会的价值观冲突”。检索5年来的节目，这种价值重估的努力，其实是通过讲述故事的叙事语态和纪录片品质的新闻现场影像相嫁接的技术手段，逐渐获得了业内认可。

在《三联生活周刊》副主编李鸿谷看来，新闻不过是认识世界的一种工具，《社会记录》的核心竞争力，是能在每一期节目里把“屁大点的事情做出像《焦点访谈》那样的影响力”。展江提出《社会记录》“在媒介这么一个名利场里，成功地为大众争取到了部分话语权”。北师大传播系主任于丹感叹节目“解读的空间大于事实的发布”，这个以铁嘴著称于传媒圈的女教授甚至认为，《社会记录》在“传播一种可传播的思考”。

这些业内专家的溢美之词，能让人得到几分安慰，但很难消解栏目面临的现实问题。被《社会记录》严密包装出来的阿丘，红起来后，慢慢成为央视系统内的一个共享资源，模糊掉了原先刻意打造的《社会记录》色彩，姚一五所担心的主持人瓶颈问题，迅速显现出来。

在北大新闻学院召开的3周年研讨会上，有过民营电视制作公司经验的北大新闻系副教授阿忆曾对李伦谈到，央视让阿丘和娱乐节目主持人毕福剑、和高矮悬殊的张泉灵一起主持节目，实在是不可思议。在上述场景里，失去团队包装和庇护的阿丘，呈现出和《社会记录》演播室里迥然不同的“裸奔”态势。新闻中心内刊《央视新闻周刊》曾在2006年的一篇文章里，专门提醒阿丘不要滥出场，“否则《社会记录》一撤，你能去哪里”。

另外一个问题是，从2005年开始，伴随着新闻频道第一次改版，舆论环境也慢慢改变，新闻类舆论监督类节目统统上收到《焦点访谈》栏目。原新闻评论部主任梁建增有句名言：“《焦点访谈》在当下的中国，只能做13分钟。”王志安曾在《南方电视研究》上著文，称梁这句话准确点出了当下舆论监督节目的时代困境，意即再往下说，就会涉及到当下很难解决的体制问题。

新闻频道的各类新闻专题节目随之马上面临急剧转型。

除了《法治在线》一如既往地打造《央视警务报道》外，一度跃跃欲试做深度报道的《共同关注》转以慈善和公益节目为主，两年前一度引起轰动的《每周质量报告》则从不良产品的曝光台，转向宣扬优秀产品质量的平台。另一个不太引人注目的迹象是，央视的深度报道王牌栏目《新闻调查》，不久后也被从覆盖全国的央视一套悄悄转移到覆盖面偏窄的新闻频道播出。

彭远文感慨，彼时《社会记录》的处境，是进则被体制所同化，退则被主流所边缘化。对内是台内舆论环境的急剧变化，对外是主持人讲述故事的模式被克隆后，一夜之间各地电视台出现了大大小小的阿丘。

“精神明亮”的日子

从羊坊店路115号到羊坊店西路9号京门大厦C段637，是一条不到150米长的马蹄形胡同。前者是原央视新闻评论部南院工作区，后者是《社会记录》的办公室。每期节目，从选题策划到前期采访、后期编辑、审查通过和合成播出，《社会记录》的编导需要在这条马蹄形胡同上奔波无数次。

2006年下半年开始，这条路走得越来越艰难，困境也不单是舆论环境的变化。从这一年开始，央视开始削减节目制作经费，新闻频道诸多栏目纷纷开始转向演播室节目形态。

《社会记录》每一期的节目制作经费是16000多元，李伦仔细算过一笔账，坚持做深度报道，就必须出差去现场调查，费用和做纯粹的演播室节目完全是两个概念。另一个无法避免的庞大费用支出是毙片损耗，而《社会记录》的情况是差不多每十期节目就得准备一期无法播出。

李伦的另一个苦衷是人力资源问题。难以置信的是，这个时长25分钟的日播深度报道节目，每天的单集播出量在新闻频道位居前列，但开播5年间，真正能在采编一线干活，进入央视企聘编制的编辑、记者，只有区区9个人，栏目组不得不通过相当数量的编外人员干活，来维持栏目运转。在央视大规模清理黑工前，一个有点讽刺的现实是，《社会记录》负责招聘这些员工的职员，本身也就是央视语境里的黑工。

即便是如此，身为制片人的李伦，从未想过去对上寻求体制的资源和支持，他自认是一个优秀的主编，但未见得是一个优秀的制片人，兴趣始终是做敬业的生产队长，带领和监督长工们种地。但这个地主事必躬亲，他对每一期片子在质量特别是叙事结构上的苛求，成为每个长工的噩梦。

何萍的MSN名字，在很长一段时间，都叫做“登陆诺曼底”，在她看来，每交完一个片子，基本等于脱掉一层皮。彭远文的一个遭遇是，曾经耗费了近四个月时间反复修改一期片子，他承认这种后期加工阶段的“残酷”，在那个极端时刻，几乎让他开始怀疑人生的意义。

这种苛求也会引发关于效率的争议。姚一五觉得，李的这种做法，源于他漫长的纪录片拍摄经历，更适合出作品而不是产品，也会损伤新闻产品本身所必需的时效。

何萍的同事刘丽乔，则喜欢用四个字来归纳《社会记录》的现状：活累钱少。在2007年初央视第二次削减节目制作经费后，《社会记录》的普通编导，平均月薪是5000元左右，如果不能及时交片，则只有靠每月不到2000元的底薪干熬。

而熬夜是包括实习生在内的每个编导的基本功，刘丽乔印象最深的《社会记录》工作经历是，多个女编导都曾累得晕倒在办公室。《社会记录》每期片子的素材基本在15盘左右，60分钟一盘带子，刨除主持人阿丘出镜的演播室时间8分钟左右，25分钟节目剩下17分钟左右新闻画面，需要从900分钟素材画面里一帧一帧筛选。这种繁重的纪录片式日播新闻生产方式，让一位后来调到其他栏目的摄像感叹不已，换到新东家后，他每期节目只需拍不到5盘带子就完事了。

而李伦浑然不觉，只要往非线机器前一坐，这个39岁的男人马上神采奕奕，他性格中的理想主义一面，在这个时候完全显露出来。何萍回忆，栏目组最困难的时候，李伦喜欢沿用王开岭的一篇文章，要求大家做“一个精神明亮的人”。为了方便改稿审片，这个有家有室的北京人，5年来一直租住在办公室附近的一居室里。

这个被员工们称为有着一颗“敏感的心灵”的制片人，这种类似“精神生产力”的做法，也常常会引来编导们背后的抱怨，姚一五则喜欢嘲笑他是专事忽悠的麻原札幌。《社会记录》消失以后，已经调到另外一个节目组的陶华感叹，现在才知道央视记者的滋味，而她的前同事彭远文则感叹，恐怕在央视很难再找到这种清教徒式的运作体制了。

条件的简陋，有时令人难以置信。前方采访的记者，为了赶时效和节省人力成本，每每都得到机场找素不相识的旅客捎素材带子回来。采访佘祥林案时，无法分身的记者，甚至只好冒险让出租车司机伪称央视记者去找候机厅旅客捎带子。这种几乎是笑话一般的做法，在《焦点访谈》这样的栏目组就很少出现，在《新闻调查》这样的堂堂之阵正正之师就更不可能。至于那些以做主旋律为主的栏目，就更可以堂而皇之地通过宣传部门协调地方卫视用光纤传送。

这种“精神明亮”的日子持续到2006年下半年，遭遇到了节目开播以来的最严重危机。这年9月，《社会记录》制作播出了一期事关行为艺术的节目，这种有点几近猎奇的边缘和另类，再次遭到了监管部门的严厉批评。恰在此后不久，《新闻调查》播出的一期名为《江西高招乱局》的节目，也引发了江西某地高校学生群体反弹，新闻评论部随即令全体节目组整改。

在这种肃杀气氛中，《社会记录》长期以来特立独行的另类气质，无可避免地成为这次整改的重点。需要特别指出的是，央视每个节目组经常都会承担监管部门下达的宣传任务，俗称任务片，《社会记录》却很少承担这类任务片，李伦检索5年来制作的1000多期节目，真正被称为任务片而不得不播出的也就10

多期。

但这年12月，《社会记录》专门和团中央合作，制作播出了一个名为《我志愿》的真善美系列任务片节目。这个耗时一个月，旨在淡化《社会记录》异类色彩向主旋律靠拢的系列节目播出后，危机得到缓解，但也付出了这个月收视率惨淡、新闻性奇差的代价。

这也是《社会记录》被撤销前的最后一次危机。到了2007年，《社会记录》开始重新焕发生机，这一年最可称道之处是制作了大量紧跟新闻热点的系列节目，如播出了2期丽江导游砍人事件（编导赵文忠、杨清、胡蓉）、4期海淀艺校辱师事件（编导徐婵娟，助编龙艾、王晔）、4期新疆大风吹翻列车节目《5807次列车》等（编导银建章、范云环、朱建华）等，其中最为极致的报道，出现在2007年7月央视大规模清黑工事件以后。

这年下半年，在陕西华南虎事件中，《社会记录》创纪录地连续制作了8期新闻专题片（编导赵文忠、徐婵娟，摄像王蜂等，成功播出6期，被毙2期）。在随后的孕妇李丽云死亡事件中，也先后制作了5期新闻专题片《两个人的时光》等（编委沈亚川、金辉，编导胡蓉等，播出4期，被毙1期）。

对于一期日播深度报道专题栏目来言，这种速度和节奏，已经赶上了新闻频道整点新闻的时效。这类系列报道的特点是，开创了团队作战加梯次结合，快速反应加深度调查的组合拳模式，既抢速度又不放弃深度，力图把每个热点新闻事件的开掘空间做到淋漓尽致。应当承认，在央视新闻频道部门和部门山头林立，消息和专题互不通气，各节目组各自为战的大环境里，这种模式提供了很有价值的探索。

但检索央视国际里面的节目单，会发现《社会记录》其实是死于高潮——2007年底《两个人的时光》播出不到半个月后，还沉浸在高度快感上的《社会记录》团队，就听到了栏目被撤销的消息。在李伦看来，这也恰是《社会记录》的新闻追求和纪录片元素对接得接近成熟的阶段，没有人想到，这居然只是这支团队的回光返照。

通房丫头

《我叫刘跃进》里面有句话，任何悲剧拆解开来，都是一地喜剧。

《社会记录》的最后一次年会，是以一场婚礼结束的。《社会记录》的两个编导在这场最后的聚会上奉子成婚，本该喜庆的场合还是有人哭出了声，何萍抱着老编导赵文忠的孩子给大家敬酒，说这是“钢七连”的下一代。

何萍说，《士兵突击》里的钢七连解散后，连长高成和士兵许三多在内都有了不错的去处，其实《社会记录》也挺像，《社会记录》消失的同时，新闻评论部撤销，李伦调任《新闻会客厅》制片人，主编王志安升任新创栏目《新闻1+1》的执行制片人，阿丘转任《共同关注》主持人，其他人大多调入现新闻专题部的其他栏目。事实上，制片人李伦和这支团队的绝大部分骨干成员自此被割裂开来。

从公开的资料看，《社会记录》被撤销的央视内部背景，是开播近五年的央视新闻频道进行调整和改版，同一批被拿下的，还有包括《时空连线》等其他一些栏目。稍显奇怪的是，这次新闻频道调整，央视没再像2003年开播和2005年改版时那样进行大规模推介宣传。

从电视传播规律来看，每个栏目都有它本身的生长流程，而一个电视台裁撤一期节目，不过如一份报纸调整一期版面一样，本身无可厚非。姚一五感叹，这就是在央视这棵大树底下种地的系统性风险，水稻栽得好好的就让平了种玉米，不定那天就被征收回去盖别墅了。

打个不雅的比喻，央视新闻频道，好比一个大家庭，每个栏目上上下下，本也正常，但《新闻联播》和《焦点访谈》永远是大太太，也就是代表着意识形态正统的正房，地位无可动摇。一些新设立的栏目，好比是新收的小姨太太，新鲜喜人，得到老爷的宠爱肯定会多一点。地位最不稳固的，自然是中间那些姨太太，半新不旧，既无牢固之法统也少新鲜之情趣。

盘点《社会记录》作为一档央视平台上播出的深度报道专题节目的五年探索历史，首先说明体制本身的缺陷和矛盾，已经到了无法容忍的地步。

传统主流媒体的新闻宣讲模式需要改进，这已是一个不争的事实，监管高层并非不明白这一点。如这次央视新闻频道改版计划报到中宣部，李东升副部长批示第一点，要坚持新闻导向，更要坚持靠新闻规律去发现导向；第二点，没有收视率，没有覆盖人群的导向不叫导向；此外还特别强调经费要向深度报道倾斜。这些都是十分内行和高明的观念。

但在类似央视这样的平台上，永远是一套行政逻辑大于业务逻辑的体制。李伦认为，《社会记录》所极力鼓励的发现式和记录式采访，其实需要一个系统支持。“现在报题有那么多审查，主题有那么多审查，最后所形成的是团队发现能力的萎缩，他天天被教你应该这么做那么做，你这么做就能通过，那么做就好播出，这么做能挣到钱，那他干吗还要去做你不规定的那个发现？越来越打保险仗，发现能力越来越萎缩。所以你说到底是体制问题还是观念问题，这样的体制强化了这样一种观念，这样的观念就需要这样的体制，它是拧把在一起的事。”

另一方面，在体制内的平台上，如何生存并壮大，如何妥协和平衡，规避这种系统性风险，在不丢失阵地的前提下求得发展空间，在《社会记录》消亡后，也成为一个怀抱理想又脚踏实地的人必须思考和面对的问题。

在央视这个平台上，《社会记录》以另类风格出场，站稳脚跟后，应及时转型，以免尾大不掉。换言之，既然身在体制，就只能遵循体制内的规则，主动寻找体制的资源，过于清高或者自我放逐，最后的结果自然是边缘化。其实转型并不是招安，《南方周末》也需要并已经在转型。

比如，气质接近的《新闻调查》，一直在寻求包括各种专家在内的知识精英阶层的支持，事实也证明，这种支持在危机到来时往往能起到意想不到的作用。而《社会记录》五年来始终如一的另类和边缘色彩，主持人身上的某种表里不一的反智气质，很难获得精英阶层的广泛认可。特别是在后期阿丘连续传出的绯闻事件，使得栏目本身也蒙上一层令人嫌恶的八卦色彩。

再比如，令李伦所欣慰的1000多期节目里只有十多期任务片的现象，在姚一五看来，其实就注定了《社会记录》消亡的命运：“你本身就是个不怎么招人待见的人老珠黄姨太太，说不定还只是个通房丫头，老爷要日你，你还推推搡搡不情不愿，1000多天里，只给干了十来回，被休掉自也正常。”

风　水

《社会记录》撤销后，《新闻调查》搬进了它在羊坊店西路9号的原办公室，5年来，加上《社会记录》，已经先后有三个在这里办公的栏目最后消失了。李伦每次开车经过这条马蹄形胡同，总是忍不住会摇下窗子，看看这个传说中“风水不好”的地方，这个奋斗了1700多个日日夜夜的地方。

从1000多期节目里，李伦筛选出来一套11碟装的66个精华节目，由央视旗下的中国国际电视总公司于2008年6月出版。在这套碟片的外包装上，他写下如下一段出版说明：

这些节目拿出来，献给大家，我们希望它是一具标本，关于我们四年多的实践标本。这具标本残缺甚至粗陋，但肌理丰富，结构复杂。标本自身无法阐释它的意义，只希望看到的人可以从中攫取到需要的价值。

这些节目也留给我们自己，因为她是一段记忆，可以帮助我们相信梦想，虔诚地生活。《社会记录》的同事们，和你们一起工作是我的幸福，谢谢大家！

《现代人报》："中国第一报"的九年征途

□ 言真子[①]

第一份合资媒体、第一份全彩日报，九年的《现代人报》已经在中国新闻史上重重地写上了一笔。

1994年末。创刊9年，自1988年以后连续被评为"全国十佳报纸"和"全国优秀报刊"的《现代人报》，终于没能再跨年闯到1995年。

12月28日，广东省新闻出版局转来国家新闻出版署的通知，《现代人报》于1995年1月1日起停刊，并宣布原有的全国刊号作废。

该通知停刊的理由是《现代人报》"没有主管的挂靠单位"。按照中国大陆报刊管理条例的规定，没有主管挂靠单位和其主办单位不再对其负责任时，该报刊自动停刊作废。

《现代人报》于1985年9月创刊，由广东省贸易促进会主办，1987年、1988年曾盛极一时，在大陆知识分子中极有影响。20世纪80年代的《现代人报》，可算是广州报界在内容观念上、版面设计上的"领军者"，其在全国报纸中使用各种风格的大标题字，在版面设计上破除陈规陋习之举，令当时的报人刮目相看。自创刊以来，《现代人报》一直为改革开放鼓与呼，观念领先，言论全新。当时该报在全国发行达到70万份，已成为中国改革开放的重要理论阵地之一。

因时而立

如果与深圳报业进行对比，那时广州报业的崛起反向说明了报纸不是单纯的

① 作者为著名调查记者，曾任职于《现代人报》，现居广州。

经济产物这一问题。客观地说，广州在中国经济上的地位，一段时间内是不能与深圳相提并论的，新兴城市深圳在经济、科技上的领先地位举世公认，却在文化、教育和思想等领域远远逊色于广州。因而，在南方拥有报业主导地位的是广州而不是深圳。

改革开放以来，广东借着靠近香港、澳门的地缘优势，由过去的二线省份（20世纪80年代以前综合排名在江苏、浙江、辽宁甚至福建之后）一跃成为经济第一大省。有了经济优势，广东报纸最早开始了市场化探索。改革开放的思想策源地和报业革命、引导观念"北伐"的重任，就落在了广州媒体的身上。

作为中国改革开放的前沿，广州拥有相对自由宽松的环境和相对发达的经济基础，能够承载起精英文化与普罗文化传媒的生长与发展，渴望打破禁锢的理想在这里生根发芽，一批极具启蒙色彩的有影响力的传媒出现了。如中国首份合资报业传媒《现代人报》，被誉为"中国报业黄埔军校"的《粤港信息日报》，名震中外的《南方周末》，如享誉南天数十载的百万大报《羊城晚报》，现今中国报业财力最雄厚的《广州日报》，引领都市报先锋的《南方都市报》，新锐的财经大报《21世纪经济报道》，现时中国最好的时政期刊《南风窗》等等，无一不是在广州这块传媒沃土上出现的。

而那时趁着小平视察南方改革大潮再起出现的最早的合资报纸，一是香港《明报》在广州合办的《现代人报》，二是香港《星岛日报》在深圳合办的《深港经济时报》。两者之间的重要差别在于，前者获正式同意挂牌营办，后者是特区内试办且不出特区，事实上没有取得合法资格与官方认同。《深港经济时报》的港方投资者、香港报业女王胡仙也多次到广州寻求合作对象，但最终无法突破政策的坚冰，只在深圳得到一个局限于深港小区域发行的"灰色突破口"。

投资《现代人报》的智才集团，邀得香港文化名人列孚加盟后，在南方发展还是北上突围，成为当时投资方战略论争的焦点。资方老板于品海①看好北京的政治高度，当时和《中华工商时报》谈得很火热；而列孚力主在南方，依托南方已经形成的改革开放大气候发展，并和老板打赌谁会成功。

20世纪90年代初时的《现代人报》，因缺乏报业启动资金，又想寻求发展

① 被誉为"神奇小子"的于品海，其手上拥有由金庸转让的香港《明报》、广州《现代人报》、香港《现代日报》，武汉有线电视网络和隶属城市传讯的中天频道CTN。1997年，邓小平去世的消息由CTN率先报道，当时的CNN、CBS及美联社等都转引CTN的消息，打破了过去重大新闻均由西方传媒垄断发布的局面。

出路，便开始寻找合作伙伴行动。此时香港智才集团正有意涉足内地传媒市场，想在媒体出现市场化萌动的内地掘得一桶金。进军内地传媒，是《明报》前老板查良镛（金庸）定下的决策，和《现代人报》合资，他也曾参与意见。

当时列孚将《现代人报》拿回香港给金庸和于品海两位老板看，查良镛表示可与之合作。随着他将大部分《明报》的股份卖给于品海，合资办报的具体操作，也就由于品海接手。查大侠开始淡出报业江湖。但报业合资传媒的出现，和这位著名报人与武侠小说大宗师有直接关系。

据港方总经理透露：在《明报》再度由于品海易手给张晓卿后，查曾接受访问，改变了观点，又不赞成海外资金进入内地了。

其间，列孚曾和时任《南方周末》主编的左方谈过合作，但《南方周末》不同意港方控股，没谈成。后来列孚把目光投向《现代人报》，双方一拍即合。

在列孚的全力奔走下，广东省有关部门终于初步同意在媒体开一个试验的口子，大意是有关部门不管，“我们就照做”，颇有“见着红灯绕着走”的意味，典型的广东“洗脚上田①”式的改革思维。而于品海在北京的尝试碰上了意识形态的坚冰，最终无功而返。当时他委托陈冠中（类似今天的CEO）跟《中华工商时报》谈，请的社长叫丁望，助手是胡舒立。合作差不多快要谈成，但后来还是得不到有关部门的批复。这让人不得不承认南北在改革开放上存在的事实差异。

对形势有着清醒认识的列孚，原是广州人士，本名王凯南，曾在海南当过知青。后在逃港大潮中，渡河到了香港。

凭借熟知内地国情并与内地文化界的良好关系，列孚经过多轮谈判后，取得了广东省委及相关部门的支持。此时的广东毕竟是得改革开放风气之先的地方，合资、独资企业早已在珠江三角洲遍地开花。此地的宣传领域也响应小平同志改革开放“胆子再大一点、步子再快一点”的讲话精神，在时任省委宣传部副部长和省新闻出版局局长周圣英的鼎力支持下，再加上改革派官员，中共中央政治局委员、广东省委书记谢非的大力支持，因而迎来了自1949年以来唯一的传媒合资。

① 洗脚上田，指农村富余劳动力脱离农业劳动，进城务工、经商等。

破冰而生

这个从未有先例的中外合资办报项目，列孚是经过差不多十个月的时间与该报主办单位广东省贸促会（当时广东省对外经济贸易厅的另一个招牌）、现代人报社、中共广东省委宣传部和广东省新闻出版局多番洽谈下，成功说服四方，终于在1992年8月31日，于广东迎宾馆正式签下由香港智慧传播有限公司与现代人报社合资成立广东现代人报报业有限公司这份具历史意义的合同。签约后，出席签约仪式的香港传播圈名人施南生（著名导演徐克是她先生）就对列孚恭喜道贺，说："今天是你的大日子。"

1993年8月31日，经广东省外经委批准，智才集团旗下智慧传播有限公司与《现代人报》于广东迎宾馆正式签下合作协议，合资成立了广东现代人报业经营有限公司，由列孚出任总经理，投资方负责《现代人报》的发行、广告经营及印刷业务。

《现代人报》由此成为中国大陆第一家中外合资报业经营企业①，报纸的发行定向是一份面向珠三角的报纸。

按有关方面要求，双方协商编辑部完全由中方拥有，港资方不插手。新成立的现代人报报业有限公司，港方占78%股份，中方占22%，而实际运作资金完全由港方投入，前后总投入约1亿元，以当时的货币购买值来看，这无疑是一笔超豪华投资。

报业公司首先在广州同和中路的云景花园购买了云兴大厦的六层半（每层面积1800平方米），命名为"现代人报业中心"，一楼由智慧公司开设了印刷厂，印刷机器是分别从日本及法国购置，由法国工程师安装。这是当时最先进的报纸印刷机，彩印，每小时可印20万份，自动折报和打包。据说成套设备为400万美元。报业公司同时在云景花园买下两幢六层高的楼，做员工宿舍。可见，于品海当时的确是有诚意及信心要把《现代人报》办好、办强的。

总体算起来，智才集团在20世纪90年代中投入在中国媒体上的钱多达10

① 彼时，香港还没回归，算作海外地区。

亿元，资方甚至准备"《现代人报》7年不赚钱都做"。当时，公司决策层认为这是进军中国内地传媒业唯一的跳板和"舰空母舰"，有了这个立脚点，才可能打下一片天，所以对它瞩意立足与发展，没有作过多投资回报的要求。

成立后，《现代人报》中方编辑部开始在全国公开招聘采编精英人士，吸纳了一批来自全国各地的热血青年和中国最早的一批流浪记者。港方也从香港请了一些采编精英来交流传经。

这个报业机会使这些各怀理想的青年，从大江南北会聚到文化、思想、观念大冲撞的激流地广州。对于以僵化铁板的户籍制管理这个庞大人口国家的机制来说，他们一直游离在广州主流传媒和主流体制外，是一些反叛的"机会主义"游弋者，后来成了一群完全按照市场化新闻规律培训出来的新闻人。

这份新型日报从一诞生，新闻理念和操作手法以及体制，都超越了当时国内同类媒体。后来，从《现代人报》中走出了一批极具开阔视野的传媒精英。刘勇在他所著的《媒体中国》里以一章"现代人报冲击波"作了介绍："一群现代人办了一份《现代人报》"，也曾经有国内媒体这样形容："90年代初，《现代人报》从风雨如磐话改革中走出来，做起了一件与外商合资的大事……"

当时的人员架构为总编易征（前花城出版社总编），社长陈忠干，副社长黎铁君（女），常务副总编韩松、副总编刘之以，外聘《羊城晚报》退休的副总周文韶为副总编。编委有现在《羊城晚报》的专版部编辑室主任梁以墀（兼副刊部主任）、张亚真（兼经济部主任）。《现代人报》要闻部没有设正主任，由颜长江任第一副主任。

报纸编辑部设在大数的4楼，为全开放办公区，一楼为印刷厂，二楼为出版制版部，三楼为员工食堂和后勤部门、办公区，员工所用办公设备与香港《明报》一样甚至更新，电脑用的是最新的苹果电脑，并事实上拥有了电脑制版无纸化的软件和流程技术，记者都被要求交电脑稿，若交手写稿，除在外地出差等技术原因外，还要被罚分。

合资前《现代人报》的报徽设计，就是以象征性的手法来表达现代人的文化造型：一男一女是英文"人"的字母头"M"的侧影，十分鲜明地展露出现代人的奋进意识和不断追求突破的健美风姿，合资后仍采用这一象征。

同年10月，《现代人报》实现了全彩印刷，1994年2月的春节后该报由大开4版改为大开8版，每周出版两次，后改出周三报。经过周二周三报几个月的演练，于是年4月1日正式成为对开8版的全彩印日报，是当时中国最早的全彩日报。同时期的《羊城晚报》（当时中国排名第二的南国第一大报，发行仅次于170万份的《新民晚报》，真实发行量130万份）、《广州日报》（发行20万份的广州市委机关报）均只能实现头版和封底偶尔彩印、多数时候为套红印刷。

《现代人报》那时在中国首创自办发行。在广州进行了开创性的扫楼大行动，这招比《南方都市报》和《广州日报》要早了7—8年，而且有它更独到的地方——将部分利润让与居委会和街道，它的扫楼行动因此深入了每个基层。列孚深谙内地的居委会是社区基层，按传统发行方式是不可能在广州三大报根基牢固的市场情况下突围而出的。因此，若从星罗棋布的居委会作为突破点，打通整个网络，才能有所作为。

报业公司请了100多个年轻"美眉"做《现代人报》大使，深入到全广州市区800多个居委会，逐个说服作为报纸订阅点。一时间，广州大街小巷挂满了红底黄字宣传《现代人报》、订阅《现代人报》的横幅。同时又大宴"带纸"（即片区报刊批发代理）和主要龙头地段的报摊主人，派送印有"现代人报"标准字样的镇纸和T恤，大街上随处可见身着"现代人报"T恤的人；世界杯期间，又推出凭印花换取世界杯纪念T恤，又是电视广告等等，数管齐下。这种扫荡式推广，让人感到来势汹涌。

那时行走在广州的每个小街小巷的角落，都可以见到宣传和发行《现代人报》的横幅。

锐意出新

出日报前，《现代人报》从广州天河区的体育西路，搬到了位于白云山东南麓的广从路云景花园工业区。这里交通不便，离市中心较远，并不是办报的理想地点，总有点被"边缘化"的感觉。但它离广深高速公路和北环高速公路很近。在列孚看来，办报是看长远，占有这里就占据地缘优势，对将来《现代人报》向珠江三角洲发行十分有利。何况，将来广州市区是会扩大的。现在，这里早已与市区连成一块。

从报社选址上，可以看到办报人的战略思考，所想的不只是广州这个市场，而是整个珠江三角洲，由此可见列孚的超前思维。1981年，他就曾与深圳市政府外贸办主任彭鹏商谈过双方合作办一份《深圳商报》，可惜因资金问题而搁置。9年后，由深圳市政府主办的《深圳商报》才创刊。而珠三角，至今也没有产生一份敢号称是珠三角的报纸，虽然各报都辟有珠三角版。

日报创刊，即成为广州第五家且非官方的综合性新闻大报。

出日报的头一个月，恰逢世界杯、北江大水、珠海电影节三件大事。在人手并不充裕的情况下，列孚向易征积极建议：兵分三路，同时作战。

于是一路人马北上英德，到洪水泛滥现场作现场采访，连夜发回直击报道。

一路人马镇守大本营，将原来每天一版的体育版扩为世界杯特刊4个版，利用香港《明报》资讯网络资源，翻译外电和选用来自路透社、法新社和美联社的图片，并首创取消报纸中缝，印制成通版，成为当时所有报纸中图片最多最好最大气的世界杯特刊。

另一路人马驻扎珠海，专人来回快递图文，好让珠海电影节昨日活动次日就在《现代人报》娱乐版的珠海电影节特辑中出现。并在每天凌晨专车从广州运送到会场派送，所有与会者和来自全国各地的传媒大吃一惊！列孚自己就试过凌晨从报社大楼驱车出发，载上还散发着微温的报纸高速赶到珠海现场派报，到达时与会者才开始吃早餐。

美国世界杯，《现代人报》拿出两个整版每日持续报道，打破当时常规性的新闻操作手法，如马拉多纳也可上头版头条。世界杯期间印发了上十万件印有“现代人报”的T恤，随发行赠送，一时满街都是穿着该报T恤的免费宣传员，在当时的南国赢得盆满钵满……

北江大水，报社派出轮值记者滚动报道抗洪前线各种消息。

1994年，“6·6”西安咸阳空难，《现代人报》派出记者前后协作，全方位深入报道此一事件……

从化天湖断桥致数十人死亡事件，该报派出数名记者协同作战，作了同城媒体最深入的图文报道……

率先全面报道虎门大桥施工拆毁国家一级文物虎门炮台这一震惊全国的事件……

珠海前山工厂大火塌楼事件，在全线数百名警察并有十多条警犬守候的情况下，该报记者后半夜趁雨潜入现场，不仅拍回了现场全套图片，而且爆出了400余人被埋数十人死的真实数字……

当时该报设定的目标，直取岭南第一大报《羊城晚报》，没有把同城其他媒体当成对手。仅花半年时间就风头直逼《羊城晚报》，一洗陈腐的官报新闻习气，锐意进行新闻理念革命。现在看来，该报的新闻操作手法，和七八年后的新锐都市报基本相同，只是时间上更早。

《现代人报》仅有52名采编人员，人数不及当时《羊城晚报》的一个大部(70多人)。后来这份报纸里的不少精英，都被《羊城晚报》招揽，成了这份百万大报的骨干。

风流云散

《现代人报》终于1994年底。当时，报业权威人士估计中国要到两年后才有可能出现真正的全彩日报，但直到1997年年中，羊城晚报报业集团旗下的《新快报》才成为中国第二份全彩日报。

风流云散的那一天，报社在员工大会上就遣散问题一一作了安排，总编辑易征拿出一件印有"现代人报"字样的白T恤，上面墨笔手书"在地球的东方，人类的文明史上存在一个奇迹，那就是——《现代人报》"，让大家挨个在上面签名。这句话的前段是法国文豪雨果写给北京圆明园废墟的凭吊，易征用来转引到《现代人报》身上。

告别的酒会上，陈忠干、易征带着坚毅、勉励的微笑，挨个和大家碰杯喝酒。但据说在席散后回家的车上，刚强的湖南汉寿人易征禁不住号啕大哭。两年后，他郁郁死于癌症。很多原《现代人报》骨干，互相通知统一身着黑衣齐聚广州殡仪馆，那场景犹如港片里黑社会出席大佬的葬礼，来给前总编辑隆重送行。

在1995年元旦当晚，报社的一帮年轻人心情郁闷之极，来到老《现代人报》所在的天河大厦门口一家酒吧聚会，并在酒吧的K歌台上宣布了一份报纸"在今天逝去"的消息。没想到台下一名带着中国女朋友的外籍人士发出了嘘声，并竖起了很不礼貌的中指。被激怒的年轻人围了上去，若不是不想在关报的敏感期惹事和那名外籍人士一再道歉，差点形成围殴。

曾经很早就做到中国传媒第一人的于品海，随着全盛时期CTN的成立，被外界称为"神奇小子"，33岁时，手上已经拥有《明报》、广州《现代人报》、香港《现代日报》、武汉有线网络和CTN，俨然成为传媒大亨或“中国默多克”。但他旗下这些传媒实体，在经历“《明报》事件”后，除了武汉有线网络外，所有传媒不到三年时间纷纷倒闭或被迫停刊或转让给别人。首先是在香港的《现代日报》由于亏损过巨，出报一年后停刊；随之不久，广州《现代人报》被取消刊号而停刊；为了支撑开支巨大的CTN，以及因被迫辞职只能将《明报》转让，以得来的资金转投CTN；但是，玩电视是烧钱的游戏，卖《明报》的钱投入CTN维持不到一年，又被迫转卖给台湾海基会董事长辜振甫的和信集团……

于品海在CTN的最后一晚，上了自己的电视台，向观众告别。他自我解嘲说：“玩传媒原来是要烧好多好多钱的!”

有港媒评论说，《现代人报》在中国新闻史上重重地写上了一笔，它占有中国新闻史上两个第一：第一份合资媒体和第一份全彩日报。

《外滩画报》：深度报道的"异类"探索

□ 耿 瑛 鞠 靖[①]

《外滩画报》短暂而另类的深度实践史，充分说明缺乏政策土壤的调查之花无法常开不败，没有市场养料的深度之果无法瓜熟蒂落。

今天，翻开上海的《外滩画报》，恐怕少有人会想到6年前的11月1日它创刊时的模样。现在的它，放在报摊的显眼位置，看起来和《申江服务导报》、《上海一周》没有多大不同，印刷精致、光怪陆离，没有人会想到这份报纸也曾经主攻过深度报道。

编辑部依然偏居在上海常熟路100弄上海歌剧院大院内宝立大厦5楼，闹中取静。6年前，这层楼里制造的喧哗与骚动，只短暂存在了两年，但它注定会使《外滩画报》以"上海滩另类"的形象记在新闻史上。

开掘处女地

2002年3月18日，新闻出版总署同意《旅游导报》更名为《外滩画报》，并迁至上海出版，报纸主管主办单位由西藏新闻出版局报刊出版中心变更为上海文艺出版总社。当时，主管部门批准的《外滩画报》办报宗旨是：扩大上海的对外形象，用图文并茂的形式反映上海及海内外社会文化、生活财经、城市动态及体育、娱乐等最新资讯，为读者提供相关信息。

这一年，《南方周末》发生了重大人事变动，导致一大批编辑、记者离开，

① 耿瑛，南京大学社会学系博士研究生；鞠靖，1973年2月生，江苏南京人，历任《外滩画报》记者、《新周报》记者，现任《南方周末》上海记者站记者。

其中有相当一部分人去了北京的中央电视台等媒体，还有一部分人则处在暂时赋闲的状态。对于这些人来说，如果要继续从事平面媒体工作，想要重新找到一个合适的平台是极不容易的，其中必定要包括体面的待遇、足够的报道空间、相对自由的管理制度及较高的职业满足感。当时放眼全中国，能够满足这些条件的报刊社并不多。

或许正是感觉到《南方周末》人事变动所产生的真空，《外滩画报》将视线瞄准了这些南周旧部，他们的业务能力和职业操守在新闻界是有目共睹的。8月，《南方周末》前首席财经记者陈涛，上海站记者杨海鹏，新闻部记者余刘文、何保胜、韦洪乾等相继加盟《外滩画报》，陈涛担任副总编辑，杨海鹏和余刘文任主笔。很快，由陈涛主持对外招聘，杨海鹏、余刘文等人也动用各自关系四出网罗人才，包括迟宇宙等在内的一批人也表示出加盟《外滩画报》的意向。该报的主流意志很快被这些人掌握，曾经积极参与筹办的徐沪生等人则渐渐远离核心。

延续《南方周末》的深度报道事业、做《南方周末》的追赶者，成为当时《外滩画报》很多人潜意识里的冲动，"办百年大报，做职业新闻人"被当仁不让地确定为报社的口号，并且做成标牌，挂在报社的大门口。

做"上海滩的另类"，可能正是《外滩画报》的创始者们最初的想法。

没有人会怀疑上海的经济地位，也没有人会否认上海媒体的发达程度与其经济地位极不相称。2002年之前，北京、广州、成都、南京、武汉几乎是中国报业竞争最激烈的城市，无论媒体数量，还是媒体门类，上海都无法与它们相比。在深度报道领域，北京的《中国青年报》、《中国新闻周刊》、《北京青年报》，广州的《南方周末》、《南方都市报》等都做出了巨大成绩，并且具有了全国性影响。但在上海，致力于深度报道的媒体并不多见，《新民周刊》几乎是仅有的一个，但却又因其选题偏软、受众狭窄而缺乏足够的影响力。人们惊奇地发现，尽管上海媒体数量并不算少，但在解放日报报业集团和文汇新民报业集团的操控下，这些大大小小的媒体谨守各自的分界，共同分享着规模惊人的广告市场，竞争温和、相安无事。这种状况，让来自广州——一个报业竞争堪称惨烈的城市——的人们感到惊讶，就好像皮鞋推销员走进非洲大陆，惊讶地看到那里的人们都不穿鞋，他们天真地想到，这是多大的一块市场啊！陈涛就曾经兴奋地表示，这可能是中国新闻业市场化运作的最后一块处女地。

2002年9月21日，正值中秋。已经在上海待了大半个月的余刘文，认为自己终于找到了《外滩画报》的机会。这天，他和朋友们在江苏同里痛饮之后，半醉半醒地表达了自己对报纸定位的看法。上海本地新闻中的深度报道实在太少，长江三角洲的深度报道也少，“形成这种局面的原因或许是上海的记者太舒服了，没有压力。我们做的事情其实是在填补空白，当别人醒过来的时候，我们已经走了好一段路，所以这最新的一段路我们要走好走稳。鉴于上海的特殊环境，本地新闻深度报道主要是建设性的、解释性的报道，而长江三角洲新闻则偏重调查（建设性的和解释性的当然可以）。我个人认为，做好本地新闻的深度报道和长江三角洲的报道是我们这张报纸区分当地报纸的重要特征之一，也是我们的核心竞争力之一。”

职业新闻人

寻找和培养职业新闻人，是《外滩画报》管理层一直希望实现却很难实现的目标。余刘文曾经说：“我们在上海很难找到几个合适的记者。上海本地的不少记者都习惯于跑新闻发布会、拿红包，我们谈了很多个，似乎不怎么理想。”当时，《外滩画报》已经创刊，大部分记者都从外地来，“他们更职业，已经把新闻看作是自己的理想和追求。这才是我们要做的事业”。

10月底，原《南方周末》新闻部主任长平加盟。12月底，《南方周末》著名的“灾难记者”李玉霄加盟。加上不同时期来的各地记者编辑，《外滩画报》的采编队伍迅速扩张到近50人。

管理团队设计出一套颇有竞争力的薪酬方案，“多劳多得，鼓励多出稿、出好稿”是基本原则。记者的收入由基本工资、报龄工资、补贴、稿费、奖金构成，其中，基本工资和补贴由记者所处的级别来确定，报龄工资由记者在报社的时间长短来确定，稿费由当月出版稿件的数量和质量来确定，奖金由当月出版的稿件质量来确定。

记者和编辑结束见习期后，由评审委员会根据民主集中制原则对其确定级别，晋升办法则这样设定：在前一个级别工作半年以上，经本人提出，由评审委员会讨论决定。要晋升高级记者、首席记者和高级编辑等级别，得获得评审委员会2/3票通过。首席记者在半年内无法完成一篇特等稿件，高级记者在三个月内的稿件有超过3/4的稿件在二等以及二等以下，其级别下调整一级；经评审委员会2/3票通过，可以下调超过一级。资深记者三个月内没完成一篇一等稿件的，其级别下调一级。

2003年，《外滩画报》评出了第一批"资深"，资深编辑是朱瑛石、韦洪乾、洪立、高剑，资深记者是鞠靖、戴敦峰、见惊雷、刘海岚。到2004年9月，这8个人中只有洪立还留守着，戴敦峰、见惊雷2004年去了《南方周末》，韦洪乾、鞠靖去了新创刊的《新周报》，朱瑛石、刘海岚加入了新创办的《第一财经日报》，高剑则回了南京，其后又与蔡伟、陈抗行、见惊雷等人会师共同创办《求是》旗下的《小康》杂志，一度风生水起，但后来因理念不同而分道扬镳，并惹出了一段兄弟阋墙的风波。

借鉴《南方周末》的经验，《外滩画报》给记者出差采访提供比较宽松的待遇。尽管对记者出差采访有严格规定，但多数情况下，只要得到部门主任的批准，出差要求都能得到满足。当时，到普通城市一天的住宿标准是250元，到北京、深圳这样的城市可以放宽到280元，对于乘坐飞机也没有严格限制。只要同时在外出差的记者不多，每个记者还能借用报社的笔记本电脑、移动上网卡和数码相机。采访成本的相对宽松，为记者们做出相对扎实的报道提供了保障，对以收入衡量成本的投资方利达广告来说，能这样满足采编团队的要求已经很不容易。但是，正如经济学中边际成本与边际收益所揭示的，投入达到一定的程度，投资方也会有不堪重负的感觉。

一般来说，深度报道是新闻部的事情，但在《外滩画报》，经济部似乎是最强悍的部门：记者大多有一定的工作经验和社会经验，对深度报道的参与几乎是全方位的，从选题提出、选题策划、选题方向乃至采访安排，经济部在其中发挥了十分重要的作用。在选题会上也是意见和建议最多的，一些重大选题都是经济部记者主持操作。这首先和新闻部的人员构成有关，有余刘文、李玉霄等老记者负责，但一线记者却大多比较年轻。其次，和报纸的定位也有关系，作为一份主打长三角的报纸，江浙两地是《外滩画报》的新闻富矿，但却缺少来自江浙的稳定稿源，而经济部则有一批对江浙比较熟悉的记者。

作为《南方周末》追赶者的角色，《外滩画报》内部常常弥漫着这样的氛围——以"职业新闻人"自居，站在道德制高点俯视上海滩上的同行，对沪上同行采取一种由衷的蔑视，眼里根本没有上海记者，也懒得与他们为伍。在一次为了申报记者证而举办的新闻培训班上，《外滩画报》的记者和其他媒体的同行分到了一个班，但他们之间几乎没有交流。记者陈贤锋觉得，《外滩画报》的记者就像是怪胎。

同样地，他们对于上海和长三角的那些报道对象，特别是舆论监督对象，更有一种发自内心的怨恨。在一潭死水的上海，他们把自己看成那条掀起风浪的蛟龙，惩恶扬善的剑客。

这种心态引起了报社内部一些有识者的警惕。在一次内部讨论中，他们提出"我们到底为什么要做批评性报道?"对这个问题最好的回答，并不出自报社内部，而是来自游离于报社之外的前《南方周末》记者翟明磊。他在和一位《外滩画报》记者交流时说到，批评性报道一是要有重大性，被批评的事情有比较广的社会涉及面，有足够的关注人群；二是，批评性报道要具有说服力，就是有足够的把握让对方无可辩驳；再有，就是要与人为善。

当时还有人提出，尽管要做一些批评性报道，但这种批评应该是建立在一种社会公正和对多数人负责的基础之上的。批评的时候，至少怀有一点真诚的愤怒和不平的心情，或者事件真的足够重大，出于一种理性的考虑而做报道。如果不是这样，批评就会失去力量和意义。中国社会不公正、不合理的事情实在是太多，做批评性报道的时候反而要有所考虑。如果不能像《南方周末》那样进行翔实、具体、深入的报道，就更要考虑事件是不是有代表性，是不是有足够的现实意义。如果没有这些，抓住一个批一个，甚至急功近利，排查似的看到底谁有问题，那就成了狗咬狗。

公正和善意的心态是批评性报道的前提，也是取得读者和社会信任的基础。

创业之艰

2002 年创刊后，对《外滩画报》采编团队的第一次真正检阅，是发表于 12 月 13 日对大连空难纵火者张丕林的报道。当时，报社动用了大量资源投入报道中，还派记者前往大连、南京等地做现场报道。

12 月 7 日早上，新华社首先向外界报道了发生这次空难的原因，认定是由乘客张丕林纵火造成的破坏事件，但有关方面并未详细公布调查认定的过程和相关证据，这让公众对结论产生了怀疑，也对张丕林其人产生了疑惑。在新浪网

5000多篇网友来信、回帖中，认同调查结果的不足一成。

“5·7”空难发生后，《南方周末》已经派李玉霄、卢嵘等记者作了大量采访，有的采访已经成文，但由于众所周知的原因，这些报道未能见报。现在，既然调查结论已经公布，正好是重提旧事的好机会。余刘文等人动用资源，找到李玉霄等人，拿到了他们在《南方周末》写的报道，但照登原文显然是违背职业道德的，为此，《外滩画报》又派出记者，前往大连、南京等地实地采访。参与报道的记者主要有戴敦峰、鞠靖等人，戴敦峰主要在大连采访，鞠靖则到张丕林的母校南京大学寻找张的同学，试图还原张丕林其人。

12月20日的《外滩画报》评论版上，刊登了题为《“5·7”空难技术因素分析》一组评论，以近乎调侃的语气，从燃料、安检等角度对调查结论提出了怀疑。事实证明，将张丕林认定为纵火者的证据正出现在这些方面，这些评论在客观上起到了解释性报道的作用。评论版编辑韦洪乾从那时起开始用评论干预新闻事件。通常的新闻体裁中，人们不会将评论纳入深度报道的范畴，但在《外滩画报》，韦洪乾负责编辑的评论版面却将无法采访报道的质疑、疑问以评论的方式公之于众，客观上起到了深度报道的作用，这在之后关于刘涌案的报道中表现得尤其突出。

从那时开始到2002年底，通过“申博成功号外”、艾滋病日特别报道、女大学生午后之死等一系列报道，《外滩画报》迅速在上海新闻界树立了形象。

“这份报纸，对上海市报业市场的冲击是巨大的。他们的内容，就目前而言，已经超过了上海本地的报纸。”据说，不止一次，复旦大学新闻学院教授童兵、李良荣等专家学者这样告诫上海市其他兄弟单位的同行。到2003年初，《外滩画报》已经被《纸江湖》评为“上海最牛逼纸媒”，得票率高达六成。

就在《外滩画报》正式创刊不久，杨海鹏走了。个中原因，不同的人有不同的解释，真正的原因可能只有当事人自己清楚。杨海鹏公开的解释是：“没有什么事变。我也没有那样伟大。只是希望报社不能像工厂。”

外界对于杨海鹏的离去有很多评论，网络上的传言及他的回应，无疑给本来风平浪静、一团和气的沪上新闻界增加了谈资。

杨海鹏出走之后，负责评论版的何保胜也走了，原来确定加盟的迟宇宙不来了，《南方周末》前记者只剩了陈涛、长平、余刘文、韦洪乾，当时李玉霄还没有确定加入，这使得人们对于《外滩画报》的资金后盾、管理体制、经营状况产生了担忧，怀疑和悲观的情绪一度弥漫报社。

为此，陈涛专门在内部发了安民告示。他解释说：“在中国肯定有比我们更好的地方，但依我辗转在新闻界混的经验，比我们好的单位也不大多，比我们明显地好的媒体更是少之又少。碰到了一点问题就去养浩然之气，或者怨天尤人，作为个人选择似乎也没什么，但我还是希望大家能团结起来向前冲，谁知道我们会冲出个什么东东来呢？谁料定我们做不出来一个中国的《纽约时报》呢？”

平时看起来沉默得近乎软弱的陈涛，在这个问题上表现出来的执拗和坚定让同事们感到有点惊讶。但他的分析没有什么错，《外滩画报》的好处在于，没有什么包袱，每个人都可以提自己的想法，虽然也有种种限制和掣肘，但还是可以做不少事情。他坚持自己“办百年大报，做职业新闻人”的理念，当初说“办百年大报”的时候，“我的想法就是我们要做好跑长跑的准备。我不知道未来会是怎么个样子，我只相信，世间自有公道，付出就有回报”。以后的事实证明，关于投资方、内部管理、人事动态、新闻管制的传言始终伴随着《外滩画报》，但是这并没有妨碍《外滩画报》的短暂辉煌。许多人一直怀疑报社背后有某个神秘支撑力量。

当时，《外滩画报》的投资者是一家名叫利达的上海广告公司。上海文艺出版总社承诺，如果利达不能支撑下去，出版社将会继续投资。在经营策略方面，《外滩画报》和其他报纸相比没什么特别的地方，只是采编可以保持相对独立，不受来自经营方面的压力，仅仅考虑内容。“做好的新闻”，这就是采编的任务。

关于“听资本的话”这个说法，陈涛表示极不认可。他坚持：“如果仅谈到商业方面，我们就相当地独立。”一个佐证是，《外滩画报》的创刊号就有厦新的广告，但同时还是刊发了《重重迷雾罩厦新》。这在当时的上海新闻界一度引起震动，慨叹者有之，嘲笑者也不乏其人。陈涛说：“这个事情不是很大，但是对于一份刚刚起步的报纸来说，能这样做就不是很容易。‘公信就是生命力’不是说给别人听的，更不是自我标榜，而是我们对自己的警示和要求。”

“公信就是生命力”，“有观点就有预见”，从2002年11月1日创刊起，这样的口号就出现在《外滩画报》的报头。

对于一张刚刚创办的新报纸，如何能有公信力？这样的问题在当时很值得人们探究。要知道，即使今天的中国，对于已经存在了几十年的大报，也仍然不能肯定地说有多大的公信力。

2003年10月，在做客新浪、搜狐聊天时，《外滩画报》总编辑曾就此问题作出回答。她说，我们尽可能地要求我们的编辑、记者能够准确地去报道一些事件。因为首先新闻一定是以事实为依据，一定要真实，而且这个真实是各个方面的真实、准确，我觉得只有在这种基础上我们的新闻才具有可信度，也才有公信力。

“独家报道”也被看成是树立公信力的方法之一。作为一家周报，要想保证独家新闻是非常困难的。当时，报社总编辑很自信地说：“我们至少有三分之一的稿是独家的。”她的理解是，一般的报纸连信息都没有报或者只有百十字的信息，我们接着来做就算独家。杨秀珠那个稿子我们不算独家，但作为深入报道这一块我们是独家。所谓“独家”要看涉及到哪个层面，整个事件如果有一个环节社会没有触及到，或者没有触及到这种深度，我们报道出来也算独家。在《外滩画报》，很多人的确是这样理解“独家”的，在和《东方早报》等媒体的暗暗竞争中，这样的独家也被当作评价指标之一。

必须承认，2002—2004年的《外滩画报》是一份极具风骨的报纸，他们坚持自己的原则，却总被上海同行们误解甚至嘲笑，其中比较经典的案例是关于复旦大学博士胡坤与平安保险公司董事长马明哲之间纠纷的报道。

当时，《外滩画报》已经就此案进行了长达半年的追踪采访，掌握了十分充分的证据，完全可以清晰准确地报道出来。但按照平衡报道的原则，记者还必须采访到平安保险公司。对于类似的负面报道，平安保险总是采取各种办法进行封杀，为了避免这种情况，记者提出见报前一天再采访平安保险公司的方案，这样既能够做到平衡报道，同时又尽量压缩该公司的公关时间和空间。从新闻伦理方面考量，这样的做法对平安保险略欠公平，因为他们可能没有足够的时间来评估风险、酝酿对策，但综合平安保险在经济、政治资源方面所拥有的绝对优势，这又是不得已而为之的做法。但是，这个方案还是遭到了经济部负责人的反对，他认为，还是应该提前对平安保险进行采访，从而确保报道真正公正。这个做法当时就得到编辑、记者们的反对，认为有欠迂腐和稚嫩。

果然，平安保险动用各种力量进行公关，试图封杀这篇报道。他们先找到记者，希望当面沟通，最好不发报道，遭到记者拒绝。其后，他们又找到报社，希望能够以投放广告换取不发表报道，还可以进行其他一些合作，负责接待的陈涛对此表示了坚决拒绝，这让平安保险感到难以置信。其后，就有有关官员致电陈涛，要求不发表这篇报道，依旧遭到拒绝。陈涛说，人家给我们钱，我们都没答应，你们怎么能这么做呢？

因不可抗力，《外滩画报》终究没能发表这篇报道。迄今，很少有人知道当年该报道被封杀的真相，包括胡坤本人在内，很多人都认为报社和记者从中获益，这显然是一种误解。

可以算作注脚的是，当年，《东方早报》、《21 世纪人才报》在《外滩画报》之后完成了胡坤案的采访，并最终成功见报。三家报纸的三位采访者，在 2004 年 9 月同时加盟了筹备之中的《新周报》，并成为该报的中坚力量。三人相逢，惺惺相惜，想起飘摇海外的才子胡坤，又不禁扼腕叹息。

和很多新生媒体一样，《外滩画报》也出现过一些有碍公信力的事件。在伊拉克战争中，尽管局势已经明朗，但《外滩画报》还在谈论巴格达巷战；洪涛说 SARS（非典）是衣原体引发的，又是《外滩画报》首先发现并予以吹捧；上海宣称一个月内可以研制出非典疫苗，这样显然违背常识的“卫星”，居然上了《外滩画报》的封面。用当时一位记者的话来说：“现在《外滩》的一个趋势是，制造轰动的需求似乎压过了探寻事实真相的本分。如果照着这个趋势发展下去，我想我们的口号可以改为：‘笑话就是发行量’。”

总的来说，《外滩画报》的类似错误并不多见。2002—2004 年间，《外滩画报》在雀巢转基因事件、调查钟南山、质疑哈佛女孩刘亦婷等报道中都经历过严峻考验，面临来自报道对象和公众舆论的巨大压力，但由于坚持客观报道，《外滩画报》并未受到影响。

到 2003 年年中，上海知识界已经形成一大批《外滩画报》的忠实读者。比如上海师范大学历史系著名教授许纪霖，他说《外滩画报》是唯一一份自己掏钱买的报纸。当时，《外滩画报》的质量并不稳定，许纪霖、顾晓鸣等人都认为《外滩画报》不应过多关注上海，而应该“海纳百川，关注天下”，做出自己的特色。这样的读者正符合《外滩画报》的读者定位：年龄在 28—45 岁之间，大上海的中坚力量，有一定的经济基础、一定的生活阅历、一定的文化，在单位是中层以上的管理人员，比较关心社会进步，不满足于一般的信息快餐的群体。

经典案例

刘涌案是 2003 年与孙志刚案齐名的案例，《外滩画报》关于刘涌案的系列报道是当年深度报道的典范，也是以评论主打媒介议程设置的经典案例。对当时知名度还不高的《外滩画报》而言，刘涌案报道是有划时代意义的，编辑韦洪乾可谓功不可没。2005年，他曾对当时策划这组报道的过程进行回顾，现择其要者，记录如下：

媒体对刘涌案的第一次集中报道是在2001年底至2002年上半年，当时，《外滩画报》尚未创刊，所以没有赶上。此后，《外滩画报》能最早关注刘涌案的报道，源于编辑的善于发现。

2003年8月16日上午，韦洪乾在当天《东方早报》国内新闻版上，看到了新华社关于辽宁省高级法院改判刘涌死缓的新闻通稿。以多年法治报道经验，韦洪乾认为辽宁高院改判理由交代不清，且国内媒体“鸦雀无声”，这背后有玄机，因此决定做一篇刘涌改判死缓的调查报道。当时在刘涌案上，有人提出了刑讯逼供问题，但大众的关注点则在于“给出刘涌不死的理由”（二号人物已死刑，刘涌是一号人物），韦洪乾认为，如果忽视了这个主流情绪，媒体就会边缘化，就会失去市场。

第二天，韦洪乾和陈涛交流了想法，希望报社派记者前往辽宁调查采访。陈涛认为，周三出报，时间上恐怕来不及，建议先组织一篇评论。依据当时的新华社通稿，韦洪乾找出了评论的三个“靶子”：一是刘涌是犯罪组织的首犯，宋健飞是主犯，主犯死刑而首犯死缓，于法无据；二是终审与一审认定的犯罪事实与适用法律完全一致，按常理应当是维持原判，改判的理由交代不清，矛盾重重；三是辽宁高院的判决书不讲道理，与最高法的要求背道而驰。当晚作者李曙明把稿子写好，8月20日报纸出来，8月21日凌晨1点48分，新浪将标题由原来的《黑帮头目改判死缓质疑》改为《外滩画报：对沈阳黑帮头目刘涌改判死缓的质疑》，并将文章放在新浪首页上，设了专题。至当天上午10点，据新浪方面统计，单这篇评论文章就有100多万的点击量，跟帖近3000条。

一篇评论能引起如此大的反响，是十分少见的。据实习生统计，国内有1000多家媒体转载、摘发或提及了这篇评论。也就是说，媒体报道刘涌案，首先想到的就是这篇评论。后来媒体的跟进，也基本上是沿着这篇评论的路子展开的，大部分报道没有超出评论所涉及的内容框架。

鉴于评论引起了广泛影响，报社决定继续跟进。前方派出两名记者，分别到北京、沈阳采访，后方继续组织评论和相关背景材料。前方记者是田夫和刘小彪，辽宁高院、刘涌的辩护律师田文昌都接受了采访，韦洪乾决定给他们准备充足的版面，让他们把理由说透。田文昌还向记者提供了一份“沈阳刘涌涉黑案专家论证意见书"，共有 14 名顶尖法律专家支持"本案的证据方面存在严重问题"，为刘涌改判说话。韦洪乾随后让记者继续采访14 名专家，首次将"沈阳刘涌涉黑案专家论证意见书"公之于众，引起了公众的强烈关注，网上骂声一片。对此问题的评论一直持续了半年多，对近年来在北京流行的各种"专家论证会""打击"非常大，以至于现在很少再有人在法庭上出示所谓的专家意见书了。

由于支持辽宁高院的采访比较充分，而对改判有异议的人采访难度大，为了"平衡"报道，延续《外滩画报》质疑"黑帮头目改判死缓"的观点，韦洪乾确定这期主打评论是《刘涌会成为第二个"虎豹"吗?》。"虎豹"是大连黑社会老大邹显卫，评论的矛头直接对准辽宁高院，预示刘涌就是第二个"虎豹"，与李曙明的《辽宁高院的判决是一个危险的先例》相呼应。

《外滩画报》这期关于刘涌案的报道共有 4 个版，除了记者的报道和评论外，还链接了新华社在刘涌一审后的几篇相关报道，譬如《刘涌的保护伞是谁?》、《刘涌是如何当上人大代表的》等。此时，媒体关于刘涌的报道开始呈现铺天盖地的局面，而且媒体的报道出现了分化，从版面语言上看，支持改判的声音多了。其间，因为报道观点与思路的不一致，编辑部内部发生过多次争吵，但是总编辑一直支持韦洪乾的观点和做法，保证了刘涌案报道基本按照他的想法和思路进行。

在《外滩画报》做了第二期评论和报道之后，国内几乎所有新闻媒体都对刘涌案进行了报道。为了把评论和报道推向深入，保证在刘涌案的报道中始终处于领先地位，韦洪乾和编委韩燕明商定，派记者前往沈阳调查刘涌的产业链，同时，继续组织评论。针对辽宁高院一直沉默不语的态度，《外滩画报》发表了题为《辽宁高院不应再沉默不语了》的评论，敦促法院公开作出解释。针对当时对民间舆论妖魔化的倾向，《外滩画报》同时刊发了《不要将民间舆论妖魔化》的评论，指出是司法不公产生了民意汹涌，而不是民意汹涌妨碍了司法公正。

从 2003 年 8 月 20 日到 9 月 3 日（实际出报日期），《外滩画报》连续对刘涌案进行了 3 期报道。

2003 年 12 月 22 日上午，辽宁高院改判刘涌死刑，立即执行。《外滩画报》几篇稿子，分别是《刘涌案"两次改判"始末》、《让民意的归民意让法律的归法律》、《判处刘涌死刑不仅是法律的胜利》、《刘涌的不法之财流向何处?》，最终只有《刘涌案"两次改判"始末》见报。这篇千字文是记者综述的，完全符合采用新华社稿的报道标准。至此，《外滩画报》关于刘涌案的相关报道就结束了。过了不久，韦洪乾也离开了《外滩画报》。

接下来就是南京拆迁自焚事件的报道。2003年8月23日，在一些国外网站上出现了关于南京市长江路邓府巷拆迁现场发生自焚事件的传闻。那天是星期六，王晟在MSN上告诉鞠靖，邓府巷发生了自焚事件，建议做个报道。

8月25日早上的选题会上，王晟再次提到了这件事，当时《东方早报》已经发表了戴波等人的报道，不少同事的意见是不报道了，而且估计会发不出来。但我坚持应该去南京做个采访，《东方早报》毕竟是一份日报，而且从报道内容来看，并没有超出网上消息的内容，看起来比较简单，一些基本事实也明显违背常识，对于深度报道来说，应该有比较大的空间。我还表示自己在南京有一些资源，对采访可能有所帮助。余刘文最终拍板，决定去采访，并让新闻部的记者茅文贤同行。

茅文贤刚从南京大学新闻系毕业，是个二十出头的小姑娘，却是当时新闻部最勤奋也最高产的记者之一。在去南京的火车上，茅文贤听说《新民周刊》的杨江也去南京采访此案，于是立即打电话给杨江。今天杨江已经是《新民周刊》的主力记者，但当年还是刚刚入行。他说，在南京的采访已经结束了，正在回上海的路上。这让我和茅文贤有点担心，可以肯定的是，杨江的采访会在《外滩画报》之前发表，如果自己的采访没有过人之处，无疑将使《外滩画报》在这场短兵相接中败北。

我首先通过关系找到了玄武区拆迁办的工作人员，这位工作人员详细介绍了自焚当时的情况，以及伤者在医院救治的情况。接着，我和茅文贤又分头采访自焚者翁彪的家属、邻居，并以翁彪亲戚的身份参加了与政府有关部门的谈判。他们的采访最终形成了两篇报道，一篇是《推土机下的悲剧：南京拆迁户自焚事件真相调查》，另一篇是《惨剧背后：南京自焚事件反思》，刊发在2003年9月4日的《外滩画报》上。

与《新民周刊》的报道将翁彪自焚归因为黑社会介入不同，在这两篇报道中，《外滩画报》将着眼点放在南京强制拆迁制度和拆迁补偿制度的缺陷上。相比较而言，《新民周刊》的报道带有很多主观判断，在逻辑归因上存在一定的瑕疵，而《外滩画报》的报道则更加接近根源。从时间上看，《外滩画报》的报道是当时各家媒体中最晚的，但由于更加理性，更接近真实，成为被引用转载最多、影响也最深远的报道。

此后，南京市有关部门曾经认为《新民周刊》的报道失实，并要求上海方面进行处理，但是他们并没有对《外滩画报》的报道提出任何指责。9 月 11 日，在确认翁彪去世之后，《外滩画报》又发表了《自焚者死亡，南京拆迁叫停》的报道。2004 年，由于翁彪拆迁自焚事件，南京修改了拆迁办法，为拆迁户提供更合理的拆迁补偿。为此，我采访了方案的制订者聂琦波，为这组拆迁自焚事件报道画上了句号。

一篇报道得以体现价值，事实和观点是基础，事实来自扎实的采访和准确的消息源，而观点则来自对新闻事件之外的现实社会的理解。在事实和观点的基础上产生良好的社会效果，这是对一篇报道更高的要求。

在《南方周末》一年一度的传媒致敬中，2003 年度的社会关怀奖颁给了《南京拆迁户自焚事件真相调查》。致敬理由是：“新闻业的一个特殊性在于：对重大社会事件，记者必须在场，通过他的眼睛和笔，把真相告诉给读者……该文以扎实的采访，冷静的笔触，真实还原了整个事件。作为基本人权的一部分，生命权和财产权本应神圣不可侵犯，如果社会进步、制度演进必须以鲜活的生命为代价，实在令人痛惜。愿翁彪、孙志刚式的悲剧永不再发生。”

是非评说

到 2004 年 1 月，《外滩画报》已经被认为是 2003 年成长最快的媒体，与《中国经济时报》并列。

但《外滩画报》却始终处于“叫好不叫座”的状态，业内叫好，市场却根本不买账，发行和广告都处于疲软状态。在民间，对《外滩画报》的冷嘲热讽也是不绝于耳，一位网友引用余杰在《痛并快乐着》中的话说：“在一个人们习惯于谎言的世界里，当一个人说了些真话，人们还往往会当作是笑话。《外滩画报》正经历着这样的尴尬。”

在陈涛看来，报社存在的突出问题是推广不足，报社在人手特别是熟练的编辑、记者方面始终短缺，报道的质量、文字和图片都有进一步提升的空间；信息管道，特别是来自上海方面的信息源还很不够。

当时，《外滩画报》的采编队伍中，真正来自上海的并不多，曾经有人提出疑问，这种情况下如何立足上海？报社对此的回答是：《外滩画报》办报的优势就是我们对新闻的理解力，我们的团队在努力做成一个新上海人，这当然有个过程，但是妨碍并不是那么大。因为新闻有很多东西是有共性的，不存在区域方面的差异。

但事实并不是这样的。除了无法从宣传部门得到必要的新闻提示之外，《外滩画报》在获取上海本地新闻源和采访资源上一直没有大的突破，余刘文为此十分苦恼。

或许正是意识到这是《外滩画报》的软肋，余刘文对于拥有人脉资源的记者总是十分重视，而他自己，也把与上海以及长三角的各色人等沟通交流当成主要工作，往来于各种饭局，为此常常醉酒。

读者来信应该是报纸重要的线索来源，比如《南方周末》每天可以收到大量的来信来电，编辑可以从中发现大量有价值的新闻线索和报道线民。而《外滩画报》直到2004年，依然很少收到读者来信，少数来信来电则以指正错误为主，编辑部很少从中发现有价值的新闻线索。这既和《外滩画报》的知名度、读者接受度有关，也和上海的市民性格有关。此外，“画报”这样的报名也妨碍了人们的了解，很多读者或采访对象向《外滩画报》记者发问：“你们是画报，管这些事情干吗?”

对深度报道在文字与表达上的批评，也自始至终伴随着《外滩画报》。刚创刊时，人们的注意力集中在核心事实上，一年之后，对于表达的关注度已经开始凸显。在心底里，《外滩画报》的采编团队是默默地以《南方周末》为追赶的对象的，他们有时候愿意接受“小南方周末”的称谓，有时候以“骨干出自南方周末”作为特色，更多时候则是和《南方周末》展开同题竞争，在每一篇报道中丈量距离，为接近而高兴，为落后而忧心。

有一位读者写道：“《外滩》的文字不忍卒读，《外滩画报》以如此精美的纸张和图片，承载如此生涩拗口支离破碎的文字，真的难以忍受。国外新闻学大亨早就说过，要打动读者首先要有非常美的文字……《外滩》想靠如同蹩脚翻译的文字，还叫嚣要超越《南方周末》，真是不知天高地厚。你可以学习西方先进的操作手段和方法，但你的载体——语言要是中国化的，或者说是中外结合得很好的。现在没有看到《外滩》出什么新闻惊世大作，却把中国的东西丢得差不多了。”

这个评价真实反映了当时《外滩画报》诸多报道的共同状况。记者多是刚走出校门的学生，有工作经验的则来自地方都市报，带来明显的草根特质，在文字的训练上十分薄弱。更重要的是，由于缺少有经验的记者和稳定的消息源，《外滩画报》始终处于熟手不足、选题不足的困境，这就造成严重的缺稿状态，经常出现的状况是：一个记者一周要同时写几篇稿，而其他记者则无所事事，这也就难怪编辑部无法对记者的文字和稿件质量提出更高的要求。

比较而言，《南方周末》在这方面要更加成熟，它的采编团队中有很大比例曾经是文学青年，或者是出自名校中文系，在写作上受过良好的训练，在报社内部也保持着良好的重视写作的传统。不夸张地说，和《南方周末》相比，在新闻文体和表现力上的差距，《外滩画报》始终没有缩短过。

在报道的思想性方面，《外滩画报》深度报道也存在良莠不齐的现象。既出现过类似刘涌案这样的报道，也出现过《央视记者涉嫌敲诈巨款案内幕》这样带有明显缺陷的报道。大量的年轻记者缺少必要的社会阅历、社会经验和思考能力，要为填充版面疲于奔命，也就无法作出真正的思考，而对于一些特约记者，报社又无法对他们的报道进行有效的核实和管控。

但是，报道质量始终并非《外滩画报》面临的真正问题，来自经营和有关部门的不满才是真正的压力。与当时沪上文化氛围的距离，使报纸始终无法获得市场的认同，投资方利达广告一直在谋求退出，有关部门的高压管制则让《外滩画报》在深度报道上举步维艰，本来希望作为重拳的内容却成了软肋。2004 年下半年，《外滩画报》的命运被杨海鹏不幸言中，“媒体只好不断与一个个资本偷情，从一张床漂流到另一张床”。在利达广告撤出《外滩画报》之后，新的投资者以强硬的态度完成了《外滩画报》的转向。

作为一个附注，严格地说，《外滩画报》的投资方是一个利用新闻报道为自己解套的成功典型。2003 年，《外滩画报》曾经做了关于晨兴集团创办《福布斯》中文版的报道，险些令《福布斯》中文版半途夭折。这个报道引起了晨兴集团的重视，并促使他们关注到了《外滩画报》，产生了收购《外滩画报》的计划。具体的谈判过程和筹码自然是商业机密，但是，利达广告不仅收回投资，而且有大笔利润，却是公开的秘密。

今天，在回忆 2002—2004 年的《外滩画报》的深度报道之余，究竟该如何评价，这是个见仁见智的问题，有些东西却是每个了解真相的人必须承认的。

首先，《外滩画报》以适当的方式扮演了深度报道人才养成和转化中心的角色，其重要性不容低估。今天，《南方周末》、《财经》、《南方都市报》收留了大批来自《21 世纪环球报道》、《新京报》、《新周报》等等遭遇挫折的深度报道人才。而在2002年，这个角色是由《外滩画报》扮演的。

此外，《外滩画报》扎根上海，背靠长三角，客观上将来自南方的深度报道理念传播到富庶的江浙一带，对于江浙的报业和报人起到了一定的启蒙作用，一批来自江浙的新闻人在上海集合，在《外滩画报》以及之后诞生的《东方早报》特稿部接受熏陶、训练和实践，将江浙人的文化底蕴与先进新闻生产方式结合起来，完成了从普通记者向深度报道记者的转变。无论如何，人们不能忽视《外滩画报》的启蒙作用。

其次，正因为聚集了一群有理想的新闻人，使他们能继续有机会发挥作用，《外滩画报》2002—2004年成功地在《南方周末》、《中国青年报》等传统深度报道媒体之外起到了填补空白的作用。如果没有《外滩画报》，就不会有刘涌案的波澜起伏，就不会有拆迁制度的根本性改变，就不会有关于郑恩宠的真实记录。正是因为《外滩画报》的存在，中国报业对于2002—2004年中国社会变迁的记载才显得相对完整。

尽管很多人未必赞同杨海鹏走时的言论，但是《外滩画报》在2004年之后的发展历史确实验证了他当年的担忧。也许肇始于2004年下半年的转变历程同样值得后来者回忆与记载，也许对于传媒研究者和经营管理者来说，这种转变更具有现实的意义和价值，但对于整个深度报道，对于拥有新闻理想的人们而言，那已经无关紧要。

第二篇 启蒙之热

20 世纪 80 年代，是启蒙主义的年代，也是理想主义的年代。鼎盛期的“深度报道年”好作品呈井喷态势，新闻与纪实文学的联姻体现出浓厚的批判色彩，中央级媒体引领着探求改革、激辩体制的思想前沿。如今，属于那个年代的启蒙之热已逐渐降温，又到哪里去寻找新闻业的温暖乡愁聊以慰藉？

1987“深度报道年”：特征、动因及反思

□ 阴 良 张志安①

历史就像一条长河，经过一段湍急的加速后，可能会遭遇浅滩而减速。深度报道在1987年，到达了高潮期，之后，很快就改变方向，折返而去。

1987年夏天，黑龙江大兴安岭保护区发生了一场特大火灾，以森林资源和生命财产的巨大损失为代价。《中国青年报》关于这次火灾的“三色”系列报道（红色的警告、黑色的咏叹、绿色的悲哀），在当时“点燃了认识真理的火炬”②，如今也已成为多数高校深度报道课必读的经典之作。

这一年是20世纪80年代改革逐渐推向纵深又面临诸多问题的一年，是思想日趋自由又逼近边界的一年，也拉开了1987“深度报道年”的大幕。《人民日报》主任编辑凌志军后来曾这样回忆③：

“1987年的新闻改革，本没有什么值得大书特书的事件，但它在新闻改革的历史上恐怕仍是重要的一页。今天我们只要一闭上眼睛，就可以想见那个沉闷的上半年和那个开朗的下半年。”

在那个“开朗的下半年”，北京的多家中央级日报井喷般发表了一系列重要的深度报道。这些报道大多着眼于当时中国的社会改革大背景，又极具思辨精神，切中新旧体制摩擦的要害，影响甚众。比如《经济日报》的“关广梅现象”系列报道，讨论租赁企业“到底姓资还是姓社”，引申出了对中国经济体制改革的性质的大讨论，上千封来稿和国内外媒体疯狂地转载让时任经济日报社总编的

---

① 作者分别为复旦大学新闻学院硕士研究生，新闻系讲师、传播学博士。

② 《时代呼唤着新闻改革——大兴安岭特大森林火灾报道的启示》，魏亚南、李伟中、隋明梅/文，《新闻实践》1987年11月。

③ 《潜流与潮头——从党的十三大前后的农村经济报道看新闻改革的新态势》，凌志军/文，《新闻实践》1988年4月。

范敬宜感到吃惊①；《中国青年报》的《命运备忘录》正面挑战了沿用已久的僵化用人体制，其并非内参却引起多位高层批示；《人民日报》的《鲁布革冲击》讲述了中日双方在同一个工程合作中，中方显示出的效率低下和管理不科学，对改革带来的冲击显示出忧虑甚至对民族自豪感产生了怀疑。这家中央党报同年发表的《中国历史改革方位》，则是一篇宏大的政论文，试图对整个迷茫的社会解释中国的困境、改革的艰难、历史的方向，被珍藏在许多剪报本中。

当年突然兴起的深度报道引起了如此大的反响，以至于1988年的全国好新闻评选时，官方突然开始增设"深度报道奖"。而学界则将1987年称为"深度报道年"，全国几乎每家新闻刊物都发表研究深度报道的文章。②

值得一提的是，在1986年以前，学界各种理论著作中还没有提及"深度报道"这种报道方式。到了1988年之后，这种报道迅速衰落，被誉为"深度报道之父"的张建伟也说，"对深度报道感兴趣的记者越来越少了，进入90年代，这种感觉一天比一天痛切"。同时，"深度报道奖"在连续设了几年后，到评选首届中国新闻奖作品时也被取消了。

报道井喷

由于改革进入了攻坚期，整个中国社会的政治、经济和意识形态都在经受剧烈的变化。一时间的通货膨胀、下海成风、知识贬值、脑体倒挂……计划体制和市场体制的碰撞带来的冲击，让置身其中的人头晕目眩。公众不仅关注新闻中有什么事实，更关注新闻报道中是否回答了他们对社会、对改革的疑惑。从20世纪80年代中期开始，深度报道就在新闻界热起来，而1987年涌现出的深度报道

① 从关广梅致信报社开始，"连续刊登各方来信，完全由读者自己去鉴别和思索，而不同于以往事先定了调子的'大辩论'，更不同于历史上'引蛇出洞'的'鸣放'，因此引出了一场规模宏大的公开讨论。"据该报总编辑范敬宜介绍："40天内收到了国内外来信来稿一千多件，国内外几十家通讯社、广播电台、电视台纷纷转发消息或发表评论，社会舆论反响之大，为近年报界所少有。"详见《新闻文体大趋势——"全息摄影"》，樊云芳、丁炳昌/文，《中国记者》1988年1月。

② "深度报道表露出的新闻写作思维的变革，引起新闻界的普遍关注，全国几乎每家新闻刊物都发表过此类的研究文章。《新闻知识》辟出专栏进行了讨论。"详见《怎样看待新闻写作思维变革？——关于新闻写作思维变革的讨论综述》，时统宇/文，引自《1989年中国新闻年鉴》，中国社会科学出版社1989年。

却展现出了不同于以往的特征：突然开始更多地关注整体性、共性的社会现象，关注思想变化的趋势，彻底脱离了对单一事件的报道。

关广梅是本溪市八家租赁商店的承租人，几乎一夜之间，她成了全国关注的焦点人物。1987年6月12日，《经济日报》头版推出"关广梅现象"的报道，一共有4篇，之后持续40天的讨论中又连续发表了78篇文章。那时"两权分离"的改革刚刚开始，既得利益者常常被别人用旧的政治思维打量，在争议和风险中进行变革。这种政治思维的审视和评判，完全是集中在纸媒的平台展开最终较量的。作者后来回忆说，对"改革'姓'什么"的疑问考究，"在新旧体制交替、新旧观念并存的时期，这是一个看来多么奇异而实际上多么正常的社会心理现象啊！""我们突发奇想：干脆大大地争论一番。"这个系列报道使"关广梅现象"成为评价我国社会主义初级阶段改革性质的一个代表性词汇①。

改革带来的冲击主要是内部的，开放带来的冲击则是自外而内的。《人民日报》的《鲁布革冲击》② 报道了云贵边界的鲁布革工程，作为水电部第一个对外开放窗口，日本大成公司以低于中方预算43%的价格中标，引发舆论哗然。在这场工程中，多年来行之有效的中国建筑体制、以艰苦奋斗为内核的"大兵团作战"理念遭遇了西方现代观念的挑战，并且一败涂地。但也有部分中方单位憋着"要为中国人争气"的信念，发动千人会战，创造了"奇迹"，保证了按期截流。一个中年工程师慷慨激昂：

"让我们'拉家带口'和外国人竞争！屁！农村包工队我们都争不过，说得多轻巧，'你们臃肿，没战斗力'，难道我们愿意吗？难道这不是一种牺牲？""献了青春献终身，献了终身献儿孙。没人对历史负责，却要我们对现实负责，这公平吗？"

改革造成的情感和理智的冲突，落后于人造成的民族自尊心受挫，让人感到深深的痛苦。记者在报道末尾写道："如果是支报喜不报忧的笔，文章该在这里结束了。然而，我们不该掩盖黎汉皋们遇到的困难。难在哪儿？"

记者们试图把握住时代的脉搏，用事件去传播那隐隐转变的"新观念"。这观念虽然难以用言语描述，难以用抽象的方法提炼，但却真真切切隐藏在事件之中。

---

① 《求深——当今报道的大趋势——第九届（1987年）全国好新闻作品综述（上）》，何光先/文，《新闻与写作》1988年7月。

② 《鲁布革冲击》，杨飏/文，《人民日报》1987年8月6日。

此外，在关注宏观命题的同时，深度报道记者们也开始关注微观的人、真实的人，在报道中凸现人性之光。20世纪80年代是一个个体意识苏醒的年代，从“集体的人”走向“个体的人”，对普通人的发现也是当时新闻报道的重要特征。

如果随意翻开一本1987年的中央级报纸合订本，尤其是《中国青年报》，你会发现国家领导人的新闻往往放在“报眼”的位置，而头版头条很可能是一个普通的充满困惑的个体户，一个无法忍受体制而“出走的工程师”，一个“玩命地干，拼命地玩”的突击队长，一个去咖啡厅任经理的硕士研究生……

《中国青年报》的《定远农村青年恋人“私奔”采访记》一文，不仅让私奔的青年们上了头版，而且获得1987年的深度报道一等奖。有评论者意外地说[①]：“不敢想象，在中国的大报上，过去像‘私奔’这样的新闻，能争得一席之地？而现在，竟然以系列报道的形式，详细叙述，并正儿八经地探讨，并以可观的版面登在了一版。”这组报道传达给读者的，正是波澜壮阔的农村经济体制改革发出的巨大回声：爱的觉醒。青年农民对传统包办无爱婚姻的抗拒，是整个社会经济变革引发的特殊缩影。

除了报道主题的变化，文本组织原则也在这一年发生了重要变化。“事实必须经过理性的过滤”，是1987年新闻深度报道文本的组织原则。“面对采访对象，不需要去无休止地‘挖掘’，而要以理性的目光去综合和透视，在事实面前，记者不能忘却了这有限的事实外面的广阔世界，而需要用更广阔的视野和更高的思维去驾驭事实。”[②]

为了“驾驭事实”，记者们不得不突破“一人一事一地”，大规模地跨越时空的界限去寻找、选取事实。于是一种被称之为“全息摄影”“统摄全局”的报道模式开始备受推崇，如《红色的警告》一文，在4个部分中讲了9个故事或矛盾现象，设计到数十个历史与现实的具体细节。涉及的人物从刘少奇、代总理万里、副总理田纪云到漠河高县县长、森林武警中队长等基层干部、普通群众。时间上纵向横跨历史几十年，从1966年的大火写到1987年6月的人大会议，空间上也腾挪变化，从三不管的保护区转换到北京人民大会堂等。[③]

在理性的大旗下，批判现实主义在1987年的深度报道里被运用得淋漓尽致，

---

① 《新闻文体大趋势——“全息摄影”（上）》，樊云芳、丁炳昌/文，《中国记者》1988年1月。

② 《反思·奋起·创造——中国青年报和人民日报部分青年编辑、记者座谈摘要》，《新闻战线》1987年12月。

③ 《深度报道“深”在哪儿?》，陈力丹/文，《新闻与写作》2004年4月。

报道本身也成为记者传播思想的工具。许多中青年记者以文化精英的姿态在新闻报道中进行反思和批判，而更多报道都以"思考"、"启示"、"探讨"为题目关键词。记者要求自己"扎扎实实地读懂中国社会这本大书，用学者的眼光观察和审视生活"。

选择"理性"，意味着要跟过去以政治眼光看人看事的传统告别。记者认识到，单纯的"政治审视"已不能解释变化多端、扑朔迷离的现实生活，非此即彼、非黑即白、非好即坏的判断模式已经无法适应日益复杂的社会现实。

为了绕开写人物"树立典型"的惯例，中青报名记者张建伟将自己的报道定位于"上帝管两头，我管中间"①。和他一样，很多记者发现"人人心中皆有，报上往往却无"的题材似乎更富有新闻价值，更容易引起读者共鸣。当他们把关注目光从黑白"两极"转向"一般化"的生活领域时，发现了更加广阔的报道空间。当时，大行其道的"中性报道"之所以能够获得广泛赞誉，也正是因为记者对单纯政治价值判断模式的扬弃契合了时代的内在需要。

1987 年 12 月，《中国青年报》发表的深度报道《命运备忘录》②，写了 38 个在美国获得 MBA 学位的高级人才因为制度不合理、领导不负责任而被白白闲置、报国无门。记者张建伟在文章的末尾这样写道：

"我们可以像过去那样，抨击浪费人才的官僚主义者。然而，政治体制不进行改革，官僚主义不会被彻底埋葬。MBA 在中国的命运提醒我们：中国人才的危机不是什么别的危机，恰恰是以人治为特征旧政治体制危机的投影。"

这篇文章指出了人才体制的问题："尽管用人单位都在津津乐道于这种体制，但 38 个硕士生的命运足以使这种体制无地自容"。报道背后是"证伪"思维的充分运用，即抛弃过去为宣传对象做正面画像、找材料拼凑的"证实"思维，反过来从逆向思维出发去关注负面题材。

受到"证伪"思维影响的显然不只是张建伟一人。获 1987 年中国好新闻一等奖的《中国青年报》作品《公开的新闻内幕——记者团西北之行日记》，直击新闻媒体内部的腐败，记者职业道德的沦丧。同时，此文也体现出 1987 年的深

---

① 张建伟在专著中反思："一般说来，'两极'状态的事件较容易成为新闻。那么，在'一般化'的生活里，哪些东西应当成为记者捕猎的对象呢？问题应当是那些普遍存在于人们的生活之中，甚至已为人们熟视无睹，然而又的确阻碍着社会生活前进的矛盾和问题。《追踪记》所揭示的不正是这样的一些问题吗？"详见张建伟著《深呼吸（下卷）：未曾公开的新闻内幕》，经济日报出版社 1998 年。

② 《命运备忘录》，张建伟/文，《中国青年报》1987 年 12 月 2 日。

度报道已经在舆论监督方面有所作为。①

职业意识

20世纪80年代末，记者的职业意识开始发生变化，“党的新闻工作者”不再是唯一使命，“宣传者”角色的自我认同在逐渐淡化，关于“新闻”和“宣传”差异的评论文章也已经屡见报端。

张建伟在一篇题为《西西弗斯的胜利》的文章中谈到，长期以来记者命中注定的事情就是“为新闻赋予意义”，中国好新闻的标志之一仍是“为好人好事赋予雷锋精神的意义”。从1986年的《第五代》，到1988年的《大学生毕业成才追踪记》，再到1987年的《命运备忘录》，张建伟的作品均无缘全国好新闻，于是便开始“怀疑我为新闻事件赋予意义的意义了……开始寻找一个真正的记者存在的意义了”。② 追问的答案是回到记录本身。他曾这样评价记者王安给中国新闻界带来的贡献：“一个记者应该采写新闻。在中国，这样评价一个记者，是最高的赞誉。”③ 这种从“宣传者”向“记者”的嬗变，实际上是职业意识的觉醒、记录本位的回归。

优秀的记者总是会敏锐地把握住社会发展的前沿方向和改革趋势。透过1987年的深度报道不难发现，深度报道从业者比一般记者具有更强烈的“启蒙”诉求，“对不断涌现出来的新观念进行启蒙，是新闻工作者乐此不疲的努力方向”④。他们相信，“新闻作品不光要有宣传、解释或鼓动的功能，还要进一步担起社会思辨和社会认识的功能”⑤。

80年代末中央大报之间的竞争关系是十分明显的，各家都希望在深度报道

---

① 复旦大学新闻学院李良荣教授于1995年撰文回顾新闻改革，将1980至1995年15年的新闻改革划分为五个阶段，其中“第三阶段：1987年到1989年上半年，提出了舆论监督问题”，并进行了阐述。1987年到1989年上半年，学术圈与新闻界提出了舆论监督问题，利用媒介开展批评和自我批评是党报的传统，但系统全面地提出舆论监督，在中国共产党的新闻史上毕竟还是第一次。详见李良荣《15年来新闻改革的回顾与展望》，选自《李良荣自选集——新闻改革的探索》，复旦大学出版社2004年。

② 《西西弗斯的胜利》，张建伟/文，《新闻战线》1989年2月。

③ 《我们是记者，我们写新闻》，张建伟/文，《青年报刊界》1991年9月。

④ 《深呼吸（下卷）：未曾公开的新闻内幕》，第90页。

⑤ 《反思·奋起·创造——中国青年报和人民日报部分青年编辑、记者座谈摘要》。

的“启蒙”热潮中拔得头筹，而在1987年的竞争中，独领风骚的非《中国青年报》莫属。“‘理想’和‘理想主义’构成了中国青年报的凝聚力，至少构成了70年代末到80年代末中国青年报狂飙突进领中国新闻界之风骚时期的凝聚力。”①

据卢跃刚回忆，当时的中青报社内部具有浓郁的业务民主空气，等级和资历都被淡化，“认稿不认人”，鼓励争辩，鼓励记者坚持个性，新面孔老面孔不重要，能力是第一指标，报社鼓励出名编辑、名记者。中青报总编辑助理陈小川也谈道：“并没有觉得主任、总编辑就是个什么官儿。领导说某文不发，下级一般也要问问为什么，领导也习惯这样。”②

不只是中青报，“内部竞争、业务民主”作为当时中央级大报的编辑部理念已经有普及之势。连《人民日报》也同样改变了以往“上面定题目，派专人去采写”的做法，报社经济部定了一条规矩：谁愿意干就让谁去，想怎么写就怎么写，只要稿子好，质量高，拿得出，就不惜篇幅予以刊登。就这样，鲁布革报道被一名在报社经济部实习的地方报青年女记者“夺”去了。③

1987年的深度报道记者，从来毫不掩饰自己想要启蒙公众、影响社会的渴望：“我们不能躺在那里等着，我们应该用自己实际的努力来推动和促进政治体制改革”，“使新闻事业在这个发展过程中发挥它应有的强大的无可替代的作用”。④

这种影响社会、启蒙公众的热情，也同样体现于如日中天的报告文学中，经由这种类似深度报道的文体，知识分子能够给普通人提供更具事实和思想容量的信息。实际上，当时不少深度报道记者本身就是由报告文学作家转型而成，如卢跃刚、麦天枢等。

在特定历史语境下看，追求“影响”的报道倾向固然有其十分积极的意义，而且叙论结合的写作风格也以其思辨理性、大气宏观赢得读者青睐。然而，过重的主观色彩毕竟不符合新闻的客观要求，过度强调思想性也可能影响事实的力量发挥，正如有学者反思的那样：“我们应当把它视为特定环境中特定读者群的需求，而不宜看作深度报道的发展方向。因为新闻报道只能用事实来讲话。”⑤

---

① 《本报今日出击：呼唤公平》，卢跃刚、罗强烈/主编，南方日报出版社2000年。
② 《反思·奋起·创造——中国青年报和人民日报部分青年编辑、记者座谈摘要》。
③ 《〈鲁布革冲击〉报道得失谈》，刘国胜/文，《新闻战线》1987年10月。
④ 《本报今日出击：呼唤公平》，卢跃刚、罗强烈/主编，南方日报出版社2000年。
⑤ 《深度报道的崛起——评近期报纸新闻发展趋势》，洪颖/文，《新闻实践》1988年3月。

若干反思

历史就像一条长河，经过一段湍急的加速后，可能会遭遇浅滩而减速，或被改变方向折返而去。1985至1988年的深度报道，具有一脉相承的关联性、延续性，呈现出渐热的过程，1987年则到达了高潮期，1989年后便一路下滑，这种从兴起到衰落的原因是多面而复杂的。

《人民日报》资深记者祝华新认为："勃兴于1987年的深度报道，是以当时特殊的政治文化气氛为前提的。"呼喊改革的重任主要被新闻界用深度报道的方式一肩挑起，启蒙的重担非新闻界莫属。读者在受到巨大的感奋时也"顾不上细查这些文字归属新闻还是更像理论文章的通俗版"。①

但是，记者的好运气没有持续多久，就被文化知识界的"一拥而上"而冲散。1988年之后，报告文学、思想杂志、电影、纪录片等一系列出版物开始融入更加浓厚的批判色彩，知名的电视政论片《河殇》对黄色文明的反思和悲观逐渐迫近政策底线。受这些因素影响，1987年之后的深度报道，尽管理念和实践上延续传统并有所超越，但报道的实际影响力却大不如前，到了1988年，深度报道的启蒙功能已略显疲态。伴随1989年政治风波的发生，整个新闻界开始反思"资产阶级自由化"问题，深度报道失去了关注社会问题、张扬思想容量的批判力度及报道空间。

自由而短暂的"黄金时代"一去不返，一大批优秀的新闻记者囿于限制，转而投入到报告文学领域，20世纪80年代以启蒙为诉求的深度报道盛况就此不再②。实际上，这个时期的深度报道始终以"精英姿态"向公众进行解释，基本使命并非传达信息，而是对国民进行"启蒙教育"，这种定位本身就决定了它很难长期按照这个模式发展下去③。其实，1987年及之后两年的深度报道，由于仍

---

① 《寻找体制与文化的交汇点——兼评一九八八年深度报道》，祝华新/文，《新闻战线》1989年1月。

② 张建伟论及单向度的"政治审视"下，"终于，一大批深度报道记者到杂志用文学的笔法去耕耘收获了，那里的政治也许自由度大点。只留下少量记者在报纸的泥潭中艰辛地跋涉"。详见《深呼吸（下卷）未曾公开的新闻内幕》。

③ 张建伟《深呼吸（下卷）未曾公开的新闻内幕》。

然过度追求“理性的力量”，给新闻带来了“超负荷”，使读者阅读上感到负累，甚至见到报章中有“启示录”、“备忘录”、“沉思录”之类的标题就头疼[①]。随着改革进入平稳期，人们对新观念、新体制的好奇与困惑大大降低，社会对深度报道启蒙功能的需求逐渐减缓，它的功能转向也就在所难免。关于深度报道80年代末到90年代的转型，卢跃刚曾这样总结：

“如果说80年代的报道更从宏观上关注社会变革，那么90年代更在微观上关注普通人的生活；80年代更是‘政治’的，90年代更是‘社会’的；80年代更提供‘认识’，90年代更提供‘认识的基础’。这种变化，可以说从根本上改变了新闻的社会功能。——新闻由‘典型’回到了‘常态’，记者由‘主体’回到了‘客体’，文本从注重‘通讯’写作到更注重‘调查性报道的写作’。”

从启蒙到监督，从影响到记录，深度报道功能的嬗变轨迹背后体现出记者回归职业本位的趋势。然而，回到特定的历史情境，比如本文考察的1987年，一切却又是应有之义。

① 《寻找体制与文化的交汇点——兼评一九八八年深度报道》，祝华新/文，《新闻战线》1989年1月。

双重身份的时代宠儿：20世纪80年代报告文学热的回顾与思考

□ 黄　贞[①]

从文学性报告文学向纪实性报道文学的转型，让20世纪80年代的报告文学成为深度报道的“变种”，迸发出比新闻作品更具思想性的时代强音。

1978年年初，一架昆明飞往北京的客机上，乘务员姑娘发现两位乘客手中的笔记本上印着“人民文学”的字样，忍不住问：“二位是《人民文学》的吗?”其中一位老者点头说是，姑娘一下子双眼放光：“1月的这期那篇写陈景润的《哥德巴赫猜想》太精彩了，作者徐迟是你们杂志社的吗？他也是科学家吧?”老者笑而不答，另一位乘客回答说：“作者徐迟不是科学家，是老记者，老诗人。”惊讶之余，姑娘抱怨杂志太少，很多想买的人都买不到。更令她惊讶的是，这两位乘客恰好就是《哥德巴赫猜想》的作者徐迟和《人民文学》的编辑周明。

1978—1989年十年间报告文学在读者间引起的热烈反响由此可窥一斑。报告文学的发表给主人公的生活也带来了不小影响，《哥德巴赫猜想》发表后，数学家陈景润很快成为全民偶像，小住屋里除了原先装草稿的麻袋之外，又多了几麻袋读者来信，其中包括很多年轻姑娘的求爱信件。

一篇报道的发表产生如此广泛的社会效应，现在看来犹如一个神话。在20世纪80年代，兼具新闻报道同文学两种文类的报告文学异军突起，承担了历史赋予的社会使命。

报告文学这一文学样式虽然同现代小说、现代新诗一样早在19世纪末就被介绍到中国，新中国成立前也吸引过许多著名作家投身其中，产生过如夏衍《包身工》等名篇，解放后魏巍的《谁是最可爱的人》也一度激发起全民关注，但

① 作者为上海大学中文系学生。

它始终处于从属于文学的地位，至多是一种文学小门类。报告文学在中国的真正高潮产生于 1978 年后的这十年，在这一时期，不仅报告文学写作群众多，数量众多，而且恰逢其政策因素和流通因素两大机遇，赢得了广泛的声誉和喜爱。

有一点必须指出，80 年代备受关注的报告文学，其关注面相当广泛，有一部分优秀作品着眼历史，其中有些是文学领域“反思”派、“伤痕”派的回音，反思刚刚过去的“文革”十年（如：胡平、张胜友《历史沉思录》），有些则关注到更早的民族创伤（如钱钢讲述北洋水师战败的《海葬》）。这些作品虽然明显地旨在清算历史失误，总结经验预警现实，但因其题材年代并不对当时的社会具有直接的时效性，不列入我们的讨论范围，本章的焦点放在 80 年代报告文学主流，那些以当代事件、人物为采写对象的，具备深度报道因素的作品。事实上，在 80 年代，特殊的历史环境、读者兴趣、媒体发展态势造就了报告文学在此一时期内对现实的回应力度前所未有地强大，以及更重要的，造就了报告文学前所未有的舆论影响力。

新闻基因与文学轻骑兵

1978 年以后的十年间，是 20 世纪中国文学在五四运动之后的又一个高潮，各种文学样式在“文革”后重新获得生机，作品在读者市场上的接受度空前高涨，不知名的作家往往因为获得一次文学奖项而改变命运，获得全社会的承认。1978 年以来党中央政策对于文学自由度的持续放松，是报告文学得以发展的政治机遇：“1979 年 10 月中国文学艺术工作者第四次代表大会召开，邓小平代表中共中央到会致祝辞，在阐述党对文艺工作的领导时明确提出了‘不要横加干涉’的意见……紧接着，1980 年中共中央正式提出了含义比较宽泛的‘文艺为人民服务，为社会主义服务’的总方针，来取代毛泽东在《在延安文艺座谈会上的讲话》中强调的‘文艺为工农兵服务’和‘文艺为政治服务’的口号”。[①]

值得注意的是，这些被允诺的“自由”是当时的新闻记者所无法享受的。正如 80 年代著名报告文学作者卢跃刚后来指出：“因为见证了大量中国的现实，

① 《中国当代文学史教程》，陈思和/著，复旦大学出版社 2004 年。

但不能都通过新闻的形式报道出来，报道不出来就要开辟第二战场，报告文学是我开辟的第二战场，是对新闻的二度开发。那个时候，新闻、真相、真实严重不足，需要通过报告文学来弥补。"①

对新闻的弥补，是报告文学的第一重身份。

介入社会影响观念，补充了文学对现实的回应速度与强度，是报告文学的第二重身份。

中国新文学因应19世纪末内忧外患的政治危机而产生，从诞生之日起就与政治性、社会性关系密切。80年代的文学狂飙是"五四"启蒙思潮的回响。80年代社会思想领域普遍关注人的价值，知识分子无不在写作实践中流露出对启蒙责任的承担。他们普遍对经济结构巨变背景下的社会结构、人的精神状态表现出浓厚兴趣。然而，纯文学领域文学承担社会功能的状态到了80年代中期就渐渐改变，向远离群体的先锋实验行去。在纯文学逐步内倾，放弃对现实回应力度的同时，报告文学才刚刚开始以更大的手笔介入社会生活，在它的两个身份中，报告文学无疑向新闻属性这边跨了一大步。

正因如此，报告文学的两重补充作用在新时期历史条件下被时代需要着，不仅有松动的政策扶持，还有广大的读者市场来消化。当时新闻性报刊转载报告文学是常有的事，作为新闻的补充深化，又诉诸其文学性对群众的吸引力，新闻报道借报告文学之力，在舆论中发挥导向作用。而除却纸质媒体，中国电视业纵然起步却仍在艰难的自我认定过程中，并且和广播一样，受制于群众的经济条件，不可能成为影响群众思想的主要媒体。于是，报刊仍是群众获取信息的主要手段，再加上文学受到空前追捧，二者合流，构成了报告文学在传播意义上的机遇。

十年流变

纵观1978年到1989年十年间中国报告文学的流变，其风潮大致经过以下转变，转变前后报告文学既在书写题材上不同，也在书写方式上大相径庭。

---

① 引自张志安《记者如何专业——深度报道精英的职业意识与报道策略》，南方日报出版社2007年。

以1978年全国科学大会为背景应运而生的长篇报告文学《哥德巴赫猜想》意外地成就了80年代报告文学兴盛期的滥觞，紧跟这股热潮的是1978年到80年代初，为科学家等在“文革”中被污名化的知识分子立传类的报告文学作品①，随后题材范围逐步扩大到其他行业的典型人物。此时期的代表作有乔迈的《挺立于世界民族之林》，理由的《让我们活得更年轻》，星汉的《为了祖国》，黄宗英的《美丽的眼睛》、《大雁情》、《桔》、《小木屋》等。与这股风潮同时的还有位不得不提的“异数”——刘宾雁，他在新时期继续他的批判揭露型写作。这时期的报告文学在写作上的共同写作特点是集中一人一事，通过截取典型人物、典型事件来为时代观念的转变背书。

到了80年代中期，报告文学作者的兴趣点从微观的某人某事转移到某人群某一系列现象。焦点的转变带来报告文学容量和书写方式的变革，报告文学陡然宏大起来，不仅视野开阔，从时空纵深看待社会，而且容量扩充，涵盖的调查对象更有社会各层面的代表性，作品的长度短则三四万，长则可达十几万言。另外，在大开大合的书写中，往往浸润着作者深切的人道关怀和启蒙焦虑，甚至批判往往从外部体制到内心顽疾。这一报告文学学术化时期的代表是：苏晓康的《神圣忧思录》、《最后的古都》，麦天枢的《西部在移民》，陈祖芬的《经济与人》、《挑战与机会》，钱钢的《唐山大地震》，李延国的《走出神农架》、《中国农民大趋势》等。

1978年到1989年十年间的报告文学发展，还可以从主要作家情况进行分类。

有些作家，如徐迟、秦牧、黄宗英、柯岩等，本来已是富有经验的纯文学作家，他们在新时期重新响应时代的召唤，开拓写作领域，延续文学生命。报告文学毕竟不同于纯文学，前期需要大量亲力亲为的奔走记录，这批作者依然欣然前往，如同他们笔下那些埋头苦干、发誓弥补“文革”中所失光阴的主人公，他们对主人公的倾慕也并非完全出于渲染。

80年代的文学精神还吸引了一批年轻的作者。和大部分同时代的青年一样，他们原先都有志于纯文学创作，在接触广泛的社会生活后纷纷投身报告文学的采写中，如作家麦天枢、卢跃刚、钱钢等。20世纪90年代之后，他们中的一些人成了中国深度报道的中流砥柱。

以下就按这三个大致分期，重新回到那些经典作品写作的现场。

① 据上海图书馆所编的《全国报刊索引》，共收1978年发表的报告文学274篇，其中写科学家等知识分子的就有134篇。

拨乱反正与时代回声

1978年，是新时期中国报告文学的起点，也是高点。《人民文学》刊发的徐迟的《哥德巴赫猜想》，在70年代末获得了全国范围内的影响，正是这篇作品和促成这篇作品的这本杂志，共同构成了1978年后报告文学鼎盛期的最初格局。

《人民文学》作为当时最大的全国性文艺刊物，1976年复刊之后，在刚刚走马上任的主编张光年带领下，尽得风气之先。1977年，刊物为配合粉碎“四人帮”而约稿刘心武，促成其小说《班主任》在全国掀起为“文革”中遭到不公正待遇的知识分子鸣冤的社会讨论。同样，立意采访科学家也是在杂志社得知次年要召开全国科学大会的背景下产生的。

《哥德巴赫猜想》一文从采写任务的承担者到采写对象的确定，都出于偶然：决定采访陈景润是因为“听说”一个外国专家考察团向领导打听陈景润，说他在国外数学学报上发表的论文攻克了世界数学难题，但此人在国内同事眼中却是个“白专”典型；决定向时年已经64岁的老诗人徐迟约稿是因为想起他做过记者，“文革”前在《人民文学》上发表过描写敦煌艺术家的通讯稿。彼时，徐迟采访李四光的报告文学《地质之光》已经刊登在《人民文学》1977年10月号上。

写作中徐迟遇到的挑战之一是要不要写“文革”那段，《地质之光》跳过了“文革”，有读者来信询问为什么故意不触及那段历史，这本不应成为禁忌。徐迟写作中还是停顿了一番，最终决定这次不能绕过去，而且还要将“文革”对知识分子的戕害一五一十地呈现出来。这就有了《哥德巴赫猜想》中被人全段背诵、被当年的高考考生在作文中引用的第六章①。

挑战之二是他很想采访陈景润的宿舍，不过陈从未邀请过任何人进过他的家。李尚杰书记出的招是一干人埋伏在陈景润家门口，一等他开门就二话不说冲进去。就这样，李尚杰、周明、徐迟三人“硬闯”入陈景润家，亲眼目睹了这位著名数学家窄小简陋的生活环境，以及那个几麻袋草稿纸的细节。②

挑战之三是徐迟认为要寄情人物，不了解人物的事业是不应该的，可是陈景

---

① 此段回忆见《徐迟与〈哥德巴赫猜想〉》，周明/文，《人民文学》2008年1月号。

② 见《徐迟与〈哥德巴赫猜想〉》，周明/文，《人民文学》2008年1月号。

润的数学论文哪怕是专家也很难短时间内全部领会。徐迟硬是自学数学理论，先看了从社会科学角度阐述自然科学的马克思的《数学手稿》，又开始啃华罗庚的《数论导论》等理论书，读不懂了就走访数学家吴文俊、王元等多位数学界权威，陈景润晦涩的论文当然被他通读推敲。最后再通过他的文学笔墨将哥德巴赫猜想的意义用简明的方式传达给读者。这便是出现在《哥德巴赫猜想》开头的那段引用文字及对其意义的解释了。其实徐迟在写《地质之光》时就曾这样"攻坚"过李四光的地质理论。①

1978年1月号的《人民文学》发表《哥德巴赫猜想》时，徐迟已在周明的陪同下奔赴云南西双版纳热带植物园，采访著名植物学家蔡希陶。很快，1978年3月号的《人民文学》上徐迟发表了此次采访的成果——报告文学《生命之树常绿》。而本章开头的一幕就发生在徐迟结束采访返回北京的客机上。敏锐的《人民文学》编辑已经预知，以报告文学的样式为科学家拨乱反正是顺应时代的写作趋势。

果然，一个月不到，《哥德巴赫猜想》被《文汇报》于2月17日用头版下部，2版、3版两个整版全文转载，同一天，《人民日报》也用三个版面进行了转载，前一天2月16日，《光明日报》进行了转载，后一日2月18日，《解放日报》以和《人民日报》类似的排版进行转载。

《人民文学》的这次选择，让徐迟的诗人气质影响了80年代初的报告文学写作，从采访过程到作品都深深浸润着作者本人的情感和个人气质。

当年3月，邓小平刚刚在中国人民政治协商会议第五届全国委员会第一次会议上当选政协主席，在马上召开的全国科学大会上，首次提出了"科学技术是生产力"和"知识分子是工人阶级的一部分"的重要论断，为下一个阶段在思想、经济、社会领域内对知识分子价值的重新评价奠定了政治基调。

在这届大会上，因为《哥德巴赫猜想》的成功，《人民文学》派出了资深作家徐迟、秦牧、魏钢焰、黄宗英、柯岩列席会议。每位作家都被布置了寻找一位采访对象的任务，组织并未对作家选择对象做出框定。已经成名的徐迟此时作为记者团团长，在分享经验时特别提到"要爱自己的主人公"。多年后黄宗英还记得徐迟谈到陈景润时的激昂感情。不过黄宗英在选择自己的主人公时颇为审慎，一直到临近会议结束还迟迟没有确定人选，她向徐迟抱怨说有那么多值得赠送鲜

① 见《漫游在科学王国里的徐迟》，周明/文，《中国作家》2006年第13期。

花的对象，可惜自己手中只有一束鲜花。①

科学大会的这次策划约稿非常成功，知识分子报告文学在短短一年内蔚然成风，积累了相当数量的创作群体和作者，《人民文学》扩大了《哥德巴赫猜想》在群众舆论导向的战果。徐迟本人更一鼓作气，从此同科学领域结缘，趁着科学代表大会的余温，采访追踪了中国生物学重大突破——人工结晶牛胰岛素，写成了报告文学《结晶》，发表于《人民文学》1979 年 10 月号上。而带起风气的《人民文学》杂志，在整个 80 年代，都占据着中国报告文学重镇的位置。

到了 80 年代中期，凭借报告文学《祖国的利益》声名鹊起的陈祖芬，开始放弃一事一人而采用全景式取材，在政治风气感知方面却延续了 80 年代报告文学的政治灵敏度，尤其敏感于国家经济、人才领域内的变化。尽管题材有了改变，陈祖芬的个人气质一样不折不扣地体现在作品中。

书写对象和场景的跳脱是陈祖芬的注册商标。以她初刊在《十月》1984 年第 6 期的《挑战与机会》为例。不同于以往寻找典型形象的做法，她的人物涉及：经济条件尚未改善但默默为国家争取荣誉的中年知识分子、苦读的公派留学生、首都钢铁热衷学习考第一的工人，甚至还有北京市热心学习计算机知识的小学生，而就在《挑战与机会》发表的当年 2 月，邓小平在参观上海科技展览馆的十年科技成果展时提出了“计算机普及要从娃娃抓起”。

陈祖芬出生于上海，从小就是个坐不住的个性，曾笑言：“北京人把我当上海人，上海人把我当北京人，我早上醒来常常不在上海和北京。人家叫我作家，其实我作文常常不在家。我大学毕业时想当剧作家，中学毕业时想当翻译，两岁时是上海电影院的老影迷。我生出来时，没哭，光笑了。”② 她不在书斋创作，却常在旅程的转换地机场写作，采访高峰时期一日转换多个城市也是家常便饭。

陈祖芬成为专业作家的过程也像一幕喜剧。毕业于上海戏剧学院的她无意间写了一部反应热烈的轻喜剧《人生舞台》。儿艺和人艺同时看中了她。两家单位分别拿走了她的工资档案和人事档案，互不相让，被请来调停的文化局长最终决定她应该继续写作报告文学。于是陈祖芬没有成为一位职业剧作家，却写了数十年的报告文学。

在《挑战与机会》这本报告文学集后记中，陈祖芬写道：“我要继续写报告

---

① 引自《黄宗英哭徐迟》，陆士虎/文，《人民日报·海外版》2000 年 4 月 12 日。

② 《陈祖芬：阅读让人年轻》，引自《与名人一起读书》，夏立群/主编，北京师范大学出版社 2006 年。

文学中的‘硬通货’——写改革、写经济改革。写改革中的人的观念的变化。中国不搞改革没有出路，报告文学不写改革就脱离了时代的大趋势。”[①] 她和同时代的报告文学作者，用写作践行着把握时代脉搏的自我期许。

宏大视野与人道启蒙

1985年，纯文学界掀起了叙事革命，文学内转，越来越成为进入私人的实验领域，而报告文学界的风潮恰在此时同80年代的纯文学分道扬镳，是由报告文学来源于社会又面向社会的外向性质决定的。反而80年代中期以后的报告文学不再满足于对一人一事的观察，作者想要以更宏观的视角多点透视当下社会。作家的精神立场承袭五四新文化运动的启蒙精神，认为知识分子应该自觉承担民族苦难，负有改造国民，关注民生的历史责任。

作为中国报告文学80年代辉煌的象征，1987年底由全国百余家主要文学性报刊共同参与评奖的“中国潮”报告文学征文中，一篇主题为中国西部贫困人口生存状态的《西部在移民》得票数最高荣膺第一，它的作者就是后来的名记者，2006年轰动全国的纪录片《大国崛起》的总策划之一麦天枢。

或许因为有来自西部农村的生活背景，麦天枢对西部农民问题的关注异于时人。80年代中后期的报告文学在揭露批判时容易将症结归入对政策体制的诟病，麦天枢却将矛头指向贫困的人为根源：中国民众的精神状态。

《西部在移民》一文，确实为1983年国务院批准中央财政支持的西部移民计划提供了背景，立体地呈现政策落实的曲折，尽管作者的直接动机出于责任意识和个人偏好，更多于直接地为政策背书。《西部在移民》一方面对搜集得来的人物事例的详细铺陈，一方面高屋建瓴地将西部的人民生态、移民过程放在整个人类历史的宏大版图上来观照，正如作者在作品甫一开篇就声言的：“流动，是整个人类的基本命运。”作者视角正是这样拉近拉远，赋予作品凝重的时空重量。除了凝重，年轻作者的启蒙意图不时显山露水。表现为着力分析“三西”地区农民出于狭隘自保迟迟不肯移民，新与旧，改革与保守两股思想势力的胶着对峙

① 《关于报告文学的思考（代后记）》，引自《挑战与机会》，陈祖芬/著，北京十月文艺出版社1986年。

的现实。

当年他同前《中国青年报》记者黎戈宁两人在极其干旱气候恶劣的定西地区、宁夏西海固地区进行考察，新婚燕尔的黎，在整个采访过程中只在路过兰州时回了一趟家。两人的采访条件清苦（伙食恶劣时只有黄米加盐），全凭内心的热情和写作的决心支撑。由于来自北京媒体，采访并没有遭到任何阻碍，陪同采访的国务院“三西办”移民处处长给予了很大程度的宽容，即使记者直接提出单独与采访者会面也没有意见。接受采访的群众和地方行政机构代表之淳朴给麦天枢留下了很深印象，大大鼓励了一个年轻记者的雄心。①

80年代一去不复返的文学环境还体现在《西部在移民》的获奖上。当时不名一文的麦大枢作为《人民文学》的推荐作者参加“中国潮”征文，其过程并非没有波折。并不知麦天枢为何人的女作家张洁坚决反对社会上流行的“送礼风”、“关系风”渗入杂志社，当时文坛上下对文学作者的尊重确保了麦天枢凭借此作崭露头角。

全景式报告文学阶段的另一篇集大成之作——军人记者钱钢于1986年写就的《唐山大地震》，承继了“五四”精神的另一面向：大写的“人”。

《唐山大地震》发表于事件发生后的十年，仍造成了极大的轰动效应，并持续到今，一是因为这场发生在中国转型期，新中国历史上最严重的天灾对人们的震撼实在太强烈，且被赋予了太多象征意义，成为新时期的国民集体创痛回忆之一，二是因为钱钢十年后再作思考写就的文章翅丰翼满，不仅带领读者从多角度（很多角度是十年来任何关于那次灾难的报道都没有涉及的）重历灾难，而且和其他畅销的文学作品一样，《唐山大地震》反映了80年代各个领域内对于人文精神的大讨论，题材虽非取材近年近事，写作理念却新。钱钢是1976年事件发生后第一时间赶往灾区的亲历者之一，这些初步获得的材料如果在当时就被整理运用，可能写出的是完全不同的作品，作者自称，也只有到了80年代，才可能有这样一篇以唐山人为主体对象的文章。

和《西部在移民》一样，《唐山大地震》在开篇就采取了一个恢弘而沉重的笔调，将事件定位在历史之中：“历史将永远铭记地球的这一个坐标：东经118.2度，北纬39.6度。人类将永远铭记历史的这一个时刻：公元1976年7月28日，北京时间凌晨3时42分53.8秒。”本文焦点多样，对随后赶到的救援部

① 见麦天枢《回首当年的写作与发表》，引自《新闻传播精品导读：特写与报告文学卷》，刘海贵/主编，复旦大学出版社2004年。

队采用群像描写，对“渴生者”则个别塑造，尤其重视对目击者、当事人语言、神态的还原。本文中几个出人意料选择的特殊情景多年后仍然印刻在读者脑中：看守所的囚犯帮助救人，灾后一度失控的抢劫，增多的精神病患、灾难孤儿，还有为多年来备受指责的国家地震总局正名。

很难想象一个新闻训练不多的23岁作者能够在当时就有意识地获取供写作《唐山大地震》之用的材料。但懵懂的钱钢被长辈亲戚“蒋叔叔”领着参与了第一线救援工作，坐在蒋叔叔的吉普车上奔波于灾后唐山的各个角落，采访各层次的唐山居民，他们普遍的粗砺冷硬给了钱钢很大震惊，他也从蒋叔叔的淡定中看到了灾民们不同想象的丰富面向。值得一提的是蒋叔叔有意让钱钢接触一些具有独特采访价值的人物，比如盲人住宅区历经大难靠本能求生的盲人，比如懵懵懂懂仍旧爱吵爱闹的灾后孤儿（钱钢作为唐山民政部代表，护送唐山孤儿前往邢台）。①

1982年，解放军系统内有四位年轻作者在第三届全国报告文学评奖中获得奖项，《解放军文艺》的编辑向他们约稿，人手一部新作来制作个人专辑。钱钢婉拒了编辑拟定的唐山重建主题，翻出当年的采访笔记，以此为线索重返唐山。这次，他有意识地深入调查，找到当年的采访对象核对信息。1986年，《唐山大地震》完稿，当年的《解放军文艺》3月号，以全刊篇幅，作为“全国第三届优秀报告文学获奖作者新作特辑二”发表。②

无独有偶，当年和钱钢同样接到约稿任务的获奖青年作家还有李延国，他的新作也是他一贯擅长的全景式报告文学《中国农民大趋势》，洋洋十万余言，聚焦的同样是“人”——新形势下的农民生活与心态变迁。

批判丑恶与干预生活

早年就写出控诉型报告文学《包身工》的作家夏衍到了80年代虽已无力再从事一线调查，但他对于报告文学性质的总结在作家中持续产生指导性作用。他

① 参见《作家钱钢：我的唐山 我的1976》，陈海、陈静/文，《南方人物周刊》2006年1月21日；《纪念我的蒋叔叔》，钱钢/文，收录于《唐山大地震》附录部分文章，当代中国出版社2008年。

② 资料出处同上。

的文章《关于报告文学的一封信》中以开路人的姿态，尝试廓清从20世纪30年代开始就长期占据报告文学理论界的几大矛盾：真实性与文学性、歌颂与暴露、写人与写事。夏衍提出矛盾，是为了统一，他心目中一流的报告文学在这几大矛盾关系中要具备走平衡木的品质。[①]

在70年代末80年代初独树一帜的揭露型报告文学《人妖之间》，刊登于《人民文学》1979年9月号。由于该文发表后造成的洛阳纸贵、一文难求的状况（尽管当时《人民文学》的发行量高达140余万份），后来的不少人将它误记为1978年黑龙江省松花江地区宾县特大贪污受贿案的肇因，实际上它产生于案件判决之后。

1978年夏，宾县即已在“双打”（打击贪污盗窃、打击投机倒把）运动中发现了王守信截留巨额公款的问题，在刘宾雁前往宾县采访前，王守信已被作为大贪污犯定罪。《黑龙江日报》、《人民日报》都已发表长篇通讯报道过此案。[②]《人妖之间》的作者刘宾雁1979年7月才到黑龙江宾县采访王守信案。之所以对此案感兴趣，一部分原因在于刘宾雁从1957年到1979年20年间被打成右派，“解冻”后的他很想通过宾县这个窗口观察与之隔离甚久的社会百态。

而宾县复杂的历史、政治状况也满足了刘宾雁想要深入思考社会的愿望。最初吸引刘宾雁注意的是尽管王守信已经被当作社会毒瘤清除，但似乎她在宾县百姓心目中的形象不坏，好多群众还是会称她“王奶奶”，这点虽未在《人妖之间》中得到体现，却影响了刘宾雁对王守信案的思考方式。他相信王守信的出现有其深层的社会环境、政治环境原因，而他的采访目的就是挖掘出王守信案的原因。

刘宾雁仔细梳理了宾县“文革”期间的会议记录，尽量在采访中收听到不同层面的声音。采访中，他每天会面接待的采访对象都排得很满，从刚起床一直到晚上。刘宾雁对那些竭力撇清和王守信关系的人保留了质疑，对那些曾经被王守信打压过但尚未恢复名誉的“污点”人员提供的材料则比较看重。

最后的作品《人妖之间》虽然也不免对犯罪分子王守信进行了小丑般的刻画（作者赋予他的对话表情活脱脱是一名现代王熙凤），但醉翁之意是通过王守

---

① 引自夏衍《关于报告文学的一封信》，《报告文学及其写作》，夏衍、张友渔、胡绩伟、刘宾雁等/著，重庆出版社1984年。

② 见《十年浩劫的一个侧影》，《黑龙江日报》1979年8月15日；《触目惊心、发人深省——大贪污犯王守信为什么有那么大神通》，《人民日报》1979年8月16日。

信的发家史带出笼罩在宾县各行各业、各级经济行政部门的权力利益关系网，本文最后的结论落在，判决了王守信集团，但造成王守信的社会条件并未改善，并暗示尚有一些人逍遥法外，最后以“人们啊，要警惕！现在还不是欢呼胜利的时候”的警钟式句子收尾。

尽管在初发表时，文末就添上了一条作者附注，声明“由于读者可以理解的原因，本文对于一些人名作了修改”，然而由于作品受到的关注，刘宾雁在之后的三年内陷入了现实层面上同各利益受损方的拉锯。在思想领域，刘宾雁也不得不一再为自己的写作理念加以辩护，甚至同意在讲法上做出让步：“问题不在于写不写某些消极现象，而在于从什么样的理念出发、以什么态度和方法去写。我并不主张单纯地揭露，虽然只要处理得当，揭露本身也不会使人‘丧气’，而能鼓好人斗志，刹坏人威风。如果认为‘干预生活’这个口号容易引起误解，也可以不提。”①

刘宾雁还积极阐述报告文学的真实性立于斗争性，②1982年2月13日的《羊城晚报》报道了某干部不能正确对待《南方日报》记者对自己走私罪行的揭发，同一天的报纸上还刊载了广州市委批发的一个通知，要求党员、干部正确对待报刊批评。可见同时期的新闻舆论也给予了刘宾雁等揭露作家一定程度的声援。

刘宾雁在“文革”之前的50年代就写出过《在桥梁工地上》、《本报内部消息》等明显受到苏联报告文学家奥维奇金“干预生活”理念影响的批判性作品，并在“文革”之后，由他本人率先恢复了这一传统。80年代初期的刘宾雁虽然不断被迫进行理论思考，现实斗争，但他调查揭露行动步伐并未迟疑，《人妖之间》之后，他陆续写出了一系列揭露现实的重要作品，包括《一个人和他的影子》（原载于《十月》1980年第6期）、《艰难的起飞》（原载于《人民日报》1981年1月3日）、《路漫漫其修远兮……》（原载于《人民文学》1981年2月号）。

如果说《西部在移民》如夏衍所希望的，高度结合真实与文学性的话，那么1985年之后的另一股报告文学洪流可能更多地诉诸理性思考。极端处必然以牺牲文学性作为代价，它们就是后来被称为问题型报告文学的作品。

问题型报告文学，以突出社会现象为主题，分析问题产生的社会因素。代表

---

① 引自刘宾雁，《不应锈蚀的武器》，夏衍、张友渔、胡绩伟、刘宾雁等《报告文学及其写作》，重庆出版社1984年。

② 引自刘宾雁，《关于报告的报告》，《文汇月刊》1982年4月。

作如讲述中国留学生坎坷奋斗史的《世界大串连》（胡平、张胜友），聚焦个体老板先富起来之后微妙心态的《钱，疯狂的困兽》（谢德辉），揭露中国子女教育问题的《中国的小皇帝》（涵逸），还有贾鲁生引入社会学研究方法而写的《丐帮漂流记》，以及持续关注生态破坏状况的沙青的作品。

这些以针砭时弊为价值依归的作品，在揭露社会问题时，不再采用刘宾雁式的感性方式，而是尽量求助社会学、生态学、经济学、法学等各种理论来冷静分析，如社会调查方法要求所抽取样本具有普遍性和代表性一样，这一批全景式报告文学显然祭起了“五四”精神中“赛先生”传统的大旗。比如徐刚的《伐木者，醒来》（原载于《新观察》1988年第2期），在环境保护尚未得到全民共识的年代，就以真实的一手资料呼吁人类活动除了追求经济效益，还应该具有生态理性。

值得注意的是，问题型报告文学在理性揭露，挖掘背景的同时，所产生的一部分流弊也不容忽视。不同于《西部在移民》的关注内心关注文化，很多文章在提出问题、暴露问题后简单粗暴地将原因推给政治体制，不仅让报告文学丧失了应有的深刻，在思想导向上也造成了武断、全盘西化的不良影响。

结　语

但是，80年代的辉煌似乎止于80年代。《人民文学》再也不可能靠报告文学获得百万销量，1989年期刊《报告文学》被停刊。实际上一直以来，报告文学论者就很在意此种文体的暧昧性，即使是在备受关注的兴盛期也没有停止过文体内的自我辨认、纠正不良倾向的讨论。有意思的是，陈祖芬甚至在其报告文学作品《挑战与机会》里也不忘提及理论界的文体争论，结论是：“关于报告文学的形式、格式，众说不一。其实，不要形成什么模式、程式才好。最好是根据素材、根据所能，各显神通 。”不过报告文学的不拘一格看来并未抵挡住90年代以来文学、新闻的双双变体：报告文学的衰落当然首先同它的母体——文学衰落息息相关，因为纯文学80年代的狂欢也在商品经济大潮到来的前夜戛然而止。其次，是90年代开始新闻报道专业化开始形成，长篇深入报道出现，新媒体也得到诞生成长。报告文学本来占据优势的身份两重性如今已成为新世纪评论家攻讦该文类的枪靶。[①]

不过这些80年代报告文学的作者身上的若干素质，可被视为其后深度报道记者的楷模。

首先，深度报道需要多方位的学识积淀。[②]早期知识分子题材报告文学由于书写对象大多是自然科学和社会科学的专家，不免涉及到相关领域知识背景，而且介绍的方式必须兼顾专业性和通俗性；后来的全景式报告文学更要求作者不仅要理解别的学科的研究方法，更要善加利用他山之石，赋予报告文学更丰厚的理论内涵和专业深度。这对于后来的报告文学作者，乃至再后来的深度报道记者提供了一个专业素质的模范，正如报告文学作家陈祖芬所说："如同社会科学与自然科学的结合是科学发展的必然一样，报告文学必将摄取更广阔的生活面，容纳更多的信息，与经济学、社会学、科技、哲学、心理学等广结良缘。"而且，十年间报告文学的作者并不像上文分期分类中罗列的那样泾渭分明，不少优秀作者在80年代各个时期都能写出代表作品，比如作家陈祖芬在80年代早期写过描写典型形象的《祖国高于一切》，持续关注"文革"中被打压的知识分子，也写过其他领域内的先进形象，比如，曾以歌唱家朱明瑛为主人公撰写过《一个成功者的自述》，1984年起她又成为全景式报告文学的旗手，写作题材转向经济改革领域。作为十年间报告文学兴盛期的主体，这些作者群具备的专业化素养对后人有启示作用。

另外，虽然80年代报告文学由于作者主观感情对书写对象涉入太深而充满了（有时是过头的）浪漫主义情怀，但这批文学素养颇高的报告文学作者给后来深度报道记者留下的启示是：优秀的报道者，其切入问题的角度，不仅在客观地挖掘"事件"，更在于事件的主体——"人"。无论是歌颂还是批判，80年代的报告文学留在读者心中的是平反的科学家、经济大潮中不断调适自我的青年、"文革"中以权谋私的地方干部等等属于特定历史时期的一系列鲜活人物。也许其后的深度报道中，人物不再被作为寄寓作者主观理想的载体，但作者对事件的思考，必须，也只能通过全面地观察人物、深入地开掘人物得到传达。

---

① 引自《记者如何专业——深度报道精英的职业意识与报道策略》，张志安/著，南方日报出版社2007年。

② 引自陈祖芬《关于报告文学的思考（代后记）》，《挑战与机会》，北京文艺出版社1986年。

改革守望者：20世纪90年代的《中华工商时报》

□ 魏一平[1]

最早走市场化道路，却元气大伤；最早“打擦边球”，却遭遇重创。报人丁望，让我们记住他的壮志与惆怅。

1989年6月7日上午10点半，在北京人民广播电台工作的杨大明骑着一辆破旧的自行车，赶到朝阳区新中街7号微电子研究所那栋灰楼，见到了满头银发的老报人丁望。这位毕业于中国人民大学新闻系的科班学生，一直在寻找自己心中的“专业”——报纸。丁望缓缓告诉他：“我们要办一张全新的报纸，一张真正按照新闻规律办的报纸。”

现任《财经时报》总编辑的杨大明后来回忆道：“那一日，负责新闻采编业务的副总编辑尹克只用了5分钟就和我交代完了工作。他指指已经在一边埋头写着什么的丁望说，‘我们都叫他老板——如果你愿意，也可以这样叫。’”[2]

20世纪80年代的最后一个春天，这位已经白发苍苍的“老板”，终于有机会开始着手缔造一份真正遵循市场规律和新闻规律的报纸，她的名字叫《中华工商时报》。此后的十年间，这个名字始终与中国民营经济相伴，始终与中国的市场经济改革相随。在20世纪的最后一个十年中，她的声音总是在中国改革航程中最关键的时刻出现，星夜兼程、乘风破浪、艰难前行。

15年后，在为《中华工商时报》创刊15周年所写的纪念文章里，中国民营经济的代言人、四通集团董事长段永基如此感慨：“就在这种混沌之中，我们常常能听到一个声音，虽然小，但很清晰，她传达的是一种信念，传递的是一种信

---

① 作者现任职于《三联生活周刊》，复旦大学新闻学院硕士。

② 参见《改革中国——来自传媒的力量（1989—2004）》，张志勇/主编，中华工商联合出版社2004年。

心。而这种发展经济、富民强国的信念，这种坚持改革开放一百年不动摇的信心，又是来自我们国家的最高层，她给所有的建设者们以光明和鼓舞，当然也暗含了某种警示。这个声音，就是我们工商界的‘时报’。”①

“虽然小，但很清晰”，或许，再没有人能够比段永基们更能理解这种声音的力量。整个20世纪90年代的《中华工商时报》，就是用这种“虽然小，但很清晰”的声音搅动了中国市场经济改革的一池春水，扮演了共和国“改革守望者”的角色。

艰难诞生

“无论如何，在中国的办报史上，《工商时报》都是一个传奇。”《财经》杂志主编胡舒立曾如此评价《中华工商时报》。如以经济领域内常用的“投入产出比”来观察，《中华工商时报》无疑是中国现代报界生产主编最多的一家，据不完全统计，十余年来先后供职的约500人中，事后成为其他媒体领头羊的就有50多人。这其中，较为知名的如《财经》杂志主编胡舒立、《财经时报》总编辑杨大明、《华夏时报》总编辑吕平波（外号“水皮”）、《经济观察报》总编辑刘坚、《第一财经周刊》总编辑何力等。

值得一提的是，所有这些人在回首自己的“时报岁月”时，都会不约而同地提到他们的“老板”丁望。虽然这份报纸直到他年过花甲之后才创办，但却是他一生坎坷经历的结晶。

根据丝工（化名）在其《报人丁望》一文中的记述②，丁望于1926年10月6日出生在江苏南通，少年丧父、家庭困顿、颠沛流离……后来，凭借优异成绩考上燕京大学，从此对基督教产生了浓厚的兴趣。“燕京大学的西方文化宗教氛围对年轻的丁望产生了重大影响。”

土改后，丁望到河北平山县参加建团工作，得到平山团委领导人马仪的赏识。北平解放后，马仪当了团中央副秘书长，丁望被分配到团中央宣传部，后来到《中国青年》杂志社，并在《中国青年报》创刊时加入。《中国青年报》的第

① 参见《改革中国——来自传媒的力量（1989—2004）》。
② 参见《改革中国——来自传媒的力量（1989—2004）》。

一张报纸版式就出自丁望之手。

1956年，刚过30岁的丁望成为中青报副总编辑，但在1957年反右斗争中被打倒，成为“隐藏得很深的一个右派，质量很高的一个右派”。在劳动改造中，待在农场喂猪的丁望，读了整整三遍《资本论》，还有所有能够找到的马克思、恩格斯、列宁的著作。“文革”后期，调回北京的他离开了中青报，来到《世界经济》杂志社，其间，他结识了厉以宁先生，相同的右派经历让他们的交往自然增多。厉以宁向丁望推荐了大量西方经济学著作，在农场背过厚厚的英汉词典的丁望，开始系统涉猎西方经济学理论。

拨乱反正后，已到知天命之年的丁望接到了《工人日报》总编辑邢方群发来的邀请。1984年，“渤海二号”事故发生，跟去报道的《工人日报》记者告诉了有关领导的决定：不发消息，不做报道。这并不是丁望所管部门的事情，但丁望还是拉上相关人员去了中南海，通过各种关系见到了万里的秘书，“《工人日报》为什么不能关心工人的命运？它该不该为工人说话？”在丁望的努力下，终于令箭在手，“渤海二号”事故报道发表后成为轰动一时的大新闻。

55岁那年，丁望转战《经济日报》，在这里，遇到了对他人生有重大影响的人物之一——安岗。安岗是《经济日报》的创办人，一个积极的改革者，他的诸多想法让丁望深感兴奋。安岗认为，报纸可以成长为托拉斯，可以集团化，可以涉足多媒体跨行业经营；在总部大楼的楼顶建直升机停机坪，以备突发事件的采访；建信息咨询公司，可以多次贩卖信息。正是从这里开始，丁望对如何办报有了更为全面成熟的认识。

1987—1989年间，丁望在北京不停奔波，寻找办报机会。后来，他的老领导马仪从国家经委调到全国工商联担任副主席，他把自己想要办一份全新报纸的想法告诉马仪，得到了马的支持。

1989年3月18日，第一张样报正式面世。此时，新闻出版署尚未批准刊号，中央编制办更没批准其事业单位编制。为了赶在3月底全国工商联六届常委二次会议召开之前拿出样报，争取工商联荣毅仁主席及全体委员的认可，丁望带着几个年轻人在全联报刊部202室热火朝天地干了几十个通宵。

1989年4月，《中华工商时报》获准创办。中央统战部和全国工商联给丁望开的条件主要有两个：一是政治上不能犯错；二是经济上不要成为负担，不能成为一个无底洞。全国工商联所能支持的资金只有25万元，丁望几乎是白手起家，自己去找人，去筹钱，去雕琢报纸……

“在千报一面之中独树一帜”，从办报之初，丁望和他的同事就树立了这样的信念。《中华工商时报》从一创刊就宣示了自己的“商业色彩、民间色彩与海外色彩”（又称“商味、民味、海味”），坚持“在商言商”的编辑原则。在版面设计上，要突破常规，改用繁体字来题写报头，为突出涵盖港澳台之义，还特意在“工商时报”之前加了“中华”二字。

1989年10月6日，《中华工商时报》正式创刊，犹如一阵清风，迅速引起了社会关注。

不拘一格

创刊号的头版上，荣毅仁的题词格外引人注目：“坚定掌握方向，认真顶住风浪，提倡实事求是，防止哗众取宠”。这句话也成为《中华工商时报》日后秉承的一条办报原则。无论是为民营经济的改革鼓与呼，还是为民营企业家鸣不平，相比其他机关报纸，《中华工商时报》面临的形势更为复杂。

经历了一场政治风波之后，1989年北京的冬天，似乎要比往年更加漫长。新中街7号的那栋小灰楼里，却是另外一番热火朝天的景象。在“老板”丁望的带领下，通过各种渠道来到这里的年轻人，常常通宵达旦地工作。“那时候，我们没有钱，夜里编报纸实在饿得受不了了，就跑到厕所喝自来水”，杨大明这样回忆当时的情景。

没有什么固定资产，不能享受“价拨纸张”，要承受比其他中央报纸高出12%的发行费率。虽然困难重重，《中华工商时报》却创造了当年10月创刊、年底盈利5万元的奇迹。1990年3月，作为国内第一家“非机关报”，它首次挤进了七届全国人大二次会议代表的驻地。

随后的8月18日，《中华工商时报》以《上海货，你怎么了?》为题刊发了一篇读者来信，打响了其深度报道的第一炮。刚刚毕业到报社的记者吴平波对此印象深刻，据他回忆，当时正值“南货北伐”时期，一时间，在百姓心中素有王牌质量的“上海货”正处于舆论风暴中心，报社便指派全国各地的驻站记者调查上海货的市场情况，并由总编室选派记者组前往上海调查一个多月，“这样的组合式报道在全国少见，自然引起了社会大讨论。”这种形式后来成为早期

《中华工商时报》的“法宝”之一，1991年有关郑州亚细亚商战的报道再次引起全国舆论关注。

1990年的盛夏，北京暑气蒸人。8月25日，台北《工商时报》国际新闻部主任任中原、《中时晚报》副总编辑陈浩，和《中华工商时报》的张凤山、陈西林等3人，拖着行李，急匆匆、汗淋淋挤上东去的列车，向亚欧大陆桥的“桥头堡”连云港市奔驰而去。这次活动是大陆媒体最早与台湾媒体组织的联合采访报道，从这天开始至9月15日，历时22天，行程8000多里，遍访亚欧大陆桥沿线五市市长与各地商界名流。此后，《中华工商时报》与台北《工商时报》在各自报纸上互设“专供稿件”栏目。

1992年9月的一天，杨大明和陈大阳骑着自行车，从工商时报所在的东直门外新中街出发，一路向西穿行，来到位于甘家口百万庄的建设部，准备要开设房地产专版。事后，两人聊起这次难忘的“自行车之旅”，共同的记忆是：晃晃悠悠地骑着，太阳很好。[①] 后来，《中华工商时报》成为大陆第一家刊登房地产广告的报纸。

属于《中华工商时报》的“第一”还有很多：最早在版面设计上融入西文和港台报纸风格特点，形成一轮版面革新冲击波；最早在综合性经济报纸中开设“证券版”和“房地产版”；最早在国内经济类报纸中创办“周末版”；最早创办8个版的“新闻卡通频道”专刊；等等。

1992年，是中国改革开放30年历史上的重要转折。这一年春天，由社长丁望带队的记者采访团首访台湾，打破了海峡两岸之间长期的新闻封锁。同年，《中华工商时报》成为驻京中央级媒体中第一个转载邓小平南方谈话的报纸。在当时有关姓“社”姓“资”的争论中，《中华工商时报》连续发表《称“市场经济”又何妨?》等系列文章，最早旗帜鲜明地支持以经济学家吴敬琏为代表的“市场派”，为社会主义市场经济体制改革奔走呼号。

敢于用人，使得当时的《中华工商时报》名声在外。吴平波才当了一个月记者，就很快被提拔为部门主任助理。“时报社里的年轻人都不把丁望当领导，而是一个和善的长辈，每周五的‘青年记者沙龙’，大家会把报纸批得一塌糊涂。”

《财经》杂志主编胡舒立曾在回忆文章中讲道：“1992年，我从发行上百万

---

① 选自《一个记者眼中的地产十年》，陈大阳/著，天津社会科学出版社2002年。

的《工人日报》调到《工商时报》的时候，曾下了非常大的决心，想象着从综合类大报到优秀的局部小报的种种艰难，非常担心无法平衡失落感。然而这种顾虑和保守情绪，一到《工商时报》便烟消云散了。因为我立即就可以感觉到的那种新闻的热情和进取心，如此之高涨满溢，我确信我熟悉的官方主流媒体的圈子是望尘莫及的。"①

正是靠着这种不拘一格的勇气，《中华工商时报》迅速成长为中国报界的一棵参天大树，并很快在市场及社会上确立了其影响力。1992年10月纪念三周年社庆出版的第一份24版的报纸，被一位海外资深同行称之为"全世界最漂亮的中文报纸"。

风华正茂

1994年，美国《中国导报》转载《亚洲华尔街日报》的报道，称《中华工商时报》为全中国最受欢迎的报纸之一；《中华工商时报》还曾同《经济日报》、《经济参考报》一起被韩国文化体育部列入允许进口的中国三大经济类报纸，可见当时之辉煌。

从某种程度上来讲，20世纪90年代前半期的《中华工商时报》，在气质上与其所代表的民营企业家非常类似。他们是理想主义与实干主义的混合体，敢于创新却又不得不小心翼翼，敢于勇往直前却又不得不学会如何在夹缝中生存。

整个90年代前半期，中国的民营经济都在一种曲折徘徊中摸索前行。作为站在市场经济改革潮头的《中华工商时报》，自然不甘寂寞。1991年《中华工商时报》第一期报纸头版，一张小平的巨幅照片占了整个版面的4/5。小平同志微笑着注视前方，身后是五星红旗，照片右侧、报头下方套红刊登了《中华工商时报》全体同仁的三句祝辞："向小平同志和缔造共和国大厦的前辈拜年，向奋斗在现代化建设第一线的企业家拜年，向热情鼓励支持本报工作的广大读者拜年。"

1994年元旦后的两周时间，对于《中华工商时报》来说是一段短暂而又漫长的日子。短暂的是，有关市场经济改革的讨论仍在如火如荼地进行，记者胡舒

① 参见《改革中国——来自传媒的力量（1989—2004）》。

立撰写的18000字长文《1994：改革没有浪漫曲——关于新一轮改革风险预期的采访札记》刊发，她将1994年称为“中国理性改革第一年”。而漫长的则是“老板”丁望的离职：1月13日，也就是《中华工商时报》正式从周三刊改版为日报后的第10天，下午召开全社员工大会，宣布了全国工商联的决定——免去丁望同志社长、总编辑职务，聘请他担任报社顾问。

会前，丁望坚决不到台上去，而是和年轻的编辑、记者、照排、校对人员们坐在一起。宣布请他讲话了，才慢慢走到前面，用有些沙哑的声音说：“今后有些事情可能‘顾问’不了了，有些还是可以‘顾问’一下的，比如我们的大明同志还没有找到老婆。”①

今天，丁望对这份报纸的贡献已很难用文字来概述，但他的离开，无论如何会成为时报发展史上不可忽略的节点。

但是，时间并未中止，改革的马车仍在泥泞中前行。1995年，《中华工商时报》有关“温州红帽子商人”的系列报道之后，掀起了一轮有关“民营企业资产拥有者与管理者之间关系”的大讨论，产权问题，这一困扰民营企业发展的本原问题成为市场经济改革中绕不过去的门槛。

“为工商业服务，为工商企业说话”，成为《中华工商时报》旗帜鲜明的办报宗旨。一次在广东，一位生意做得并不大的老板，通过当地记者站找到时任报社社长石国雄，要主动出资帮助《中华工商时报》在广东做发行。他的理由朴素但却有几分沉重：“你们报纸发行大了，影响大了，我们才有硬气。”

对外界往往把《中华工商时报》看作是民营企业家代言人，吴平波并不完全认同：“《中华工商时报》并不为某一个社会群体代言，她所代言的是中国的改革事业，谁符合改革的潮流就支持谁，民营企业家不过是正好满足了这一趋势罢了。”

事实上，《中华工商时报》的报道内容，也早已超出民营经济这一领域，而是转向更为宏观的市场经济体制改革事业。1994年前后有关政府机构改革的讨论，以及1997年前后有关整治乱收费、规范社会秩序的讨论，都开始在更为宏观的层面介入中国的经济发展与改革大业。

以1997年党的十五大为节点，针对改革开放后第三次思想解放大讨论，《中华工商时报》再次发出了铿锵有力的声音。1998年，时任中央统战部副部长胡

① 参见《改革中国——来自传媒的力量（1989—2004）》。

德平亲自撰写的改革开放20周年纪念文章《头足不可倒立——从〈致·施米特〉看东南亚金融危机和真理标准讨论》一文在《中华工商时报》刊发，引起了中央高层的关注。此后，《怎样看待中国的富人——关于有产者的十大论题》等重头文章相继刊出，拉开了一场有关中国有产者讨论的序幕。《中华工商时报》"语不惊人死不休"的风格在此闪现，甚至曾因提出"让所有无产者都成为有产者"的观点而遭致有关方面的批评。

虽然，在很多老时报人眼中，此时的《中华工商时报》已经开始因为人才流失等诸多原因走了下坡路，但"靠着90年代前期留下来的惯性"，在改革开放历程中又一个关键时刻，她还是扮演了重要的改革守望者角色。

世事流转

1999年9月20日，《中华工商时报》创刊10周年座谈会在政协礼堂举行。全国政协、中央统战部的有关领导和许多民营企业家都前来参加。时任新闻中心副主任的刘坚作为记者出席采访会议。各方面领导发表了热情讲话，之后，民营企业家段永基在发言中讲了四通的发展历程，讲了民营企业的艰难，讲着讲着不禁潸然泪下，感人至深。再之后，经济学家戴园晨痛陈民营经济的发展障碍，指出最大的障碍是"猪养肥了要宰"的理论在实践中大有市场。

第二天的报纸，并没有在头版刊发领导讲话，而是在头条刊发了刘坚撰写的《段永基哭了》一文，并配发了照片。此外，还将《"养猪论"休矣——经济学家戴园晨痛陈民营经济发展障碍》放在头版显眼位置。中间是时任全国政协主席李瑞环同志的题词——"讲真、争新、求深、倡短"。

此时的《中华工商时报》，仍秉承"为工商业服务，为工商企业说话"的宗旨，但面临的市场与社会环境已经发生了很大变化，报纸的发行量也从90年代的20多万份跌至10万份不到。伴随着各大都市报经济专刊的兴起以及一批专业财经类媒体的诞生，《中华工商时报》在夹缝中似乎越陷越深、难以自拔。

《中华工商时报》原副总编辑尹克在总结时报的成功之处时认为，它得益于客观和内在两方面的因素。客观上看，一是1989年之后的舆论环境，虽然很多人认为当时环境很差，但其实那是一个舆论束缚真空的时期，处于发展壮大过程中的《工商时报》靠一些新闻上的“擦边球”磨砺了自己的锐气。另一个是，《工商时报》选择的方向很正确，所关注的民营企业与当时社会上以及海外的关注点是一致的。从内在因素上说，《工商时报》聚集了一批有共同新闻理想的人，主要来自经济日报和中国青年报，前者懂财经，后者富有社会责任感。[①]

但正如一位在《中华工商时报》工作了十余年的老记者所言：“《中华工商时报》是最早走市场化道路的报纸，但却没有坚持下来，在其提倡的市场化之路上反倒被后来者超越了。”经过了1998年前后与2001年前后两次较大的人才流失之后，《中华工商时报》元气大伤。21世纪最初几年，她在“民营经济原罪”等问题争论中再次乘风搏击，但更像是一种回光返照，与十年前的光景已不可同日而语。

2003年9月10日，《中华工商时报》的缔造者丁望在京逝世。杨大明在一篇悼念文章中回忆了一个细节：1989年的岁末，报纸创刊不到3个月，丁望给每一位同事写了一张贺年卡，用信封封好送给大家，里面是他针对每位同事的叮咛，其间自有对这份报纸的殷殷之情。10月6日，创刊这天正是他的生日，他期望着以这份报纸来实现自己的第二次新生。

多年之后，陆续离开《中华工商时报》的老同事们在回忆起那些“激情燃烧的岁月”时，总会想起那个温暖且带有几分悲怆的时刻。1994年，在全国政协小礼堂的一次聚会上，“老板”丁望破天荒地独唱了一支20年代的苏俄歌曲：“跨过那高山，越过那平原，我们的威名传四方，永远不会被遗忘……”

① 参见《改革中国——来自传媒的力量（1989—2004）》。

第三篇 监督之惑

高举舆论监督的旗帜，《南方周末》从一张周末文艺报转型为调查性报纸，《中国青年报·冰点》也从关注平凡生活渐入历史深处。然而，这种监督又因特殊的新闻环境呈现出季候性、差异化特征，要么是倚仗“中央工作”的集体行动，要么是非市场化身份的“治理技术”，要么是艰难空间中的个体坚韧。就算这样，制度层面的缺钙并不会妨碍监督的力量，民粹主义的不足亦不能掩盖监督的锋芒。

集体行动式的舆论监督："中国质量万里行"活动回顾

□ 康 凯[①]

一次自上而下的集体策划，一次联合作战的批评报道，重启了公众舆论的汹涌大门，成就了舆论监督的行动起点。

1991年12月29日上午，在国家计委[②]大楼619会议室内，时任国务院生产办常务副主任赵维臣告诉艾丰[③]，他们此前提出的"中国质量万里行"活动方案得到了时任国务院副总理朱镕基的批准。

听到这个消息，艾丰松了一口气，10天的焦急等待终于有了结果。然而，令他和组委会其他同志都没有想到的是，朱镕基不仅同意了他们的方案，还针对活动计划做出了一个大胆的批示——目前中国质量问题很不令人满意，在报道正面典型的同时，更多地要揭露问题。而此前他们的原计划是，以报道先进典型为主。

"更多地揭露问题"，让新闻媒体发挥舆论监督的作用，对中国社会中存在的质量问题进行揭发和曝光，这样做当然好，能够引起社会对质量问题的重视。但是我们必须了解，在当时中国的新闻大环境下，搞负面报道是非常艰难的。自1989年到"万里行"活动开展之前，新闻媒体大多不敢对社会阴暗面进行揭露，就怕被扣一个"违背以正面宣传为主"的帽子。所以，"更多地揭露问题"会不会违背"以正面宣传为主"的方针？赵维臣告诉艾丰，他们尽管放手去做，国务院支持他们抓问题，会做他们的坚强后盾。

---

① 作者为复旦大学新闻学院学生。

② 国家计划委员会，1998年更名为"国家发展计划委员会"，2002年再度更名为"国家发展和改革委员会"。

③ 艾丰，时任中国新闻文化促进会常务副会长、《人民日报》经济部主任。此后曾担任"中国质量万里行"组委会主任、《经济日报》总编辑等职。著名经济学家、高级记者。

于是，在经过一番筹备后，“中国质量万里行”在1992年2月11日正式开始。短短几个月间，这场由中央级新闻媒体刮起的“质量风暴”便迅速席卷了中国大地，引起了亿万群众对于产品质量的关注，将质量问题提到了社会舆论的风口浪尖上，所获得的成功和肯定远远超乎了组织者的想象。

“质量万里行”的出现，无论对于中国新闻史还是对于中国经济发展史来说都有着非凡的意义。从中国新闻史的角度来看，以“中国质量万里行”活动为标志，舆论监督开始在新闻实践中取得重大突破。我们知道，当时的宣传方针是“以正面宣传为主”。之前大家认为，这是要说好不说坏。但因为“万里行”活动的成功，“以正面宣传为主”有了新的诠释。大家开始认识到，批评只要能收到正面的效果，也符合“以正面宣传为主”的方针。而从中国经济发展史上来讲，正如有中国的经济学家评论说，中国正是以严厉打击伪劣、假冒产品为突破口，拉开了深化企业改革的帷幕。

方案出台

从新中国成立到改革开放前的30年间，商品短缺的问题一直困扰着中国。由于商品的数量远远不能满足市场的需要，粮食、肉类、布料等多达77种商品都由国家统一分配，老百姓需凭票才能买到。1978年以后，随着生产力的解放，商品数量渐渐多了起来，品种也逐渐丰富了起来，到了20世纪80年代末90年代初，老百姓开始可以在商场上自由地选购东西。

然而老百姓长久以来苦于花钱买不到东西，现在市场一开放，老百姓便饥不择食，只要能买到东西就满足了，几乎没有什么质量观念。而当时国家也还没有一个健全的产品质量监管体系。此时就成了某些地区制假售假的大好时机。一时间粗制滥造、假冒伪劣商品大量涌入市场，进入到了老百姓吃、穿、用等生活的方方面面，轻则会给老百姓带来一定的经济损失，重的甚至会危及到生命。

20世纪80年代末，温州产的一种三接头皮鞋，号称是温州水牛皮。同类产品卖60元钱，它只卖20元钱，买回来穿不了几天就坏了。广东潮汕地区冒牌服装泛滥，牌子挂的世界名牌，其实都是小作坊生产的。这些衣服买回家穿不了几天就开线、掉扣子。辽宁丹东市振安区矿泉饮料厂竟用蓝墨水代替食用色素，生产蜜桃汽水。更为恶劣的还有杀人夺命假药问题。从1985年震惊全国的"晋江假药案"开始，假药案屡屡见诸报端，对老百姓的生命安全造成了极大的威胁。

据国家质量抽查显示，每年在市场流通的各类商品，合格率都仅有50%—60%。消费者对质量问题的投诉更是逐年增加，1987年是4.3万件，1988年上升为10万件，1989年是14万件，1990年更是达到了22万件。[①] 这些数字还仅仅是投诉的，而当时更多的人选择忍气吞声、自认倒霉，没有去投诉。

一个又一个质量问题的出现引起了中央高层领导的担忧。产品质量不好，在国际市场就没有竞争力，中国经济如何能够搞上去？1991年12月2日，时任国务院副总理朱镕基在一次会议中说："质量问题是关系到一个民族能不能生存的大问题。最近内参上报道了一个消息，说外国人讲中国国营企业工人不关心质量，看了令人伤心、痛心。中华民族难道就这样吗？如果我们的产品质量、工作质量大家都不关心，飞机、火车不正点，这种情况继续下去，这个民族怎么能存在下去？"[②]

于是，国务院决定把1991年定为全国"质量品种效益年"，并展开了相关活动。"中国质量万里行"也正是在这样一个自上而下开始抓产品质量的大背景下出台的。

活动的创意出自时任新闻文化促进会副秘书长刘智，他最初的提议是在"质量品种效益年"年终或下年初，组织一个记者团，走出京城，到全国各地采访报道各地开展"质量品种效益年"活动的收效。这个建议一经提出便立即得到了同行支持。很快，一份"中国质量万里行"的活动方案便摆在了朱镕基的办公桌上。

朱镕基接到报告后并没有急于圈定，而是用了10天的时间考虑，据说其间还两次找人商量。10天之后，朱镕基挥笔同意组织该活动，但是对于活动的具体方案，他提出五点建议：一、发挥新闻监督、群众监督的作用，政府部门不参加组织委员会，可请艾丰同志担任主任，请质量管理协会、中国消费者协会并国家技术监督局一位副局长担任副主任即可（群众组织负责人可保留）。二、不要组织声势浩大的集中采访活动，以分散私访、事先不做准备为好，这样才能发现问题。三、目前质量问题很不令人满意。正面报道真正好的典型是必要的，但更多地要揭露问题，否则脱离群众。四、谢绝地方一切招待请吃，严格防止给企业

---

① 引自《哦，万里行》，颜建军/文，原载于《新闻出版报》1992年12月5日。

② 引自《一个记者能走多远——艾丰评传》，成思行/著，北京大学出版社2007年。

摊派活动经费，认真注意不增加企业负担，真正贯彻中央关于搞好大中型企业的精神。五、经商财政部同意，拨出活动经费30万元，从增加国家质量监督抽查经费中拨给。[①]

将活动交与新闻单位和群众组织举办，这是没有先例的。这种组织方式使“万里行”活动实施起来更加灵活、更加自由、更具有群众性；由组织记者集中采访变为分散暗访、突访，更容易发现问题，获得真实情况；从最初的以宣传先进典型为主，变为更多地揭露问题。这一重要的转变是“中国质量万里行”活动成功的关键；谢绝一切招待请吃，由政府专门拨款，避免了给企业增加负担，并且避免了“吃人嘴软”，增加了宣传报道的公正性。

1991年12月30日上午，“中国质量万里行”组委会主任艾丰主持召开了组委会第一次会议。他在会上说，要抓住正面典型和反面典型。“正面典型重点抓通过‘质量品种效益年’活动变化大的，反面典型重点抓几个大的报道，在全国产生震动；打击面不宜宽泛，抓住一个，就弄彻底。”[②]

组委会还确定了“分散采访、集中报道”的发稿程序。由组委先确定报道题目，再由各报台认领，各自采写。各报台记者统一以“中国质量万里行记者××××”署名，采写的稿件经本单位审查后，再上报组委会编审。之后送新华社发通稿，同时分送在京的中央报台，保证各报台能集中在同一天刊播。

会上在认领题目时，出现了一个小插曲：组委会提前准备了34个正面报道题目和14个批评报道题目，由各家新闻单位认领，结果正面报道的题目一下子分光了，而批评报道的题目却无人敢认领。艾丰对大家说：“请大家不要怕，这次批评曝光与以往不同，我们这次是‘打群架’，是首都新闻界集合起来行动。只要是中国质量万里行批准的题目，凡是我审过的，发表时都署中国质量万里行记者。如果有被报道的单位反对，那他就是与整个首都新闻界作对，恐怕没有哪个单位敢这样吧？第二，我们有‘后台’，有党中央、国务院的大力支持，没有什么越不过去的坎儿。”经他这样一说，批评报道的题目很快也被分光了。

① 引自《中国质量万里行》，中国质量万里行组委会/编，科学出版社1994年。
② 引自《中国质量万里行》。

一炮打响

1992年2月11日，"中国质量万里行"正式拔剑出鞘。

这一天，《人民日报》、《工人日报》、《经济日报》等十几家中央级报刊齐刷刷地在头版显著位置刊出了"中国质量万里行"的开篇按语，中央电视台、中央人民广播电台也自清晨开始，痛陈当时中国严峻的质量问题，大声疾呼"质量就是生命"，声势之大引人关注。

仅仅两天之后，"质量万里行"就砍出了第一刀，这一刀砍向了三家久负盛名的酒厂。从13日开始，十几家报台对强力啤酒、青岛威士忌、长白山葡萄酒三家集团的产品质量问题进行了集中曝光。报道一出便如一枚重磅炸弹，在社会上引起了巨大轰动。

"三瓶酒"的线索由时任国家商检局局长的王久安提供。王久安是艾丰的老朋友，他在得知"中国质量万里行"活动后，把艾丰叫到了办公室。"这个活动怎么事先不告诉我？我这就有料给你报。"他拿出了三瓶酒：一瓶是强力啤酒，里面有24个田螺壳；一瓶是青岛威士忌，里面有悬浮物和昆虫；另一瓶是长白山葡萄酒，里面竟然有玻璃碴儿。"这三瓶酒可都是从外贸口上查出来的！"

这"三瓶酒"让艾丰眼前一亮。之前艾丰就曾经思考过"质量万里行"应该选取怎样的典型作靶子。他认为，报道题目不能过大、过虚，要从老百姓身边的假冒伪劣典型抓起，并且要易于操作，不能无从下手。而这"三瓶酒"正是这样一个典型的劣质产品事件，并且直接关系到老百姓的人身安全。

艾丰认为，如果能将这个事件曝光出来，一定会在社会上引起轰动，也能引起社会各界对食品质量的重视。但根据经验他也知道，做这类批评报道时要格外小心，稍有不慎就会惹上麻烦。详细了解了事件情况后，艾丰心里有了些许疑虑。首先，这三瓶酒是不是这三家企业生产出来的产品？其次，因为这三瓶假酒是从出口商品中查出来的，这样曝光会不会影响出口贸易？于是，在感谢王久安提供曝光材料之余，艾丰还希望他能帮忙落实三件事。第一是请厂家来，确认是不是他们的产品。第二是向外贸部请示一下，这样曝光会不会影响外贸？第三是国家商检局最好能事先对厂家作出一个处理决定。

一周之后，王久安告诉艾丰，三件事都已办妥。三家酒厂的负责人在确凿的证据面前认了账。时任外贸部长李岚清也亲自对曝光表示支持，“曝光质量问题不会影响外贸，恰恰会促进外贸发展”。商检局也已对三家企业进行了严肃处理。

艾丰心中悬着的石头落了地。他立即组织记者进行了采访，稿子很快便写了出来。但是当时正值春节，考虑到人们此时的注意力还都在过节上，稿子发出来恐怕很难引起大家的注意，艾丰与各家媒体商定，节前先不发，等过完节大家一起发。

2月13日，此时人们都已经开始上班，心思都转到工作上来了。艾丰决定将该报道作为批评报道的第一炮，由十余家中央级媒体集中刊播。报道一出，不少群众打电话到组委会表示支持。

而被曝光的三家企业早早就被国家商检局告知存在严重质量问题，却迟迟不肯进行整改。这次他们尝到了被多家媒体同时曝光的苦头。广东强力啤酒厂在被曝光有严重质量问题后，丢掉了3亿元的订货。全厂职工站在蒙蒙细雨中，倾听了对他们厂的批评报道。而青岛市则在报道的第二天立即召集工业系统会议，做出了一系列决定，包括停发厂长、书记一年奖金，停发全厂职工三个月奖金，对酒厂停业整顿。吉林市也迅速派出了工作组进驻吉林长白山葡萄酒厂帮助整改。

由此，“中国质量万里行”一炮打响，成了中国大地上一个响亮的名字。

联手政府

“万里行”活动并非都如此一帆风顺，有时候媒体依靠自己的力量并不足以解决问题。“万里行”记者在河南巩义市调查劣质电线问题时就遇到了困难——企业不怕曝光。

河南省巩义市回郭镇曾经是全国最有名的电线电缆生产和产品集散地，仅生产电线电缆的个体厂家就有1000多个。但是，由于农村乡镇企业质量意识的贫乏，政府监管力度的不足，从1986年开始，劣质电线的问题逐渐泛滥开来。1991年，河南省技术监督部门组织了伪劣产品展览，时任河南省省长李长春还专门叫来了巩义市的领导看他们那儿生产的劣质电线。

“中国质量万里行”系列行动最初确定的17个重大批评报道篇目中，巩义市的劣质电线就不幸被列入其中。

"万里行"记者姜在忠、王迎春到达河南巩义市后，假扮成采购员来到了出售假冒伪劣电线的市场。商贩以为是顾客光临，坦白对他讲电线都是劣质的，价格很便宜，商标有上海的、天津的、北京的，可以随便贴。因为发票开多少，由采购员说了算，能从中吃到大量回扣，因此来巩义购买劣质电线的人络绎不绝。

摸清楚情况后，记者亮出了身份，并说要对他们进行曝光。原以为这样会把对方吓住，不料对方一点也不怕，反而哈哈一笑说，不怕曝光。商贩告诉记者，巩义劣质电线市场以前并没有现在这么热闹，就是因为有一家媒体"多事"进行了曝光，结果在得知有高额回扣后，来这里买电线的人反而更多了，以至于当地宾馆都住不下了。商贩告诉记者，如果再曝光一次，买卖可能会更好做，"等于是给我们做广告"。

哭笑不得的前方记者将这一情况反映给了艾丰。艾丰意识到，这种情况下，仅仅依靠新闻单位的舆论力量是不够的，需要有政府力量的支持和配合。他指示记者在摸清楚情况以后，向省委分管领导进行汇报，寻求他们的支持。

时任河南省副省长刘源听过汇报后批示，支持"万里行"记者的工作，把电线市场整顿好。得知消息后，艾丰要求记者将省领导的表态单写成一篇报道。在发出对劣质电线的批评报道的第二天，跟发一篇对刘源副省长的采访稿，表明省领导的态度。报道发出后，河南省、郑州市、巩义市三级政府成立专门的调查组进入巩义调查，给合格的生产企业发放了许可证，并把不合格的企业统统清除，一举解决了困扰当地多年的电线大市场制假售假问题。

"中国质量万里行"此举给新闻界树立了一个榜样，成为新闻媒体如何深入发挥舆论监督作用的一个典型案例。

各界反响

"中国质量万里行"活动开始后，很快在全国范围内引起强烈反响。中国消费者协会的一位同志用10个字概括消费者的反映："大快人心事，质量万里行！"3月2日，朱镕基做批示："中国质量万里行一炮打响，反映甚佳，可喜可贺。我已向总书记、总理和薄老报告。李鹏同志说：'搞得好，震动不小。'希望再接再厉，推动‘质量品种效益年’活动。”

自3月6日“万里行”组委会公布热线电话开始，从早到晚电话铃响个不停，读者来信每天有上百封之多，来访的人也络绎不绝。有的直接投诉劣质商品对他们的损害，请求“万里行”帮他们追回损失；有的为全社会齐抓共管质量问题出主意，推荐他们思索良久的质量监控方案，有的恳求“万里行”这样为民办实事的机构不要解散，说社会需要一个确保群众监督和新闻监督的组织，并迫切要求《质量法》尽快出台，对质量事故的直接责任人依法严惩。仅3月15日一天，组委会就接到投诉电话560个。

一些企业的厂长、经理们也来到组委会表态，保证对投诉一定尽快解决，直到消费者满意为止。有的厂长、经理听说消费者至今没有投诉自己的企业，竟高兴得像小孩一样笑出声来。

一些行业主管部门也受到了震动。2月21日，轻工部发出通知，要求全国各地轻工业管理部门和轻工企业积极配合和支持“中国质量万里行”的新闻报道活动。欢迎新闻单位揭露和批评轻工产品质量方面存在的一些问题和质量差的单位，不遮丑、不护短。要从主观上找原因，变压力为动力，以此为突破口，彻底整顿企业的质量工作。

“万里行”活动的开展已远远超出新闻界的范围，全国各地都把它作为一次大抓质量的契机。山东省省长赵志浩在接受“万里行”记者采访时说，“万里行”对山东个别产品质量问题进行曝光，是一件大好事，是对山东工作的推动。“万里行”活动已引起山东省上下的关心与支持，并采取有力措施，使“万里行”活动进一步扩大战果。上海市借“万里行”东风，召开质量工作会议，提出了“扎实、敢管、真干”的口号。会议决定强化质量监督，抽查后处理要动真格，坚持贯彻“三硬”措施，一是免职，二是罚款，三是法办。山西等省市还组织新闻单位开展了本地区的“质量万里行”活动。

两点思考

“中国质量万里行”的巨大成功至少可以引起我们两点思考。其一是舆论监督究竟是不是洪水猛兽？其二是“万里行”为什么能够成功？

"中国质量万里行"开始之前，人们对舆论监督的认识一直存在种种误解。一看到媒体搞批评性报道就认为是"别有用心"，是在"找麻烦"，并且认为过多的批评性报道会造成社会的不稳定。因此，自1989年开始，中国的新闻媒体大多秉承"以正面宣传为主"的方针，不敢涉足对社会丑陋现象的揭露。而这样做的结果就是老百姓不得不忍受缺斤短两、假冒伪劣的坑害，而生产、经营假冒伪劣的企业更加猖狂。

而"中国质量万里行"之所以能引起如此大的反响，就在于它大胆地揭露了商品生产、经营中的假冒伪劣现象，喊出了保护消费者利益的呼声。对这些现象的揭露，看似暴露了社会的阴暗面，给社会抹了黑，其实是激发了群众行动起来抵抗邪恶的勇气，恰有激扬正气、清除邪恶之功效。而这种功效，甚至是"正面宣传"都无法达到的。

有人把舆论监督比作是"刮骨疗毒"。"刮骨"不是为了制造疼痛，而是为了恢复整个机体的健康。舆论监督的目的，也不是故意要跟某些人过不去，而是发现需要矫正的事物，并化解矛盾，促进稳定。事实也向我们证明，"中国质量万里行"的批评性报道并没有引起社会的不稳定。相反，它促使中国经济向着更加良性的发展方向又迈进了一步。可见，舆论监督非但不是洪水猛兽，还是一个法宝。

"质量万里行"为什么能取得如此大的成功？艾丰认为关键是一个好的策划提升了这次活动的传播效果。他在一次演讲中说道，"中国质量万里行"，实际上是一个策划的产品，而不是一个单纯的新闻报道。之所以有这么大的社会影响，一方面反映了媒体的力量，但是深层的是反映了策划的力量：一是抓住了社会热点。用艾丰自己的话来讲，"万里行"实现了"中央热点、实际工作热点、群众热点三点一线"。二是掌握了舆论监督的技巧。他自己总结道，"中国质量万里行"中有三个结合：新闻界的结合、新闻界与主管机关的结合、宣传与干预的结合。

从1992年开始至今，"中国质量万里行"每年都会定期组织一部分媒体的记者到全国各地进行集中采访和报道。其余时间，"中国质量万里行"组委会注册了一个国家级社团——"中国质量万里行联合会"，并创办了一本名为《中国质量万里行》的杂志，在日常开展打假维权活动，继续着他们的使命。

《中国青年报·冰点》：当代中国的政治标本

□ 王晶晶[1]

《冰点》是温暖的，《冰点》也是残酷的，《冰点》是个性的，《冰点》也是集体的。《冰点》寄生于中央大报中，《冰点》也存活于制度夹缝中。

1994年底，时任《三联生活周刊》主编的钱钢参加了《中国青年报》即将问世的一个特刊——《冰点》的策划会。在那个冬天寒冷的屋子里，讨论并不是很激烈。在座的学者几乎完全不能想象，这个与“焦点”、“热点”反其道而行之的“冰点”会有日后的辉煌。

北京海运仓2号东围墙那三棵百年槐树见证着这里的风云际会。《中国青年报》自1951年创刊以来，历经“文革”停刊、1978年复刊以及20世纪80年代的辉煌。90年代初，曾引领新闻探索之风的《中国青年报》进入了漫长的困惑和调整期[2]。在机关报性质不能动摇的前提下，这张已经进入成熟期的报纸面对着媒介市场化的新挑战。

在全国媒体扩版浪潮下，《中国青年报》改版。在当时，设置特刊可以有效扩大发行量。1993年，《中国青年报》开始第一次特刊化探索，增加了《经济蓝讯》、《社会特刊》、《社会周刊》三个特刊。1994年，扩版的声音再次在报社内部蔓延开来。

1994年，中央人民广播电台《新闻纵横》和中央电视台《焦点访谈》诞生。这两个以焦点类新闻事件为主要题材的栏目，成为90年代中期舆论监督重镇。中央电视台《东方时空》则在如何“真诚面对观众”上探索着。这一年，《中国青年报·冰点》的创刊正在酝酿中。

“每周给你两块版你干不干?”1994年秋的一天，李大同等到了“解冻”的

① 作者毕业于复旦大学新闻学院。

② 《风云际会（代序）》，卢跃刚/文，引自《本报今日出击》，南方日报出版社2000年。

时刻。这位80年代的“大编”在“文革”时被下放到内蒙古草原11年。巧合的是，《冰点》的开山之作的主人公与他有着相似的知青经历。1978年，李大同作为复刊后第一批记者被招进中国青年报内蒙古记者站。80年代被称为《中国青年报》标志性报道的《第五代》、《倾斜的金字塔》、《命运备忘录》、《两代知识分子对话录》等，均由他担任责任编辑。

扩版后的《中国青年报》每周增加6个特刊。8个版面中尚有两个版没人“认领”，领导把它交给李大同来“搞点专题什么的”。按照李大同的经验，报社每年能做出三四个专题就已经很难得了。这不仅因为专题报道的调查周期长、写作要求高，而且扩版后的《中国青年报》每周增加的特刊，早把可以报道的专题全都囊括了。然而，《冰点》特刊就在这两块被挑剩下的版面上诞生了。本来预期只能办一年的《冰点》一直延续到今天。依托丰富的报人资源与文化、独特的办刊方针，《冰点》在一年内就被评为中央主要媒体新闻媒介名栏目，最高阅读率达92%①。《冰点》的成功也为转型期的《中国青年报》提供了有益的经验。此后13年，《冰点》经过两次调整，共出刊600多期。《中国青年报》历次调整中，《冰点》都被推到前台。原《南方周末》主编、现香港大学中国传媒研究中心主任钱钢评价，《冰点》的新闻触角伸向了“清新”的空间和“缺氧”的角落。13年，从普通人不普通的故事到直面中国社会纵深，《冰点》成为《中国青年报》最有影响力的品牌之一。主流大报的新闻实验在这里进行着。

开山之作

1995年1月6日，《冰点》特刊第一次亮相于《中国青年报》最后一版。三栏长的栏头，没有任何的铺底、装饰和花边儿，白底上黑黑的两个大字“冰点”并不是很起眼。楷体的“新年致读者”中这样写道：

……为这个版起个好记的名儿难煞众编辑，比给儿子起名儿还难。

① 数据来源于《冰点故事》，李大同/著，广西师范大学出版社2005年。

> 抓耳挠腮之际，不知谁嘴里冒出个“冰点”，愣怔之余，众人齐说好，于是就是它了！
>
> 起这个名儿，并非想哗众取宠，而是想以此来鞭策我们自己，在不放弃社会“焦点”、“热点”的同时，更多地去关注尚不那么显著的人群和事物，更多地关注普通人的生存状态和想法，更多地发表一些人所未言的真知灼见。总之，离读者，离青年近些、更近些……

这种“与读者聊天”的口气似乎已经昭示了《冰点》即将开始的平民路线，并与所谓的重大题材、热点事件区别开来的姿态。许多读者几乎是一口气看完了将近8000字的整版报道——《北京最后的粪桶》。

早在《冰点》特刊酝酿期间，李大同就收到了许多诸如国企解困、南水北调、三角债、农村劳动力转移、中国入关谈判这样“重大”的选题，“当时来一篇我毙一篇，全部枪毙”。他开玩笑说，这都是国务院总理才会关注的题材。“这就是我们记者的思维定式，认为一个版就得这样的题目才压得住。如果一篇报道不能吸引我读，不能让我读完，题材就是再重大，我也不会认为这是好新闻。”

在后来的文章中，李大同回忆说：“《冰点》创刊前的讨论中，我们的确感到社会的某种失衡，即占人群绝大多数的普通百姓在主流媒介上没有占据应有的重要地位。在社会转型的剧烈变革中，他们的生存状态如何，有什么想法和要求；由他们体现和传承的民族的真善美，在一片市场之声中命运如何；坚忍、奉献、同情心、维护公正等等人类美德是否还被人们珍视——总而言之，我们应当用自己的报道来加以检验，并试图给我们能观察到的社会不平衡以某种矫正。”①

9月的一个晚上，这样的题材终于出现了。

“东城区环卫局的背粪班共7人，都是老知青。”

这是刊登在当年《北京晚报》② 上一张新闻照片的图片说明。照片中，狭窄的胡同里，半人多高的粪桶压得背粪工已经一肩高一肩低了。看到这幅照片的李大同，心顿时“咯噔”一下。

“最倒霉的是老三届，最担心的是物价涨。”这个当时在全国许多城市间流传的顺口溜用最朴实的语言表达了人们的担忧。在“改革之风”即将刮遍全国

---

① 《读者为什么要看冰点》，李大同/文，来源：中青在线“创刊50周年－报人风采”专题。

② 见《北京晚报》1994年9月14日。

的时候，曾经作为革命图腾的“粪桶”成为最底层的象征；曾为革命事业先锋的“知青”在褪去“光环”、“苦难叙事”之后，遭遇到了改革带来的“阵痛”。“这个题材首先是一个命运的主题”，李大同说。这些背粪师傅几乎从一个侧面书写了中国社会从革命到改革的变迁。

李大同和记者多次讲起“粪桶”，在骑自行车下班的路上，也不忘与同事聊起“粪桶”，但并没有获得他预期的回应，没人愿意或是敢接下“粪桶”。距正式创刊只有一个多月了，但《冰点》连一个正在采访的选题都没有。就在李大同心急如焚时，那位与他一起骑车下班、听他聊起过“粪桶”的女同事找到了他，这就是日后因《北京最后的粪桶》一文闻名的王伟群①。

王伟群的主动请缨出乎李大同的意料。在他的印象里，这位年轻姑娘打扮入时，冬天常穿一件意大利皮衣。为了缩小与背粪工人间的距离，王伟群借来一件脏兮兮的米黄色夹克，凌晨4点到背粪师傅的家里。她和背粪班的师傅们一起出车，跟着他们走了五六个院子，全程目睹了背粪班的师傅们怎样背起一米多高的粪桶，在周围人诧异的目光中穿过狭窄的胡同，走进机械抽排管道不通，抽粪车也进不去的“死坑旱厕”。有时他们还要跳进粪池，然后背起100多斤装满粪便的粪桶倒进车里，还经常被溅得满头满脸……王伟群发现，背粪班师傅们说话时习惯把一句话的最后一个字吃掉——他们都是地道的北京人。

“背粪班”的班长樊宝发，是插队“北大荒”的“老三届”。20世纪60年代末，10万少年离开故乡去“北大荒”接受“贫下中农再教育”。在近10年的时间里，他们将只有几排宿舍的北大荒开垦为农场。他们中的一些人当上了排长，评上了“五好战士”；还有一些人娶了当地的姑娘，嫁给当地的小伙，生下属于黑土地的“第二代”。于是，在落实知青返城政策时，他们中的一些人没有回城留在了这里，仍然三四点起床，摸黑下地。“背粪班”的这几个兄弟，就在这些人中。

同样是老三届的李大同也体验过那种感觉：“当我的同伴们都走了以后，我一个人在草原上过了3年，一个人，方圆几十里地就你一个人。你在那儿过3年，才知道什么是寂寞。”② 又是10年。曾经热火的红旗和歌声渐渐消失了。兵团改成了农场，之后又承包给个人。樊宝发是最被看好的致富能手，可他失去了

① 王伟群，毕业于浙江大学。代表作有《北京最后的粪桶》、《乔安山的故事》等。

② 见《李大同：记者是“好事之徒”》，引自《名记者清华演讲录》，方芳、乔申颖/主编，人民日报出版社2003年。

最看重的“集体感”。“承包到户”后，没有的不仅是以前每月的固定“开支”，还有“责任”、“光荣”、“牺牲”——这是他们那一代人受的教育，是他们习惯了的生活与坚持的信念。“咱这思想跟不上形势。我可不愿意单干，就想跟着集体干。”他退了地，离开“北大荒”，回到北京。不久，背粪班的其他兄弟也因为各种原因回来了，可是北京已经不是10年前的北京了。

背粪班的师傅们回城后的经历都很相似：和父母兄弟儿女挤在10平方米左右的平房里，为了生活扛大件、看门、卖菜、当电镀工人……直到1989年，环卫局提出愿意来背粪就给老婆孩子上户口，樊宝发和另外几个知青就这样背起了粪桶，组成了东城区环卫局仅有7个人的“背粪班”。

这已经不是30年前副市长万里下粪坑、背粪工人时传祥和刘少奇握手的时代了。背粪班师傅的儿女大多不能接受父亲的工作，过路人指着他们教育孩子：“不好好学习赶明儿你也背粪去”。但是背粪班的兄弟过的是集体生活，相互照应，而且每个月有人给你“开支”——虽然只有五六百。

如果不是这次采访，也许樊师傅们的名字没有人会记住。他们不是“热点”、“焦点”，但他们的经历是一代人的缩影。他们讲述的已经不仅是几个背粪工人的命运，还有中国社会近30年的变革。这种“通过一个具体的人的生存状态和命运跌宕的描述来反映部分社会现实”的操作方法，成为《冰点》很长一段时间内最普遍的报道框架。

文章最后取名《北京最后的粪桶》刊登在第一期《冰点》上。樊班长的命运吸引人，故事性很强，并在第一时间得到了送审总编辑的高度评价。不过这种将普通人的生活、情感、命运，原生态地搬到报纸上的操作模式，对当时的中央级媒体来说，“毕竟太出格了”。而且，8000多字的篇幅，故事化的讲述，以“好看”为编辑标准的文章，对当时的新闻文体，特别是中央级媒体来说也是一个很大的突破。总编辑签版时问李大同：“这有人看吗?”李大同含混地回答：“有吧。”当时，他对这篇报道也没有十足的把握。

“粪桶”见报的第二天上午，办公室的电话响个不停，光读者电话就接了60多个。首都机场一位空姐打电话来要樊师傅的地址：“看了他们，就像看到了自己的哥哥，如果我不去看看他们，不为他们做些什么，我就有一种过不去的感觉。”还有一位警察说：“就冲你们写这样的文章，登这样的文章，我们就是朋友了!”一周后，《中国青年报》在一版刊载《北京最后的粪桶震撼读者》一文，文中引用一位读者的来信说：“他们的职业虽是社会冰点，他们的人格却是时代热点”。

在报道发表之际，有读者称“要把这篇文章永远保存起来”，而它的确也经受住了时间的考验。《北京最后的粪桶》被收进一本新闻写作特稿文卷中，供新闻专业的学生参考。樊师傅们也许永远写不进官方正史，但他们的故事却可能已经被记录在新闻史中。

微观中国

《北京最后的粪桶》也让《冰点》得到了报社内部的认可。普通人的生存状态和不普通的命运成为《冰点》1995 年的探访重点和主旋律。记者蔡平写的《当年落户在留村》同样是一篇以知青为题材的报道，讲的是河南焦作 5 个知青每年都回去探望插队时的老房东，20 年来从未间断的故事。报道没有去渲染“20 年不断资助房东老人的高尚情操”，相反，却描述了这些极度善良的人在社会转型期当中的迷惘和胆怯。这又是一个非常平凡的题材，蔡平在接到选题时曾直言不想去。但这么一群普通人的故事又获得了一片赞扬。此后，蔡平的另一篇作品，以农村为题材的《五叔五婶》获得的反响甚至还超过了《北京最后的粪桶》。而王伟群的《寻找乔安山》，讲的是雷锋牺牲时的“助手”、《雷锋的故事》中那个“小乔”，在 30 年内“用全部力量和实际行动弥补罪过”的故事。报道让“消失”30 多年的乔安山重新出现，有关部门看了报道后也称当时对乔安山的处理是“左”的。乔安山的故事还被拍成了电影，一夜之间成为“知名人士”。1996 年，五叔五婶和乔安山同时被评为中国青年报社十大新闻人物。这些故事的成功昭示了这样一个真理：文明不仅是发生在河上轰轰烈烈的故事，也是那些发生在河岸上平平凡凡的故事。

樊师傅、五叔五婶、乔安山这些普通人在 1995 年成了新闻人物。《冰点》也成为 1995 年新闻界重要的话题。将普通人的个体命运呈现在中央级媒体上在当时是颇具有实验性质的，《冰点》实验性的探索似乎是延续 20 世纪 80 年代末中国新闻界“对普通人的发现”。原《冰点》副主编卢跃刚认为，80 年代的报道更从宏观上关注社会变革，90 年代更在微观上关注民生、关注普通人的生活。新闻由“典型”回到了“常态”，人物回到了人物本身，不再承载教化功能。在

1995年底报社大规模的读者调查显示，《中国青年报》每2.6个读者中就有1个最喜欢《冰点》的读者[①]。《中国新闻年鉴1996》评价：一个创办数月的专版能在上层下层人群中都引起强烈反响实属少有[②]。

《冰点》"平民路线"的成功并不是偶然的。樊师傅、五叔五婶的命运迥异背后实际上是一些相似的故事元素：他们身上都有善良、坚强的品性，他们中的一些人毫无例外都有着"怀旧"情结，他们或多或少都承受了改革的"阵痛"，他们身上都能看到时代的巨大影子。

用"普通人不普通的命运"来反映社会真善美与时代变迁成为《冰点》重要的办刊特色之一。"普通"是《冰点》区别于其他"焦点"、"热点"的价值取向，而这个时代最稀缺的"不普通"构成了特殊的新闻性。《冰点》通过个人"不普通"的命运来描述或反映部分的社会现实。正如《中国青年报》原青年话题编辑李方所说，固然《冰点》开篇就以《北京最后的粪桶》昭示了它的"平民路线"，但没有人认为它存在刻意讨好的民粹倾向[③]。记者蔡平也认为，即使是李大同所说的读者普遍关心的事情也经常是带有明确政治色彩的。这实际上蕴涵了编辑的价值判断在里边。或许从李大同自己要求《冰点》特稿"作为公民社会养成的组成部分"来看也可以证明，这种"普通人"的故事多少还是带有一点启蒙色彩的。

渐趋成熟

《冰点》在只有两篇报道的情况下"开张"。在创刊初的几个月内，每周两期的压力让《冰点》人一度处于"精神崩溃"的边缘。那段时间里，李大同的工作日历上写满了选题。记者只要听到"过"，就马上去采访下一个题材了。读者来信与来电成了编辑部的精神支柱。每当接到读者电话，接话人一挥手，嘈杂的办公室顿时安静下来。放下电话，通话内容马上被这个编辑"添油加醋"复述一遍。在这种压力下，《冰点》依旧保持严格的编辑要求，一篇文章通常要返

① 数据来源：中青在线。
② 见《中国新闻年鉴1996》，中国新闻年鉴杂志社出版1996年。
③ 《不可复制的冰点与李大同》，李方/文，《青年视点》2005年第12期。

工三四遍，最多一次甚至7遍。这一“特色”在之后十余年中一直保留着，每一代《冰点》记者都有过相似的“重写”经历。

为了扩充报道内容，《冰点》特刊在1995年举办“冰点新闻大赛”，征集“普通人不普通的命运”、反映社会重大问题的事件、人物深度报道、能提供新鲜人生经验和感悟的亲身经历、具有真知灼见能引起普遍读者兴趣的专家访谈文章等等。在这一大赛中诞生的《青春无战事》、《大堂琴师》等文章扩充了《冰点》的报道题材和体裁，一定程度上也缓解了《冰点》的出版压力。

1996年，《冰点》被中宣部评为“中央主要新闻媒介名栏目”。在读者调查中，这是《中国青年报》两个最高、读者最喜爱的版面，每月调查数据均超过70%，很多月份甚至超过80%，最高曾达到过92%。不断有大学生找到《冰点》编辑部要拿《冰点》做毕业论文。为了保证质量，《冰点》从每周两版（周二、五出刊）改为每周一版，报道内容与质量渐趋稳定。

1999年《中国青年报》第二次改版，为弥补特刊化造成的时效性问题，报社提出回归新闻，扩大新闻版面的信息容量。《冰点》特刊也随之进行改革①，由每周一次增加为每周四次。原《冰点》特刊改名为《冰点专题》，又被称为“大冰点”；在此基础上增加3个《冰点新闻》版，也被称为“小冰点”。新增的《冰点新闻》要“满足读者对新闻和评论的需求”，《冰点时评》和《冰点观察》两个栏目就此诞生。

这两个新诞生的栏目篇幅都在1000字左右，形式与题材更加灵活，对《冰点专题》8000余字的特稿是一种平衡。《冰点新闻》最为知名的是关于“拯救大兵瑞恩”的讨论。影片播出后，国人议论，这么多人拯救一个人值不值？作家梁晓声认为，把生命分为三六九等这种讨论本身就是可耻的。《冰点新闻》转发了他的言论，引发一场更大的关于道德标准的讨论。这让人想起20世纪80年代的“大学生张华救人事件”，那场讨论是在“文革”多年不尊重个体价值后的一个反拨。这个80年代没有解决的问题现在重新被提了出来。《冰点新闻》开辟《你说我说》栏目，每天选登两篇读者来信。有的读者认为不应该只是高喊“救人光荣”而不做更多理性的追问，有人更将矛头直指市政管理部门。梁晓声也没有想到自己的一篇文章会引起社会上如此大的讨论，他问李大同能否就此再写篇文章登在《冰点》上。在文章中，梁晓声采纳了读者的一些观点，但他表示

① 《冰点》自1998年10月28日起开始改版。

"我捍卫他们坦言自己理念观点的自由，但我永远不苟同于他们"。

"拯救大兵瑞恩"这场讨论已经完全跳出了"值不值""该不该"这些基本问题，它引发的讨论更涉及到国家与社会价值。讨论的意义并不在于最后谁说服了谁，而是让各方的观点有了一个交流的公共平台，并尝试从对方的角度考虑问题。这场声势浩大的讨论不仅缓解了《冰点新闻》创刊期的压力，而且也昭示着这个创立之初只有四五个人的新闻"小作坊"开始直面社会热点这一趋势。

《冰点观察》与《冰点时评》都在新闻"第二落点"上做文章。杨东平、秦晖、贺卫方、俞可平等人①的文章为"时评"建立了专业评论高度。当时还是华东师范大学研究生的郭光东②撰写的《国旗为谁而降》成为《冰点时评》的代表。5个月后发生了美国轰炸我国驻南斯拉夫大使馆事件，3名记者殉职。1999年5月12日，3名遇难记者骨灰被运回北京，中国第一次为普通人降国旗致哀。

《冰点时评》被中华全国新闻工作者协会评为第二届"中国新闻名栏目"。1999年11月，因《中国青年报》版面调整，《冰点》重新变为每周一版。《冰点时评》转移到《青年话题》版一直延续到今天。

追寻事件真相

《冰点》由"软"到"硬"的变化是在2000年前后。此前《冰点》多以正面宣传为主③，报道的故事内核符合主流价值观，得到了官方与民间的双重认可。《冰点》创办以来涉及舆论监督的报道，至多占刊发总额的十分之一，读者却称赞《冰点》"敢说真话，敢主持正义"④。李大同感觉到，在主流媒介尚处于舆论监督初级阶段的时候，公众的期望值实际上是很低的。只是报道好看、感动的故事已经不能满足读者需求了。"舆论监督作为一种媒介产品，因其稀缺，将是当前和今后很长一段时期内的卖方市场。你可能只做了一点点，但在受众那

① 教育学者杨东平、清华大学人文学院教授秦晖、原北京大学法学院教授贺卫方、中央编译局副局长俞可平（著有《民主是好东西》）。

② 郭光东，现《南方周末》新闻总监。

③ 《漫话冰点》，李大同/文，《新闻爱好者》1997年第4期。

④ 《再谈本报的新闻定位》，李大同/文，来源：中青在线"创刊50周年－报人风采"专题，1998年。

里，社会影响却会不成比例地放大。”

“小冰点”问世后，版面和采编队伍的丰富解决了《冰点》过去“想做而支付不了时间和人力成本”的问题。监督型、质疑型报道占到《冰点新闻》头条新闻的三分之二，有些的确起到了“直接干预社会现实”的作用。“冰点记者来了”一度是句很吓人的话。

这个时期的新闻环境也给《冰点》的转型提供了机会。中国舆论监督的实践自 90 年代中后期开始取得了巨大进展。“舆论监督”写进十四大、十五大报告，得到了政策法规的支持。1998 年前后，李鹏、朱镕基两位国家高层领导人先后视察《焦点访谈》，加之山西省长治市委书记吕日周在内的地方官员要求新闻媒介进行广泛的舆论监督，这些举动无疑暗示着舆论监督风向标的指向。在观察中国媒体舆论监督的历史时，2000 年前后是此类报道的一个黄金时代，《南方周末》在此时达到巅峰，《冰点》的《世纪末的弥天大谎》、《被反复驳回的死刑判决》等文章连续问世。在舆论监督成果丰硕的 2001 年，第一届新世纪新闻舆论监督研讨会在中国青年政治学院举行。

在这一背景下，《冰点》由“软”到“硬”的转型也许不是《冰点》创办人的初衷，但却是出于社会需要的。记录 SARS 公共卫生危机、直击民主选举、追问三峡工程、突破“计划生育”报道禁区。“只有《中国青年报》的《冰点》才能……”这句话在举报者之间一度广为流传。而《冰点》的舆论监督又因其机关报的背景显得有些特殊，李大同倡导的“特立独行的职业心态”：没有不能报道的新闻，关键在于怎么报道，这在市场化的媒体几乎是不可能的。也正是因为这种比较特殊的新闻生产让《冰点》在舆论监督方面做出了不少成功的试验。

2000 年，《冰点》编辑部接到一份特殊的举报，对方是新华社《半月谈》的 3 位记者。他们举报一名已经去世并被树为典型的“好书记”——湖北省丹江口市均县镇闵家沟村党支部书记闵德伟。在他患食道癌去世后被湖北省各新闻单位树为重大典型。有关部门为此组织了几十人的采访团集中宣传他的事迹。

闵德伟是何人，为什么会被树成典型？在湖北省的宣传口径中，他的事迹是这样的：闵德伟当村干部的六年里，始终把焦裕禄、孔繁森当成旗帜，不乱花集体一分钱，不占集体的便宜。他带领群众冰天雪地开发荒山，建设了几百亩高标准橘园；为了解决人畜饮水难，他带领群众兴修蓄水塘七口，打机井五口，开渠道七条，解决闵家沟村的饮水困难，一跃成为全市的先进村、小康村；他上任一年中，村里“三提五统”28 万多元全部收齐，欠债 24 万元全部还清；他死了，

几百人哭昏了头……[1]

这样一个全省轰动的人物，经新华社记者调查后发现，他的事迹竟全是假的！他们写了一篇《村霸被吹成全省“三讲”代表》的文章想发表在《半月谈》上，却被湖北省迅速地“公关”掉了[2]。《冰点》接到举报后，派蔡平去闵德伟老家调查。

蔡平的调查很扎实，回到北京很快写出了稿件，经反复打磨，取名为《世纪末的弥天大谎》刊登在2000年3月22日的《冰点》上。闵德伟虽然是个小人物，却是湖北省的大典型，报道发表后，引起强烈反弹。这一天的《中国青年报·冰点》被丹江口市有关领导责令邮政局扣下[3]。报道发出的第三天，湖北省以省委宣传部常务副部长为负责人，组成了“闵德伟先进典型情况联合调查组”赴闵家沟村调查。按照李大同的经验，他们此行的目的就是要全面否定这篇报道[4]。《中国青年报》同时也组成调查组，二进闵家沟。当记者下船时，岸上跪了一地的人，抢天喊地、诉说怨情[5]。中央电视台《新闻调查》报道组也出动，电视画面原始地记录下闵家沟的情况，这个片子在后来的诉讼中起到了关键作用。

4月中，湖北省委第一书记亲自签发关于闵德伟事迹的调查报告，同时报中央办公厅、中央组织部和中宣部，要求对《中国青年报》有关责任人和记者蔡平进行严肃处理，要求蔡平公开承认错误。《中国青年报》不甘示弱，将自己的调查报告以内参方式送中央，并附了《新闻调查》的录像带。当时团中央分管报社的书记看到后表示：“看来这场官司是要打到底了。”[6] 几个回合下来，道歉之事不了了之。一年后，湖北省丹江口市某律师事务所突然来了4个代表闵德伟家属的律师到北京市东城区法院起诉《中国青年报》，要求赔偿闵德伟亲属46万元。这场官司历时一年，最后被东城区法院驳回了起诉。

---

① 《世纪末的弥天大谎》，蔡平/文，《中国青年报》2000年3月22日。

② 李大同《冰点故事》。

③ 来源：中青在线。2000.3.27 丹江口一市民：蔡平记者，你发表在《中国青年报》3月22日的《世纪末的弥天大谎》在丹江口市却被有关领导责令邮局扣下该版。2000.3.31 网友：我们是十堰的读者，到现在，我们还没有看到3月22日的《中国青年报》冰点文章，我们电话联系了周围几个县市，朋友们都说没有看到。

④ 李大同《冰点故事》。

⑤ 《“卢跃刚：捍卫常识”》，引自《名记者清华演讲录》，方芳、乔申颖/主编，人民日报出版社2003年。

⑥ 李大同《冰点故事》。

2005年3月，《冰点》记者刘万永[①]接到一个电话，对方向他介绍一个案件：原辽宁阜新市委书记、市长、市人大常委会主任王亚忱非法侵占商人高文华的双龙房地产公司千万资产。四十出头的高文华是双龙公司的董事长、阜新人大代表。2002年2月，退休多年的王亚忱到阜新双龙房地产公司出任顾问，很快就担任财务总监。王亚忱担任阜新商贸城项目的总指挥后，他的儿子王晓军随即成为公司的董事。在不到两年的时间里，王晓军在公司的股份从零涨到50%，高文华的股份则持续下跌。当商贸城全部竣工时，王亚忱要求高文华将董事长位置给王晓军，被高文华拒绝了。王亚忱即向阜新市公安局举报高文华涉嫌4种犯罪（王亚忱的女儿当时是阜新市公安局副局长、儿子王晓刚任市公安局治安支队副支队长）。高文华被关押了11个月，最终因“事实不清、证据不足，不构成起诉”，无罪释放。此时的商贸城已是债台高筑、官司缠身的空壳，8000多万元的资金早已不见了[②]。

权钱交易一直是社会关注的热点。周三下午两点，《冰点》周刊按照惯例开选题会。刘万永最后一个发言，他略有些犹豫地说：“有一个退休高官，他儿女在公安局，和一名个体老板发生了纠纷，老板被关了11个月……”还没等他把案子说完，李大同大手一挥：“别说了，赶紧去做！”

到阜新的第三天，刘万永找到了阜新市委宣传部，外宣干事听了他的采访意图，说要请示主管领导。“王书记人已经退了，通过我们采访他不太好吧？”

听到主管领导这样的答复，刘万永担心这事黄了，就假装诉苦：“我刚出差回来，领导非叫我来采访，我材料都没看完，太复杂了。领导让我过来我肯定要来，你们帮我联系一下王书记吧。”

主管宣传的领导给王亚忱打了电话：“王书记，中青报有个记者想采访你，能不能见一下？”王亚忱竟然同意了。

采访接近3个小时，尽管王亚忱自负，言语荒唐，但作为最重要一方的记录已经可以呈现给读者了。

王亚忱在当地的势力很大，他的女儿王晓云又在阜新市公安局当了12年的副局长。有人找到刘万永，让他不要再写王亚忱了，“东北黑社会挺厉害，注意

① 刘万永，现任特别报道部副主编，进入《冰点》周刊后的代表作品有：《三盲院长的背后》、《一个寡廉鲜耻的标记》、《一个退休高官的生意经》。

② 《一个退休高官的生意经》，刘万永/文，《中国青年报》2005年5月18日。

点！”① 去阜新调查之前，刘万永就给李大同打了“预防针”：“如果有人说我在阜新贩毒了、嫖娼了，你一定不要相信！”采访期间，为了保证安全，在阜新的4天里，他换了3家宾馆。

就在刘万永完成调查，带回了大包证据的同时，王亚忱也已经托关系找到了《中国青年报》的总编辑和副总编辑说情、吃饭。但《中国青年报》还是顶住压力发表了《一个退休高官的生意经》，这些惊心动魄的官商争斗终于浮出水面，高文华也被解除“取保候审”。但随之而来的是一场更为险峻的斗争——一个媒体与退休高官的较量。

报道发表3个月后，王亚忱及其子女王晓军、王晓云在北京市东城区法院起诉《中国青年报》，索赔220万元。法院驳回起诉后，王家又到最高人民检察院告刘万永“泄露国家机密”，去团中央举报刘万永“紧密配合辽宁省检察院，妄图用舆论杀人”。王晓云还向新闻出版总署、中纪委等部门写检举信，举报报道严重失实、刘万永收当事方10万元现金等等。刘万永说，“这些检举材料有一尺多高呢”，为此，刘万永写了许多份说明。同时，他顶住压力跑到阜新，对案件进行跟踪报道。

2006年10月24日，王亚忱及其子王晓刚等4人涉嫌“虚报注册资本罪”和“职务侵占罪”案一审在辽宁省丹东市开庭审理，刘万永前去报道。另一家媒体的记者在开庭前采访，被王晓刚一把薅住了脖子，“是头叫你来的吗？你他妈的要实事求是地写，不实事求是写，我今天找不到你，明天能找到你，明天找不到你，后天总能找到你。知道《中国青年报》吗？我们正在和他们打官司，早晚得赔我们”。审判长宣布休庭后，王晓云指着刘万永喊，“穿红衣服的就是刘万永，不要让他走了。你这个流氓记者，骗了多少人，你又到这里来骗了”。王晓云身后的女人们一边骂着一边往上围，“该死，揍他”，一群年轻男人也跟了上来，加上原本站在铁门处的一堆男人，近70个人把刘万永围在了法院的大院中。这种场面僵持了5分钟，直到法警把他“推”出去。刘万永打车走后，一辆红色出租车还在他后面久久跟着②。

2007年1月29日，辽宁省丹东市振兴区人民法院作出一审判决，王亚忱因犯虚报注册资本罪、职务侵占罪，数罪并罚，被判处有期徒刑8年，并处罚金40万元。王晓军因犯虚报注册资本罪被判处有期徒刑1年6个月，并处罚金40万

---

① 《一个媒体与退休高官的较量》，《中国青年报》2006年12月26日。

② 《青年周末》2006年11月2日。

元。同一天，丹东市振兴区人民法院以高文华虚报注册资本罪，判处其有期徒刑1年6个月，并处罚金40万元。

触动历史脉搏

2004年，《中国青年报》与北大青鸟集团组建中青报业发展有限公司，负责《中国青年报》的发行、广告、品牌经营和其他延伸经营活动，中国青年报社拥有60%的股份，北大青鸟出资1亿元占40%的股份①，《中国青年报》第三次改革。对于《冰点》来说，这是一次非常好的发展机会。改版第二天，《冰点》周刊问世。在原有的特稿基础上，增添了“文化”、“科学”、“人物”三个版。

《冰点》改为周刊后，各版面的分工更加明确：特稿长期坚持思想上、文化上的输氧，作为公民社会养成的组成部分；文化版（后改名为观察）以政治文化为核心的大文化为主；人物版定位为“公民人物”。尽管《中国青年报》的这次市场化改革失败了②，但是《冰点》周刊无疑借此改革机会达到了前所未有的高度。这时的《冰点》周刊兵强马壮，仅记者就有10人③。

《冰点》周刊新开辟的版面同样有不少知名栏目：《文化DNA》栏目由香港作家陈冠中做东；《十日谈》则由丁东、谢泳二人以对谈方式（后改名为《双城记》）进行；人物版的《钩沉》、《印象》、《点评》等栏目也拥有固定的读者群。改版后的《冰点》周刊在报道内容上更加丰富，也在不断尝试一些具有启蒙意味的历史题材。

《钩沉》就是一个以历史人物为主的栏目。它用1600字的篇幅回顾近代中国著名知识分子的傲人风骨。在两年多的时间里从故纸堆和业已尘封的记忆中

---

① 《中国报业年鉴2004》。

② “中青报与北大青鸟合作告终”：2004年底，中青报原总编辑李学谦卸任，总编辑由原人民日报社《市场报》总编辑李而亮担任。2005年7月底，中青报再次改版，法制栏目取消、青年话题缩减，共青视点版面有所增加。8月，报社出台新的内部考核办法征求意见稿，引起内部强烈反应。此外，由中青报业传媒发展有限公司负责记者和编辑工作安排亦被有关方面认为是违规行为。双方合作基础开始动摇。2005年9月1日起，由中青报业传媒发展有限公司负担的编辑、记者工资支出转回报社，同时中青报业传媒发展有限公司交出中青报的经营权，合作宣告终止。青文《青年视点》2005年第12期。

③ 此时《冰点》周刊记者包括董月玲、蔡平、刘元、冯玥、江菲、刘万永、包丽敏、周欣宇、蒋韡薇等。

“钩”起70多个人物。徐百柯[①]是这个专栏的核心，这位北大毕业的硕士到报社工作尚未满一年，还未写出让大家印象深刻的作品。而在《钩沉》专栏后，一批小众读者已经聚集在他身边。这个年轻人因其沉稳的文笔经常被读者误认为已是不惑之年。从李赋宁、冯友兰、赵元任写到蒋梦麟、马寅初、傅斯年，徐百柯也从年轻记者成长为《冰点》周刊的核心记者。《钩沉》因其独特的判断被评为《冰点》周刊最佳专栏。

已过的世代，无人纪念；将来的世代，后来的人也不纪念。如果说蒋梦麟、陶孟和等人我们还些许熟识，那么距离我们仅30多年的林昭、张志新还有多少人知道？2005年8月23日，中国美术馆一层圆厅展出一组14幅的连环画作品《张志新》。这部连环画本应在1979年10月出版发行，这却是它26年后第一次真正面对公众。作者之一刘宇廉已于1997年病逝，他的作品《九色鹿》、《伤痕》、《枫》，知名度和影响度都远远大于这组从未公开发表的《张志新》。但《张志新》的思想价值在这些作品中被认为是最高的。2005年9月7日，《冰点》周刊对此进行报道。

以张志新为主角的《终有一天见天日》的那期《冰点》被一抢而空，当天报社的存报也全被上门求购的读者买走。

在《冰点》发展的十余年中，触动社会现实的能力逐渐发挥出来。2005年，《南风窗》杂志将李大同评为“为了公共利益”人物，向这一年李大同率领的《冰点》周刊所做出的努力致敬。

在李大同眼中，《冰点》是当代中国的一个政治标本，政治与社会的风起云涌波光诡谲在这里展现。

---

① 徐百柯，现《冰点》周刊观察版编辑，著有《民国那些人》一书。

《南方周末》：从告别《真理报》模式开始

□ 洪 兵[①]

为什么只有《南方周末》，才能够独家对话奥巴马，
从告别《真理报》模式开始，你才能读懂它。

在中国新闻界，《南方周末》是令人高度关注的报纸。置身于“转型社会”的现实中，它又是一份特殊的时代记录。对其社会影响，无论专业人士或社会民众，都早已感同身受。那么，《南方周末》是如何取得这个成就的？诞生之初的它又是什么样子？本文试图对20世纪90年代该报的发展历程做粗线条梳理。

将历史明确分成几个阶段，是我们理解历史的流行做法。如果可以忍受此举所带来的缺陷，那么可以说，1995年对于《南方周末》来说具有前后分期的意义。从1983年创刊伊始到1995年，它的新闻生产总体上具有浓重的探索和实验性质，突出特点就是：在从1979年开始的新闻改革的总体背景中，通过媒介组织的领导与新闻从业者的“上”与“下”的合作，以新闻从业者的临场发挥与创新为主导，探索和发挥周末报作为一个新“报种”的社会功能，尝试从文娱性向社会性与新闻性的转型，从而为1995年之后《南方周末》成熟和发展奠定坚实基础。

诞生：“和而不同”

中国新闻媒介的改革过程，总是发端于更为宏观的国家政治生活层面上的重大变化以及新闻政策的相应调整，并且基本上按照具体媒介在媒介系统中所具有

① 作者为复旦大学新闻学院副教授。

的不同层级而逐渐扩散开来。正是在1978年12月召开的中国共产党十一届三中全会确定基本国策的背景下，中国的新闻改革开始再次启动。

作为中共广东省委机关报，《南方日报》自然地以这种主导性的政策话语和示范性的新闻活动为参照，展开其新闻改革实践。1978年之后，复刊的大报、新创办的区域性报纸和“小报”并存，导致广东报业市场竞争激烈，《南方日报》一枝独大的局面不复存在。形势催人急，在1983年4月召开的《南方日报》地方记者全会上，报社领导层第一次提出“立足广东，面向全国”，《南方周末》的创办就这样被提上议程。其基本定位是：“一、星期六刊的性质是《南方日报》的补充，是党报的组成部分；二、办报方针是将思想性、地方性、知识性、趣味性熔于一炉，寓思想教育于谈天说地之中。形式要生动活泼、雅俗共赏。”①

当然，这种自上而下的对于《南方周末》的最初设计，随着新闻从业者的具体实践而发生了深刻的发展与变化。比照今天《南方周末》之定位，这份报纸的起点似乎卑微了些，但笔者以为，它代表了长期非主流的报业形态与新闻文体在新的历史场景中的复兴与被接纳，它为敞露中国新闻业面貌日渐丰富提供了最初的启示，这个卑微的起点同时确实是《南方周末》进入中国报业的原点。

1983年12月31日，第一期《南方日报·星期六刊》试刊出版。在《刊头语》中，编辑部阐发了如下编辑理念：“它作为《南方日报》的补充，主要任务是加强社会主义精神文明建设的宣传，增加思想文化战线方面的报道……毫无疑问，它要宣传党的路线、方针、政策，要用共产主义、社会主义、集体主义、爱国主义思想教育人民。然而它将寓思想教育于谈天说地之中，拿有趣的知识以飨读者，把思想性、知识性、趣味性、地方性熔于一炉，让读者在获得知识的喜悦中，在艺术的享受中，得到思想的教益、性情的陶冶，进一步提高审美水平。”

显然，即便这样一种在今天看来还是过于正统甚至教条的编辑理念，第一份试刊也未能贯彻到位，它获得的评价是“变成了一张小《南方日报》”。对主持者而言，《南方周末》应该提供“和而不同”的内容。根据这种意见，著名散文家秦牧提出“南方特色，周末色彩”的修改建议受到普遍认可。据此进行的第二期试刊终于赢得掌声，“都说南方日报生了个漂亮的小姑娘”。于是，《南方周末》的历史开始了。

创刊号于1984年2月11日出版，头版头条是特写《生命的第三次曝光——

① 参看《南方周末出生记》，《南方周末》1984—1999年电子版合订本，南方日报出版社。

黄宗英在蛇口当经理》，二条是特写《视察中山时的一段佳话——邓伯伯健步登上罗仙姑山》。这样的版面安排明显不符合传统惯例，当事人后来解释说①：

“当时真正难以决定的是把黄宗英放在头条还是把邓小平同志放在头条，最后我们作出的决定是把黄宗英放在头条，而把邓小平同志放在二条。这确实是有意识的选择。否则可能报社内部和读者又会评价《南方周末》成为‘小《南方日报》’。市场上也不会接受。”

从试刊到创刊的种种周折，围绕《南方周末》头版头条的选择所发生的这些犹豫和踌躇，都反映出了特定历史时期的媒介政策与媒介环境的特点。在1983年10月召开的中国共产党十二届二中全会上，加强思想工作和反对精神污染作为思想战线上的一项重要任务被提了出来。《南方周末》的创办者显然游离在两种尺度的矛盾之中：一种是新闻政策和“导向”的尺度——《南方周末》姓“党”，必须坚持党报的立场；另一种是市场的尺度——如果不在内容上形成与母报的某种区别，它就无法吸引读者。即使是在作为改革开放先行地的广东，这毕竟还是一个新闻从业者必须小心翼翼地探索政策所允许的实践边界的时代。而《南方周末》的从业者对于第一期中的头版头条与二条的处理，也许是在当时的情况下所能够想象到的最“平衡”与合理的做法，但是这种平衡的原则和手法的重点则指向“同”中之“异”，指向“不变”中之“变”。

草创时代：“三通一平”

《南方周末》的主要创办者在回顾最初十多年的办报经历的时候，使用了“三通一平”这个生动的比喻，对筚路蓝缕的创业历程而言，这种“基础建设”意味着在记者与编辑力量极端薄弱的情况下，一方面以具有“普遍兴趣”和共同吸引力的新闻产品迅速地覆盖和占领市场，另一方面则通过现有的新闻资源的整合（主要是经由报纸内部记者编辑和社外撰稿者的协调合作以及版面与栏目的更新发展），逐渐实现由最初被内在规定的娱乐性向社会性与新闻性的转变。

今天我们很难会想到，《南方周末》创办之初挂靠在南方日报文艺部，记者

① 材料来源于笔者对《南方周末》新闻从业者的访谈，文中其他未注明出处的引言均来自访谈，不再另注。

力量的缺乏导致了这个时期《南方周末》内容制作上高度地依赖社外作者：其头版至少80%的稿件由社外作者所撰写，其余的20%分为三类，一类是由《南方日报》的记者（如后来调入《南方周末》的朱德付、江艺平等）所撰写，另一类是由《南方周末》的编辑外出组稿、约稿时的“副产品”，第三类才是《南方周末》自己的记者与编辑所采写的稿件。

要充分理解这一历程，我们可以从具体的新闻栏目入手。在《南方周末》迄今20年的历史中，《南方周末》的从业者创办过众多的版面，它们当中有的消失了，有的则获得了进一步的发展。新闻从业者出于什么考虑开设这些栏目？如何具体编排这些栏目？考虑到其中许多栏目与《南方周末》的成熟时期（1996年起）的延续性，笔者在此仅选择其中的一些典型栏目进行简要的分析：

1. “先造瓶再酿酒”与“即时酬赏”：《周末专访》与《周末特写》

《南方周末》的新闻从业者在回顾创刊初期的操作策略的时候，使用了一个有趣的比方，“我们是先造瓶再酿酒”。

所谓的“先造瓶再酿酒”有两个方面的含义：首先，对于一份新创立的报纸而言，尽量迅速地形成对于市场的覆盖是至关重要的；其次，在这个意义上，暂且不需要考虑新闻产品的精致与否（如果考虑到前文已经论及的当时组织建制因素的制约，提供精致的新闻产品这时对于《南方周末》也是勉为其难的），重要的是提供一种具有即时和普遍吸引力的新闻产品。“瓶”在相当大的程度上既等同于“市场”，也等同于适应市场需求的特定新闻产品形态。而按照《南方周末》被赋予的“寓教于乐”和“丰富人民群众精神文化生活”的定位，在一个时期中，这种新闻产品只能是比较纯粹的文化娱乐类新闻与实用性资讯。

《周末专访》和《周末特写》主要是对于文化艺术界著名人士的专访和特写。在当时《南方周末》“名、新、奇、趣、杂、广、短”的编辑方针中，居于首位的就是代表文化艺术界著名人士的“名”。从第三期起同时在《周末专访》栏目中配发照片，其主人公基本上是文艺界的著名人士或者“三星”——歌星、舞星与影星。根据《南方周末》创办者的回忆：“（我们）不得不找漂亮明星，每期都要有，也不管有没有名气，漂亮就行。报社里很多人反对。主编就对我说，我们两个人分工一下，我反煽情，你继续三星挂帅。”

在西方新闻学中，一种新闻类型是试图唤起读者的感性涉入（involvement）还是智性涉入，是给予读者“即时酬赏”（immediate reward）还是“延期酬赏”（delayed reward），在一定程度上是判断这类新闻是属于“硬新闻”或是“软新闻”、是“严肃新闻”或是“人情味新闻”的一个指标，这个指标进而可以用于评价和判断具体的一份报纸是属于“通俗（大众）报纸”还是“严肃（精英）报纸”。对于《南方周末》从1984年创刊到1995年这段时间中，以《周末专访》和《周末特写》栏目为代表，其主要意图显然是唤起读者的感性涉入并且给予“即时酬赏”。

2. 对于“延期酬赏”的筹划：《连载》版与头版新闻报道

《南方周末》20多年的发展实质上是一个不断变化和尝试的过程，这种变化和尝试从其出生之初被内在规定于寓教于乐的“文化娱乐性”的基础上，到逐渐地向今天我们所看到的这样一份具有广泛社会影响的“中国第一周报”迈进。在这个过程中，实现从娱乐性向社会性与新闻性的转变具有清晰的脉络。

（1）连载

草创之初的《南方周末》，虽然已经意识到增强新闻性是必需的选择，但由于受到编辑方针和采编力量的限制，在短期内不可能在这个方面有质的提升，故而开始了对于连载的尝试。

回头来翻阅那个时期的报纸，在1986年之前，《南方周末》的连载取向摇摆于人物传记、武侠小说、法制文学（中国）、侦探小说（外国）和“纪实”之中，而从1986年起，除了在1987年曾经短暂地转载过香港言情小说家亦舒的《风信子》之外，上述内容再也没有在《连载》版出现过。

1986—1990年之间，《南方周末》的连载尤其注重记录和叙述新中国成立后中国社会政治历史中的重大事件与人物题材的“历史纪实”。在1987年和1988年它还连载了当时引起巨大社会反响的几部电视政论片的解说词，1988年与1989年同时是《南方周末》历史上单年连载作品最多的年份，同时达到了6部作品，这也和当时特定的社会政治气候有密切的联系。而从1990年到1997年的这个时期，《南方周末》对于连载的“纪实”取向的进一步得到加强和拓展，除了仍然高度重视原有的“历史纪实文学”传统，同时大量增加关注现实的“社会问题纪实文学”的题材比例，张胜友、胡平、马役军等人的作品是其中的代表。

认定《连载》是《南方周末》初期非常重要的报纸形态，其原因不仅在于它对于市场的开拓厥功至伟，同时也是因为，它在一定程度上显示了在记者严重匮乏的条件下，《南方周末》是如何通过连载这一传统的副刊形式，努力地实现向报纸整体上的新闻性的过渡，虽然连载所呈现的主要是一个逝去时代中的“新闻”。

连载所体现出的这种取向，从20世纪90年代中后期起，发展成为《南方周末》的一批知识分子撰稿人的作品中极为重要的主题；此外，《南方周末》于1998年推出的《解密》版和2001年之后的《往事》版，与《连载》版也具有密切的渊源。

（2）头版报道增强新闻性的尝试

仅仅在创办两年多以后，《南方周末》就通过内部讨论、与读者作者座谈，对于报纸的主打新闻产品提出了批评和新的期待，建议“重视专访的新闻性，从重大的新闻背后去找题材，要回答群众普遍关心的问题……不要忽略反映普通人的生活……要提高报纸的思想性和指导性”①。

这是《南方周末》第一次提出加强新闻性、思想性与重视“普通人”题材这个重大命题。相应地，在1987年，《南方周末》的从业者开始意识到必须突破对于“周末”这个概念的狭隘理解，提出要“更新周末的概念，更新办报思想，要将人们在周末所从事、所谈论、所关心的一切事物都纳入办报的视野之内，拓宽报纸的报道题材”，“使《南方周末》从一张地方办的报纸上升为一张既能容纳来自全国各地题材，又能将南方的改革开放精神辐射到全国去的报纸”②。

但是，《南方周末》这个时期记者力量极度匮乏，其现实的头版策略只能是以“社会性”作为向“新闻性”过渡的中介，同时在力所能及的有限范围内努力增加头版报道的新闻性。这些新闻报道大部分是社外撰稿者的作品，其中对于重大突发性事件的报道、反伪科学题材的报道以及对于边缘群体的报道，已经初步地显现了与1995年之后的《南方周末》的报道重点、报道立场以及呈现方式上的联系。

自我探索：理念定位再调整

相对于1995年之后转向综合性大报的《南方周末》，许多人对于《南方周

① 参看《研究如何开展“专访”征文评奖活动　本报编辑部召开作者座谈会》，《南方周末》1986年4月5日。

② 参见《在改革中探索前进》，南方周末编辑部/文，《中国新闻年鉴》1993年。

末》早期以娱乐文化资讯为主的新闻形态持一种“英雄莫问出处”的理解心态。笔者对此不敢苟同。这不仅是因为在这个时期中，外在的媒体环境以及《南方周末》记者力量的严重匮乏，都使得娱乐文化资讯作为主打产品成为必然；而且从动态和历史的眼光看，中国报业在最近25年的演变中，对于多样性的承认、鼓励和追求，已经成为这个系统发展的主要动力之一。这种多样性正是从晚报、周末版和周末报作为传统党报的“补充”起步的，这些新型的报业形态，包括《南方周末》在内，它们在一个时期中重视通过大众文化取向的娱乐资讯完成对于读者的“即时酬赏”，放在具体的历史场景中，其重要价值是难以低估的，如同约翰·菲斯克所言，大众文化的传播与消费“扩展了从属者的活动空间；它们在社会权力关系中实现了转移，不管这种转移是多么微不足道”①。如果还记得在20世纪70年代末和80年代初对于李谷一和朱逢博的“气声”唱法的争议曾经上升到意识形态的高度，我们就会意识到那是一个对于“即时酬赏”的需求刚刚兴起而“延期酬赏”还远未能普遍支付的时代。

著名作家、文化部前部长王蒙1992年6月26日为《南方周末》的《周末茶座》栏目所撰写的《周末与文化》一文，为我们理解从80年代初期周末版与周末报的出现到90年代初期“周末版”的勃兴提供了一个颇具分析力的视角。在这篇文章中，王蒙先生从关于星期天的建制破题，勾勒了从革命战争和政治运动频繁的年代以来中国社会变迁的一种轮廓，作为一种叙述策略，他肯定了中国报纸所固有的社会功能，肯定了消费型文化可能对高雅文化形成的冲击，然后着力论证了消费型文化成为社会文化之“一翼”的现实与潜力、消费型文化需求的正当性与有益性，最终肯定了作为这种新型文化载体的新兴报纸形态。在这个意义上，《南方周末》与《中国青年报·星期刊》、《周末》等新型报纸，其实是1991年、1992年中国报界所兴起的“周末版”热潮的前驱。

当然，对于《南方周末》而言，由于这种提前量所带来的有利地位，当大多数其他报纸开始着手创办周末版和扩版的时候，《南方周末》则已经充分地意识到“周末报的困境”，因此他们明确地提出将“新闻性”作为周末报未来的走向②。

对于这一时期《南方周末》的新闻实践的描述，我们可以听一听一位主要

① 参见《解读大众文化》，约翰·菲斯克/著，南京大学出版社2001年。

② 材料来源于《周末报的性质走向和队伍建设》，这是《南方周末》参加1994年1月广西南宁“全国报纸周末版座谈会”发言稿，未公开发表。

创办者的精彩表达："我明确提出不'打旗'……我们不做英雄。……我公开地说，《南方周末》没有新闻自由的诉求，但是它最大限度地利用现有的空间。……如果是一个有才华的新闻工作者，想利用这个舞台为中国的进步作出贡献，它已经是足够大的舞台，足够用于服务中国和读者了……其实在你最大限度利用的时候，这个空间就拓展了。"

但是，不"打旗"或者没有公开的诉求，并不意味着在这一时期《南方周末》没有自身的价值取向、目标和操作原则，它们被粗略地概括为《南方周末》的理念；在相当大的程度上，它们结合了《南方周末》的新闻从业者对于中国社会和中国新闻业的历史反思、基于现实的媒介环境而进行的筹划与设计，也是在这个意义上，这种理念赋予了《南方周末》一种独特的面目和发展路径，并发展、突破了《南方周末》初期自上而下形成的定位。

1. 启蒙与《南方周末》的三重定位

《南方周末》一位主要负责人，对于这一时期的报纸理念有如下的描述：

> 在我主持南方周末的十几年时间里，一直是将启蒙作为办报的灵魂……《南方周末》一直伴随改革开放，为它摇旗呐喊，推波助澜，这是启蒙的核心思想。《南方周末》的定位可以分成三个层面。第一个层面是关于报纸的社会功能。我们认为，《南方日报》作为政府、党和人民的桥梁，而《南方周末》应该作为知识分子和民众的桥梁，并且它应该是双向的，它应该将知识分子思想的精髓，包括科学和民主思想，通过报纸的日常报道普及到民众，同时将民众的生存环境和社会心态传达到知识分子中间。
>
> 第二个层面是关于《南方周末》的主体读者对象。我把具有初中以上文化、关心社会、热爱知识的人，作为《南方周末》主要的读者对象。我认为，当时在中国的10亿人口中，有初中以上文化程度的人，不超过8亿人，其中真正关心社会、热爱知识的人，不超过1亿人。启蒙就是对他们，离开他们，启蒙是没有对象的。必须让他们接受科学民主思想。有人认为将读者的学历定低了，不利于日后报纸的提高，但是读者定位是从启蒙指导的思想上确定的，提高读者学历的要求，就意味着削弱报纸的启蒙意义。
>
> 第三个层面是报纸的风格。我提出大俗大雅，雅俗共赏。领导将它

改成大雅大俗，一定要雅字当头。但是我提倡的大俗不是庸俗，而是有内容的俗，有内涵的俗。大雅是和普通群众相通的雅。俗的题材要用知识分子最先进的思想去升华，雅的题材要用知识分子最先进的思想去与民众相通。在《南方周末》最初的头版的“名人专访”中，我们注意的是将这些名人放在普通人的位置上，着重写他们与民众相通的生活、情感，我们不去谈民众不易理解的、太专业性的东西，这才能达到启蒙的效果。

2. 报纸的商品性、接轨与挣脱《真理报》模式

《南方周末》的主要创办者对于报纸的发展路径和目标同时具有以下的理解：

“新闻改革提了很多年，一直回避的是改革对象的问题……其实就像经济改革针对的是苏式的计划经济一样，新闻改革的对象就是苏联的《真理报》模式。

“对《真理报》模式的反思，使我意识到实现商品性是突破口。恢复报纸的商品属性，抓住市场杠杆，与原来的中国新闻传统接轨，原有的优良传统是忧国忧民、强烈的人民性、对弱者的同情，现在我们重新要把这些东西在市场条件下运做，核心就是后来总结的六个字——‘爱心’、‘正义’、‘良知’。”

对于《南方周末》的新闻从业者而言，中国新闻业的历史遗产呈现为两个向度：《真理报》模式与“原来的中国新闻传统”，前者是他们努力挣脱的对象，而后者则是他们试图承续的重要资源，而无论是挣脱前者还是承续后者，他们断定其切入点在当时只能是实现报纸的商品性。这其实也基本上能够概括在这个时期他们筚路蓝缕的新闻实践的要点、“先造瓶再酿酒”的策略以及他们对于报纸的市场运营的极端重视。

3. 《南方周末》报训

与《真理报》模式决裂的坚决姿态，同时带来了《南方周末》的另一条类似“奥卡姆剃刀”的原则：“可以有未讲的真话，但决不说假话。”

在1987年《南方周末》创办5周年的时候，中共广东省委宣传部原副部长及南方日报原总编辑黄文俞在贺信中写下了这样一段话：“党报的增张扩版，大大丰富了报道的内容，成为增强报纸可读性的关键之着。然而这只不过是深化改革的突破口。依我愚见，深化改革的近期目标应该以讲真话为核心，发挥报纸的协商对话的桥梁作用，发挥报纸的舆论监督的作用。我以为增张扩版，把报纸搞活，主要是解决报纸的可读性问题，只有讲真话才能解决可信性问题。一张报纸讲的都应是真话。可以有还未讲的真话，但决不能说假话。”①

黄文俞是深受《南方周末》创办者尊敬的老报人，他的看法受到当时《南方周末》从业者的高度认同。

从1983年到1995年，《南方周末》已经成为一份拥有百万份发行量的中国第一周报，在它的读者中已经逐渐形成了“《南方周末》是一份让人民‘活得更好一些的报纸’”的普遍认知；“启蒙”与“不说假话”的理念已经在《南方周末》深深地植根；到1995年年底，《南方周末》的扩版试版已经开始，一批具有真正创新价值的版面形态正在酝酿；一批年轻而充满理想的记者即将充实到它的阵营中，《南方周末》响亮地对中国发言的年代，即将来临。

新闻生产：转向调查性报道

如果说在20世纪80年代和90年代前期，《南方周末》借助主要形态为文化和娱乐资讯的新闻产品，按照市场化的运作手段，实现了以恢复报纸的商品性冲决《真理报》模式，那么从90年代中期起，通过提供深入和全面的公共事务报道，尤其是调查性报道，《南方周末》则在更彻底的意义上告别了《真理报》模式，而且集中呈现了20世纪末中国报纸所具有的良知、勇气、水准和创造力。

《南方周末》在1996年、1998年和2000年的三次改版和扩版，可以提供理解这种演变逻辑的直观线索。对于《南方周末》的新闻从业者而言，最主要的策略都是强化新闻报道和言论的比重与质量，尤其是调查性报道这个被认为是《南方周末》“安身立命之本”的新闻产品；在这个前提下，一方面逐渐向经济和文化等报道领域上拓宽，另一方面对于副刊进行适时的整合，使《南方周末》成为具有综合社会影响力的报纸。

在笔者称为《南方周末》“对中国发言”的6年中，调查性报道是《南方周末》向中国社会所提供的独特的新闻产品。1998年与1999年中朔州毒酒、霍邱“粮鼠”、董阳变法、丹江口市虚报浮夸、綦江垮桥等报道，都是引起中国社会普遍关注的重大新闻。在2000年与2001年，他们又报道了像李昌平就“三农”

---

① 黄文俞：《办出特色　探索新路——贺〈南方周末〉创刊5周年》，《〈南方周末〉创刊5周年特辑》。

问题上书朱总理，《减轻农民负担工作手册》被收缴，山西“割舌案”，焦作、洛阳大火，核酸营养品骗局，浙江瑞安“地下组织部长”，张君案，南丹矿难，艾滋病扩散等重大新闻。

在接受笔者访谈的时候，一位主持当时报社编务工作的报人对此解释说：“《南方周末》是把调查性报道作为自己的根本……不计成本地实行调查性报道。”《南方周末》的一位记者在他的新闻实践的总结中认为：“调查性新闻是所有新闻报道中的王冠，是职业记者最能体现良知、勇敢与智慧的方式……在《南方周末》，无论从资金支持，还是对题材限制的容忍度来说，都是中国目前做调查性新闻最好的地方。”另一位记者也认为：“《南方周末》有个优点：采访不计成本。”在2001年下半年，即使在《南方周末》受到外力原因而陷入低潮的时候，编辑部却调高了记者出差的补助和住宿标准，负责人解释说：“原因很简单，在新闻低潮的时候就是要投入新闻。”①

在《南方周末》2001年年末特刊中，《南方周末》编辑部重申了这个从业者集体的宣言：“你见到我们的时候，我们和新闻在纸上；你见不到我们的时候，我们和新闻在路上。”笔者以为，他们所引用的杰克·凯鲁亚克“在路上”这一表达，是对于他们寻求和揭示真相的艰难而持续的过程极为形象的象征。《南方周末》在新中国的第一个记者节曾推出《因为我们是记者》特刊，“现场”成为体现他们新闻理想的6个关键词之一。如同拍摄了诺曼底登陆的新闻摄影大师罗伯特·卡帕的名言所揭示的，“如果你拍的照片不够好，那说明你还不够近”，《南方周末》的新闻从业者们，尤其是从事调查性报道的记者，对于在新闻现场的现身赋予了强烈的职业价值。他们之中的突出代表，则是被称为“中国第一灾难记者”的李玉霄，从2000年到2002年，他参加了对于全国十数起重大恶性事故的全部报道，经常是马不停蹄地从一个灾难现场奔赴下一个现场。由于他对于这些灾难和事故的深入调查与报道，在2001年他作为唯一的一个新闻记者应邀参加中央电视台“3·15消费者权益日”特别节目，而在第二天的下午，他又出现在石家庄特大爆炸事件的现场。②

从另一个角度看，致力于调查性报道的《南方周末》的新闻从业者也并非

① 此处所引用材料来自笔者以及复旦大学新闻学院张志安博士等人对于《南方周末》新闻从业者的访谈。

② 本段中所引用材料除特别说明外，都出自《揭开真相——〈南方周末〉知名记者报道手册》，浙江人民出版社2004年。

孤立无援。许多重大调查性报道的线索，往往来自各地新闻媒体的从业者和《南方周末》的读者，而许多重大新闻的采访，也是《南方周末》的记者和他们合作展开的。《南方周末》调查性报道的生产过程中的这个突出特点，是由三种因素综合形成的。首先，早期的全国性撰稿人网络，因为绝大多数撰稿人所具有的记者身份，在这个时期仍然是一种重要的资源；其次，孙旭培先生所分析的“按照行政管辖权来划分舆论监督权”这种制度安排，往往使得地方媒体在试图发布一些重大和突发性新闻的时候遭遇严重阻力，而逐渐成为中国舆论监督的标志性媒体的《南方周末》，成为其他地方媒体与记者提供新闻源的首选；第三，由于《南方周末》的编辑方针和理念获得读者的普遍认同，他们同样乐于向《南方周末》提供新闻源、新闻线索和其他帮助。按照《南方周末》一个记者的总结，这些媒体和记者是《南方周末》的“线人、向导、助手和合作伙伴”。

在这种互动中，《南方周末》的特点是具有一批相对固定的互动伙伴，《南方周末》的一个资深记者将这种类型的互动称为“心有灵犀一点通”，将这些媒介称为“固定的火力增援点”。这些主要的“固定的火力增援点”，主要包括中央电视台的《新闻调查》、《今日说法》、《经济半小时》等栏目，中央人民广播电台的《新闻纵横》栏目以及《财经》杂志、《中国青年报》等。

组织建制：“场”的变与不变

毋庸置疑，《南方周末》能够在20世纪90年代中后期起“狂飙突进”，与开创《南方周末》艰苦进程的一批老报人所做的铺垫分不开。这些老报人的共同特点在于，从个人的遭遇和对于中国新闻业历史的反思和总结之中，他们选择了以实现报纸的商品性作为冲决《真理报》模式的突破口，并且在现实的条件中，逐步地实现《南方周末》从文化娱乐定位向社会性、新闻性综合定位的提升。

在笔者的访谈中，《南方周末》第一代从业者将这个时期的《南方周末》的内部环境称为“具有原始共产主义性质”：由于当时实行的是分版制，员工的工作以组稿为主，《南方周末》事实上一直到1998年都没有严格的考评制度；然而与这种宽松和人格化的管理形成互补的，则是浓烈的业务民主气氛的产生：在日常工作中，领导、编辑与记者就报纸的发展方向、具体的版面和稿件经常展开坦率的批评和讨论，往往“争得面红耳赤，甚至行为夸张”[①]；从1987年在番禺举行的滴水岩会议起，《南方周末》每年都组织一次3天到4天的全报社业务研讨会议，《南方周末》的编辑政策所发生的几次重大调整，都是通过业务研讨会议而集体作出的决策，如提出“贴近生活，激浊扬清”方针的1990年高明县会议。这个传统延续到了20世纪90年代中后期，如1998年白云山会议、1999年的三水会议等。

如果说，共同的新闻理想、宽松和人格化的管理以及活跃的业务民主气氛，是《南方周末》这个时期组织文化的突出特征，那么在90年代中后期，在总体上，所有这些特征则得到了继承和发展。

主持这一时期工作的领导人，对筚路蓝缕开创《南方周末》事业的老报人的编辑政策和理念有强烈的认同，按照他们自己的表达，是“不敢辜负”。出于可以理解的原因，《南方周末》的高速成长期同时也是高风险期，而这种风险在很大程度上是由《南方周末》的主要领导者承担的。“挨了处分有什么办法，关键不能让下面受到牵连，不要影响了记者的积极性，我们该怎样工作还是怎样工作”。

领导者身上所体现出的新闻理想与人格力量，对《南方周末》的新闻从业者而言是有力的示范和激励。而他们“对记者个人的尊重、鼓励自由发挥和平等探讨”，则使得这个时期《南方周末》业务民主的空气达到了空前的程度。江艺平主编则将这种现象解释为：“《南方周末》的气质吸引了他们，他们又将自身的气质反映和释放出来。《南方周末》不会对他们形成同质化的影响，他们的个性都创造性地保留和融合了。”

需要特别指出的一点是，《南方周末》新闻从业者的新闻实践，往往被一些研究者作为西方新闻业意义上的新闻“专业主义”在中国的样本，对此笔者认为必须作出仔细的辨析：这一时期《南方周末》的新闻实践是在一种非常确定的价值判断立场的基础上进行的，这种价值判断的立场不但影响他们从“新闻价值”标准判断到新闻呈现等完整的新闻生产流程，而且明显地塑造了他们所认同和实践的新闻业的特质——行动性的、倡导性的和参与性的新闻业；如果与“新闻专业主义”密不可分的“客观性”对于他们是一个有意义的概念，那么它不

① 参见《第一次扩版的回忆》，《南方周末》内部交流刊物《三言两语》第二期。

会是那种西方新闻学意义上的与价值中立（value-free）、超然（detached）等联系在一起的“客观性”。

在这个意义上，这个时期《南方周末》的新闻实践可能更符合“揭露黑幕运动”的倡导式新闻业（Advocacy Journalism）和参与式新闻业（Participatory Journalism）的特征，也更符合西方从90年代兴起的公共新闻业（Public Journalism）的核心理念：新闻业是解决问题的事务，而非关于事实的事务。①

这个时期《南方周末》的新闻理想和新闻实践，成为连接不同世代的《南方周末》从业者的精神纽带。一个记者曾经感慨：“《南方周末》是个‘场’，任何进入这个‘场’的人，都会被这个‘场’笼罩、同化。这个‘场’就是职业记者所需要的优良环境……这个‘场’促使他们不断接近事实的本原，这个‘场’迫使他们不断接近记者的职业本真。”② 即使对于那些出于各种原因而离开《南方周末》的记者，“在我们的人生中，《南方周末》只是一站，然而只要经过了这一站，它就会永远地驻在你的心中”③，而对于那些留守和相继加入《南方周末》的记者而言，《南方周末》的新闻理想依然崇高而有力。在笔者的访谈中将《南方周末》比喻成“飞地”的一个记者，在艰苦地进行了南京投毒案件的采访之后，在他的手记中写道：“说实话，我是第一次采访灾难新闻，我当时最大的感受是向李玉霄致敬，他一个人采访了这么多灾难新闻，对自己生命的损耗我们体会到了。这位好兄弟虽然离开了我们，我们再一次感到了他为新闻奉献的东西。在采访时，我觉得无论是以前的兄弟还是现在的兄弟，在精神上都站在我们身边。我们仍在寻找新闻的圣杯。”④

---

① Cole C. Campbel “Journalism as a Democratic Art ”, The Idea of Public Journalism , The Guilford Press, P. xiv。

② 见《揭开真相——〈南方周末〉知名记者报道手册》，浙江人民出版社2004年。

③ 见《流动的圣节》，《南方周末》2003年4月10日。

④ 见《汤山投毒案采访背后》，《南方周末》内部交流刊物《三言两语》第二期。

未曾远去的背影：《人民日报》华东版深度报道回顾

□　郝　洪[①]

《人民日报》做起舆论监督既猛且烈，深度博弈背后的启发是：到一定阶段、一定程度之后，新闻改革需要的不再是形式的创新，而是观念的变革。

2008年夏天，上海袭警事件吸引了全国媒体的关注。有意思的是，当外埠报纸、电视、网络纷纷就此案进行深度追踪时，本埠媒体却惜字如金。这是中国传媒业普遍存在的一个现象：某一敏感事件在本地发生，最先报道的是外地媒体，能够锲而不舍追踪、全方位报道事件进展过程的也是外地媒体。

笔者在网上浏览上海袭警事件的相关报道，偶尔会有一种怀想涌上来，若《人民日报》华东版犹在，作为立足于上海的中国第一大报的地方版，一份力求"以全国角度看华东、写华东"的区域性报纸，将如何来报道上海袭警事件？在很多人看来，对一张停刊已两年有余的报纸而言，这个假设毫无意义。但对所有为这张报纸努力过、付出过的人来说，这确实是一个聊以安慰且具想象趣味的话题。

《人民日报》华东版（以下简称"华东版"）自1995年1月1日诞生，2006年12月29日停刊。12年来，从宏观经济政策及社会经济事件的解释性报道、新闻背景解读，到对社会民生的调查性报道，它从来就没有放弃过对社会热点的深切关注。立足地方又超然于地方，追求新闻的深度和广度，这既是其区域地方版特性使然，也是作为中国第一大报的"新闻改革试验田"。可以说，华东版主动选择了既不同于传统体制内党报也有别于体制外市场化媒体的生存方式下。

作为《人民日报》这样一张有着特殊政治地位的报纸的地方版，华东版在

① 作者为人民日报社上海分社记者。

长达12年时间里对深度报道尤其是舆论监督报道上的探索和坚持，以及所遭遇的种种困境与尴尬，都有着特殊的意义。它有过国企改革、下岗工人调查、乡镇企业变革等对地方政策和对社会舆论产生过相当影响的深度报道，有过“曲阜水洗文物”、“阜阳劣质奶粉追踪”、“盐城振东乡移民新村追问”等对当地官场产生震动的舆论监督报道。这是看似平静水面之下的深度博弈，直击改革难题，追索事件真相，揭示体制弊端，每一步，都有着对传统新闻观念的挑战和突围。

前所未有的变革

华东版的诞生并非偶然。

在20世纪90年代那个鼓励创新创造、一切皆有可能的时期，所有的事物都被改革的浪潮挟裹着，难以自抑地要向前突围。传媒业也不例外。

可以说，20世纪80年代末到90年代初，是中国报业市场化、产业化改革的关键时期。这一轮市场化、产业化的改革并没有在具有权威影响力的全国性报纸中展开。非但如此，全国性报纸还遭遇来自地方都市化报纸和电视媒体前所未有的双重夹击。全国性大报包括《人民日报》、《光明日报》、《经济日报》在发行量和广告额上都大幅萎缩。《人民日报》从1987年到1996年的15年间，其平均期发数下跌幅度接近60%①。

“内忧外患”之下，《人民日报》迫切需要新的变革。

此前，发生于1992年8月10日的深圳股市风波，亦是促成《人民日报》提出创办地方版的一个动因。当时地方新闻界对此事报道上的不充分和评论上的一边倒，令深圳民众很不满，而中央又不能够直接、迅速地从新闻舆论上获知事件真相。这一事件给《人民日报》带来很大的震动。《人民日报》痛感与地方上的隔膜，对地方重大事件不能及时发出权威的声音，不能有权威媒体的真实报道和独立调查。有了地方版，是不是可以站在全国的角度进行真实报道和公正评价？是不是能够从体制上推进舆论监督？

在决定创办地方版并将其落子在上海后，《人民日报》编委会就决定将华东

① 《试析双重压力下党报面临的困难及其对策》，见《李良荣自选集——新闻改革的探索》，李良荣/著，复旦大学出版社2004年。

分社列为报社综合改革试点单位，要求华东分社“积极探索党中央机关报在新时期改革发展新路子，并在机构人事等方面进行重大改革”。人民日报社华东分社综合改革的目标是实现“四出”：出好报、出人才、出经验、出效益，以求为《人民日报》主报的改革趟出一条道路。华东版被称作“《人民日报》进行新闻改革的一块试验田”。

1995 年 1 月 1 日，华东版正式出报，办公地址设在上海外滩青浦路 50 号，每周一至周五出 5 块版，版次为第 8 至第 12 版。一年后，华东版版面调整为第 9 至第 12 版，计 4 个版面，并在第 9 版增加“华东新闻”的报头。此后长达 11 年的时间里，华东版在主报中的版序虽有所调整，但始终维持 4 个版面的容量不变。

“观察家”的理想追求

深度报道是华东版和地方党报竞争的必然选择。

华东版编辑部人员一直稳定在 40 多人。一个记者负责的条线可能是地方党报一个部门的范围，不可能在速度上与地方报纸竞争，而必须“以思想深度取胜”。

1995 年，华东版创办当年即陆续推出了解释性新闻、背景新闻、事件调查、系列述评等深度报道形式报道。1996 年，华东版在 9 版显要位置开辟了《华东观察家》专栏，这个专栏的特点是：有述有评，鲜明地亮出观点；由小见大，一般不超过 1500 字；选题多集中在社会经济领域，典型如国有企业改革报道、下岗再就业工程调查、“老字号”何去何从、关注经营者、农村改革实况报道等。

在对“解释性新闻”、“背景新闻”已有相当阅读习惯的今天，人们很难想象当时华东版在这类新闻上的尝试是一种创新与突破，会引发许多地方党报竞相效仿。

11 年，“华东观察家”栏目名称由长变短，到“华东观察”、“观察”，但其区域深度报道权威的定位及独立报道理想追求一直未变。它希望能站在一个党报所未曾有的中观层面，以不同于地方媒体的视角，观察地方社会的发展变化。立足地方又不属于地方，说些地方媒体不敢说或者不好说的话，在一些敏感事件上的分析、判断更能突破固有的观念和框框。

比如对下岗再就业工程的关注。在1995年6月底到8月初的一个月时间内，华东版共刊发了“郑衣妹再就业”、“社会关注郑衣妹”、“下岗工人不愿分流另有隐情”、“政府企业社会共同关心”、“‘再就业工程’到底为什么”、“下岗者是牺牲品吗?”、“‘保险箱’在哪里?”、“为何‘农民上岗、工人下岗’”、“就业是谁的事”等系列报道，深度解剖“下岗再就业难题”。

比如著名的“冯根生难题”。1997年底的“冯根生持股300万风波”引发人们对国企改革方向性的争论。当时，浙江合资企业正大青春宝董事会决定，拿出占净资产15%的部分国有股卖给职工，其中，要求冯根生出资300万元购买2%。华东版报道将此事归纳成“冯根生难题”——共产党员厂长能否持股？买股的钱从哪儿来？如何评价国企经营者的经营贡献？如何激励和约束国企经营者？“冯根生难题”直逼国企改革“深水区”，使这一事件还原到了它本来的面目——为国企改革探求新路。

20年后的今天，冯根生仍然念念不忘这则报道。若不是当年这则报道，他也许就此急流勇退。而当年，正是这则报道，增添了地方和企业改革的决心和勇气，在杭州市委、市政府直接过问下，冯根生带头贷款270万元买下了这些股份，持股问题终被解决。华东版报道之后，浙江省经济规划院还专门设立了研究“冯根生难题”的课题组，以青春宝为案例来探讨国企改革的深层次问题。

报纸对社会的深度观察，必然引发舆论监督报道。1995年到1998年间，华东版的舆论监督报道虽没有形成规模效应，多是对偶发的事件、问题、现象的追踪、解剖，但是舆论监督愿望却是相当强烈。

1996年的济南“有楼无梯的隐情”直击市长形象工程，解剖当时追求所谓“政绩”的不良倾向，矛头直指时任济南市长；1998年底的“东阳土地调查”系列报道，直面农村基层组织的腐败，一改以往先采访，然后回来再慢慢写稿的形式，边追踪、边采访、边报道，读者称之犹如看“连续剧”，环环相扣，层层剥笋，被报道对象恼羞成怒，扬言要追打记者到上海。当有被批评对象到报社来“沟通”，时任总编辑只问一句：“我们记者的调查是否属实?”对方支吾道：“没有失实。”总编辑立刻干干脆脆回复，“那就没什么需要谈的了。”

上海一些党报也认为，舆论监督是华东版可发挥的优势。

据记载，1995年1月上旬的一次上海媒体座谈会上，《文汇报》的一位老领导谈到新创办的华东版时说：“我讲华东版有看头，至少有这几点：一是文章短；

二是版面活；再一点就更加不容易，有些报道讲了上海三大报不愿说或者不便说的话。”他举例说：“上海人均住房面积达到7平方米，但住户实际住房面积的多少，差距很大，空的空煞，挤的挤煞，像这样的话，上海的报纸有哪一家说过？可你们华东版讲了实话真话。还有，上海究竟有多少职工下岗，老百姓很关心，上海的报纸就是不说，你们华东版说了。”

当年，人民日报一位兼管华东分社的领导曾经说过，华东版要适当调控舆论，就是说，华东版可以站在全局的高度对地方实施舆论监督。即把舆论监督作为“积极创新、强化特色”的重点内容来经营。那么，舆论监督的主要对象是谁？华东版如何加强舆论监督？哪种形式最有效、可行？1995—1999年任华东分社总编辑的吴长生对此有过几次专门阐述。

1998年7月7日一次编辑部会议上，吴长生说：“华东版在加强舆论监督方面有大量工作可以做。舆论监督一种是追踪式的，即中央出台了新的政策、法规后，追踪报道各级、各地的落实情况；还有一种是对一个时期内带有倾向性的‘热点’问题适时适度地进行报道，批评不良倾向。”

“华东版可以对一些地方报刊想监督但有顾虑的部门开展舆论监督，这就是我们的优势，但必须把事实搞准、搞实。”1998年7月27日编辑部会议，吴长生再谈舆论监督，他说，“《人民日报》作为党中央的机关报，在舆论监督中要遵守宣传纪律，在这个前提下大胆推进，有所作为。”

1999年初，华东分社召开专门会议，对如何加强当年的舆论监督工作进行研讨。吴长生再次提出他关于如何做好舆论监督报道的观点：“首先，舆论监督的对象主要是公务员，是国有大中型企业领导，是对权力的监督，而不仅仅是对服务行业不良现象的批评。类似‘隐身人手记’对服务窗口的监督要继续搞，但对主要对象的监督力度要加大。其次，要对执行中央路线、方针、政策的情况进行监督，及时揭露、追踪那些明显与中央决策唱反调的突出违法违纪现象。舆论监督的任务是提出问题，反映舆论，促使有关方面解决问题。揭露不是目的。舆论监督不能简单理解为批评报道，应当尽量排除干扰，冷静观察，深入采访，客观报道，只要选准了题目，分社将全力支持记者。”

继任华东版总编辑（时任副总编辑）的曹焕荣在谈及舆论监督的方式时，特别提及《焦点访谈》注重选题和巧妙运用编辑语言的方法，认为舆论监督在版面上也应有所突破，不能四平八稳。

此后一年，华东版创办了《东方新闻周刊》，其深度报道及舆论监督报道步入一个新的时代。

平静水面下的深度博弈

2000年是华东版深度报道的一个分水岭。

1996—1999年间的华东版，无论是深度报道，还是舆论监督稿件，多是关注经济事件、现象和问题。经济之外，涉及地方政务和社会民生的也有。1998年的“东阳土地调查”算是一个另类。直到2000年，华东版创办周末版——《东方新闻周刊》。它使华东版的舆论监督报道有了一个更加合适的展现平台。每周五出版，有意识地组织和策划深度报道选题，时效性增强了；报道不仅是调查，几乎每篇特别报道都配发“珠下走笔”的评论，形成了规模效应。

以2000年4月《东方新闻周刊》为例。所刊登舆论监督稿件中，有3篇为调查性报道（见下表）。

表　2000年4月《东方新闻周刊》主要舆论监督稿件一览

标题	时间	栏目
护鸟的人儿心里苦——发生在鄱阳湖保护区的故事	2000年4月7日	特别报道
政府包办贷款别墅全来　先盛养牛状元喊冤	2000年4月14日	特别报道
该向垄断“振铃”了	2000年4月14日	热风
明星留下的空洞	2000年4月14日	本周眉批
如东：谁在亵渎体育彩票	2000年4月21日	特别报道
漠视沙尘暴的背后	2000年4月21日	热风
“开发”文物古迹?	2000年4月28日	热风
小学校摇摇欲坠“风水塔”耗资百万	2000年4月28日	画外音
菇城：大山的警告	2000年4月28日	华东写真

2000—2004年，《东方新闻周刊》值得记述的稿件还是相当多的。比如，1999年的“太湖治污”系列：《治污莫成（城）豆腐渣》、“环太湖治污染调查”、《太湖治污太慢了》、《太湖治污要达标，苏锡常该怎么办》等多篇报道。

其他影响较大的如《失误叠加九江新堤滑塌　人人喊冤责任究竟在谁》、《庐山机场院？能活过来吗?》、《五芳斋：粽子好吃股难分》涉及国企改制中股权分配中的腐败现象和法律漏洞；《导污工程纷纷上马 警惕莫成污染搬家》指出破坏环境的新问题；《蹦出器皿的“跳蚤”》探讨僵化教育与特长少年的冲突；还有《超市“保安”恶胆包天 江西取缔无证保安》、《为建新楼大占耕地 农民饭碗谁保障?》、《董事长被抓 企业垮不垮?》、《四问史玉柱》、《医院为何青睐假药》、《追问阜阳劣质奶粉》等等。

回想创办《东方新闻周刊》这7年，在时任专刊部主任李泓冰记忆中，许多舆论监督报道的曲折并不在采访艰难，而在发稿过程中的博弈。

这是平静水面之下的深度博弈。

现任人民日报评论部副主任卢新宁谈起她2001年初在华东版上的“特别报道”《“水洗文物”背后——曲阜“三孔”文物受损的报道和思考》，用6个字概括：有威胁有利诱。

发生于2000年12月初的“水洗三孔文物”事件在当时引发了极大的社会震动，当地政府、有关专家说法不一，众多媒体报道因缺乏权威专家声音，其报道也只涉及外围。加之当地政府对媒体的“公关活动”，一时间，“水洗三孔”事件扑朔迷离。

当时记者跟随国家文物局领导到现场调查，采访过程虽遭遇跟踪、阻挠，但正面交锋并不多。很快，记者以大量的权威数据和现场调查实据，结合来自国家文物局的调查结论写了稿件，揭露了“水洗三孔”事件背后文物保护管理上的体制之困，以及由此所牵引的利益之争。

但稿件的见报历经波折。被报道对象找到上级主管部门、报社领导，还打探到记者的家庭地址，开展种种公关活动。为了尽快将稿子见报，让“水洗三孔”真相公之于众。卢新宁将稿子转投华东版。华东版顶住巨大压力，终使稿件见报。后来，当地一副市长乌纱帽因此被摘。

“水洗三孔”报道基本上代表了《东方新闻周刊》“特别报道”的定位，体现了华东版区域报纸的价值，也将华东版舆论监督报道推向一个（最）高峰。

时隔4年之后，华东版记者娄靖在2005年对盐城滨海一个乡的调查就远不如对一个地级市的监督来得顺利。

2005年2月底，报社接到江苏盐城市滨海县振东乡3个村近200个农民的实名举报信，举报该乡原党委书记张某为搞虚假政绩，建“全国最大寿桃园”，不经试验，强行大面积推广“中华寿桃”，甚至动用警车抓人，殴打不愿种桃的村民。由于水土不服和假桃苗等原因，3000亩桃树绝收，种桃户和集体遭受4年损失；村民还举报张某在任内组织“综治办”抢粮打人，张本人打了几十个村民，横行一方，村民家家欠债。但这名造假欺农干部却连连提升，已调任苏北另一县当常务副县长。

3月中旬，娄靖和摄影记者屠知力来到振东乡。闻讯而来的各村村民排起长队向记者反映问题。一些曾经被张某殴打过的农民跪地痛哭，拉住记者的手大呼“青天伸冤”。成群结队的村民自愿给记者带路，请记者实地查看张某搞虚假政绩留给村民的后患。一些村民还开着摩托车带记者到田头踏勘抛荒现场。

为了保护举报农民和调查的客观公正，记者采访分三步走：先把举报农民请到附近农场作封闭调查，然后到种桃的3个村、2个农场作随机访问，最后采访被举报的对象。

但随机调查一开始，记者立刻受到监视。村里派人驾摩托车跟踪，乡里派小车尾随，无论走到哪里，跟踪者都接踵而至。他们当面阻止村民接受采访，甚至动手威吓受访老人。公开调查第一天，乡里小车一直跟踪到深夜11点半。为了安全，记者只得去邻县住宿。

调查耗时一年，记者先后5次下乡，走访了7个村，调查了300多位村民，拍摄了数百张照片，采集了上百条录音。写出了《利农还是坑农？——滨海振东乡“寿桃”事件调查》、《土地的拷问》、《振东乡移民新村追问》三篇特别报道，而得以穿越“重重封锁”，顺利见报的只有最后一篇。此时已是2005年11月，距离记者开始调查已9个多月。

“近一年中，我们拍了数百张照片、采集了大量录音，坚持耳听为虚、眼见为实，耗费了大量精力。所做的一切就为了一条：对村民反映的问题核实准确，对事实负责，对法律负责，对党报负责，对信任和支持我们的领导负责，确保批评报道准确无误。”然而，结果令娄靖倍觉伤心。

当地无法否定报道事实，对报道采取视而不见、回避的态度。一名县领导甚至对记者说，你写批评报道有什么用，最后调查和解决问题还得靠当地政府。一些县、乡干部甚至警告农民：“找记者有什么用，他们不能和你过一辈子。”

对江苏滨海县振东乡长达一年多的调查报道，真实反映了我国基层“三农”问题的严重性和症结所在。记者后来在谈采访感受时说道：“一边是没有文化、没有资金、没有信息、没有上层关系、分散的农民，他们的利益长期受到严重侵害而无人过问；一边是拿着公家的钱，利用掌握的权力、信息、关系网，组织班子进行危机公关、欺下瞒上的干部。媒体在两种力量完全不对称的矛盾中，既要反映弱势农民的呼声，维护他们的权益，又要维护党和政府形象，呼吁公平公正，促进社会和谐，困难重重！”

我们需要什么样的影响力

尽管华东版是《人民日报》首个国内地方版，也是内地报业市场创办时间持续最长的地方版，但多年来，传媒研究很少关注华东版的深度报道，这与其深度报道尤其是舆论监督稿件的影响力有相当关系。

如上所述，华东版深度报道的影响力基本是在政府层面。这和华东版面向的读者群有一定关系。12 年来，它也许未曾如《南方周末》那样，能够在社会舆论层面掀起惊涛骇浪，但是，它对改革难题的探询、体制弊端的追问、官场腐败的揭示，它那看似平静的水面之下的深度博弈，改变许多个体的命运。

除一些官员因报道而落马或遭调动之外，最典型的是对江西乐平一位进行舆论监督报道的记者詹晓东的关注。詹是《乐平报》的摄影记者，因在华东版发表了批评性图片《公开聚赌　学童上阵》，遭当地领导非正常调动。对此，华东分社的编辑不仅给江西省委领导写信，还亲赴乐平市了解情况，后又编发了两期《回音壁》，之后又发了《正常调动？曝光惹祸？记者苦涩有谁知》的特别报道。最终，此事不了了之。詹晓东日后出走乐平，到浙江新闻单位供职，后因其在民生报道中的创新，还成了央视《新闻联播》中的新闻人物。

经华东版曝光后，一些事件的解决究竟是舆论力量使然还是有其他特殊原因？这是个很有意思的问题。

在基层政府，《人民日报》既是媒体也是代表一级组织。被《人民日报》批评的压力，在许多被监督对象身上，并非来自对舆论和民意的尊重，即便有，舆论的压力也少于被上级领导的批评，对事件的解决也多停留于表面，比如将当事人调离原岗位。让采访江苏盐城滨海事件的记者耿耿于怀的是，公开监督报道并没能彻底解决当地农民的问题。虽然，当事者被调动，基本结束了其政治生命，但并没有因此解决农民问题。涉及基层土地管理及开发补偿等方面的管理机制、监督机制仍然缺失。

但这似乎已经是舆论监督报道尤其是党报舆论监督报道最好的结果了。

作为《人民日报》地方版，华东版并不是一张市场化的报纸，它的发行和广告对地方政府的依赖性很重，这就决定了它和地方政府之间的被动的依存关系。

在发行上，华东版几乎完全有赖政府推动的党报发行模式，更需要一级政府的保护和支持。纵观华东版的12年，真正“对权力的监督”的新闻少之又少。即便有，也仅仅止于县乡一级。办报者显然意识到舆论监督的重要性，也意识到从哪些方面来提高舆论监督，但外来压力及党报在发行和广告上对地方的依赖性，决定了舆论监督不可能深入。

在华东版的后期，舆论监督力度和强度渐缓。《东方新闻周刊》也从最初“以新闻调查和舆论监督为主，揭示转型社会深层次矛盾”，转为一般意义上的“社会热点新闻”追踪。再也见不到类似《“水洗文物”背后——曲阜“三孔”文物受损的报道和思考》[①] 这样有深度、有影响力的舆论监督稿件，多的是《当“杀人”成为游戏》这样的追踪热点社会新闻的调查性报道[②]，该文报道一少女在上海某小区被杀案。

这其中固然有办报者的思路问题，但党报身份的局限是此类新闻改革“天花板现象”的根本原因——新闻改革到一定阶段、一定程度之后，需要的就不仅仅是新闻采编形式上的创新，而是深层次的新闻观念的变革。

---

① 刊于华东版《东方新闻周刊》2001年2月9日。

② 刊于华东版《东方新闻周刊》2006年8月8日。

报人马云龙的新闻口述史

□　张志安　黄缨杰[①]

一个人的力量有多大，老马的故事能回答；一位老人的心可以多年轻，老马的激情能回答。

40年前，军代表毕业分配名单一念，北大中文系高才生马云龙从首善之区的北京奔赴河南太康县部队农场，“接受工农兵再教育”。

从“文革”北大中风云一时却急流勇退的异类，到许昌看守所里背负85条“现行反革命”罪名的重犯；从平反5年后初涉新闻界到担任《大河报》第一任副总编辑、《经济视点报》总编辑、《河南商报》新闻总顾问；从参与、组织“长江漂流”、“黄河漂流”到策划指挥“张金柱案”、“聂树斌案”、“巨能钙风波”等报道；从同辈人口中的“老马”到年轻后辈尊称的“马老爷子”……

40年间，马云龙从没有长久地离开过中原这片土地，也以自己和新闻同仁的努力，在发掘真相的疆域执著奔袭，使中原一次次成为舆论关注的焦点，以至于有人评论说“河南在全国有影响的重大新闻，全让老马给做了”。

马云龙说自己职业生涯中80%做的都是正面报道，但“永远不能声明放弃打老虎的权利”。正是这种“苍蝇、老虎一起打”的精神，引得旁人生发出上述感慨，也每每让其陷入孤独的境地。

数次遭遇免职失去新闻操作平台后，64岁的马云龙形容自己现在的状态是“有事无业”——他仍以自己的方式关注新闻、支援同行、指点后辈，激情如斯。

本文以口述实录的形式记录马云龙主持的几个重大报道过程及幕后故事，比照此间浮现的历史和社会生态，其孤独的姿态让人振奋：中原报业“淆乱粗糙之中，自有一种元气淋漓之象”[②] 存在。

---

① 作者分别为复旦大学新闻学院教师、传播学博士，新闻学院学生。

② 引自《清代学述概论》，梁启超/著，中国书籍出版社2005年。

张金柱案：罪不容赦，罪不当诛

我从40岁开始做新闻，之所以选择做新闻，是看了刘宾雁的报道，懂得一个新闻记者的责任和历史使命是什么，我愿意走这条路。有的人说我是“老新闻工作者”，我加了个字，是“老的新闻工作者”。从1984年做《河南日报》记者开始，新闻工作的工龄也就20年左右，算不上老。我在国内开始产生一点影响，是从1997年的张金柱案报道开始的。我当时担任《大河报》副总编辑，主管新闻业务。

讲这个，不是为自己表功，而是为中国新闻辩护。现在不少大学的新闻教材中，把张金柱案当成新闻干预司法甚至“新闻杀人”的典型，有些人甚至据此说中国新闻自由太多了，多到可以“杀人”了。中国新闻界担不起这个罪名，就像一个人肚子还没有吃饱呢，你就要给他减肥了。

案件经过大致是这样：1997年8月24日晚上9点多，有辆白色皇冠车在郑州市金水大道撞了两个骑自行车的行人，分别是宾馆的厨师苏东海和他的儿子苏磊。11岁的苏磊死亡，苏东海和两辆自行车被卷在轿车底盘下，被肇事逃逸的轿车拖着跑出了1500多米，直到被后面的车子拦截下来。

这是一个恶性交通事故，引起全国关注的原因有二：第一是情节恶劣；第二是肇事司机身份特殊，是郑州市公安局一个分局局长，叫张金柱。

那天我正值夜班，接到热线报料，就派了记者江华去调查。那地方离报社大概20多分钟路程。江华赶到现场给我打了个电话，说情况有点怪，交警把肇事的司机带到事故科去了。他说听到警察见到肇事人后叫了一声“张局长”。按说这种事件，应该让记者跟进采访，但事故科院子大门紧闭，任何记者都不准进，就知道肇事者大有来头。

我让江华尽量把现场的东西记录，包括肇事逃逸的距离，至于这个人是谁，既然知道这个人有来头，我们干脆装傻，“张局长”这句话不要用，就说有这个事就完了。

当天晚上我们就把这个消息发出去，第二天就见报了。除了江华写的约800字的消息之外，我还特意加了个短评，实际上是给自己下了一个命令，无论这个肇事者是多大的官，本报一定要跟着报道，一定要查明真相。当天我就给江华下了个命令，查清那个“张局长”是谁。

江华到处跑，终于查出来了，他一说张金柱，我认识，我还和这个人喝过酒呢。张是个很有名的公安局的干部，当年郑州公安局被我号称有三个“张百万”（钱多），他就是其中一个。

这在报道操作上涉及一个技巧。因为第一天消息发出去后，引起舆论大哗，报社电话被打爆了，读者纷纷谴责此事，要求查明肇事者身份。当时全国老百姓对公安形象、警风、警纪情绪都很大，如果直接报道说这是一个公安中层干部干的，那么舆论会一边倒，老百姓的愤怒会针对整个公安系统，而作为记者，要注意报道平衡。

第二天《大河报》消息发布，标题是《肇事人身份已查明　需要等待有关方面证实》。

当天晚上，市委召开紧急会议决定对张金柱实行刑事拘留，省公安厅副厅长兼郑州市公安局局长给我打了个电话，让我作为新闻界的代表一起到现场，见证逮捕张金柱。我就跟他一起，在夜里10点多钟到了看守所等着他们把张金柱带来。

他们给执行民警下命令，晚上12点以前要把张金柱送来。但到11点打来电话说送不了，原因是张金柱心脏病发作，正在医院抢救。张金柱的儿子、女婿都是郑州高炮学院的军官，当公安局要去抓他父亲的时候，他们跪在病床前面阻拦，不让公安局把他爹带走。这时，公安厅副厅长就问我的意见，我说：“按照常规，你们怎么办？”他们研究了下，又下命令：把他从医院拉到看守所，如果他真的有病的话，把医生也带过来，该抢救该治疗的，在这里做。结果在11点50分，警察们跟着，用救护车把他送到看守所来。

第三天，我和江华署名发了个消息，说已经查明是张金柱，郑州市公安局采取措施对他实行了刑事拘留，公安局第一次亮相是主动的。我又写了篇评论《再呼公安万岁》。之前，我针对一个重要案件写过评论《公安万岁》，这事儿隔得不久，2006年12月底，一个身绑炸药的歹徒进入到郑州一所幼儿园，劫持了20多个孩子做人质，要挟索要50万元人民币，有个叫王玉荣的女警察化装成保育员，进入幼儿园把罪犯击毙，当时等在门口的家长们自发呼喊：公安万岁！

我写《再呼公安万岁》，是希望让群众不要忘了警察还做过好事，不要把情绪都发泄到公安身上，这是张金柱个人的事。我在评论中说：“上次写《公安万岁》时，我们曾经跟群众一起高呼过‘公安万岁’，现在公安机关把法律之剑刺向自己身上的毒瘤时，我们再呼一次‘公安万岁’。”这是报道初期的情况。

在跟踪报道中我给记者提了三条原则。第一，对张金柱的量刑不做议论，这就避免了所谓的新闻审判；第二，与张金柱过去的功过不发生联系，就事论事；第三，在报纸报道过程中所用的一切证据都要以法庭上认证的东西为准。

张金柱肇事逃逸后，有一辆面包车追上去把他的车拦下来。面包车上的人是当时郑州老机场武警部队的几个干部，为首的是一个部队里新闻科的科长。这辆车上的八个人中有七个人说没注意肇事车辆副驾驶座位上有没有人，只有这个科长说看见旁边有一个穿着短袖浅色衣服的人，大家急着和肇事司机吵架的时候，那个人起来走了。他说了这么一个线索，我就派江华用几天时间来追，找到这个科长，第二次找他的时候发现他口风变了，说没看准。如果副驾驶上有人，那么这个人就是距离最近的一个目击证人，整个肇事逃逸的过程他应该知道，作为公民也有责任指证。但这个人不好找。整个公安到检察院到法院的审理过程中，始终就没有提副驾驶上的这个人。我们也没有办法取证，所以报道所用的证据只能以法庭认证的为准。

有意思的是，《大河报》报道张金柱案一星期之内，河南省其他媒体都不响应，它们不想跟着你跑。但是后来看到这个事越闹越大，变成全国性的大新闻，其他报纸就要参与了，它跟你唱的调子不一样，比你还激进。《郑州晚报》参与报道的时候第一天的标题就是“不杀不足以平民愤”。这正是我给我们的记者下过禁令的，关于量刑的问题咱们不要说话，让法院给判。

1997年12月3日上午，郑州市中级人民法院公开审理此案。郑州市民奔走相告，法庭外还支起了音箱“直播”庭审过程。1998年1月12日，张金柱以交通肇事罪和故意伤害罪被判处死刑。张不服提起上诉，河南省高院维持原判。

到12月庭审的时候，《大河报》派了6个记者，去现场录音，大概用了五六个版面，未加删减报道了审判过程。

宣判结果出来让我吃了一惊，判了死刑。整个庭审过程，我都听了。判罚依据不是交通肇事逃逸罪，否则按新《刑法》规定最多判7年。法庭引用了《刑法》“故意伤害、致死人命、情节恶劣的最高可以判死刑”这一条。

我觉得，这条有问题，如何判断张金柱是“故意伤害”？张金柱当时的讲法是，他是在喝醉酒、神志不清的状况下肇事，车底下拖着个人他根本不知道，如果不知道的话就无故意可言。而我记得检察官这样说：开过车的人都知道，车底盘即便挂个铁丝，也都应该觉得不对，不要说是两辆自行车和一个活人。这是一种推理，没有张金柱是故意的直接证据。

按疑罪从无的法理来说，没有证据的话，只能从轻而不能从重。当天上午宣判后，下午我就以我和江华的名义写了封紧急内参，对判决提出质疑，认为判决证据不足，引用法律条文不对，次日紧急给中央政法委、最高法院、最高检察院乃至河南省的各级检察院、法院等处发出去了。在揭露案件的同时，作为记者，我希望能按照法治精神来做事。第二天新华社河南分社也发了内参对死刑判决提出疑问，提出张金柱“罪不容赦，罪不当诛”。

本来张金柱很快就要执行死刑，死刑布告都印好了，准备那个月25日就执行枪决。内参上去后，引起了各方面的反响。张金柱又过了一个春节，之后，还是被枪决了。这事也暂告一段落。

“悲惨圣诞夜　横祸降洛阳”

日后回首张金柱案报道，马云龙曾概括其意义：“如果它是一个标志，那就是表明媒体开始以前所未有的深度来干涉社会，成为监督的一种力量。”张案之后，《大河报》更是如前总编辑王继兴所言：“批评报道前后相继，造成一波未平一波又起的态势。”①

因大规模公开报道河南艾滋病问题、洛阳东都商厦大火、公关小姐“包围”医改会事件及转载新华社河南投资环境不佳等报道，《大河报》成为一个时期内中原报业舆论监督的代表。

然而，这些由马云龙参与主持的报道，也成为他被免去《大河报》副总编辑职务的导火索。

2001年5月，当免职消息传来时，马云龙并不意外，他甚至早就准备着这一天。“这是你付出的代价和你做出的价值之间的估量。”诸如洛阳大火，“如果不对这309个遇难的人做报道，那简直是对历史的犯罪。”

---

① 转引自《南方都市报》10周年特刊《舆论之锋初亮剑》一文，2006年12月。

2000年12月25日晚，洛阳东都商厦发生火灾，官方公布死了309人。那天晚上正好是我值班。9点多钟我接到一个电话说："老马，出大事了，东都商厦大火。"我在办《大河报》前当过《洛阳晚报》的总编辑，所以洛阳的读者一直记着我，给我报信儿。当时正好我们有4个记者在洛阳做一个正面报道。我马上把消息告诉他们，让他们到现场。圣诞之夜天气非常冷，记者设备不好，没办法写稿子，就通过电话报，看到什么报什么，报社这边的一个编辑就做记录，整理出来就报道，所以成稿速度很快。

这几名参与报道的记者在日后回忆了整个采访过程：

"12月25日晚10时30分，于茂世和摄影记者王建立刚刚躺下床，记者任双玲就急促地敲起门：'老茂，快，着火了！'随即冲下宾馆，打的赶往现场。

"一到火灾现场，记者就看到一个个'小团体'围着某个人，在听'发言'。有东都商厦的商户张女士说，晚约9时30分，她看到丹尼斯职工在楼中跑来跑去，非常忙乱，防火门落了下来，但没有任何人告诉她该楼发生了什么事情。几分钟后回来，就发现大楼起火了。

"当夜在此加班给丹尼斯量贩东都店搞装修的一位男子说，大火是从地下室燃起的。而据从火灾现场逃生的王女士讲，当晚，她和先生正在歌舞厅参加圣诞舞会，大火发生时，整个歌舞厅突然一片混乱。她的先生奋力将她推上一个窗口，她从阳台上侥幸逃生。记者看到她满脸烟黑，手上流血，但她不肯包扎，她说等到天明也要等到先生出来。她说和她一起逃生的只有五六人，还有数百人被困在歌舞厅里。

"收集了目击者和在场者的发言后，记者站在现场指挥救灾的洛阳市市长刘典立的身旁，开始采集官方消息，从不断汇报救灾进程的消防人员那儿，记者不但印证了民间'发言'，还和市长同步获取了救灾的最新进展情况。

"12月26日凌晨2时30分，发完稿子后记者又返回火灾现场，此时警备森严，只好'混'进去，开始数从火灾现场搬运下来的尸体。至3点10分，已80多人。

"随后，记者到各大医院太平间点查尸体数目。记者连着跑了3家医院，发现已经120多人。至赶到第4家时，已凌晨6时，遇到戒严。开始，各医院的救护车还只载一两人，还在抢救；凌晨4时，救护车上就人压人了，救护车到医院，医护人员不是抬，而是往下拉人了，还送入门诊观察一下；凌晨5时，大卡车上，一车就10多人，直接送太平间或篮球场，然后，盖上了白色床单。”①

2000年12月26日凌晨，题为《悲惨圣诞夜　横祸降洛阳——洛阳东都商厦昨晚发生特大火灾，人员伤亡惨重》的报道上头版付印，此为最早刊发洛阳大火消息的报道，而出报过程，亦是一波三折——

我都没敢离开办公室，凌晨5点钟电话来了，紧急通知各报社一把手7点去开会。我就给报社总编辑打电话，他睡得懵懵懂懂，问："什么事啊?"我说估计是洛阳火灾的事，把情况简单给他一说。他问咋处理呢，我说报纸都印出来了，已经发出去了。我让他去开会前从印刷厂拿几份报纸过去，要是问我们怎么发了，就说我们在夜里两点半付印前没有收到通知。

早晨8点多，报纸开始投递和零售。那时候《大河报》的发行量是每天70万份，真是没有手段收回，卖给谁了也不知道。

第二天国内和国外的报道里唯一有现场报道的就《大河报》这一篇，因为现场很快就被封锁了。

最让我触动的，不是写在稿子里的，而是第二天记者给我汇报的一个细节。东都商厦地下二层着火，夹杂着毒气的浓烟直冲最高一层，一下子把6楼歌舞厅的人全部击倒，窒息死掉的309个人，都像睡着了一样，身上一尘不染。最悲惨的细节是这样的：当记者找到一个熟悉的军队里的朋友，穿着军装混到现场时，感觉像"走在夏天的庄稼地，满耳听到蝈蝈在叫"——死者的手机、BP机都在叫，整个一片都在响，但没有人去接、没有人管。他们的家人都不知道他们的死活，拼命打电话，但没有人管……

洛阳大火、艾滋病、医改会和周口外商这几个事儿都赶在一块儿。2001年5月18日，我被免掉《大河报》副总编辑职务。消息传达到报社后，头儿找到我，说你有什么要求。我说我没有什么要求。

聂树斌案：距离真相还有多远

2005年初，马云龙出任《河南商报》总顾问，主管新闻采编业务。是年3

① 节选自《大河报：十年一瞬间　我们这十年－2000》http：//www.dahe.cn/xwzx/zt/hnzt/dhbszhn/wmzhsn2000/t20050803_201565.htm。

月15日，在他的主持下，《河南商报》刊发了《一案两凶　谁是真凶》，最早把举国瞩目的聂树斌案投到公众视野里，并引发《南方周末》等媒体持续跟进报道。聂树斌事件也是马云龙作为记者、作为公民最放不下的事情，他曾动情地对自儿子死后偏瘫至今的聂父聂学生说：“等聂树斌平冤那天，我一定和老哥哥你一块，去给孩子烧个纸钱，哭两声。”

我离开《大河报》后做了其他几个报纸，2005年起在《河南商报》以总顾问的身份代理总编辑，主持过10个月的工作。这是我在媒体的最后一个工作岗位。到《商报》不久，就碰到聂树斌这个案子。

报道最早是我带着两个记者做的，消息署的是两个记者的名字，他们给我跑材料，稿子和后来关于这个案子评论性的东西都是我写的。

我认为深度报道包含两个含义：第一是对事实真相的深度挖掘，第二是对事实意义的深度挖掘。“聂树斌案”是个典型。

我们得知此案是一个偶然因素引起的。每年春节前各地都有例行的治安大检查，2005年1月中旬，郑州市荥阳县索河派出所在当地一个窑厂排查外来人口时，听说这里有个烧砖的人叫王书金，行迹比较古怪，没人知道他从哪儿来，也从来没见有人找过他。他有个反常的情况，怕警察，一听到警车响就躲起来。这样一个细节引起警察警觉，就把他带到派出所问讯，没想到他到派出所仅2个小时就交代了4起强奸杀人案：在老家河北邯郸广平县作案3起，在石家庄郊外一个玉米地作案1起。当地公安局感觉破了大案，把这个王书金引渡给河北邯郸市广平县公安局。这边呢还给荥阳警方立了功，把记者找去报道。结果记者在吃饭的时候听到公安局长说了句话：“这个事儿还有麻烦呢，听说王交代的4起杀人案，有1起可是破案了，另有人已经被枪毙。”

记者当时没在意，回来像说笑话一样跟我说，这里面还牵扯到一个错案。我觉得，这个事情比王书金交代了案情还要大，就派了两个记者到河北，开始了一次艰苦的调查。

负责办案的广平县公安局在侦破王书金交代的前三起案件时都很顺利，唯有到石家庄这一起，当地警方不配合，只是告诉说这个案子早破了，罪犯叫聂树斌，已经枪毙十年了。广平警方要聂树斌的案卷，石家庄警方不给，说已经定案。这个时候，王书金还在交代这一起是他干的，但广平公安又无法取得当时案发地现场勘探记录、审问笔录、聂树斌的口供记录。直到现在他们也没见到。

我领着两个记者往返广平、石家庄，跑了四五趟，有关方面不提供任何材料。只有一个办法，给王书金雇个律师，让王本人说出口，由律师转述，用到新闻上就有一个合法来源了。当时没有人给王书金请律师，因为他还在公安局侦查阶段，还没有到起诉阶段，我就给王从北京请了朱爱民律师，他愿意义务做这个事儿。

王书金被关起来，不可能写委托书，他在荥阳当地跟一个叫马金秀的女子共同生活了五年，还生了两个孩子。我派记者去找马金秀，希望她能以家属的身份替王书金写委托书，马金秀同意了。但律师说不行，马和王是同居关系，没有合法的婚姻关系。后来又咨询了一些律师，他妻子不合法，孩子合法啊，可以让马金秀作为亲生子女的监护人，代表她孩子来聘请律师。而我到荥阳给马金秀说的时候，又发生了一个变化。马金秀一个农村妇女，生活没有依靠，王书金被抓后两个月内又改嫁了，而现在这个丈夫一听你还要管前夫那个杀人的事，大为恼火，不同意。后来我们把他给讲通了，但他提出一个要求：马金秀上北京请律师，他不放心，他也要跟着去。我就给他们买了火车票，把这一家四口送到北京，找到朱爱民，签了法律文书。后来证明这是非常关键的一步棋。朱爱民见了王书金，得以了解他的情况。

后来又有个突破。1994 年 10 月 26 日，一个参加办理聂树斌案件的民警，在《石家庄日报》写过一篇破案记《青纱帐迷案》，说了怎么抓捕、审讯到最后如何认定聂树斌是罪犯的过程。我把王书金和聂树斌的口供做了一个比较（王书金口供是荥阳公安复印给我的），两份口供惊人地一致。拿到材料，我做过三种设想：第一，有没有两个人共同作案，只抓住一个，漏网一个的可能；第二，有没有可能是两个人先后在同一地点对同一对象实施了犯罪而互相不知道；第三，这个案子不是王书金做的，但用网上的话说，他为了搅局——你说我杀了 3 人，我说我杀了 4 人，你也查不清楚——想用这种办法来使自己的死刑判决来得晚一点。

但是，我通过办案公安和王书金的律师了解到，王书金没有文化，不读书、不看报，在农村砖瓦窑里面做砖，这样一种工作，也没有可能看电视。律师见到王书金后也发现，他在被捕到法院审问之前，都不知道当年石家庄这个案子已经宣布破案，枪毙了一个叫聂树斌的人。律师在法院一审开庭前，才告诉他这些情况。王的反应很让我意外，说："我不管杀 3 个人还是 4 人，我肯定是死刑，但我不能没有良心，不能让一个人替我冤死。"

而且，在至少之前7次正式审讯时，王书金始终如一地说："这个案子是我做的。"交代的时间、地点、情节都十分准确。这样就排除了他故意搅局的可能性。

经过大量调查研究后，2005年3月15日，《河南商报》发了报道《一案两凶 谁是真凶》。我知道报道难度很大，采取了反常措施，不保证独家新闻了。在当天《河南商报》组版的时候，我给全国200多家报纸发去稿件，并注明"欢迎转载，不收稿费"，希望在一夜之间变成全国舆论的热点。第二天，国内很多报纸都发了消息，形成了一种近乎风暴的影响力，震动很大。新浪、网易一天就跟了7万多篇评论的帖子。

也巧了，这一炮打出来后，过了一星期，佘祥林案也发生了，紧接着全国又连续发生了几桩错杀冤杀案。佘案终于解决了，佘祥林得到100万元的国家赔偿。而聂树斌案还搁置着，《南方周末》的记者赵凌又做了追踪，其他记者也有跟进。

聂母张焕枝说聂树斌出事儿后，村里人都不跟他们说话，他们一家人10年来都抬不起头走路，尽管她不相信自己的儿子犯了罪。报道出来后，聂树斌家如梦初醒，张焕枝开始告状。她的生存环境也发生变化了，过去是没人理她，现在她带着报纸报道去法院申诉，村里有50人陪她去。

一开始当地法院不接受申诉，理由是没有当年的判决书，这是法定的程序，张焕枝说："你们没给我，我哪来的判决书？"后来她又去北京找最高法院申诉，最高院也要判决书，不受理。张焕枝又通过律师去河北法院要判决书，河北法院答复10年前是新刑法执行前、旧刑法有效期间，没有规定要给罪犯家人发判决书，现在也没有义务给补发。

就这样拖了两年，结果到了2007年4月的一天，张焕枝收到一份特快专递，里面装着她之前要不来的判决书原件。我相信是内部人良心发现，实在看不下去了，用这种特殊的方式把判决书给了张。张拿着判决书到河北高院，高院人大吃一惊问："你哪来的判决书？"但法院不接受。又到北京，我请了张思之律师帮聂家打官司，最高法院只得受理。过了一个月，最高法院给张焕枝出具正式公函，说你回去吧，我们让河北高院再审……直到现在河北省高院都没有结果。

而在审理王书金时，法庭上出现这样一个情形：检察院起诉王3起案子，不提第4起，河北省高院也不提。结果是王书金在法庭上说："不对，我杀了4人，还有1个呢。"一审法官制止他，称其所说的没有证据，与此案无关。杀人犯替被冤杀者喊冤，现在王书金给最高法院的上诉书不是要求减刑，而是要求加刑，认为之前判决不对，他一直交代的是4起强奸杀人案，不是3起。

王书金的案子和聂树斌的案子都回到最高法院了，这可以说是那几个大冤案里头经过曲折最多、拖得时间最长，到现在还看不清下一步怎么发展。

聂树斌的案子我始终关注，几乎每个月都要跟他家里通个电话，看有什么新的进展，这是做一个新闻记者永远割舍不掉的。

作为新闻人，除了报道这个事情之外，我确实“越线”了（笑），在新闻理论上，有的就强调观察、全面和真实的记录，不主张记者介入到其中，但我认为记者作为一个人，有时候可以发挥更积极的作用。同时，作为一个搞深度报道的记者，他面临的难度、风险之大所需要耗费的精力之多不是一般人能想象的。

数百记者排队领红包

在《河南商报》的十个月里，马云龙带领记者做了一系列引起全国震动的报道，除“聂树斌案”外还有“袁文龙案”、“巨能钙产品含有双氧水”事件……揭露过多起腐败弊案的他没有想到，自己在《商报》乃至正式媒体上的终篇之作，竟是将炮口对准了自己所处的新闻行业。

2005年7月31日，河南汝州市寄料镇一煤矿发生事故。8月13日，消息被知情人士透出，各地记者前往采访，次日却发生了涉及100多家媒体480名真假记者集体领红包的事件。4天后，该市被瞒报达半月之久的小屯镇“五二”煤矿透水事故消息通过短信传播开来，再次引发上百名“媒体记者”蜂拥而至，排队领取“封口费”。《河南商报》派记者范友峰先后两次赶到汝州市进行采访，并于8月18日当天对此事进行了公开报道。

记者领红包现场，我们的记者报告说，当地县委宣传部给记者发钱，还定了标准：中央级媒体每人500—1000元，省级媒体每人200—500元，地市级媒体每人200元。由于记者太多，大家蜂拥而上，导致次序大乱，发放红包的人派保安手拿小棍敲打着领钱人的头，不停吆喝：“排队，排队，挨个都有。”

我听了之后，心里很难过：新闻怎么沦落到这个地步，记者怎么能那么无耻。后来我知道，这钱不是县委宣传部掏的，而是矿主掏的，这个矿主拿出20万，让宣传部门帮忙“封口”。

记者把报道写出来后，我怕没证据，结果有，有现场1个小时的录像和1个半小时的录音，我叫记者都刻成光盘，准备将来打官司。在这个基础上，我们把稿子发出来，引起舆论大哗。没想到，《河南商报》被命令停刊整顿1个月，我被解聘，理由是“这个报道严重损害了中国新闻界的形象”。

新闻界有个潜规则：本行不说本行的事儿，在这种事上，你不揭我的短，我不揭你的短。我是近10年来，第一个在新闻界自己揭自己短的人。我过去写过这个腐败，揭露过那个黑暗，离开岗位的最后一篇报道是针对自己行业，揭露新闻界腐败的。这个恰恰是我感到自豪的，新闻界迟早应该正视这个问题。

第四篇 调查之力

在这里，你能读到故事：《新闻调查》撕开运城渗灌工程的谎言，《财经》挖开银广夏的陷阱，《新京报》冒险记录嘉禾拆迁事件，《21世纪经济报道》爆出汉芯造假丑闻；在这里，你能感受精神：戴镣铸跳舞的智慧，打“擦边球”的勇气，冲黄灯跑步的果敢……调查的力量更多时候，不在于使多大的体力，而在于费多大的心力。

《新闻调查》：追问与自问

□ 石力月[①]

《新闻调查》的追问，是电视深度语态的变迁史；
《新闻调查》的自问，是专业主义精神的心灵志。

几乎不动声色地，《新闻调查》就退出了央视一套，尽管现在 CCTV - 1 的网络主页上还挂着《新闻调查》的图标。即使在很长一段时间内，图标上注明的播出时间也没变，什么都没有变，似乎也无妨。

即便远未走入谢幕的境地，眼下的《新闻调查》也难以掩去英雄迟暮的苍凉。12 年，对于一段恋爱，叫长跑；对于一段生命，叫初长；对于一档栏目，也许仅仅就是一段历程。当然，这段历程仍在延伸，谁也不知道下一站会是什么。然而，回溯这 12 年，谁也不能否认，《新闻调查》是转型中国一个非常重要的观察者、记录者与参与者。用一种近乎浪漫主义却能被广泛认同的说法来讲，它是中国电视舆论监督的一面旗帜。也正因如此，这位已然迟暮的英雄才显得格外悲壮。

按照央视老台长杨伟光的说法，《新闻调查》是一个自主开办的栏目。至于为什么要办这样一个栏目，实际上承载着彼时央视的一个梦想甚或野心——打造中国的《60 分钟》（美国 CBS 的著名栏目）。众所周知，《新闻调查》并不是央视第一个舆论监督类的栏目，之前的《焦点访谈》已经率先趟出这条路子。但是，它们之间的区别并不仅仅在于节目时长，更重要的是，《焦点访谈》是一种自上而下的诞生过程及模式，而《新闻调查》的诞生却直接与一个国家电视台的自我认知相关。从这个层面上说，《新闻调查》凝结并代表了中国电视人的新闻理想。

然而，要在有限的篇幅中讲清楚这 12 年究竟发生了什么，是一件很困难的

① 作者为复旦大学新闻学院博士生。

事情。没有一个固定的参照系，什么都在变，人在变，事在变，生存环境也在变，任何简单的归因都是粗暴的，于是只能尝试截取一些重要的历史横断面，即使是并不连续的呈现，也能大致描摹出历史演进的轨迹。

“敞开即遮蔽”

如果将“1996”作为关键词放入wiki（维基）搜索，可以得到5个list：大事记、出生、逝世、诺贝尔奖、奥斯卡金像奖。从“大事记”上看，那一年实在算不得特殊，巴勒斯坦民族权力机构成立，世界第一只“克隆羊”诞生，即便是董建华当选首任香港特别行政区行政长官，也都不足以说明《新闻调查》何以在这一年诞生。“出生”一栏则是空白，更是丝毫寻不见《新闻调查》的痕迹。

与所有生命的出世一样，《新闻调查》也经历了好几个月的孕育。张步兵，第一任制片人，在《新闻调查》待的时间并不长，却至今都没与《新闻调查》彻底脱离关系。1995年12月30日，当时的新闻评论部主任孙玉胜找到张步兵，说是准备搞一个时长50分钟左右的深度报道栏目，想让张来做制片人，用张步兵自己的话来讲，他“毫不犹豫”地就答应了。

至于为什么会“毫不犹豫”，他说，因为当时分明感到12分钟的《焦点访谈》已经不过瘾了，应该有一档篇幅更长、更有深度的栏目，《新闻调查》的酝酿恰好填补了这样一个设想。而事实上，《新闻调查》这个设想的确是举足轻重的，当时的台长杨伟光毫不讳言它与央视“世界大台”的梦想直接相连——基于这样一种认知——“世界大台不仅在于规模、装备，最重要的是看你在舆论上的影响力。只有做出《新闻调查》这种类型的栏目，才算是一个衡量的指标，没有的话根本称不上是世界大台。[①]”据说杨伟光在很多场合都这么讲。

那时候，几乎所有的人都能说出开办这样一档栏目的意义是什么，但对具体“怎么搞”却是心中无数的。身为制片人的张步兵其实就是一个“光杆司令”，既无米也无炊，身边连个“巧妇”都没有，手里除了几盘《60分钟》的带子以

① 《“调查”十年——一个电视栏目的生存记忆》，《新闻调查》栏目组/编著，三联书店2006年。

外，几乎没有任何其他可以借鉴的资料。而实际上，有多大的梦想就有多大的系统工程需要搭建。大家都朦胧地追求着某一个方向，但通往这个方向的路径却并不清晰。

如果放在今天，不知会有多少人投奔而来。也许当你一无所有的时候会来，那么当你衣食无忧的时候还会来吗？这很难讲。但至少12年前，来了不少人，其中不乏已经小有名气甚至功成名就的，虽无从考证每一个人的动机，但追寻理想的痕迹十分清晰。这些人中就包括此后的4任制片人。

与张步兵的“毫不犹豫”不同，1996年2月，同样被孙玉胜找到的王坚平（《新闻调查》第二任制片人）是有所犹豫的。当时，王坚平正率领刚刚谢幕的《东方时空·音乐电视》的主创人员积极筹备另一个新栏目，打算作为《东方时空》的周末版播出。孙玉胜虽然没有直接下命令，而让王坚平考虑考虑，但突然面临选择仍然是一件痛苦的事情。一方面，《东方时空》从感情上难以割舍，另一方面，王坚平对于能否重回“新闻”这个主战场不太确定。不过他并没有犹豫太久，第二天下午就给孙玉胜打电话，明确表示愿意带领现有人马集体加盟《新闻调查》。当晚，首批加盟《新闻调查》的十几个人就在央视梅地亚中心二楼的会议室召开了栏目第一次策划会。《新闻调查》作为栏目的主要形态就是在这次会议上定下来的，《新闻调查》的名字也是在这次会议上出炉的。

现在能看到的《新闻调查》第一期节目是《宏志班》，但实际上与它同时存在的还有另一个片子——《西古县村纪事》，不同的是，前者播出了，成为一个历史性的标记，后者则被贴上一枚橙色的标签，沉睡在《新闻调查》栏目组会议室的大玻璃柜里，12年。

1996年4月，《新闻调查》参加了中央电视台晚间9点的竞标。为这次竞标《新闻调查》准备了两个样片，一个是《宏志班》，另一个就是《西古县村纪事》。前者夏骏负责，后者张洁负责。有意思的是，这两人后来相继成为《新闻调查》的制片人。

只是，这两个样片性质上的差异造成了最终的命运之别。实际上，《西古县村纪事》是《新闻调查》开拍的第一个样片，这是一个带有浓烈舆论监督色彩的片子。当初给栏目取名字的时候，尽管人们的意见不一，但都不约而同地认为应该带上“调查”二字，张步兵甚至至今都认为这个栏目应该就叫《调查》，而不是《新闻调查》。事实上，《新闻调查》日后的路子也并没有囿于“新闻”这个框里，甚至第一期开播的节目《宏志班》就算不得严格意义上的“新闻调查”。但是，很大程度上，也正因为没有囿于“新闻”的框里，《新闻调查》直到今天都难以逃避“定位不准”的指责。究竟什么是“调查”？究竟该“调查”什么？初生的《新闻调查》提供了两个截然不同的样本，既是为了询问，也是为了自问。当然，询问的结果很快就出来了，而自问则一直延续到了今天。

1996这一年，《新闻调查》以《宏志班》为标志拉开帷幕，多少让人感受到了“敞开即遮蔽”的深刻。

天时地利人和

1997年似乎是一个绕不开的年份，因为小平同志逝世，因为重庆直辖，因为高考20年，因为香港回归，因为建军70周年，也因为中共十五大。但这一年对于国家的意义远远地超过了对于《新闻调查》的意义，即便这一年做出了不少好节目，例如《公交能否优先》、《铁路面临重大改革》、《国企改革备忘录》，但作为1996年的承接，《新闻调查》的1997年实在算不得有多么特殊。

相比之下，1998年倒是值得驻足而书的。不仅因为那场百年不遇的洪水，也因为这一年的《新闻调查》出现了质的飞跃。

夏骏（与王坚平共同担当《新闻调查》第二任制片人）说，再没有比小草运气更好的了，一种令人惊喜的历史场面落到她的手上，在此定格。直到今天，胡劲草的名字也无法与《大官村里选村官》分开。

直观地看，《大官村里选村官》之所以成为《新闻调查》历史上一个光辉的印记，是因为它是《新闻调查》第一部冲出亚洲、走向世界的作品——获得了第39届蒙特卡洛电视节“女神银质奖”。但这样一个独得殊荣的节目却并不是《新闻调查》的主流节目类型。甚至直到今天还有人说，《大官村里选村官》是一个非常精彩的电视节目，但却并不是“新闻调查”。也许正因为如此，这构成了它成为《新闻调查》历史上一个光辉印记的另一个原因——继1996年、1997年开创主题性调查以后又一次全新的尝试与延展。

有人说，《大官村里选村官》实际上就是一部纪录片。这话并不错，如果说《新闻调查》的其他片子是不是纪录片尚存争议，那么这部片子便是少数的几部“正宗”纪录片之一。之所以这样判断，用胡劲草自己的话来讲是因为该片拍摄的是“正在发生的历史”。她说，是正在发生的历史就无法逆转，目睹过的精彩细节不敢保证还能再一次出现。本片的人物采访几乎全是伴随过程进行的，错过就无法补拍。结果七八天的拍摄快结束的时候，整个摄制组的人都已经学会了踢开策划案，而从事实本身去获得最珍贵的一个又一个结果。这显然与事件调查、主题性调查有着根本的区别。

胡劲草在《“大官村里选村官”编导阐述》中写道：“毫无疑问，‘纪录’不是《新闻调查》的主流节目样式，它也不可能会经常在我们的栏目中出现，但用什么形式来完成一次新闻调查是完全根据不同的题材来确定的。社会在瞬息万变，翻新的话题将不断构成我们新的选题；技术日新月异，在不断为媒介提供各种可能的同时还在制造新的媒介；永远不能满足的观众群体，他们的审美情趣也在不停地寻找新的着陆点。有什么理由我们不能在节目的形式上也宽容一点呢？我想还会有更多的形式被‘调查’所接纳。除了调查这一通俗字眼儿形式上给我们的约定俗成，除了我们能够比较容易接受的‘调查’形式概念的延展，我个人更想用这样一种模式来对未来可能出现的新的调查方式做一种诠释：确定好调查的目的，从目的实现的效果来对手段作出评判，如果能实现我们预期达到的目的，那么中间使用的方法是否都能够称之为调查的手段？”① 从这番话可以看出，直到1998年，《新闻调查》都在做着多元尝试，从一方面来讲，诚如胡劲草所说，形式上应该宽容一些，但从另一方面来讲，这种多元的尝试是不是也可能造成如今仍未解决的“定位之惑”呢？《新闻调查》到底要怎么做？这是一个问题。

最接近理想的地方

相比之下，《透视运城渗灌工程》完全不存在这方面的质疑，因为这是《新闻调查》播出的第一个最为正宗的舆论监督节目。时任制片人的夏骏称该片为一部“生猛”之作。

应该说，舆论监督是《新闻调查》最初的梦想，也是最大的梦想。这是

① 《目击历史：新闻调查幕后的故事》。

《西古县村纪事》成为经典的原因，也是《透视运城渗灌工程》成为经典的原因。不管有多少可以用以表达的形式，不管主题性调查是不是调查文体，只要有机会，《新闻调查》就不会放弃舆论监督。从这个意义上讲，《透视运城渗灌工程》是最代表《新闻调查》理想的作品。

实际上，《新闻调查》并不是第一家介入这个事件的媒体，早在1998年5月，原《山西青年报》记者高勤荣率先揭露运城地区耗费2.85亿元大搞假渗灌工程。随后的5月27日，《人民日报》读者来信内部版刊登了高勤荣采写的《山西运城搞假渗灌浪费巨额资金》一文，使得该事大白于天下。未曾料想，1999年5月4日，高勤荣竟被运城地方法院以“受贿罪、介绍卖淫罪、诈骗罪”，判刑13年，关押进晋中监狱，后经减刑，于2006年12月7日出狱。8年牢狱，是揭发者的代价。相比之下，《新闻调查》不知道幸运多少，至少因为这期节目，时任总理的朱镕基亲自要求水利部等单位对运城渗灌展开调查，山西省还在运城就此事召开了专题会议。如此强大的传播效果在《新闻调查》的历史上并不多见。

有人说，《新闻调查》是培养名记者的地方。如今荧屏上活跃的好些熟脸儿都曾与《新闻调查》结缘。王利芬算是早期的代表之一，她正是《透视运城渗灌工程》的编导和出镜记者。夏骏说，王利芬双手支撑渗灌池沿跃入渗灌池的场景是调查记者的光荣瞬间。作家麦天枢在给《新闻调查》的一封来信中写道：“她或许并不特别的漂亮，但她创造或提供了一个电视记者的特别的魅力，她爬上假渗灌池、拔出假管道时表现的泼辣，她采访当事人时的从容、平静和机智，她在镜头面前的朴素大方，都在丰富着她所做的节目。在天生的表面的漂亮被市场和市场左右下的荧屏会聚起来廉价出售的时候，这份魅力更加楚楚动人。”①在《新闻调查》“十年”特别节目中，主持人白岩松问王利芬：“你为什么要这么做？你跳下去到底是要找什么？”王利芬说：“我是特别想找一个真相。我一直在心里想，这个时代正义一定战胜邪恶，善的一定战胜恶的，美的一定要战胜丑的，我当时认为《新闻调查》的记者如果没有这种精神，没有这样一种信念，他不会有那么大的冲劲。”也有人说，王利芬的名气正是由该片奠定的，这样的说法可能稍显极端，但至少在此之后，她的确是渐入佳境了。

“这地里有没有埋管子？”王利芬问身边的一个农妇。“没有埋管子。”“那个

① 《正在发生的历史：新闻调查·1998》。

池子用过没有?”“没有。”“从来没有用过?”“没有用过。”随行的乡长任干军说：“她一个老太婆，整天不在地里，她怎么能知道?”农妇说：“我老在地里。”王利芬问：“那个池子没有放过水?”农妇说：“没有放过水。”任干军说：“谁胡说了，我马上就收拾他。你哪能这样搞？咱们实事求是，你如果再这样说，我不管你，你随便上哪儿去就上哪儿去。”——这后来成为《透视运城渗灌工程》最经典的画面。毕竟不是每个片子都能遇到如此凛然的记者，不是每个记者都能遇到如此“配合”的对象。如此的“浑然天成”是可遇不可求的。

当然，这期节目的经典之处还远不止于此，它与《焦点访谈》的直接联动才真可谓是“前不见古人，后不见来者”——在《透视运城渗灌工程》首播的同时，采访组再一次来到现场，进行跟踪采访，随即制作成一期《焦点访谈》播出。这在《新闻调查》的历史上是绝无仅有的尝试。至于为什么要这么做，恐怕跟题材的分量有直接关系。

由于第一次赴晋做前期和第二次正式拍摄采访都受到了当地政府的阻挠与“明跟”、“暗跟”，甚至还被窃听电话，因此，这第三次赴晋为《焦点访谈》的联动播出所做的跟踪采访就得格外小心——1998 年的 10 月 16 日清晨 6 时许，采访组乘坐一辆“考斯特”面包车直奔北京首都国际机场。直到飞机起飞前 15 分钟，领队夏骏才在机场候机厅的一个偏僻角落向大家说明了此行的目的。

为了确保万无一失，采访组这次并没有直飞目的地，而是选择降落在河南洛阳，飞机着陆的时候距《透视运城渗灌工程》播出只有 10 个小时了。采访组立即在洛阳牡丹大酒店包租了一辆面包车，打算由公路进入运城境内。出发前，出租方反复地追问采访组一行赴运城有何公干，均未得到正面回答，于是出租方就要求他们先付款后出车，并且要价很高。5 小时之后，抵达运城。

晚餐之后，采访组兵分两路开始行动。一路由夏骏带领编导徐涛和摄像李季到当地农民家中采访；另一路则是由出镜记者王利芬带队，与摄像、录音等直奔地委大楼。在去往地委大楼的路上他们得知地委五套班子当晚正好集结在地委宾馆传达贯彻十五届三中全会精神，遂当即决定改去地委宾馆。进入宾馆说明来意，接待人员立即十分客气地把他们引进总统套房。王利芬当时执意要见正在开会的当地最高行政长官，但又被会务人员十分客气地挡在门外。情急之下，她就写了一张条子递进会场。过了一会儿，那名领导来到采访组所在的房间。王利芬说：“您好，我们在运城做的那个节目一会儿就要播出，您看是否能休会 45 分钟，大家一起看一下这个节目？”① 那名领导闻罢一惊，随后把脸一沉：“不行，现在正开会呢！”② 然后一扭头就冲出了房间。王利芬急忙追了出去，屋内只剩下摄像及录音三个人。这时距当期《新闻调查》开播只有不到两分钟的时间。

21时10分，《新闻调查》的片头准时出现在电视机屏幕上，这让守在屋里的摄像及录音三个人长长舒了口气——要知道当地政府的活动能力不可低估，任何环节若稍有差错，《透视运城渗灌工程》的播出就有可能泡汤。

之后发生的事情就是后来《焦点访谈》中播出的那些内容。在此过程中，有两个小花絮值得一提。运城最高行政长官接受记者采访时说：“今天凌晨3时，我让我的一个县长过来汇报情况，你们《焦点访谈》的一个组，正在他那里采访一个司法腐败的话题。你们那个节目的录像，我连续看了两遍，看完后我对着电视机一个小时没说话，我可以说我现在都得了神经病了。”③ 说完就掩面而泣。在省城太原，一名省府领导带着一丝愠怒来到房间：“谁要采访我，我先采访采访你，你说什么叫‘焦点’?!”④ 摄像请他坐在事先摆好的椅子上，他不从，录音要为他别无线话筒，他不让，但当机器打开的时候，他还是十分从容地回答了王利芬所提的问题。

《新闻调查》创办伊始，定位语是：“新闻背后的新闻，正在发生的历史。”但实际上，直到1998年才隆重地应合了这样一个定位。如果说《新闻调查》发展到第三个年头，《透视运城渗灌工程》算是最具调查感的，那么同年播出的《保卫荆江》等一系列反映1998年洪水的片子大抵就是最具新闻性的了。

应该说，《保卫荆江》等是《新闻调查》历史上最早播出的最具时效性的片子，就收视率、影响力来讲，之后能够与之相媲美的，恐怕只有非典期间的节目了。1998年，《新闻调查》喊出了“大时代背景下的新闻故事一波三折”的口号，这一系列关于洪水的片子便是最佳演绎。

《新闻调查》进入洪水的报道已经是8月份了。实际上在当年的6月26日，洪湖就开始设防。7月初，各处监测水位就已经超过警戒水位甚至历史最高水位。但应该说，《新闻调查》进入的时机是比较合适的——正值洪灾高峰期，但也正因为如此，一切都显得紧张而危急。据说，当时赛纳上午还在联系礼泉命

① 《正在发生的历史：新闻调查·1998》。
② 同上。
③ 同上。
④ 同上。

案，下午就率“别动队”出发了。救生衣、迷彩服，与后来的非典防护服一样，成为和平环境中“战地记者”的标志，同时也是一份荣耀。但与非典不同，抗洪所呈现的是一份淋漓尽致的紧迫，画面也好，解说也好，无一不传递出具有强烈感官刺激的信号。直到今天，《保卫荆江》片头那个“滚地雷”的镜头仍然被人津津乐道。8 月 7 日晚上 10 时多，摄制组的面包车行驶在武汉至荆州的高速公路上，车外雷电交加，大雨倾盆。突然前方出现一个巨大的火球，拖带着长长的尾翼从天而降，在与地面接触的一刹那，轰然炸响。而这实际上是一个非常危险的场景，因为这个闪电落地的位置就在摄制组车前不远处，一般说来，闪电落地会寻找高建筑物和金属接触体，也就是说，当时那个情境下，这个火球是更容易落在摄制组的车上而不是车外，但坐在副驾驶位置上的摄影师陈威竟然因为一直开着机而捕捉到了它。据说，后来还有人将这段素材借走去做 MTV。

结果，《保卫荆江》全国收视率排名第六，刷新了《新闻调查》的收视纪录。

由此，《新闻调查》迎来了历史上最为鼎盛的时期，以《透视运城渗灌工程》和“98 抗洪三部曲”为标志的一系列片子第一次完整诠释了“新闻调查”这 4 个字。也就是说，经过两年的摸索，渐入佳境的《新闻调查》终于找到了自己的位置。然而，社会的发展是一个动态曲折的过程，栏目的发展也遵循这样的轨迹，“找到位置”并不是一个稳定的状态，它可能只是一个点、一瞬间的事，守住很难，延续也很难，常常需要的是历史机遇，而不仅仅是自身的眼光与勇气。1998 年之后的《新闻调查》不乏亮点，但整体发展轨迹似乎又陷入了鼎盛之前的那般迂回与不定，直到 5 年之后，也就是 2003 年的非典，历史才仿佛呈现了某种转机。

可遇而不可求

直到今天，还会有人把《新闻调查》唤作“柴静的那个栏目”。但实际上，《新闻调查》培养出来的“大腕儿”中，柴静算是资历最浅的一个。之所以深入人心，跟 2003 年的那场非典直接相关，而非典也创造了《新闻调查》至今都无法逾越的高峰。

柴静正好是那一年去《新闻调查》的。也正是在那一年，《新闻调查》第一次明确提出“调查性报道是核心竞争力”。

柴静说：“《新闻调查》就是火柴的那个磷皮，擦燃它的一瞬间，是现场，是未知，是欲望。新闻像一盆水一样兜头浇下，你根本不用去观察它，或者去分析它，你就是新闻，耳朵里、嘴巴里全都是。尤其是非典，硝烟的味道弥漫在你每一个神经末梢里面。”（见于《新闻调查》“十年”特别节目）

2003年4月中旬，柴静刚到《新闻调查》，手续还没办完，19日晚上8点左右制片人张洁就打电话给她，问她想不想做一期关于非典的节目。柴静说，当然。然后就挂了电话，挂了之后她觉得不行，就给张洁发了条短信，发完以后还觉得不够，就又给张洁打了个电话，她问：“我说明白了吗?”张洁笑着说：“你说明白了，你来吧，咱们马上开会。”当晚拍摄方案就定下来了。4月20日就开拍，为期一周，这就是后来著名的《北京“非典”阻击战》。

应该说，作为一名老媒体人，很难说柴静答应之前什么都没考虑，但作为一名新调查人，也很难说她究竟考虑了多少。那么姑且用一种避免拔高的说法来描述：作为一名新人，她需要迅速地进入角色。即便只是这样，也无可厚非。

众所周知，柴静连续三天6次进入隔离区，她需要先穿上一次性的全封闭隔离衣，戴上双层的橡胶手套，再套上外层隔离衣，戴上护目镜、24层的专用口罩和鼻夹，脚上套上鞋套。采访完以后再把防护衣一层层剥离，用酒精洗手消毒。采访期间，摄制组住在专门的宾馆里，不与外界直接接触，只能通过电话联系。房间里用紫外线灯、消毒液消毒，整个楼层没有其他人。直到今天，那个穿防护服的柴静都被人津津乐道，这个形象甚至成为一个标签——柴静自己的标签，也是《新闻调查》的标签。

做了非典节目以后，柴静接到了有生以来最集中的一次问候。有人给她打电话说可以为她做一件事情，无论什么都可以。有个大嫂给她打电话说自己本来特别害怕非典，但是当看到柴静拍的那些已经快要治好的病人，听他们说话之后，就觉得没那么可怕了。

节目播出的第二天，柴静给家里打了个电话。母亲说看了这期节目才知道她干什么去了，母亲哭了，邻居也哭了。

柴静说：“什么会让你忘记恐惧？一定是你的欲望。就像一个孩子在玩电子游戏他绝对不会说自己累了一样，你沉浸其中，不要说恐惧，你连你自己都会忘掉。柴静也说，每天晚上回到宾馆里，洗脸的时候都很害怕。都在想，活着，就

是活着就很好了，并不羞耻。”（见于《新闻调查》“十年”特别节目）

其实，柴静并不只有非典，而非典也并不只有柴静。但因为非典的“空前”，而柴静又是镜头前出现的那个人，所以这两个词紧紧地连在一起，不可分割。

胸腺肽，摄制组进入现场采访之前需要注射的药剂，用以提高免疫力。但是非典时期它弥足珍贵，奇货可居，6 个人只拿到了 5 只。怎么办？早上 8 点钟就要注射，7 点过才拿到，后来录音师刘昶转过身，回到自己房间把门从里面反锁了，说：“你们去打针吧。”柴静说：“在那个战场上的时候，你知道，你不是一个人在作战，你有并肩战斗的人。哪怕有些人暂时倒下了，但是只有他们都在你才能赢。这就是非典给我最大的一个感受。”（见于《新闻调查》“十年”特别节目）

报道非典给柴静带来了莫大的荣耀，这毋庸置疑。同时，它给《新闻调查》带来的是又一次的巅峰体验，犹如一场惊心动魄的战役，再一次无限接近理想中的自己。甚至可以说，在这样一个不可复制的历史瞬间，《新闻调查》获得了想要拥有的一切。

而同样是在 2003 年，《新闻调查》开始面临一场危机，一场直到今天都未能应付过去的危机，这便是收视率的评价问题。2002 年下半年，央视提出“收视率末位淘汰”，2003 年初提出“以市场为导向”，这把《新闻调查》放入了一个不利的生存境地。虽说报道非典带来了《新闻调查》的黄金期，但这毕竟不是生存的常态，更多的时候，《新闻调查》都在经历各种挣扎。《新闻调查》于 2000 年底提出“探寻事实真相”的口号，实际上就意味着从主题性调查向事件性调查的转变，或者也可以说是“回归”。但除了 2001 年成效不错以外，从 2002 年开始，这条路就开始变得越来越艰辛，有很多原因，固然跟不可抗拒的正面选题增多有关，也跟栏目自身的发展历程和状态有关，而收视率评价在此时成为准绳，无疑让危机一览无余。

更无可回避的是，《新闻调查》并非这一场突如其来的危机中唯一一个亮点，2002 年底才进入人们视野的《面对面》同样名声大震。这个一对一的人物访谈栏目在非典期间成功地采访了王岐山、钟南山、李立明、张积慧等各个关节的代表性人物，造成了巨大的社会反响，这对于一个成长之初的栏目来说尤为难得。

而这个在非典中享有盛誉的栏目正是脱胎于《新闻调查》的，不但在栏目形态上如此，它的主持人王志、制片人赛纳也都出自《新闻调查》。虽然可以看出，在非典这场战役中，《新闻调查》与《面对面》所扮演的角色并不相同，但“同室操戈”多少有些让人唏嘘的成分。

《面对面》是2002年3月开始筹备的一个栏目，那正是《新闻调查》发展比较艰难的时候，舆论监督的空间不断萎缩。因此，《面对面》的酝酿，从积极方面来看，可能是拓展舆论空间的一种尝试；从消极方面来看，智力资源的流失无疑对于困境中的《新闻调查》来说是雪上加霜。有人因此说，《新闻调查》是个挖掘人才、培养人才和输送人才的地方。这种说法固然戏谑，但多少也有些苦涩的意味。

直到今天，很多人都对王志采访刘姝威的那期节目（《与神话较量的人》）记忆犹新，而王志自己也认为刘姝威是给他留下印象最深的一位嘉宾。但人们也许忽略了，这实际上是《新闻调查》的一期节目，当然，它的确也是当时筹备《面对面》的样片。在《新闻调查》十周年庆的时候，刘姝威被请到演播现场，她问王志："告诉我，怎么让我像非典期间那样全国人民天天都等在电视机前看你的节目？"王志说："这个比较难。"这是一句实话，就新闻传播的规律来看，刘姝威的假设也是无法成立的，因为非常态社会情境下的传播与相对常态社会情境下的传播，无论是从媒体的报道方式还是从受众的收视心理来看，都是完全不同的。但刘姝威的提问又恰好击中了这类节目的尴尬，或者说无法回避的生存路径，因为它们的出路恰好就在于非常态的社会情境。《新闻调查》也是如此，非典过后，拿什么留住观众？如果换一个角度，说非典才是《新闻调查》生存路径的"非常态"，那么怎么做下去，就更是一个无可回避的问题了。

至此，《新闻调查》的7年发展历程里已经分明地呈现出迂回的路径，而这个迂回的背后实际上就是一个"调查观"的变化，或者说"调查观"并没有变化，变化的只是实现的路径。不管怎样，有一点确定无疑，那就是《新闻调查》最想做的从来就不是主题性调查，也不是纪录片式的调查。但遗憾的是，直到今天，《新闻调查》也没有成为一个一眼就能认出来的栏目，即便曾经有好多个瞬间闪耀着独特的光辉。

十年·如今

2006年，《新闻调查》迎来了开播的第十个年头。

一本书，一场研讨会，一期特别节目，是《新闻调查》盘点十年的方式。

然而，走到第十个年头的《新闻调查》已经明显不在其发展历程的波峰上了，那期历数辉煌的特别节目便是明证，历史的风光恰恰映衬出如今的些许苍凉，2006 年这一年虽然有《天价住院费》这样算得上经典的作品，但也有甚至危及栏目性命的数次挫折。

在《新闻调查》走过 7 年的时候，制片人张洁曾经说过："我们不能再放弃调查性报道，我们的努力方向就是这个：一个月做一期有影响力的调查性报道；如果这个目标达不到，就两个月一期；再达不到，三个月一期。哪怕一年只做两期真正的调查性报道，我们的目标也已经实现了。"① 这样的说法算不算有些理想化？其实，《新闻调查》自始至终都面临着一种悖论，或者说是每个新闻调查类栏目的悖论：调查性报道本来应该是这类栏目的基本形态，但是诸多因素导致它很难顺利、持续地进行下去，而如果进行不下去就会影响栏目的收视率，进而甚至危及栏目的生存，即便没有生存危机，也必然会以社会影响力的折损为代价。那么张洁所说的"哪怕一年只做两期真正的调查性报道，我们的目标也已经实现了"，这样真的就算实现了吗？目标究竟是什么？如果说目标仅仅是就一个个体而言，那么可以说是实现了或者至少比较容易实现，因为尽力了就应该无愧于自己的职责与内心。然而，如果作为一个栏目，无论是生存的目标还是发展的目标都难说已经实现，并且这也决不是每年只做两期真正的调查性报道就可以实现的，即便主观上的坚持可以规避无数的指责，然而长此以往，拿什么作为合法性的支持？这是一个悖论，也是一个梦魇。

三年以后，也就是《新闻调查》走到第十年的时候，这样的焦虑还存在吗？其实还存在，生存与发展焦虑是伴随始终的。只是到了第十个年头，《新闻调查》对于生存与发展的命题又有了新的理解或者说试图进行一个更大范围的开拓。这就是"启蒙"。

"启蒙"是一个很抽象的概念，张洁心目中的"启蒙"实际上是指栏目要带动受众共同来思考，要建立法治制度、民主社会，需要怎样的公民和政府。也就是说，所谓的"启蒙"寄望于群体意识的自觉与苏醒。其实，从这个意义上讲，舆论监督的终极意义是不乏启蒙诉求的，所以，它们并非一对平行的概念，而是有包容，或者至少相交。然而，张洁在这个时候将"启蒙"专门提出来，与舆论监督一同作为《新闻调查》的目标，这就意味着"启蒙"被视为《新闻调查》

---

① 《报道如何深入：关于深度报道的精英访谈及经典案例》，张志安/著，南方日报出版社 2006 年。

开拓的另一块疆域，或者说“启蒙”成了《新闻调查》自身定位的一个转向。这样一来，舆论监督的地位实际上已经发生了变化，至少与张洁在《新闻调查》第7年所说的那番话已经有所不同了。

对于“启蒙”的强调直接带来了选题的繁荣——各种各样的选题都可能以“启蒙”的名义进入《新闻调查》的视野，而你的确很难区分究竟什么是“启蒙”的，什么不是“启蒙”的。于是，《新闻调查》的边界逐渐模糊，离一眼就能认出来的境地越来越远。其实，“启蒙”本身并不是个问题，问题在于《新闻调查》与“启蒙”的关系。张洁曾在1999年说过这样的话：“喜欢《实话实说》的观众期待的是崔永元的机智和幽默；喜欢《焦点访谈》的期待的是什么坏人坏事又被记者监督曝光；喜欢《南方周末》是因为在这些编辑记者身上显示了媒介的良知。说到这儿，贪大求全的《新闻调查》应略作些反省：我们的品质是什么?”[①] 实际上，早在《新闻调查》第7年的那番话里，张洁对于《新闻调查》安身立命之处已经说得很明白了。然而对于“启蒙”取向的主动选择则直接代表了对《新闻调查》自身认识的转向。客观环境的制约是一个始终伴随的问题，过去有，现在有，未来还会有，只是不同的历史时期，在程度上有所差别，而生存空间也从来都是需要争取的。因此，客观环境制约所导致的生存空间萎缩并不能作为“启蒙”转向的充要条件。然而，《新闻调查》始终都没有对此给出一个具有足够说服力的解释与证明。

中国人喜欢逢五逢十做个纪念或者至少做个小结，《新闻调查》刚刚走过十年，中国的深度报道就迎来了30年。纪念总是一个回望的过程，历数辉煌，也品味得失。《新闻调查》的历史，是一个不断追问与自问的过程，每一阶段的认知支撑着每一阶段的探索。虽然对于“究竟什么是‘新闻调查’”这样一个本源性的问题，始终没有一个固定的答案，然而这个探索过程的本身就在不断的追问社会与自问价值中建构答案吧。

---

① 《第一现场：新闻调查1999》，中央电视台新闻评论部/编，南方日报出版社2000年。

《财经》十年：专业调查的力量

□ 黄缨杰 李 超[①]

只要能有效地存活，就能更准确地反映当代中国；只要能缜密地调查，就能更扎实地推进社会变革。《财经》十年，借助权力以监督权力，追求专业亦践行专业。

2001年8月2日，看似平常的夏日午后。

下午3点，深市收盘，银广夏（0557）以一个小十字星的走势结束了当天的交易。7月以来大盘急跌的大势，并没有让这只超级蓝筹的股价出现太大的波动。

此刻人们不会想到，银广夏神话将止于数个小时之后。

当晚，即将出版的《财经》杂志率先在网站上刊登出记者凌华薇和王烁采写的《银广夏陷阱》一文的摘要，调查指出广夏（银川）实业股份有限公司（银广夏）股价过去两年暴涨的背后，“是一场彻头彻尾的骗局”。

“朗朗乾坤之下，似听到泡沫‘扑哧’一下破裂的清脆声音。”[②]隐秘而残酷的真相再一次被揭露。这不是《财经》的第一次，也远不是最后一次。

广夏坍塌[③]

2001年8月3日清晨，北京朝阳门外泛利大厦10层，中国证券市场研究设

① 作者为复旦大学新闻学院学生。

② 引自《银广夏陷阱》，凌华薇、王烁/文，《财经》杂志2001年第9期。

③ 本节中部分事实参考《2001：银广夏惊梦》一文，郭宏超/文，引自《经济观察报》所编《开放中国——改革30年记忆》一书，中信出版社2008年。

计中心——这个由几位留美回国人士首创的准政府机构成立于1988年底，简称“联办”。它曾是中国证券市场的重要奠基者，也孕育了中国备受瞩目的四家财经媒体:《财经》杂志、《证券市场周刊》、《财经时报》与和讯网。

此刻，办公大厅里，所有的人都已经知道那篇即将在5日出版的封面文章《银广夏陷阱》，大家的脸上满是惊讶：同在一间办公室，竟然都不知道《财经》对银广夏“下手”。

事实上，该文的作者之一、到《财经》供职不久的记者凌华薇对银广夏的关注和调查已经持续了一年有余。

1999年年末，上市5年的银广夏的股价突然启动，从13.97元一路涨至35.83元，经过一次“10转赠10”的优厚分红后，再次从17元涨至2000年12月29日的37.99元，较一年前启动时的价位上涨440%，2000年全年涨幅高居沪深两市第二；当年年报披露的业绩再创“奇迹”，在股本扩大一倍的基础上，每股收益攀升至0.827元。此前，公司一直徘徊于牙膏、水泥、牛黄、活性炭、房地产等产业，收益平平。

自2001年3月始，联办旗下的媒体已开始对银广夏质疑，《证券市场周刊》和《财经时报》先后登出联办分析师蒲少平的长文，对银广夏高速增长及丰厚利润提出9点质疑。2001年7月，加盟《财经》杂志不久的凌华薇开始对银广夏展开密集采访。

在此前一年间，凌华薇两次赴银川，参观银广夏治沙工程，并到西安、芜湖、天津等地采访，从查询分析公司财报，初探银广夏巨额利润的秘密到走访专家、项目合作伙伴、竞争对手、银广夏高层，逐渐发现造假的事实，并最终在天津海关得到确切证实——从大宗萃取产品出口到银广夏利润猛增到股价离谱上涨，是一场彻头彻尾的骗局，所谓的萃取技术、海外订单，全都是子虚乌有。

8月2日晚《财经》网络发稿之后，已经第一时间通知了中国证监会。随后，又把有关材料转交给了证监会。8月3日，中国证监会对银广夏正式立案，并于8月5日派稽查组抵达银川。

银广夏自己的核查小组8月4日进驻天津广夏公司。8月8日，银广夏公告承认，“天津公司的确存在产品产量、出口数量、结汇金额及财务数据不实，问题严重，涉及面广，需要彻查”。

银广夏股票于8月9日起停牌30天。

9月10日银广夏复牌，到10月8日的15个交易日里连续跌停，跌幅达

78.7%，市值蒸发67.96亿元。

这家试图标榜自己“大庇天下寒士俱欢颜”的社会责任感的企业，其编织的利益谎言，在媒体的探照灯下，昭然若揭、颓然而倾。

作为完整意义上的调查性报道，《银广夏陷阱》一文获得了2002年美国哥伦比亚大学古索科国际新闻提名奖唯一的中文报道奖项。

两载蝶变

从2000年刊发“基金黑幕”报道一战成名，到《银广夏陷阱》一役，创刊仅3年的《财经》杂志已经成为国内相当多精英人士尤其是金融证券界精英人士的必读刊物。其调查、揭露真相的锋芒，勇于进行舆论监督的气魄，也日益深入人心。

事实上，不同于新兴媒体的易遭边缘化的宿命，这本以“关注改革、记录改革、促进改革”为使命的新闻性商业财经类刊物从一出生，就被人视为“成熟地长着胡子”。

20世纪90年代后期，互联网在国内逐渐兴起，社会信息的透明度获得了空前的提高；中国朝着推动建立公开、公正、公平的市场机制方向上所作出的努力，也使媒体的报道自由和空间相应加大，对财经媒体更是如此。

《财经》人把握了这样的时代机遇。

1998年初，缘于与中国证券市场研究设计中心（简称“联办”）负责人王波明晤谈而“一拍即合”，当时已有“中国第一财经记者”之称的胡舒立加盟联办，用《证券市场周刊》的刊号，于4月创办《财经》杂志（时用名“Money”）。

创刊伊始，《财经》确立“独立立场、独家报道、独到见解”的方针，“客观公正地对中国经济社会中的重大事件作出报道，同时对相关实践发表独立的评论，不同的意见有机会进行充分的讨论，由杂志对这些不同的意见进行平衡的报道。”现任主编胡舒立在一次演讲时谈到。

此前，胡舒立在中国第一家民营报纸《中华工商时报》供职，任国际部主任，再之前，她已在《工人日报》做了十年记者。时报创始人和主持者丁望曾评价胡舒立：富于社会责任感，发挥媒体舆论功能，“不做表面文章”。[1]

这似乎也是《财经》的品格。在胡舒立的主持下，《财经》第一期即以《谁为琼民源负责》打头，揭露上市公司黑洞，直入当时证券报道的“禁区”。创刊号即卖了5万册。1998年底，《亚洲华尔街日报》在引用该刊时，已经称其为“中国领先的金融出版物”。

1998年到2000年，围绕当时朱镕基政府的重大决策和举措，《财经》陆续刊发多组报道和评论，关注中国证券市场、电信业重组、军队退出商业领域、中国加入WTO等重大话题，观察并追踪中国经济改革的举措、政府高层的动向、资本市场建设、成长变化的重点事件。

剥开报道领域纷繁的外壳，《财经》重视调查的逻辑内核也越见清晰：紧扣新闻时事，抓住事件发展的关键，摸清现象的台前幕后，调查人物与事件的关联，直击新闻真相。一系列敏感而到位的经济策分析和揭露性报道使杂志形成了很大影响力。

2000年10月，是《财经》十年历程中一个关键的节点。这个月，杂志终于获得了自己的刊号，正式定名为“财经”。

更为重要的是，当月杂志推出的封面报道力作《基金黑幕——关于基金行为的研究报告解析》，真正让《财经》成为备受瞩目的主流刊物。此后，围绕中国股市的一场大辩论席卷而来。

也是自这篇报道始，《财经》开辟了中国非证券媒体也可以对证券市场有发言权、有监督权和有影响力的一个时期。[2]

基金黑幕

“基金黑幕”报道的蓝本，最早来源于上海证券交易所稽查部的研究人员赵瑜纲在业余时间对基金做的两个报告：《基金行为分析》和《基金风格及其评价》。

---

① 引自《胡舒立：漫长的今日》，覃里雯/文，《经济观察报》2002年12月30日。

② 引自《〈财经〉杂志主编胡舒立女士在（20）05年对外经济报道培训班上的讲义》，http://www.xici.net/b244699/d52093656.htm。

这两份报告主要通过对国内10家基金管理公司旗下的22家证券投资基金在上海证券市场上大宗股票交易汇总记录的跟踪，分析证券投资基金在市场上的操作行为。跟踪研究期为1999年8月9日至2000年4月28日的9个月。

报告完成以后，赵瑜纲及时向监察部的领导进行了汇报，同时还报给了上海证券交易所当时的总经理屠光绍。他还与中国证监会基金监管部的3名人士进行了交流，并把报告作为个人的研究成果寄给他们参考。

随后事情的发展，超出了赵的预料。《基金黑幕》作者之一、《财经》杂志记者李箐在后来的文章《赵瑜纲的下一步》中，对此进行了记述：

> 2000年6月13日，新华社发表了一篇内参，详细地分析了中国证券投资基金的现状和违规情况。因为是内参，所以采访的记者直接引用了赵瑜纲的报告。

这篇内参经高层人士批示后转到了中国证监会主席周小川的办公桌上，周小川马上责令证监会基金管理部做出解释。

6月22日，被称为“风险投资之父”的全国人大常委会副委员长成思危在投资基金法起草工作会议上言辞激烈地批判了证券投资基金的违法、违规行为：“目前我国证券投资基金有一种不好的倾向，就是几家基金联合操纵几只股票，最后把老百姓给套牢。”第二天，这几句严厉的措辞出现在《中国证券报》的头版头条，引发了众多证券投资基金的不满。

2000年6月27日，新华社内参发表两个星期后，上海证券交易所给予赵瑜纲严重警告处分，原因是他未经批准，擅自将工作中知悉的内部信息外泄他人，违反了《上海证券交易所保密工作条例》。这份外泄的内部信息就是赵瑜纲所做的研究报告。

8月14日，《中国证券报》发表了中国社科院金融研究中心投资基金课题组的一份长篇专题报告，题为“四问证券投资基金”。该文的执笔人与课题主持人是著名金融专家王国刚博士，其专题研究对基金方面的答案全部是否定的。

基金业是1998年后，证券市场最主要的新现象，也是监管当局最力推的东西。在此背景下，这几次公开的“负面报道”虽然规模不是很大，但其弦外之音却相当深远。

此时，业内关于那两份报告的传言也引起了《财经》的关注。

记者李箐联系上了赵瑜纲，身处风口浪尖的赵对记者采取了回避态度。几经曲折，《财经》还是获得了那两份在市场中传闻已久但多数人尚未目睹的报告，而其中的后者《基金风格及其评价》正是后来刊登在10月号《财经》上的封面文章《基金黑幕》所据以分析的主要“原材料”。

“当时，对这个问题的判断力并不是很强，最早想从信息出发做个像调查性报道的东西。我们甚至让记者李箐从这个角度采访，写了篇文章，但可以想象，调查很难。”《财经》杂志现任执行主编王烁在一次访谈时回忆，“我们得到了另一个作者张志雄（笔名：平湖）的帮助，他对这事有很深的了解，请他来看这两份报告。他觉得，这两份报告来源很权威、数字很翔实，本身就独立地成为一篇重大报道的内容。但报告专业性比较强，我们请他做个解读性的东西。结果证明，他的判断是完全正确的。”①

2000年10月5日，署名为“特约撰稿平湖、本刊记者李箐”的封面文章《基金黑幕——关于基金行为的研究报告解析》发表，引发证券市场大震荡。

10月16日，《中国证券报》、《上海证券报》和《证券时报》都刊登了针对《财经》杂志的“严正声明”，署名是大成、南方、长盛、博时、华安、富国、华夏、鹏华、国泰和嘉实——当时仅有的十大基金管理公司，反驳《财经》报道。

《财经》也在三大证券报上发表声明，认为公众有知情权。经济学家吴敬琏10月底在中央电视台《经济半小时》节目侃侃而谈，声援《财经》报道，反击十大基金管理公司的声明。

事发半年多后，证监会公布了内部自查结果，印证了此份报告的内容。

王烁说，围绕“基金黑幕”的报道，《财经》没有遇到任何来自行政和司法的干预②。但文章发表后，胡舒立和她的团队接到了一些在证券界工作很多年的熟人的电话，说他们一贯支持中国就是要培养机会证券投资者的观点，对《财经》“打”一个行业的做法不解。“当中一个非常突出的批评就是说，你说的这些事不稀奇，比这严重的多的是呢。另一方面，基金是新生事物，要爱护它，对改革开放新生事物，要小心呵护，你好像太不顾后果。”胡舒立在接受杨澜采访时回忆：“我说第一，黑不黑是另外一回事，你告诉我更黑的事，我也挺愿意登。

---

① 引自《报道如何深入》一书中《报道读者应该看的东西》一文，张志安/著，南方日报出版社2006年。

② 参见《报道读者应该看的东西》。

我觉得，小道理服从大道理。证券市场最高的道理就是公开、公正、公平，第一就是公开。我写了篇文章叫《批评权、知情权和新基金使命》。我觉得媒体的批评权、公众的知情权远远大于利益集团自赋的或他赋的历史使命。”

2001年7月，离开交易所加盟大通证券公司的赵瑜纲，在《财经》记者反复约请后，终于与专程到沪的李箐见面，转眼已是一年有余。“曾有人认为，赵因《财经》发表报告受到影响，以至于在上交所无法立足；但此次李、赵相见，并不像是仇人见面，反倒像是分处不同战壕的战友在历尽劫波之后的重逢。在困难过去之后，我们的手总能握在一起，毕竟目标一致。我们相信，赵瑜纲明白《财经》是诤友，如同新闻监督是证券市场健康发展的诤友一般。”①

做诤友，关乎勇气，更源于所秉持的立场。王烁和《财经》创办人之一杨大明都认为，《财经》敢于公开揭露证券市场黑幕，不仅显示其对事件的判断力更因其不依附于权力和利益集团的独立立场，《财经》内部严格实行的采编分离制度，是其独立性得以保证的重要前提。

三访吕梁

如王烁所言，《基金黑幕》以后的风云，以赵瑜纲的“下海”为标志，大致打上了一个分号，对于《财经》而言，也远不是句号，“《财经》以及那些视《财经》为诤友的人知道，前路仍然漫长”。

乱象纷繁，前路漫长，《财经》的判断和决心，很快就得到证实彰显。

张志雄（即平湖）在写作《基金黑幕》一文时即希望透过此番黑幕，让人们重视中国证券市场“庄气十足”的现实。他在报道题为《庄家之变》的后记中套用麦克阿瑟的话写道：“庄家不会消失，它们只是前赴后继。”②

从某种角度看，这为其后2001年最为重大的证券新闻的爆发埋下了预见性的一笔。

中国市场上，股票处处有庄，已是公开的秘密。但庄家到底是谁，没有人知道。2001年元旦过后不久，45岁的吕梁在其一手打造的大庄股中科创业（0048，

① 引自《再见赵瑜纲》，王烁/文，《财经》2001年第9期。
② 《基金黑幕之后记——庄家之变》，《财经》2000年第10期。

原名康达尔）于2000年末起连续拉出5个跌停板后，以一个失败的、前超级庄家的姿态，站了出来，向媒体自陈做庄始末。《财经》也决定对他的一切事务进行调查，并于2001年2月5日推出了封面报道《庄家吕梁》。

2001年元旦前的最后一个周四（12月28日），吕梁就曾通过人找到《财经》编委、《财经时报》总编辑杨浪，表示愿意披露有关做庄中科创业的内幕情况，但不可透露他的名字。杨浪坚持表示，要报道便不可能回避这个基本事实。

吕梁犹豫了两天。2001年1月1日晚，他终于面见了杨浪，讲述了自己作为庄家操纵康达尔（1999年底改名为中科创业）重组，最终吃亏上当、导致危机的故事。当时，采访是不被允许录音的。第二天他又向《财经时报》传真了长达万字、作为"中科崩溃内幕"的文字稿。《财经时报》并没有立即发表这一独家采访。那正是中科系搅得市场上动荡不已的日子，编辑部需要再做一些调查。

记者出身的吕梁，提供给报社的文字稿绝非独家。5天之后，多家报纸都刊登了中科创崩盘的"内幕消息"。当然，在当时，真正见到吕梁本人的只有《财经时报》记者。

《财经》对吕梁的第一次正式采访是在1月6日。那天深夜，北京下了一场大雪，在吕梁位于北辰花园别墅的家中，他和胡舒立的对话持续了近3个小时。

此后的几天，《财经》又对吕梁进行了两次深入采访，发掘到中科创股价跳水的背后，这场惊人的庄家操作市场的内幕如何展开。

通过重组资金进入企业筹划重组，又在二级市场控盘指挥，再到直接借助新闻舆论为自己造势，吕梁在1999年到2000年前后近两年时间，继掌握了康达尔又搭建了北京中科创业后，以"钱生钱"之术结起了一个公开的庄股之网——中科系。据《财经》保守估计，这个网络牵连的资金在20亿元以上，牵涉其中的机构和个人难以计数。

《庄家吕梁》不啻为《财经》向中国证券市场投掷的又一颗重磅炸弹。胡舒立认为："市场操纵的黑暗内幕第一次被系统性地含细节描述地由'内部人'曝光。中国股票市场的'庄家时代'走向终结，也许就自吕梁开口始。"①

曝光吕梁，《财经》意将视角投向对证券行业和体制的深层次追问。如报道的导言所写："中科系于2001年到来之际崩溃，吕梁个人此番庄家生涯亦将就此结束了。那么，中国股票市场的'庄家时代'呢？"

---

① 引自《吕梁的贡献》，胡舒立/文，《财经》2001年第5期。

回音或可期待。《庄家吕梁》、《银广夏陷阱》、《谁在操纵亿安科技》等一系列报道，更将那场由《基金黑幕》引起的证券市场大辩论推向高潮，并最终促使高层痛下决心，整肃证券市场的违规行为，历时数年。

2001年，美国《商业周刊》评选的50位“亚洲之星”揭晓，这个奖项被定位为改革前沿领导者的称号，《财经》杂志主编胡舒立获此荣誉。颁奖者对她的评语是证券界“中国最危险的女人”。

胡舒立并不希望读者将《财经》不断揭露黑幕的举动，理解为追求耸人听闻。2003年3月，《财经》编辑部出版了《黑幕与陷阱》[①] 一书，经济学家、《财经》撰稿人汪丁丁为此书作跋《真理与社会》。在胡舒立看来，此篇跋表达了《财经》人所想要表达和所要努力的方向：

> 《财经》所追求的职业道德只是两条：(1) 倾听不同的声音。(2) 批判现实主义。
>
> 但要做到始终倾听不同声音是极难的事情。有时候，立场和激情会蒙蔽了自己的眼睛和耳朵。有时候，生存危机和求生的本能会迫使人们沉默，拒绝弱者的呼唤。《财经》深知，在当代中国社会里，保护每个人自由表达的权利意味着什么。《财经》努力要把自由表达的愿望告诉所有的人类，告诉“沉默的多数”以及有意无意间迫使他们沉默的少数，告诉那些打算知道真理的“散户”和权贵。《财经》深知，理想，只有对长期奉持着它的人，是宝贵的。有时候，《财经》也会厌倦了“牛虻”的命运，自嘲“螳臂当车”，甚至怀疑生活的品格，疯狂地要卸去那份自许的历史感。
>
> 但是毕竟，《财经》走过来了。时光流逝，理想没有跌倒。理想如这天上依依的白云，飘动着，然而却吹不散。

① 参见《黑幕与陷阱》，《财经》编辑部/编，社会科学文献出版社2003年。

SARS突袭

2002年1月,《财经》正式改为半月刊。随着《谁来接管银行》、《开平之劫》、《贷款黑洞》、《接管深发展》、《东亚:银行涅槃》等一系列封面文章问世,《财经》开始在中国金融领域的新探索。年底,《财经》年刊创办,邀请海内外一流政商学界人士撰写文章,对未来一年中国与世界经济、政治、社会发展趋势作出专业预测和战略分析。①

如果说《财经》之前的报道多集中于经济领域事件变革的调查和记录,关注于"钱",2003年后,《财经》开始越来越多地关注政治与公共事务领域,关注政治和"人"。这一转变,以2003年暴发的非典报道为最主要标志。

在危机报道的荆冠之下,光荣忽隐忽现。《财经》接过了这顶荆冠,并站在了国内新闻媒体的最前列。

国内媒体大规模报道SARS疫情是从4月20日之后开始的。而早在2月20日出版的杂志中,《财经》刊登的《广州之疫碰撞国家防疫体系》就以9个页码的篇幅报道了广东疫情的全过程。②

"这篇报道采访了卫生部和中国疾控中心官员、中国在疾控方面的专家学者,还采访了世界卫生组织北京代表处。文章对广东非典型肺炎引发的中国疾控体系的缺陷有比较直接的触及,是有预警意义的。广东2月初的非典型肺炎之后,我们与国内其他地方的许多普通人一样,以为这件事情已经结束了,并没有继续跟踪。"胡舒立回忆。③

是年两会之后,《财经》派驻香港的记者曹海丽,一到香港就发现满街都是戴口罩的,"这位记者非常有经验,有新闻感觉,她马上写信回来报选题,要写香港的非典型肺炎。接着,她自己就去淘大花园采访了。这时,我们才意识到广东的疫情肯定还在继续。后来就从世卫组织的网站上看到了报告,3月26日,广东承认了至2月28日有792例"。

---

① 引自财经网站www.caijing.com.cn。

② 见《财经》2003年2月20日第4期,朱晓超/文。

③ 参考《胡舒立:SARS报道,财经的选择与思考》,覃里雯/文。

“这不是直接的商业新闻，但传染病暴发是关系公众利益、公众健康的大事件。”胡舒立说。

4月初，北京报告出现疫情。非典继续在全国范围内扩散。《财经》记者兵分三路，一组跑北京的医院，报道北京疫情；一组跑科研，主要是报道病原问题；还有一组跑法律，主要是想弄明白：这个病这么重，传染性这么强，却一直没进入《传染病法》的疾病列表，什么时候进？后来公布了要进，那么影响是什么，意味着什么？

这组报道作为封面报道《非典型肺炎：危险来自何方?》[①]，在4月20日刊出。报道详尽叙述了确认SARS病原体的曲折之途，全景式地反映了SARS在北京的蔓延经过和政府官员的反应，并且在一篇题为《SARS催促行政透明》的文章中对疫情蔓延做出了初步的反思。

4月20日是个关键的日子。张文康、孟学农两名高官下台，中国政府决心以公开透明的方式对待疫情。“一经公布，疫情比任何人想象的都要严重——我们的记者一直在各个医院跑，但采访非常困难，想掌握真实的数字很难。一经公布，也觉得疫情比想象的还严重，清楚地看到这场瘟疫已经蔓延全国25个省市，而且北京、山西、广东之外，内蒙很快成了疫区，西北的偏远省份也出现散发病例。”[②]

4月20日以后，媒体可以报道的对象和空间增多了。《财经》采取了传统的办法，认真地选题，对案例一一调查，认真地到一线采访，认真地写文章，把事实说清楚。

在5月5日出版的《SARS西侵》[③] 的报道里，记者记录了山西——中国第一个被列入疫区的内地省份，成为广袤中国腹地非典灾情及人们所作艰难努力的缩影。

“4月20日以后，我们讨论了各种选题，觉得当务之急是关注弱势。因为中国中西部和农村医疗体系，一直存有大问题，而且城市农民工的社会保障，也是一直没有很好解决的大问题。这回传染病一来，防线相当脆弱。”[④]

随着疫情的发展，《财经》也意识到，人们不仅需要知道动态，还需要反思中

① 这组报道包括：《危险来自何方》，朱晓超、曹海丽/文；《北京20天》，楼夷/文；《SARS催促行政透明》，李咏、实习记者吴小亮/文。

② 引自《胡舒立：SARS报道，财经的选择与思考》。

③ 这组报道包括：《疫区山西》，记者胡舒立、楼夷、李其谚；《忧患中西部》，记者楼夷、实习记者田启林；《有气无力的四川乡镇卫生院》，特约记者闻心；《农民工在SARS阴影中》，记者赵小剑、胡一帆。详见《财经》2003年第9期 总第83期。

④ 引自《胡舒立：SARS报道，财经的选择与思考》。

国会出现这场空前灾难的原因。"我们觉得要研究调查这场灾难中的主要事件，一个个调查，最终用事实而不是分析重构出整个事件的全貌。"[①] 为此，《财经》出版了每周一次的临时增刊以及《SARS 调查：一场空前灾难的全景实录》一书。

这组系列调查报道，获得了"2003 年度杰出国际调查新闻奖"荣誉提名奖。"新闻记者喜欢说，做历史的记录员。在这次 SARS 危机中，我们就是这样的记录员。我认为我们是尽职的。"胡舒立说。

对公共事务的调查报道，使《财经》超越了传统意义的经济刊物意义，"坚决避免传言、坚持第一手材料、坚持多角度透视——这使其树立了不容置疑的信誉，《财经》保持了平和的分寸感，并具有绝大多数媒体不曾努力争取的尊严：参与探讨国家政策时的积极态度。"[②]

作为对非典报道意义的承接和深化，以 2004 年的"矿难探源"报道为起点，《财经》在每年的最后一期推出"年度特别话题"，每次揭示一桩持续性公共事件的广泛影响和反思主题。次年"松花江水污染"事件爆发，《财经》又开始全面关注中国环境与科技问题。

王烁在 2006 年一次访谈中回顾《财经》报道轨迹时说："2003 年，新一届政府上台，大家都在寻求新的报道领域。我们尝试的东西比较多，从非典到政府机构改革，什么都试了试。现在更多地回到专业领域，比较多进行金融市场的报道，如果简单地回顾，我们什么都在做，但主线没变过。我们报道的是我们认为读者应该看的东西，而不是完全听从市场发出的信号。只有我们坚持基本的理念不变，才可以'奢侈'地摇来摇去。"[③]

见证推动

报道领域的多元化没有稀释《财经》的影响力。相反，《财经》"多维、立体，不回避问题"的视角，让人感受到这份杂志的力量。

---

① 引自《胡舒立：SARS 报道，财经的选择与思考》。

② 引自《胡舒立：漫长的今日》，覃里雯/文，《经济观察报》2002 年 12 月 30 日。

③ 引自《报道如何深入》一书《报道读者应该看的东西》一文，张志安/著，南方日报出版社 2006 年。

2006年8月封面文章《上海社保：危险的投资》，在国内媒体中率先全面揭开了上海社保大规模投资背后交织的权力寻租“灰幕”。而2007年《谁的鲁能》、《内部人关国亮》等封面文章，表达了《财经》对“灰色地带”的关注，并引起有关部门高度重视和调查处理。①

为获知一个信源，拨打上百个电话，将每一个细微的收获，拼接成完整的图景；记者甚至主编在知情人家外守候，希冀打动受访者，获得关键信息，即便只是一个态度的回应；彻夜研读公开资料，看数叠一米多高的纸张，从书桌的这头，移到了另一头……这些新闻教材上颇有励志色彩的场景，却是十年间《财经》人工作的常态。

对于《财经》进行了大量的调查性报道，人们往往好奇，是什么独门秘笈，甚或强硬的“后台”，使《财经》敢领风气之先，对这一系列重大而敏感事件的记录不沉默、不缺席，并且在报道中，能以独家调查的形式，揭露更多的内幕，观察细致而深广。

《财经》人对这样的猜测保持清醒的距离感：没有秘笈也无甚“后台”，有的只是其赖以安身立命的操作规范——以专业的精神，坚持不懈地挖掘事实，并且核实事实。

中国社会正经历一场规模和速度都颇为宏大的变迁，“这一过程有很多褶皱，每一个褶皱都蕴藏着很多事实，每一个事实都能改变你对整个事情的判断。我们对自我的要求，就是把每个褶皱都翻开来看一看。”王烁说，“只要能有效地存活下来，长期坚持，就能更准确地反映当代中国的画卷，推动更多层面的变革。同时也不要固执，如果这个层面确实不能推了，换个地方，因为可以做的东西很多。”②

从1998年开始，《财经》见证了十年间中国经济政治领域转型过程中变革的动向，成长、向上的力量以及面临的困难、挑战乃至创伤。从某种角度看，正是因为有以《财经》为代表的媒体的调查、记录、传播甚至介入，凝结于十年当中的每一个重大时刻，也才有了意义。

时间来到了2008年，又以此为节点向前奔去。纪念不是为了怀念，十年又是一个新的起点，历史期待着《财经》更精彩的十年。

---

① 引自财经网 http://www.caijing.com.cn。

② 引自王烁在“《财经》创刊十周年主力团队复旦行”讲座上的发言，2008年10月16日。

《新京报》的“核心”之道

□ 罗昌平[①]

“一出生就风华正茂”的《新京报》，“一出招就身手不凡”的深度报道，“核心”之道飞过新世纪的高空，留下求真相的烙痕。

永安路106号，新京报社旧址所在地。

2005年12月29日，周四。下午两点，在位于报社5楼的小会议室，18名核心报道部门同事按惯例参与选题周会。部门主编李列落座后，通报了第二任总编辑杨斌已被停职的消息，并宣布这次周会取消。

创刊于2003年11月11日的《新京报》，由光明日报报业集团与南方日报报业集团各持51%和49%的股权，采编骨干主要由南方日报旗下的南方都市报委派聘用。创刊不久，曾兼任《南方都市报》和《新京报》总编辑的程益中，因“南都经济案”被免职。原常务副总编辑杨斌在一年后接替程益中。

那天会上，李列第一次掉下了眼泪。他说“我的职务从现在开始终止”，再无多言，离席走出报社。没有任何的倡议或仪式，这个团队的成员与他一道赶往后海，在结冰的湖面并行前进——这两年来他们实践于新闻道路上，奔波于灾难第一线，同样如履薄冰！这是他们第一次与北京如此接近！

其实对核心报道而言，此前数月接连“无米”，说其断炊或者罢工，已无本质区别。自创刊以来的两年时间里，由这一团队倾力打造核心报道，留下500多个经典案例，不仅成就了《新京报》的品牌效应，同时也为日报探索深度报道提供了新的模式。核心报道团队亦初具规模。

可惜，他们获得的时间太短，短得仅是深度报道30年间的昙花一现！

“12·29”事件无疑成为核心报道的拐点，此后纵然部分骨干苦苦支撑，无

① 作者罗昌平曾任《新京报》核心报道部主编，现任《财经》记者。

论大的新闻环境，还是自身的新闻素养，均已无法与之前的两年鏖战相提并论。人员的进一步流失自然在所难免。

粗略计算，核心报道团队从《新京报》创刊至2006年底累计达到30人，平均年龄约29岁。除原来的陈志华、李列两位老主编，有7名普通成员晋升为《新京报》副主编以上领导岗位，成为该报输送中层最多的部门①。"12·29"事件之后，这个团队其中9人（含2名正主编4名副主编）转投《财经》杂志，两人进入《南方周末》，一人效力《中国青年报·冰点》，四人留守《新京报》，另一些悉数改行。

由《财经》、《南方周末》、《中国青年报》保存这一团队的主力成员，是为幸事。

嘉禾拆迁与定州血案

在中国新闻史册上，《新京报》核心报道留下了两个清晰可辨的地理坐标——2004年的嘉禾与2005年的定州。

"嘉禾"，古为祥瑞之物，与甘露醴泉并称；放之现代，仍给人以正面感觉。但在湖南省嘉禾县，它的主权者为将旧城区改造成一个商贸城，创造性地喊出"谁影响嘉禾发展一阵子，我影响他一辈子"等口号，并在强制拆迁中对公职人员实施"四包两停"的株连政策。

2004年5月8日，核心报道以长约4000字的《拆迁引发姐妹同日离婚》（记者罗昌平）对此进行披露，引爆震惊中外的嘉禾拆迁事件。此后，长短不一的18篇消息相继出笼，将此事一次次推向高潮。直至同年6月4日，温家宝主持召开国务院常务会议研究此事，包括嘉禾县委书记、县长在内的5名县官被撤免。

"嘉禾拆迁"最大的现实意义，是为进入拆迁高潮的全国城镇民众带来了一场法治启蒙，并为日后《物权法》的制订和颁布提供了实例。颇有讽刺意味的

① 自新京报2003年创刊至2007年年底，核心报道团队除两任主编陈志华、李列，转入新京报部门正主编的有罗昌平、胡杰、刘炳路，转入副主编的有袁凌、乔晓会、王秦、周桓。陈志华、袁凌此后进入新浪网，分别担任新闻中心总监和主编，陈志华一度升格为新浪网副总编辑。

是，嘉禾一度成为外省地方官员及城镇居民的“旅游胜地”，前者借鉴强拆经验、吸取教训，后者前来取经、学习维权。

在同年《南方周末》的年度致敬中，《拆迁引发姐妹同日离婚》被评为“致敬之年度舆论监督报道”，理由是：此报道淋漓尽致地披露了行政权力的泛滥，引发的不仅是对当前最激烈的社会矛盾之一“城市拆迁”的矫正，更是对政府行政方式的诘问。

另一个新闻坐标定州，则由血染而成。

定州位于河北中部，此城南端有个绳油村，据称当年入侵的日本军队曾受挫败于此的村民阻击。绳油村一块两万多平方米的土地被定州电厂征用，由于补偿标准过低且征地程序不透明，多次上访未果后，农民自行搭建窝棚或挖掘地窖居住，以阻止征地。2005 年 6 月 11 日，300 来名头戴安全帽、身着迷彩服的青年男子，手持猎枪、钩刀、棍棒等前来袭击，造成 6 死 48 人重伤。

案发次日，核心报道记者刘炳路赶赴现场，独家刊发系列追踪报道，全面客观地展现了血案发生的前后和征迁利益纠纷。此后中央领导就此批示，定州市委书记、市长被免职，248 名犯罪嫌疑人归案。经查，定州在征地过程中确实存在截留补偿款等问题，而血案居然由定州市委书记和风指使。此案经法院一审判决，4 人被判死刑，3 人被判死缓，包括和风在内的 6 人被判无期徒刑。

“嘉禾拆迁”与“定州血案”报道的成功，实际上是核心报道模式的一种成功，简单归纳可将此模式概括为“间段的深度 + 密集的消息”。传统日报以信息量大、速度快的优势赢得读者，但选题上多以“短平快”见长，鲜有纵深调查；传统周报周刊的延伸报道，则又往往滞后于读者的需求。这为核心报道提供了探索新道路的空间——以“间段的深度 + 密集的消息”的方式，即借助日报的信息优势和时间优势尝试深度调查，长短结合，“就像变焦镜头，只有景深大才能看得远”。①

2003 年岁末的黑龙江“宝马车撞人案”，即是这一模式的首个试金石，报道所产生的影响，可谓大获其功。

《新京报》自称“一出生就风华正茂”，它的诸多新闻理念源于《南方都市报》，但与后者的“草根”色彩有所区别，尽管它始终夹杂着南方口音，却增加了些许“庙堂”气质。“从北京出发”，以规避驻地记者的裙带腐败问题，这是

① 《新调查——新京报调查报道精选》一书代序《记录时代变化　我们如履薄冰》一文，南方日报出版社 2006 年。

核心报道固守的一个基本信念。

当时负责核心报道的是新京报中国新闻部，陈志华、李列分任正副主编，另有4名责任编辑，10余名专职记者。陈志华1975年生于江苏苏州，他的另一身份是“作家巴桥”，著有小说集《请大家保护好自己的腰》。2003年，他的作品《阿瑶》被中国小说学会评选为2003年全国最佳中篇小说；2004年，供职《南方都市报》的他编辑了注定会被写入中国新闻史的《被收容者孙志刚之死》（记者陈峰、王雷）。“写作是我所感兴趣的，传媒是我所擅长的”，陈志华这样描述自己的两种身份。不过让同事们印象最深刻的，还是他那一小撮山羊小胡子。

李列有着更明显的迁徙血统，他1972年生于上海，中学以前随父母在河北邯郸生活8年，此后回到籍贯地江苏南通，1993年毕业于苏州大学中文系。15年传媒路上，李列先后辗转深圳、广州、北京、上海等地，并由发行起步，继而广告，随后进入采编系。

陈、李治下的核心报道，不仅直接拥有稿件的编发权，同时还拥有考评权和用人权，即使当时的总编辑杨斌亦在具体事务上鲜有干预。由于体制上权责明晰，当时自下而上的生产驱动力相当强劲——记者有足够动力跑独家新闻，编辑有足够动力编出好版面①。

2005年3月新京报内部机构调整，原北京新闻部、中国新闻部、国际新闻部组成新的时事新闻部，陈志华任第一主编。新成立的深度报道部纳入原中国新闻部的“核心报道”和原经济新闻部的“经济纵深”，李列任主编，此时部门人员扩大至21人②。

10余名记者如同“空中飞人”，整日奔波于灾难发生现场与揭露腐败的途中，那些新闻亦埋伏于他们行进的路上。

---

① 2003年11月至2005年2月，核心报道团队第一方阵：主编陈志华，副主编李列，责任编辑：胡杰，记者袁凌、高爽、刘炳路、胡杰、罗昌平、高明、秦文（女）、谢言俊、钱昊平、郭建光、李艳、王蓉（女）、王文香（女）。

② 2005年3月至2006年1月，新组建的深度报道部包括“核心报道”、“经济纵深”，主编李列。其中，“核心报道”责任编辑王秦、周桓，记者罗昌平、刘炳路、钱昊平、吴学军、朱永红、宫靖、武凤琴、闾宏，“经济纵深”责任编辑贺军、罗昌平，记者乔晓会、谢晓冬、范军利、高泽阳。

剑指高官

嘉禾拆迁案、定州血案为记者罗昌平、刘炳路赢得巨大的个人声誉，两人日后继任核心报道第三、第四任主编。不过，这并不足以改变袁凌在核心报道团队中“一哥”的地位。

2003年11月11日，创刊号核心报道发表了袁凌采写的《北京SARS后骨坏死患者不完全调查》，其逻辑之清晰，调查之扎实，行文之稳健，引来《财经》杂志主编胡舒立的电话致贺。

袁凌1973年生，陕南人。24岁那年，已婚3载的他走出复旦大学研究生院，避居《重庆晚报》当了一个小编辑。袁氏长相非凡，蓬头微秃，鸠形鹄目，平日常以水电工身份轻松出入各级衙门。他不仅是第一个晋升核心报道部副主编的核心记者，同期还曾考上清华大学博士生，后来双双放弃归隐山林著书，惊为天人。

袁凌为核心报道贡献的经典之作，包括《奉节山区广种千亩鸦片》、《衡阳大火之后反思消防体制》、《涟源“滴血收容”官方报告》、《“收容老本”养活长沙救助站?》、《长沙治乞“后收容时代”》、《谁陷害了深圳牛氏兄弟?》、《十问三峡》、《妞妞的电影和她的数百万公司股份》等等。他为核心报道树立的另一标杆，是针对高官的舆论监督。

2004年4月23日刊登的《回望吕日周长治之治》系列报道长达8个整版，反思其担任山西省长治市委书记期间的执政问题。此时，吕已调任山西省政协副主席一年，官拜副省级。此组报道颠覆民吕日周以往廉政、勤政、“千里单车行”、“风雪上党课”的亲民形象和雷厉风行的改革作派。

其中，《弓中甫“诬告陷害案”始末》（记者袁凌）一文，记述了时任长治市委书记吕日周派出公安的大量便衣监控邮局邮箱，调查匿名举报信，并致匿名举报人弓中甫含冤入狱。

《两卖长治最大煤矿与山西第一广场》（记者刘炳路、袁凌），是指吕日周通过廉价变卖长治最大煤矿建造的“山西最大广场”——占地1008亩的开元广场在投入4000万元后终致烂尾。这不仅意味着4000万元打了水漂，还有1000亩土地撂荒。"清官"的个人毁誉或许无关痛痒，但留给长治人民的却是永久的痛和伤。

《对话吕日周》（记者袁凌）一文，则是吕本人梳理其长治之治的得失，反思一生与权力、媒体及民众关系。

在这篇报道两月前，《南方周末》发表了著名的《最富争议的市委书记》，展示了江苏宿迁市委书记仇和 8 年激进改革。如此集中地聚焦铁腕改革派官员，可见政情所需，民意所望。不过就报道的风险而言，尽管同样是报道一个地级市委书记的任内执政问题，由于吕日周此时已晋升为副省级，其风险自然更大。

为此报道，袁凌、刘炳路历时两月，辗转山西五地采访数百人。最后成稿耗时一月有余，编辑、记者核实每一信息，对稿件反复修正，甚至把洗漱用品搬到报社度过了数个不眠之夜。正如刘炳路所言，"稿件在写作上力求文字之美，但决不允许煽情和渲染。多短段、短句，善于捕捉细节、描摹场景，以此增强报道的感染力，并使硬调查'变软'，增强可读性。除了以故事的方式整合新闻素材之外，更注重通过一定的逻辑关系层层深入，以事实之间的关联展示事件的成因，或者是事件映射的体制之弊，或者是事件暴露的法律漏洞，或者是人间冷暖背后的观念冲突"①。

那时《新京报》的采编中心，设在永安路 106 号原光明日报老办公楼的八层，内部谓之"光明顶"。八楼大厅酷似一个大网吧，核心报道 10 余名记者共用 5 台电脑，两名主编在过道转角拥有一间小办公室。那些烟雾袅绕间留下的美好回忆，日后即使是黄金写字楼亦无再拾。

在袁凌开山之作以后，核心报道针对腐败高官的调查，已然信手拈来之事。仅 2004 年，核心报道即先后刊发《黑龙江原政协主席韩桂芝免职前后》（记者高爽）、《江苏原组织部长徐国健腐败关系网》（记者罗昌平）。

《女公安局长安惠君滑落轨迹》（记者罗昌平）可谓高官舆论监督系列中社会影响最大的报道。自 2004 年 12 月 6 日见报，到次年 6 月 16 日安惠君一审获刑，新闻热度持续达 6 个月。不过，其他媒体过于将关注焦点集中于安的性贿赂，反而忽视隐匿于此案背后的干部选拔、公共财务管理等体制之弊。

北京市交通局原副局长，首发公司原党委书记、董事长毕玉玺，无疑是2004 年秋天北京最抢眼的新闻人物。是年 9 月 10 日，7000 余字的《毕玉玺通州利益

① 《新调查——新京报调查报道精选》一书代序《记录时代变化　我们如履薄冰》一文，南方日报出版社 2006 年。

黑洞》（记者袁凌）首次使毕案呈现。此稿历经半月之久，掘地三尺，将这名历经六任北京市长的能吏何以堕入腐败，“借贷修路、收费还债”的首发模式在五环路项目上如何一败涂地，百亿巨债包袱甩给政府背后的道路造价畸高等问题，一一暴露在监督者的视野中。

随后发表的《交通厅“三朝元老”外逃之谜》（记者谢言俊）、《秘书长王道生落马轨迹》（记者罗昌平）、《苏州副市长姜人杰“双规”前后》（记者袁凌）、《惠州原公安局长吴华立被查》（记者朱永红）、《玩忽职守者赵双驹与威克瑞公司盛衰》（记者罗昌平），既不乏内容独家，亦有将矛头指向更高的高官的胆识。

死亡调查

核心报道创刊起始，有一系列的死亡案件调查产生了巨大影响。当然，对这一领域的报道只是继承并发扬，它并非核心报道的专利。

通过报道死亡来关注个人生存及群体命运，继而对社会体制及历史诟病的批判，本是中国千年文化的一种传承，亦是历代文人一种共同的精神指向。文学承载死亡，不胜枚举，如鲁迅先生笔下的死，一开始便毒辣透辟，笔法简赅，到后来直接书写有名有姓的死——这已起到新闻的传播实效。

陈志华编辑的经典之作《被收容者孙志刚之死》，足可佐证生命之轻盖过“公共利益”固有之重。《新京报》的采编团队沿袭了南都的骨干成员，核心报道团队更是其重中之重。故而，这种对“南都模式”的继承与拓展，使得核心报道在启动初期，即将关注个体生命视为其最为重要的组织部分。

实际上，《新京报》核心报道关于死亡题材的报道，概括而言可分为三类。

比如《直面马加爵》（记者胡杰）、《杨新海67人特大杀人案》（记者刘炳路、钱昊平）、《平舆网络杀手》（记者钱昊平）、《名医麻醉剂杀妻案调查》（记者胡杰）等可归为第一类“杀手身份调查”。

跟贪官污吏的“文明敛财”不同，暴力已经越来越成为弱者对财富进行重新分配的一种主要手段，尤其是弱者对受害人具有唯一性的生命的剥夺。此类调查的巅峰之作，应属《南方周末》昔日头条《张君案检讨》。正如该文开篇所述，害似张君、马加爵、杨新海这些惊天杀手的个人罪行，“固然来自他们内心邪恶的滋生、人性的丧失，但是任何个人同时又都是社会人，他们的行为并不孤立地发生。为防止此类事件再次发生，社会必须对此作出深刻的检讨”。

当然，如此检讨的风险与代价是巨大的，因为在其背后通常意味着地域文化的偏差、社会沦理的丧失、公检法等强势机构的渎职，每一次深度报道和深刻发思，必然招致地方政府及强权机构的巨大反弹。

第二类为正常死亡题材报道。如《痛别任长霞》组稿、《荣毅仁传奇谢幕》组稿、《“当代毕昇”王选的方正人生》、《葛振林：一个老兵的背影》、《“阳光”教授孟二冬》等。死亡可谓生命最后的成长，故而这类报道并非记录死亡，而是生命，是一种关于逝者生前的报道，核心报道所涉对象，既有前国家领导人荣毅仁，又有狼牙山五壮士最后的剩存者葛振林，更不失普通教师孟二冬。

曾“直面马加爵”的记者胡杰，以《14万百姓痛别女公安局长》、《对话任长霞丈夫》为组合稿，运用大量真实可感的细节将任长霞从一个“正面典型”还原为一个有血有肉的活生生的人，创下了核心报道有关人物报道的典范。胡杰日后多次被有关部门点名参与宣传报道活动。

针对荣毅仁的讣闻报道，自当日官方通报其逝世至万言报道上版，耗时仅10个小时。当时核心报道派出12名记者参与其中，通过采访其司机、身边人、邻居、同事及经济学家等，比较形象生动地还原了一个前国家领导人的传奇人生。此稿为核心报道团队合作提供了范例，这一操作模式在日后的王选报道中亦被使用。

非正常死亡案件，是核心报道死亡调查系列关注的第三类题材。

袁凌的《建设局局长之死与地产富豪的逃亡》、《经委主任之死背后：奉节企业迁建疑云重重》、《残障者火烧副区长事件》，罗昌平的《梁云才“双规”之死》系列报道、《编外城管与小贩之死》、《女警坠楼身亡背后的岳阳护照批发迷案》、《清华两教师英年病逝背后》，刘炳路的《李有生铁警枪下丧命谜局》、《河北栾城五女工死因调查》，高明的《海宁吕海翔溺死之谜》，钱昊平的《“欣弗”老总自杀前后》、《疑犯张庆看守所内非正常死亡调查》，杨继斌的《冷静之死》、《四川小贩梁云贵之死》、《12名童工的死亡记录》均属此类。

上述三类题材的相继推出，不仅保障了核心报道的品牌地位，同时锻炼和储备了大量优秀的记者。

其中，梁云才被害案可谓影响至深。2005年5月9日，700余字的《河北国投董事长梁云才“双规”期间非正常死亡》在《新京报》首发，引至最高法院、最高检察院派人赴河北尸检，检验结果为梁被打致死。2005年11月11日，4000余言的核心报道《梁云才死亡案公诉》发表，这天恰逢《新京报》创刊两周年。这名副厅级官员“双规”期间被打致死，引起中央高度重视，并多次下文规范“双规”这一党内措施。

特稿创新

对于特稿写作的求新，即是核心报道的第三个标杆。

2003年12月9日，核心报道以5个整版《走进秦始皇陵》（记者高明、袁凌），开这一栏目解释性报道之先河。报道分为4篇文章，分别为《秦始皇陵地宫之谜》、《谁燃秦宫火未有定论》、《41年探索与始皇帝渐行渐近》、《该不该惊醒地下的君王》。除调查、行文本身的优势，这组报道还强调了示意图片的处理，正可谓“图文并茂”。

此后，核心报道相继推出的《青藏铁路之迷》、《解密中国“变脸”》等，成就了高明在部门中特稿报道领域的首席地位。

高明1975年6月出生在江苏盐城。他本科与研究生专业均为地质专业，在校期间则致力于话剧编排等，专业背景使得他日后从事传媒工作相对偏重于科技领域。

高明现已改投大型国企，每每他坐在公司洁净时尚的写字楼里一看到印有艾滋病的相关新闻时，仍然能想着自己曾经深入病区的情景，并深感“那些灼烧的眼神令我不安”。

此前3年间，以高明为首，核心报道对艾滋题材进行了持续的关注。部门第一任主编陈志华粗略梳理过，前3年间核心报道采写的艾滋病题材有20篇左右。包括《河南千余艾滋病人停药之困》、《艾滋病医患的家庭生活》、《重庆首例艾滋患者的最后十年》、《四川资中艾滋病者们的阳光生活》、《艾滋高发区缺“救火队员”》、《高耀洁与一个艾滋孤儿的抚养风波》、《艾滋小偷家乡的社会调查》、《艾滋病人手术难问题京穗调查》、《中国治艾19年政策之变》、《无国界南宁治艾一年之后》、《探访河南最大规模艾滋病筛查》、《中国艾滋疫苗“名利之争”》等等。

沙兰，曾经是一条河流、一个小镇和一座小学共有的美丽名字。2005 年6 月10 日的一次特大洪灾带走了这里105 名小学生的生命，沙兰由此震惊全国。身历过许多灾难现场的李艳，在事发3 天后赶到沙兰小学，他仍然可见墙上清晰的水渍线上下，贴着作文纸，挂着时钟，涂抹着形态大小不同的许许多多遇难者挣扎的泥手印。因为拍了那两张极富争议的墙上黑手印，李艳一举成名。

李艳 1981 年生，是首批核心报道成员中年纪最小的。这个 1.78 米的高个子湖北人，目前仍以《南方周末》为阵地，以丁补之、李斯特等为笔名，关注着国计民生。他效力于核心报道期间，主要奔走在各大灾难现场。而其所采报道贡献颇大者，当属《对话“易子而杀”的母亲》、《农妇溺杀四子的最后 24 小时》。这两篇同样写母亲弑子的恶性社会事件，后者尤为业界所推崇。

《农妇溺杀四子的最后 24 小时》记述了一个湖南农妇因与丈夫吵架，于中秋之夜将自己 4 个亲生儿子溺死的故事。文章借鉴电影蒙太奇手法，将农妇作案前24 小时剪辑为 5 个章节——中秋与丈夫吵架，带孩子出走；月夜借宿时，辗转难眠；不辞而别后，犹豫不决；三叉路上，向左走还是向右走；凌晨水库边，狠下杀手。对应于这 5 个画面，文章通过宋、楷两种字体的变化，将该农妇的成长经历，个人性格，与家庭和亲友的关系，农妇之父等穿插其后。正如作者李艳自叙，此文思路借鉴了黄仁宇的《万历十五年》，即名义是描写历史上无关紧要的1587 年，实际上是写一个封建王朝的宿命。

此时核心报道的责任编辑工作主要由王秦、周桓承担，王、周两人均来自《南方都市报》，两人对稿子的编辑及版式的处理，已经驾轻就熟。他们日后相继晋升为副主编。

在 2005 年新闻环境恶化之后，核心报道的部分题材开始转向国外。这年夏天，飓风“卡特里娜”席卷美国，记者通过越洋电话关注华人世界。记者闾宏的《飓风过后的华人世界》，以自己的角度透视这个与国人休戚相关的群体——唐人街上的紧急救助体系，而记者李艳则以《一位中国留学生的飓风七日》，形象展示了大风席卷下的留学生亲身体验。文章在谋篇布局、起承转合、切入角度等方面颇显突出。

女记者本是在深度报道领域鲜有。在《新京报》核心报道部中更是例外。细数其中诸多过客，秦文、吴珊可谓佼佼者。她们外柔内刚，于繁杂信息中拾贝，可谓慧眼独具。如秦文的《重庆首例艾滋患者的最后十年》，记录目前我国存活时间最长的艾滋病人，在其生命最后十年的爱情与友谊、感激与煎熬，以及更多的后悔与对生命的坚持。吴珊的《废墟婚礼　那一道难愈的折痕》，则描述了唐山大地震中双双丧偶的一对青年男女，用老照片拼合成一张新的结婚照，以及对应于此的30年来的情感折痕。

此外，如朝格图的《甘肃骷髅头案剑指工艺品黑市》，欧阳洪亮的《冷水江女矿工13年井下人生》，杨万国的《越狱》、《越狱案背后乡村之痛》等，也偶见精彩。

以经济的眼光洞察社会

2004年10月29日，核心报道发表长达近万字的《潇湘电站“螳雀之争”》（记者罗昌平），文章颠覆性地否定之前新华社、《法制日报》等媒体针对湖南首家合资电站股权争夺战的报道，以相对中立与平衡的报道得出结论——频频上告的原国资方负责人，曾涉嫌将电站变为私有；而港方资金至少部分来自广东国有企业，其负责人被举报侵占资产。此案一度惊动中央高层。

此稿发表之时，陈志华与李列发生了业务的正常争执。前者认为，《潇湘电站“螳雀之争”》一文太经济，专业术语多，不便于在以“人文与法治”为理念的核心报道发表；李列则认为，此稿题材独家，采访细致，甚至可以成为《财经》杂志的封面备选。

有此争议之由，源于李列在《21世纪经济报道》的经历。他当时是该报政经版块的编辑，对经济领域的题材有着极为浓厚的兴趣。

实际上，核心报道还相继发表了与财经相关的《谁终结了湖南首家民营公路收费站》（记者罗昌平）、《蚁力神投资神话》（记者钱昊平）、《金光集团染指海南公路林》（记者朱永红）。颇有先见之明的是，《谁终结了湖南首家民营公路收费站》发表两年后，文中主角郴州市纪委书记曾锦春落马；而蚁力神非法集资事件，亦是辽宁省、公安部联手查办的特大经济案件之一。

自2005年3月成立深度报道部后，其名下包括“核心报道”、“经济纵深”两个栏目。其中“经济纵深”栏目，每周二至周五出版，版面不限，成员包括编辑贺军，专职记者乔晓会、范军利、谢晓冬、高泽阳等人。由于当时人手和专业水平有限，该栏目并未实现密集的覆盖，而是“打一枪算一枪”，至今仍未实现与"核心报道"同等的品牌效应。不过，应届生谢晓冬、高泽阳由此逐步成长起来，乔晓会、范军利亦获得长足进步。

李列坚持认为，不能以经济的眼光看待社会事件，是为记者或编辑的一大局限。而日后包括他自己在内的核心报道团队成员的走向，亦可看出这一转变。

2005—2007 年间，袁凌、罗昌平、乔晓会、李列等人相继进入《财经》杂志工作。谈到两个单位的工作体会，李列认为，《新京报》核心报道强调对事实负责，而《财经》更多是对观点、立场负责。对事实负责易，最低的层次就是记者对原始信源的忠实表达，然后才是判断和平衡。而要对观点负责难，需要深厚的专业积累，包括对宏观形势、历史沿革的准确把握。综合性媒体是以报道、评论分立来保障这个责任，评论委员会须以总编辑为首，而《财经》几乎每条稿件都渗透着判断，专业性要求自然就更高。

与李列等人先后加盟《财经》的原核心报道成员还有范军利、宫靖、欧阳洪亮、周桓、王秦。其余几人，郭建光进入《中国青年报·冰点》，李艳、朝格图同时进入《南方周末》，专攻其擅长的社会领域①。刘炳路、胡杰至今留守新京报。

事实上，细心者注意到，核心报道团队日后的发展轨迹早已与《新京报》发表过的一张新闻图片暗合。在旁观者眼里，此图被视为智慧的理想主义在新闻自由史上留下的印记。这张于 2005 年"12·29"事件发生次日刊发在报纸气象版的新闻图片，其图释这样写道："头鸟带领着群鸟飞过高空，天空虽然不是很晴朗，但它们依然会载着心中的目标飞向远方。"

---

① 2007 年 3 月起始，深度报道部主编刘炳路，副主编王秦，责任编辑闾宏、涂重航，记者钱昊平、杨继斌、孙勇杰、杨万国、崔木杨、相丽丽（女）、孙旭阳、褚朝新、吕宗恕、张寒（女）、黄玉浩、李增勇。

《21世纪经济报道》：调查如何彻底

□ 左志坚[①]

在一份锐气十足的报纸上，《21世纪经济报道》的调查作品，阐释着职业记者最大限度的话语空间，也见证着日报深度报道的专业实践。

广州大道中的南方报业传媒集团大厦看上去并不起眼。20世纪80年代，这座大楼曾获得过建筑界的“鲁班奖”，而今身处周围一座座光鲜无比的高档写字楼中，看起来不无寒酸。

这座大楼的17—18层属于南方报业旗下的子报——《21世纪经济报道》。走进这些简陋的办公室，如果没有电脑等IT设备，可能有时光倒流的感觉，以为真的回到了80年代。

泛黄的外壳之下，80年代理想主义气质一脉相承。8年来，这个脱胎于南方报业集团的财经报纸，为中国读者奉献了一道又一道的新闻大餐。“上海社保案”、“汉芯造假案”以及无数财经调查报道，从这些不起眼的办公室刊发，在全国各大城市形成冲击波，进而深刻地影响着这个国家。

8年间，《21世纪经济报道》发展迅速，已由周报而周二刊、周三刊，直至2008年改版为一份日报。除了南方报业集团固有的锐气之外，这份报纸还有一种特质在8年间始终没有褪色，就是它的“深度”。

在如今的《21世纪经济报道》上，人们依然可以看到长达8000字的深度报道，整张报纸也继续“以深度为纲”。这对一份日报来说，有些不可思议，但“21”式深度报道已经形成固定套路和鲜明风格，这份报纸的发行量和影响力已足以说明，人们需要这样的深度报道。

---

① 作者为《21世纪经济报道》资深记者，2006年创办上海特稿部，2008年创办国际部，现为该报国际部主任兼上海特稿部主任。与同事著有《出轨——娃哈哈与达能的中国式离婚》一书。

怎样定义深度

2000年，《南方周末》如日中天。曾经见证了《南方周末》鼎盛时期的沈颢和刘洲伟已经在琢磨创办一份新的周刊。

沈、刘二人当时分别司职《南方周末》要闻部主任和经济部主任。他们拿到了《广东价格报》的刊号，经过2000年底的试操练，很快于2001年1月1日正式推出《21世纪经济报道》。

这份报纸的成功来得很快，第一年即告盈利，是一个不小的奇迹。除了市场定位非常精准之外，其新闻产品的成熟也是厥功至伟。事实上，《21世纪经济报道》从创刊至今，其新闻报道模式就备受追捧，模仿者甚众，以至成为一种财经深度报道的范本。

财经报道当时还是一个新鲜事物，学界有许多人研究过《21世纪经济报道》的报道模式。而在内部，《21世纪经济报道》也有总结。一份《21世纪经济报道》早年的内部培训资料上是这样定义的：

“简单地说，新闻性是新闻的核心，最好的新闻不能缺少独家披露的、真实的事件。而事件要有博弈，精彩的博弈是商业新闻的特征，包括‘自己’博弈（如企业内部斗争、经营者与投资者斗争等）和‘对外’博弈。博弈背后的价值在于商业理性，即每一个领域的规律与趋势。”

在实际的操作过程中，《21世纪经济报道》的深度又体现在两个方面。

一方面是对事实的挖掘。所谓“深度成就深度”，对待商业事件，《21世纪经济报道》的记者秉承南方报纸的调查特长，对事件的调查也是第一追求。

另一方面就是专业的深度，表现为“商业逻辑”。这样的逻辑对《21世纪经济报道》的记者来说，是区别于其他报纸的关键。

《21世纪经济报道》主编刘洲伟也是最重视这个“商业逻辑”。他曾经对采访他的记者说过①：

“我们的编辑方针就是以深度报道为纲，报纸本身不是要解决发生了什么事

① 《〈21世纪经济报道〉7月起提价》，张冬冬/文，来源：传媒领袖网，2008-07-19。

情，不是解决‘What’这个‘W’的问题，而是应该解决‘Why’，为什么的问题，发生事情的背后的逻辑是什么，它的制度安排是什么样的，是不是包含了制度本身上的缺陷，以及它对我们读者的启发是什么。我们希望我们的记者在做每篇稿子的时候都要想清楚这一问题，而不仅仅报道了一个事情就OK了，如果只是简单地以故事逻辑讲一个故事，讲一个新闻，对于报纸来说是远远不够的。我们把这种新闻叫‘半吊子’新闻，或者说是‘碎片化的新闻’，我们坚决杜绝这种东西。”

显然，对于一个记者来说，他必须能够在第一时间尽量深入报道事件，同时又能对整个事件做合适的解读，这对记者的要求是相当高的。

基于财经媒体对专业性的要求，《21世纪经济报道》内非新闻专业的记者几乎占了一半，即便非经济专业的记者，如出自新闻系、中文系、历史系的，也往往有经济学二专的背景。此外，《21世纪经济报道》的内部培训多半是财经专业的培训，知名的企业家、学者常常会到报社办公室给记者讲座。

由于存在对事实和逻辑的双重要求，记者们已经习惯了用经济学视角去研判社会公共事件，进而还原背后的利益博弈。

以利益博弈的角度来还原真实世界，是财经类记者的基本视角，也是当今中国改革的现实映射。《21世纪经济报道》的创刊初衷之一，正是因为中国已经进入了“千年未有之变局”，即经济改革驱动整个社会变革。这能够解释为什么财经类媒体往往更能够抓住许多重大公共事件的话语权。

在实际的案例中，2006年震动海内外的“上海社保案”系列正是对《21世纪经济报道》调查能力和专业水平的一次检验。在长达一个多月的连续报道过程中，海内外媒体一直在第一时间大量转载《21世纪经济报道》的报道，事发地上海“洛阳纸贵”，举国震动。

上海社保案报道出炉始末

2006年7月末，随着上海社保局长祝均一被“双规”，一场10年一遇的反腐大戏正式开场。

但是在7月末乃至整个8月，即便颇晓内情的记者们也未必就敢断定，此案将埋葬一名中央政治局委员的政治前途。事实上，“上海社保案”的系列新闻调查，是在一场迷雾中徐徐展开的。不确定的因素至少有两个：第一，中央调查社保案的真正意图当时并不清晰；第二，新闻媒体可报道的空间也不明确。

《21世纪经济报道》的记者和编辑，就是在这样不确定的因素中，开始了一场漫长的新闻长跑。

7月下旬，上海社保局长祝均一被“双规”的消息逐渐在上海滩流传开来。虽说祝均一只是一名厅局级官员，但我们判断，此案显然跟其他厅局级贪案不可同日而语。

首先，上海滩已多年没有局级官员因经济问题下课；其次，“双规”祝均一的是中纪委而非上海市纪委，显示此案颇不寻常；其三，祝执政的社保局多年来并不为人所关注，不知会牵出什么经济问题。

即便记者能够调查出祝的经济问题，领导还需要考虑的是，如何规避“异地监督”的风险。毕竟是广东省的报纸，而调查一个上海市局级官员的腐败案显然需要冒一定风险，更何况此案在当时看来就已显得颇为复杂。

背后关系摸不清楚，如何敢贸然出手？

最终，7月22日，《21世纪经济报道》头版头条刊出了长篇调查报道《上海社保基金“违规投资”疑云》。

这篇报道在导语中即点出“祝均一被中纪委‘双规’”的关键信息，但其后的数千字完全围绕上海社保基金运作来写，并没有写祝均一如何腐败。

这样的新闻操作方式取决于以下几个因素：第一，时间极其有限，记者尚未查清并核实祝均一的腐败情节；第二，详细报道个人腐败有“异地监督”的嫌疑，不如改变方向调查制度问题，对事不对人，能够规避“异地监督”的风险；第三，着重剖析制度漏洞也是《21世纪经济报道》的特长，事实上社保资金监管一直都有漏洞。

在该报道中，尽管指出社保基金有违规入市之嫌，但也道出地方社保支付缺口所导致的投资冲动。总体来说，是一个更偏向挖掘制度漏洞的深度报道，而非时政新闻。

同一期报纸还及时报道了上海富豪张荣坤协助调查的新闻。报道民营企业家的违规，相比之下就少了“异地监督”的风险，关于张荣坤个人的报道就相对详细一些。

这两篇报道在周六问世，在当时尚未引发大规模的震动，只被视作民企违规的一个案例。但我此前对张所在的上海公路业有所了解，在采访中早已知道张的背景，所以对张“出事”非常震惊。

尽管这是真正的新闻记者都渴望参与的新闻，然而考虑到新闻“纪律”，显然不可逞匹夫之勇。

第一篇报道规避了相当多风险，但考虑到案件可能背景很深，在形势并不明朗的情形下，我们还是选择了观望一下。这一观望，就引发了其后戏剧性的波折。

在当时的形势下，从新闻实际操作角度来说，唯一可以深挖的是张荣坤。张本人并非政府官员，不会有“异地监督”之嫌。

记者继续在搜集资料，调查证据。事情相对比较顺利，毕竟作为一份专业的经济类报纸，做富豪调查是《21世纪经济报道》驾轻就熟的一类题材。然而，禁令在第二周就到了。

禁令本身，大致只针对社保问题，写张荣坤未必就违反纪律。但此案确实特殊，因而编辑部就继续观望。虽然外电已有相当多针对张荣坤的报道，但在《21世纪经济报道》看来，他们的报道还只是浮在表面。

就这样过了近两周，眼看对张荣坤的调查即将永远封存，孰料峰回路转——上海电气集团又出事了。

8月7日礼拜一，报社多位记者得知上海电气集团副总裁韩国璋已于上周被中纪委“双规”。根据我们了解的情况，此案与张荣坤不无关系。

上海电气是香港上市公司，透明度应该很高，更没有异地监督之嫌。但在获得官方确认之前，考虑到案件之特殊性，已经写好的报道还是压了一期。

就在一两天之间，官方公布了消息，而我们在此日将已准备多时的稿件发了出去。尽管在时间上落后于一些证券类的日报，但因为操作时间长，内容也是最详细的。

诸多媒体的聚焦让我们失去了做独家新闻的机会，但也显示张荣坤案已没有那么敏感，可以放手一做了。

在接下来的几期报纸中，我们每期都有关于“上海社保案”的大幅独家报道，“上海社保案”的报道进入了高潮。

《21世纪经济报道》早已习惯对利益链条进行切割，因此可以调查的方向有很多。在当时，我们所能想到的方向包括：张荣坤的身世之谜、张荣坤的发家轨迹、上海电气利益输送、社保资金违规入市情况、相关企业如何善后、社保资金管理制度反思等。

等8月中旬上海电气董事长王成明出事的时候，我们已经提前数日铺开了记者网络。

上海特稿部、政经组、金融组、财经组各个条线上的记者，甚至包括驻香港站记者，都利用原有的资源展开调查，显示出一个全国性大报强大的资源优势。

其中特稿组记者，立即赶赴张荣坤的苏州老家，详细勾画这一隐形富豪的最初面目，并在次日就发回了报道。

留在上海的特稿记者则盯住随时可能出现的新情况，因为此时的上海滩已是“山雨欲来风满楼”，记者们每天交流的信息都是“听说谁谁谁也被‘双规’了”。

政经组记者去了上海电气集团，同时利用私人关系与张荣坤的律师和手下交流，并与办案人员接触。

金融和财经组利用强大的资源优势，将社保资金的运作手法调查得非常专业、详实。同时已经开始采访相关企业重组事宜。

香港站记者则在香港第一时间专访到风暴中心的上海电气新掌门人。

北京站的记者不失时机地采访了专家和部委官员，对社保资金的管理提出反思。

就这样，一组组调查扎实、反思有力的报道，以每期数篇的规模出了数期。海内外媒体纷纷跟进，分别在报纸或网站的显要版面转载。

至8月25日下午，有消息传来，宝山区长秦裕被“双规”。此时，我们已经掌握了相当多的材料，知道此人的分量——陈良宇10年的秘书、案发前刚调至宝山。

由于官方的新华社晚上11点就已披露此消息，因此我们可以及时地在次日做深度报道。第二天，仅仅半天时间，一篇调查报道就告出炉。

关心上海社保案的读者大多知道秦裕的身份，“上海社保案”的指向已经相当清晰，我们的报道至此达到了一个高潮。

一位办案人员评价我们的系列报道，“及时、准确、深入”，而这也正是我们报道之初所设立的目标。

在秦裕之后，尽管上海滩依旧流言漫天，但被官方确认“出事”的人已经不多。此时，又一份与前次内容相似的禁令来到。不过，一些全国性媒体依然在报道，虽然都是炒冷饭，但显示了报道社保案的风险甚低。

其间，周正毅戏剧性地再次遭受调查，《21世纪经济报道》在第一时间独家做出报道。此后，除了陈良宇昔日的小兄弟、新黄浦集团董事长吴明烈被“双规”外，没有太大的风浪。

9月25日早晨，我连续收到两条短信都说陈良宇落马。开始还不太相信，到中午，凤凰网就发布了消息。随后，新华社、CCTV相继公布了这一消息。新华网还在当日配发了多条评论。

报社的记者聚集着，看了CCTV报道的视频。记者要考虑接下来的几个小时时间里，如何报道陈良宇被查的新闻——可以想象，这是一个最重量级的调查性报道。

根据新华社公布的陈良宇的4个问题，我们在之前的调查中均或多或少掌握了一些信息，只需要花时间写出来而已。

两小时后，文章写出来了，拿去给领导把关，结果领导笑着说刚收到禁令。这是一个可以预料到的结局，所以也就无所谓沮丧。

过了一会，领导考虑了一下，觉得不妨打个“擦边球”，看陈被“双规”后各类人的反应。但这个决定还没有来得及付诸实施，又一道更严格的禁令来了。

最终，我们还是打了一个擦边球，即反思上海模式。尽管文章最后见报时，删改比较多，但还是发出了声音。

几天后，上海市委办公厅主任孙路一落马。借着写他的名义，把许多与陈案有关的信息隐晦地写入了报道。

至此，一场规模和级别都空前的连续性调查报道基本收场。其中震撼程度可谓十年一遇。难得的是，《21世纪经济报道》的记者几乎一路领先，一路独家。

汉芯造假案利益链切割详解

前文已经述及，和法治类、时政类调查报道不同，经济类报道只有一根主线，那就是利益。这既是经济学之所以能够成为一种理论的原始假设，也是理解真实商业世界的一把钥匙。

每一家企业，每一名企业家，乃至每一名贪官，事实上都在几根利益链条上翻滚，而这几根利益链条的存在，已经锁定了他的活动空间。而在社会转型的当下，不仅是贪官和企业家，绝大多数经济理性的社会各类人士，都被绑在了各自的利益链条上。

汉芯造假案的主角陈进就是一个很典型的案例。随着《21世纪经济报道》出版频率加快，连续性的调查（深度）报道又将成为常态，汉芯造假案在连续报道上也有可借鉴之处。

从《21世纪经济报道》实际操作的经验来看，我们已报道或将要报道的“连续性报道”同时具备以下特征：

1. 新闻事件足够轰动。比如：周正毅案、健力宝案、汉芯造假案、严介和系列等等。这一点很好理解，因为连续性报道往往耗费不菲的时间和人力，只有重大事件才值得如此投入。

2. 利益主体较多。正是因为利益主体较多，所以事件在外人看来比较复杂，而各利益主体的博弈则是一个动态的平衡过程，因此不断有新闻事件涌现。比如铁矿石价格谈判、徐工收购案波折等系列报道即是如此。

我们可以看到，特征一，是连续性报道的充分条件，只有事件够重大的时候，媒体才会投入重兵进行连续报道；特征二，则是连续性报道的必要条件，只有利益主体较多时，才有施展连续性报道的空间。认识到特征二，对我们来说更为重要，因为只有对利益主体进行充分认识、分析、预判，才有可能在连续报道中占据有利位置。

一个复杂的利益博弈事件，在我们对其展开报道之前，按照个人的经验，需要先画一张图把各利益关联方全部标出。这是一个细致而且必须做的功课。

我们以汉芯事件为例，其利益关联方有很多：

——汉芯公司，其主体包括：“汉芯之父”陈进、汉芯公司核心高层、汉芯公司一般工作人员、汉芯公司前员工；

——举报人；

——上海交大：宣传部、校长、党委书记、纪委、相关学院领导和教职工；

——上海市政府：新闻办、信息委、科委、两位主管市领导、公安局、保密局等；

——科技部：863项目相关负责人、相关院士、相关司长处长、中纪委驻科技部工作人员、科技部最高层；

——其他政府机构：发改委、教育部、国务院调查组等；

——汉芯公司投资伙伴：斯威特集团、紫江集团、联和投资等等；

——汉芯公司商业伙伴：流片、测试、封装商、ARM公司、威盛电子、飞思卡尔、SIP 等；

——陈进私人关系：家人、朋友、老师、学生、前同事；

——第三方（他们虽与事件无利益关系，但是报道不可或缺的一部分）：技术专家、财务专家、工商局、行业协会等。

这其中直接关联的利益方相当多，而只要随便有一方开口，便可撰写一篇相关报道。

在列出详细的利益结构图之后，接下来一步是判断各个利益主体的突破难度。然后安排合适的记者，先易后难，不断挖掘，并实时地发表相关报道。

归纳一下模型如下：利益结构图——判断优先突破的环节——安排记者——根据采访所知更新利益结构图——如是循环。

连续性报道必然需要部门联合。前面已经分析过，连续性报道的必要条件是利益主体比较多，这些利益主体一般是跨领域的，既分布在政经领域，又分布在产业领域。而我们的记者，其采访资源又各有所长，从个人利益出发，也许单打独斗效果较好；从报社利益出发，合作肯定能产生 1 + 1 >2 的效果。

财经调查规律

推而广之，就财经类调查报道来说，更多是百富榜富豪、500 强企业、上市公司。但其大致调查原理和上海社保案、汉芯造假案区别不大。一般来说，这类报道对象总被三根利益链条包围着。

其一，是其所在上下游利益链条。比如这个企业的客户、供货商、经销商、债权银行、同业竞争对手、消费者。这其中还包括大量的中介机构，如律师事务所、会计师事物所、投资银行、评估机构等等。

其二，是其所在的政府利益链条。主要是条和块上的各个政府机构，比如地方政府行政首脑、地方政府主管部门、中央政府行业主管部委、相关官员家属。这其中还应包括“二政府”，即各类行业协会、行业研究会、理事会等等。

其三，是其公司内部高层。比如一把手身边的秘书、副手、家人、中层、普通员工、私人朋友等等。

在正常情况下，我们的调查对象应该能够妥善地平衡各方的利益，让各个利益链条上的每个节点都成为他的利益同盟，从而优化配置社会资源，财富也完成了良性的增值过程。

然而，这只是一种理想状态，事实上中国的很多社会资源配置并不公平，这就意味着上述利益链条有断裂或崩溃的可能，在这个时候，原本铁板一块的利益群体内部出现了不和谐的声音，他们会借助媒体寻求一个公平的解决之道。

上海社保案，正是中央与地方利益不一致；汉芯案，则是公司内部利益不一致；娃哈哈与达能纠纷，则是合资伙伴利益不一致……再包括张海事件、顾雏军事件、严介和事件，则有地方政府与企业家博弈的浓烈痕迹。

上述新闻的出现，都是因为利益集团内部松动导致的极端后果。这实际上是媒体报道的较好时机。

当然，以利益为纲的财经类调查也需要一些特别的调查工具。调查记者一般可以利用一些公开、合法的工具获取相关资料：

工具一：也是最常用的调查工具是工商资料。

工商资料有三个作用。第一是了解相关企业的股权结构，知道谁是实际控制人并找到他的联系电话；第二是了解一家企业以往的基本财务报告，可以判断、倒推出一些结论；第三是工商资料中往往保存了一些必须在工商机构备案的合同或协议，这些是意外的核心材料。无论是汉芯案还是社保案，我们通常都会查阅若干家企业的工商资料，在办公室里堆了一地。

工具二：也是最基本的工具，是上市公司的公开信息。包括年报、季报、股东结构等等可以了解一家公司的基本财务状态。其中会透露出独立董事、会计师事务所、承销机构、法律顾问等信息，这些也都是可以争取的采访对象。汉芯案中，斯威特系的上市公司可以查阅到相关资料；社保案中，由于张荣坤的福禧投资发行过企业债，因此有很详细的财务资料。

除此之外，比如股票交易者的身份证信息、公安系统的出入境记录和家庭住址、金融系统的企业贷款记录等等。许多政府机构有内部网络，如能委托朋友代为查询将可以获得相当多的采访线索和证据。

调查如何彻底

《21 世纪经济报道》创刊至今有一个栏目一直保存下来，就是“彻底调查”。

对于一直在转轨的中国来说，缺的不是题材，而是调查的深度。

现在再回到本文的标题，就是调查如何彻底。

事实上，报道能做到这个程度，天时、地利、人和三个因素都不可或缺。

所谓天时，就是如何在狭窄的新闻操作空间中，我们能做什么？中国的新闻毕竟要看“天”吃饭。

一般而言，在调查报道的设置中，总应是风险小的报道先行（往往是问题企业或企业家），然后再是风险较大的（比如问题官员）。逐层深入，避免风险。

在社保案中，我们一直将张荣坤和上海电气作为调查的主线。

再所谓地利，则要看一家媒体的资源。《21世纪经济报道》在上海的记者人数在全国媒体中可谓首屈一指。虽然上海本地媒体也许资源更多，但很容易理解他们无法报道本地的黑幕，因此我们在那一个多月间，大多数新闻均为独家。

此外，《21世纪经济报道》在北京、上海、深圳、成都、重庆、香港均设有记者站，记者和编辑总数超过300人。一旦有任何突发性的新闻，我们的记者往往能够在第一时间抵达各个新闻现场，同时也能在第一时间与分布在不同城市的利益主体接触。

最后说的是人和，就是在新闻一线的记者。《21世纪经济报道》以调查报道闻名于财经界，几乎所有记者都对调查性报道相当熟悉。同时不断的专业培训也保证了记者在财经专业方向不断进步。

而我们的记者是如此之多，每个人又在各自领域拥有一定程度的采访资源，所以当他们跨部门展开合作时，最终呈现在报纸上的报道就会显得“及时、准确、深入”。

事实上，若要彻底报道一个有时效的新闻，尤其是日报，肯定需要大量记者并肩作战。社保案就有法律、金融、财经等各条线记者参与。这一组报道大多署名为“陈芳”，其实在这个名字背后有10位记者。

当时，他们从业时间大多不到5年，在一份锐气十足的报纸上，阐释着大陆职业记者最大限度的话语空间。

第五篇

记录之真

从央视评论部对电视语态的改造，到《青年报·焦点新闻》对“大特写”体裁的优化，再到《北京青年报》对深度报道多元类型的实践，如何讲好故事始终至关重要。事实的记录方式折射着从业者的生产观念，真相的阐释模式影响着受众的新闻解读。怎样避免因强烈的正义伸张而影响报道的理性客观，值得我们在记录中反思；怎样在概念提供与实践过程中追求真相，始终是记录者的不懈追求。

央视新闻评论部：电视语态的十年变迁

□ 林仲旻[①]

历史是机遇创造的，历史更是人创造的。CCTV 不仅改变了中国电视的语态，也深刻改变着中国人的精神世界。

在中央电视台二楼当中，有一间“玻璃房”。这间 30 多平方米的办公室，临楼道一面由玻璃墙构成，一直以来，都是台里的荣誉展室。1992 年 10 月底，孙玉胜、时间、童宁、孙克文等七人入驻这间“玻璃房”。那个时候，恐怕他们自己也不会想到，这里日后会成为引领中国电视新闻改革的前沿阵地。

进军早间：真诚面对观众

1958 年 5 月 1 日，中央电视台第一套节目开播，当时的呼号还是“北京电视台”，此后直到 20 世纪 90 年代初，第一套节目每天的开播时间是早上 8 点——全国人民上班的时间。在 90 年代初期，早间节目还是电视中的一块空白。

改革总是必然和偶然并存的。1992 年，几件事情凑在了一起。邓小平视察南方后，改革开放的潮流席卷中国，不仅影响了经济领域，同时还包括了新闻领域。新上任的台长杨伟光去了一次美国，发现 CNN 是 24 小时播出的，美国的 ABC、CBS 的早间直播节目都是从早上 6 点开始的。他很难和外国同行启齿：中国没有早间节目。[②]

从美国回来后，杨伟光进行了一次自上而下的改革。1992 年 11 月初，央视

① 作者毕业于复旦大学新闻学院。
② 参见《杨伟光的央视岁月》，刘世英/著，中信出版社 2007 年。

确定1993年3月1日开始实行新的节目编排时间，早上播出时间从8点提前到7点。7点到7点20分播出新闻节目，7点20分到8点播出专题节目。后来的《东方时空》就是为了填补这块空白而诞生的。

筹备初期，那间不足20平方米的透明的临时办公室里面什么都没有，连办公用品都是借的。办公室中只有四个长餐桌拼成的一个“平台”。这个“临时”办公室意味着，如果早间节目办不下去了，就要将办公室交回台里。

《东方时空》初诞生时下面有四个小栏目：《东方之子》、《生活空间》、《东方时空金曲榜》和《焦点时刻》。到了后来，《东方之子》变成了《面对面》，独立进军晚间时段，而《焦点时刻》也仿佛是《焦点访谈》的试播版，开调查报道的先河。

《东方时空》开播，养成“中国人早上一早起来就开电视”的新的习惯。但更深层次的，是改变了多年来电视喜欢“自说自话”的语态。《东方时空》之后，就如它的口号一般——真诚面对观众。一切从观众出发的电视语态想法，“不是命令人看节目，而是请人看节目”。这样的想法，影响了这之后十年的央视电视节目的形态。

1993年5月1日《东方时空》开播时，其中《焦点时刻》为了强化节目的社会性和新闻性才采取现场报道的新方式，在贴近民众、提高时效这两方面做出努力。而真正的舆论监督是在100期之后。

1993年8月8日，《东方时空》播出第100期。其中压轴节目是《洋河污染导致大片农田绝收》，记者章伟秋采访并且报道了位于张家口市的洋河污染，致使当地蔬菜烂根，水稻不能抽穗，农民丰收无望，苦不堪言。

这部片子实地采访了5位农民。农民吴连成手拿着只有拇指大的萝卜和连秧藤都坏了的只有乒乓球大小的瓜，向记者倾诉洋河水污染的后果。农民张宝忠看着不长庄稼的土地无奈地说：“我就靠种这地，别的我干不了。再种成这样的话，我就慢慢流浪去了。我也不能再种了，维持不住了呀。”

记者接着去了环保局，市里的环保负责人说污染源来自上游的宣化，但宣化的农药厂拒不承认。章伟秋接着又来到市政府要求采访市长，市政府办公室的人回答说：“张家口有12个市长，12个秘书，但你没有事先约好，所以不能安排。”此人话中带理，因此章伟秋也没继续与他直接对质。

章伟秋就这样离开了市政府，然而他站在市府大门口说了这样一段话：“从上午8点20分，我们就到张家口市政府要求采访市长，但直到中午12点市政府办公室的负责人还是不知道市长去了哪里，他说地市合并工作很忙，但我们认为老百姓吃饭的事情也很重要。”这样的语句在采访中出现是第一次，平实但却有力量。

百姓也知道记者为民心切，那期报道的最后，东八里村农民怀着满腔期望送别记者。朴实的农民并不会说漂亮的话，他们只是紧紧抓住记者的手，然后又松开，目送记者。还有些农民缓缓举起手向记者告别，眼中噙着泪水，混杂着焦灼和期待，等待着记者的片子为他们带来福音。

这个节目获得了1993年中国电视新闻一等奖，对《东方时空》而言，这期节目更为重要的意义在于它是《东方时空》的第一个批评类节目。但是让人不禁遗憾的是，“洋河”节目播出后，并没有获得有关部门的重视，问题也没有得到很快的解决。监督力度的不足也让孙玉胜和中央电视台的领导们寻思着另一条更为勇猛的改革之路。

晚间创业：新闻评论部

创办于1978年的《新闻联播》收视率一般稳定在30%左右，根据央视索福瑞调查统计，虽然每天19点的开机率是21点开机率的一半，但是收视率却是后者的10倍。《新闻联播》之后的节目历来是央视仅次于“联播”的黄金时段，但1994年《焦点访谈》开播之前，这个时段的栏目影响还不是很大。当时，最有影响的栏目要数《观察与思考》，其次是《今日世界》、《体育大世界》等。这些栏目都是周播的，由于一天换一个栏目，所以这个时段一直没有形成整体和规模效应。

央视的第二步改革就决定改造19点《新闻联播》之后的这个时段的节目。其更重要的目的是要在一个黄金时段创办一个以焦点、热点、难点问题为内容的节目。但一旦出问题，其后果不堪设想。当时决策者之所以能够做出这样的改革决定，主要是因为经过《东方时空·焦点时刻》11个月的成功实验之后，他们认为在晚间创办这类节目的时机已经成熟。

《东方时空》创业期间，编辑部里的每个人都忙翻了天。孙玉胜更是胃病复发，住进了医院。

1993年10月，还在家养病的孙玉胜接到了沈纪副台长的电话，询问他身体如何，什么时候可以上班。聪明的孙玉胜凭着直觉感到沈纪副台长的这个电话不只是为了关心他的病情来的。

20世纪90年代中期，每年三四月份都是央视节目调整的季节，这已经是个不成文的规矩了，不知是否是由于“一年之计在于春”这句话。《东方时空》原本就是定在1993年3月1日第一次播出，由于当时人手不够才延迟到了5月1日，但却应了那句老话“过头儿子是个宝”。

沈纪副台长见到孙玉胜后，开门见山地跟他说：“台里决定在每晚《新闻联播》之后开办一个新闻综述性栏目，准备在《东方时空》基础上把《观察与思考》和《今日世界》合并起来，组成一个新的部门，台里决定由你牵头负责组建这个部门。”而这个新的栏目将在1994年3月或者4月开播，离这次谈话的时间不足半年。

《焦点访谈》的诞生有一定的偶然性，仿佛是《焦点时刻》的一个衍生产品。但是又具有一定的必然性，是改革开放到一定程度的必然产物。一期《焦点访谈》节目只有13分钟，很多时候只能展示记者调查的曲折性，而无法展示出一个调查结果。也可能是因为这一点，《焦点访谈》一改以往“评”的风格，而转变为多用“述”。

纵观第一年的《焦点时刻》，虽然在社会热点、焦点问题上开辟了一条逐步进行舆论监督的路子，但是它有着许多的先天不足。比如，这个栏目是包裹在整个《东方时空》播出板块之中的，因此就无法凸现它独特的影响力。再者，《东方时空》是个早间节目，尽管其诞生改变了中国电视观众早上不看电视的习惯，但是毕竟晚间看电视的人群最多。《焦点时刻》在早间播出，收视率无疑是影响它发挥最大影响力的因素之一，不能让最广大的电视观众知晓参与的舆论监督是难以起到最大作用的监督，它的威力也将大打折扣。

因此，在黄金时段推出一个新闻深度报道的栏目成为中央电视台的必然选择。《焦点访谈》也就呼之欲出、应运而生了。

深度来源于深入

2002年12月的一天，《焦点访谈》的记者曲长缨接到了一个热线电话：“我这有事，临汾的矿难瞒报死亡人数，你能来吗?”当时，《焦点访谈》的热线很难打进来，根据曲长缨自己的统计，一个月有39万的话量，但是能打进来的也就六七千，也就是说，通话成功率才1.8%，而这个举报人居然打进来了3次。凭着记者的专业本能意识，曲长缨感到了事情的严重性。但是，举报人大概是出于安全的考虑，其他相关的线索一概没有透露。

12月2日山西省临汾市阳泉沟煤矿发生瓦斯爆炸事故。尧都区安监局、市矿山救护大队的报告上和主管副区长的汇报中都清楚地写着：事故死亡人数是8人。但是当地负责人既不让新闻单位介入，也不让死者家属互相接触。举报电话和来信很密集，《焦点访谈》决定做个调查，但是究竟能查到什么谁也没有底。

曲长缨和摄像师来到了临汾，由于一点线索也没有，又不想坐在旅馆里等着，他便和摄像记者想出去碰碰运气。正赶上下雪，他们就在山里迷路了，后来碰到一辆车将他们载去矿难现场，途中就遇到了那个举报“矿工”。曲长缨和同事进矿区的那天，距离阳泉沟瓦斯爆炸已过去10多天，出事的矿井早已经封闭，矿工们也被遣散回家。曲长缨这一趟只找到了当地安监部门的负责人，了解到事故发生的原因——矿主违反规定，没有安排专人检测瓦斯和打开井下风扇。

若这样一个结果是事实，那么充其量可以做成一起谴责矿主不负责任，安全设施不完善，由于疏忽造成悲剧的很平常的节目，甚至有可能因为“太平常”而被完全舍弃。但是不知道是直觉还是专业意识，曲长缨并没有轻易地打道回府。

调查的源头来源于“质疑”。在这个事件中，唯一的一个可以切入的质疑点在于：死亡人数真的只有如名单上公布的8人吗?

记者一边往回走，一边继续向老百姓打听。一些矿工家属和老百姓都表示：他们听说死的是三四十人。究竟谁在撒谎?矿难中究竟死了多少人?如果假设白纸黑字的报告中有人作假，证据是什么?

一个非常辩证的逻辑思维方法是，官方的死亡人数是根据出具的“死亡名单”来判断的，那么只要记者的调查能证明还有名单以外的人在此次矿难中丧生，那么名单的真实性就可以被质疑。一旦名单真是被伪造的，那么其背后的一连串问题就可能浮现到台面上来。

正如曲长缨后来回忆时所说的那样，很多事情看上去像“碰巧”，但是偶然是发生在必然中的。2003年元旦过后，曲长缨第二次进入了阳泉沟煤矿。那里埋葬着一个个曾经活生生的生命和生命背后整个家庭的幸福。对于一个个体来说，名字是他们永恒的记号。

在那里，他捡到了两个“偶然”。抱着对于矿工名单上“名字”的关注，曲长缨在杂物堆中见到了一个身份证，身份证上的名字不在名单上面。

接着，他在黑乎乎的矿工宿舍的床下捡到一个破破烂烂的通讯录，通讯录主人的名字不在死亡名单上面。

路过矿区时一个过路人念叨出来几个名字，那些名字也是记者在死亡名单上面没有看见过的。

事实的真相从那些破碎的线索中开始拼凑起来了。

从那本通讯录开始，记者发现大部分记录的名字都来自安徽界首。仅仅凭着这一点，记者来到了安徽，通过界首派出所记录在电脑中的常住人口登记表，找到了那位通讯录上的主人。见到了死者的父母后，记者从他们的口中证实了他们的儿子是死于“12·2”矿难的。

接着是那张残破的身份证。记者循着身份证上的线索来到了河南上蔡，这一次，记者不仅找到了一名不在死亡名单上的矿工的家人，其家属还告诉记者矿上要求“私了”的全过程。与这位遇难矿工同去打工的另一名矿工也死于阳泉沟“12·2”矿难，死者的家人无奈地接受了矿上的“封口钱”。

半个多月间，记者跨越安徽、河南、四川等省，在当地矿工家属和公安机关的协助下进行调查，一个个从名单上被抹去的名字又重新浮现了出来：

安徽省界首市陶庙乡前吕村的吕世文

河南省沈丘县冯营乡小高营村的高凤新

河南省上蔡县韩寨乡石桥村的邱梅松

河南省商水县胡吉乡康老村的康雷

四川省北川县内古镇茶房村的陈伦兵和周丛友

…………

这是节目结束时屏幕上滚动的几行文字。每一行文字的背后都是一个曾经鲜活过的生命，如果当初曲长缨和同事采访完乡长后，就打道回府没有多想的话，这些生命逝去的真相很可能差点就被埋葬在历史的尘埃中。

这期名为《追踪矿难瞒报真相》的节目播出后，立即引起了国家安全生产监督管理局和最高检察院的重视。很快，阳泉沟矿难瞒报事件进入司法程序，行政主管部门介入，彻查安全生产中的行政责任问题。高检介入，调查这起恶性事件中存在的权钱交易与职务犯罪。

后来的调查结果表明，在这起事故中，死亡人数至少有31人。涉案的矿主等30多人被刑事拘留，8人被逮捕。

节目的深度是循着碎片般的蛛丝马迹所进行的调查。节目的深度是观众在事实讲述中自己感受出来的。作为一个记者，获得的事实越多，离深度就越近。

用事实说话

1998年大洪水退后，清理河道、加固江堤成了武汉市上上下下的共识。然而谁也没有想到，2000年有人在武汉长江江段，也就是长江中下游最狭窄的江段之一的河道里盖起了楼房。

这个标榜着“我把长江送给你”的楼盘确实可以称为名副其实。因为它建在武汉防洪墙外的防洪堤上，这片商品楼距下游的交通大动脉武汉长江一桥只有200米，它的建成使保卫武汉并关系到700万人民生命财产安全的防洪墙形同虚设。

长江河道里盖起了商品楼，从1998年开始就不是秘密了。每一个从武汉长江大桥经过的人都能看到越来越多的漂亮的小楼在大桥下面的河床上面奇怪地盖起来。到了2000年，几幢小楼已经发展到几十幢，算得上巍峨的高级住宅小区。

《焦点访谈》的记者法展很早就得知了这个消息，但是他和其他新闻单位的记者一样，从一开始就选择了放弃。他的想法是很“符合逻辑”的：老百姓谁敢在长江上公开盖楼！这样公开违法的事，有人公开做了，不是理由充分，就是后台奇硬，敢盖就不怕你折腾！就这样，这个选题在新闻评论部飘了半年没人敢接手。到了2001年11月，法展已经两个星期没有什么选题了，心里憋着自个儿急，此时恰好这个选题又再一次飘到了他的眼前，于是心一横，决定做。反正闲着也是闲着！制片人临走时还补上一句：播不出去，大不了吃顿“友谊饭”。可是谁也没想到，法展这一走，捡回来个“金娃娃”。

在《焦点访谈》干活的记者都知道遵守纪律，令行禁止。摄制组刚开始采访，外滩花园的开发商一脚就把问题的皮球踢给了武汉市政府，因为人家有市政府各个部门的全部合法手续。而武汉市虽然承认审批违法，却也毫不犹豫一脚把球踢给了湖北省——是湖北省水利主管部门最后同意盖的。三两下，采访对象就到了当地最高行政部门了——这门槛是高了点。还去不去省里问呢？疑问之后法展想：嗨，都来了，凭什么不去问问呢，大不了碰个壁呗。

果真碰了个不大不小的壁。湖北省水利厅主管宣传的同志一句话就把摄制组打发了："主管领导一个也不在家。"法展上了出租车准备走了。又一想，人家对咱的笑脸送了个冷屁股，咱还假客气个啥，《焦点访谈》的传统作风在乡镇能用，凭啥在省里不能用？闯吧！于是和摄像刘文又转身回到了省水利厅，直接奔到了厅长办公室。叩门进去后，厅长们全部都在，正听那个打发他们走的宣传处长汇报《焦点访谈》记者上门要求采访的情况。看到记者没有罢休的意思，厅长发话了：采访可以，我们业务处室的专家们可以接受采访！

经过24小时的等待，法展终于见到了湖北省水利部门最整齐的专家阵容，从专业处室的处长到总工、高工们坐了一大排。他和刘文走到了大圆形会议桌的对面，全场只有他们两个水利门外汉，说实在的，心里真有点胆怯，人家没充分准备、没充分理由敢来吗？对面首先发话的是一个主管审批业务的处长，一介绍居然是比法展年长了10岁的校友。处长发话道："学兄今天和小师弟对阵，言语伤了小弟，可别……"接下来，搬出来的又是法又是理，呼呼拉拉的话讲了一火车，直把两个人听了个云山雾罩，有点蒙了。幸亏平常心此时又回来了：别唬人！专家咋的，专家也得讲法，这楼盖得合法不？孰料早有准备的师兄从一大本法律法规中"哗哗"翻出了一条："如有特殊需要，经省市人民政府及主管机关批准，可以在河道里搭盖房屋。"

法展依旧不依不饶，扣着点儿问："你们作为湖北省水利管理部门，你们认为它有什么特殊意义或者说特殊意义的价值，你们才审批的。因为你们最后批了，人们认为它的特殊意义在什么地方？"结果，湖北省水利厅最终也没能说明这个外滩小区有什么特殊用途，但是他们还是依据特殊用途这一条给予了外滩小区建在长江上的特权。

干《焦点访谈》的人都知道，采回来是一回事，播出去是另一回事儿。回京后，法展他们目睹了三路说情大军携当地最高指示，大有不惜一切代价灭掉节目之势。又得知此事的审批是湖北省主要领导们集体的决定，法展心又是一沉。年初一个涉及当地乡镇的舆论监督节目就被其中一路说情说客轻易灭掉，这次三路说情高手云集京城，这片子恐怕又得壮烈了。

在新闻评论部手册里面有一段心爱的节目被毙的处理程序：1. 洗一个热水澡，然后决定活下去；想一想只有活着理想才有实现的一天。2. 忘记把素材卖出去的想法。3. 假设自己是审片领导，然后试着像他那样考虑问题；总结经验，确定下次的应对策略。4. 给你的制片人打电话，问有什么选题可以马上做。

这四条看似挺逗，背后却包含着多少的痛苦与不甘心。自己花了大半个月投入那么多心血，片子却见不了光，哪是一个热水澡能解决的事情呢？法展的平常心又没了，开始和同事商议起这片子怎么编成“内参片”。结果拖了两天，关海鹰打来电话问：“在家干吗呢？赶紧编片，明天审片呢！”法展心里一惊又一松：“嗨！这不是自己吓自己吗！没人喊停自己瞎想什么？”于是连夜编完了给孙玉胜审，他一边念着节目导语，一边把带子推进编辑机舱口，开玩笑地说了句：“带子刚编出来，糙点。”

看到法展采访省水利厅的那一幕，孙玉胜心情开始有些变化了。他身体前倾，更加聚精会神地注意着每一个画面和每一句解说词，真正的较量开始了。《焦点访谈》虽然一直做的是监督性的节目，但是很少涉及省级政府。

这个节目播还是不播？审看间里很安静，法展和关海鹰在旁边等着孙玉胜的一句话。孙玉胜盯着已经没有画面的屏幕，犹豫了一下说：“按我说的修改，明天再看一遍。”

这其实是一个缓兵之计，孙玉胜是想有更充分的时间来全面权衡一下这期节目的命运。当天晚上和第二天上午，孙玉胜脑子里反复思考着这些问题：一个如此大规模的违法建筑居然通过层层审批矗立在河道里，而且业主已经入住，节目播出后的观众反应和社会反响是可以预见的。但购房者、开发商、武汉市和湖北省政府的反应会是怎么样？节目如果会带来负效应，这些效应会来自哪些方面？这些问题久久萦绕在孙玉胜的脑海中，挥之不去。

决定终究是要下的。孙玉胜开始用事实来辅佐自己的判断。几个关键的事实片断开始在他的眼前回放：商品楼建在河道里；开发商有批文；武汉市和湖北省有关部门越权审批违背《防洪法》；“长委会”工程师强调审批不符合程序……以上一连串的事实表明，归根到底，长江河道里不能盖这个建筑！

接下来的一个疑问是：在审批权上，“长委会”与湖北省是否存在争议？如果确实存在，并且双方各有依据和理由，那么节目也是不能播出的。因为如果双方各执一词又各有道理，那么观众用以判断是非的标准变得模糊和不具有唯一性。然而，省水利厅的负责人对于“特别情况”的闪烁其词坚定了孙玉胜对这个节目的信心。

再接下去的自问在于：这个事件中受益者是谁？利益被伤害的是谁？值得监

督吗？政府能承受吗？孙玉胜自己给了自己一个满意的答复：开发商在河道里建造“水景房”，受益的是那么一小部分，而隐患在不断增加，受害的终将是大多数武汉市民，那么这个行为可以说得上是一个伤害公众利益的举动。并且政府三令五申强调商品楼不能建在河道里。这样的事件可能是党中央和国务院不愿意看到而且是肯定反对的。

央视新闻评论部常常会受到来自舆论监督方面的“情骚扰”。评论部“第三代领导人”梁建增说：“作为一个有些权力的总制片人，我不敢糊涂。”“面对这些事情，我处理起来会有三个原则：对事实负责，对自己的良知负责，对当事人负责。一般来说，如果是违法的，且是事实，节目该播就播。如果说我们事实有出入，而人家的反映是对的，节目就不要播了。听的过程就是核实事实、准确监督的过程，如果听了感觉没出入，反而会更坚定播出的信心。”

经过事实的判断后，孙玉胜也用事实坚定了片子能够播出的信心。第二天，修改过的节目又送到了他的手里。法展和关海鹰在旁边看着他，孙玉胜又看了一眼定格在片尾的画面，小心翼翼地提笔在播出单上签了字。法展和关海鹰抱着片子匆匆离去了。

和10年前《焦点时刻》的《洋河污染导致大片农田绝收》的播出效果相比，10年后《焦点访谈》的《河道里建起的商品楼》，从监督对象上来说，从地级政府上升到湖北省政府，题材上也从环保题材直接指向了违法行政，属于典型的“硬焦点”。并且节目播出当晚就引起了中央领导的高度关注。两个月后，造价4亿多元的违规建筑被爆破拆除。

无解是事实存在的真实状态

“探询事实真相”是《新闻调查》的栏目口号，根据节目组讨论出来的定义，真相就是“一直或正在被遮蔽的事实，有的是被权力遮蔽，有的是被利益遮蔽，有的是被道德观点或者偏见遮蔽，有的是集体无意识的遮蔽，有的是被狭窄的生活圈子或者是技术遮蔽”。

1999年2月8日，《新闻调查》的第四任制片人张洁在《南方周末》上看到一篇由高晓岩报道的《高博士：我不应该是罪犯》。讲的是在北京人民医院担任眼科副主任医师的高伟峰在未经死者家属的同意下，擅自取下了连同眼球的死者的两个眼角膜，用于急需救治的眼科患者的病人上。

高伟峰在采访中说："我平时也没去过（太平间）。这是我第一次从尸体上取眼角膜。"摘下的两个眼球，一个被用于一位来自唐山的烧碱烫伤的病人上，再晚一些的话，病人眼球就会很快腐烂，就要永远远离光明。几天后，第二个眼球也被用在了北京的一个老大娘身上。这两起成功的手术后，高伟峰一直沉浸在救人的快乐中，直到公安人员出现在他的眼前，家属要求赔偿50万元时，他还一直坚持："我依然认为我做的是对的，唯一的过错是没给人家打招呼。"

张洁将这个选题报给了当时的制片人夏骏，夏骏提醒说：不能对动机好的"违法行为"给予过多的同情。直到这个阶段看来，高伟峰只是一个"不懂法"的"好人"，并且如果他被判刑，将给中国的器官移植手术带来不可预测的影响。

张洁给《中国青年报》周末版主编刘爽打了个电话，稿子是他们首发的。刘爽跟他聊了聊稿件看法前后的一些情况，张洁发现事情不像一开始想的那么单纯。

联系采访高伟峰并不难，张洁先是给他打了40分钟电话。高伟峰在电话的那头态度平静，说："如果我坐牢，法律能够出台，献角膜的人多了，坐三五年牢也值。"就好像高晓岩说的那样："他心地很好。"并且，在之后的采访中，高伟峰还透露了一个情况，说是案发后，医院曾接到死者单位同事打来的匿名电话，说是死者生前提出过死后捐献角膜的事情。按照国际惯例，如果能够得到证实，高伟峰偷取眼球的行为就变得无可非议了。

当时中国政法大学教师卓小勤正在筹划《器官移植法》立法计划，他认为立这个法除了临床需要更能够满足社会需求，使大量患者避免没有器官移植而导致的失明、死亡。山东谢立信教授也准备好《关于角膜移植的立法议案》，准备在3月份人大会上提交。高伟峰的案子仿佛就如一根导火索，引爆了沉积已久的器官移植科技与伦理的两难问题。

然而，在天平的另一端，死者家属张庆栓一口咬定高伟峰是由利益驱使才如此干的。之后，节目组多次找张却没有回应。怎么开机？

"平衡"是调查节目的一个很关键的点，如果只有高医生一方的声音，节目必然不能播出。于是，张洁在他的呼机上留了这么一段话："我们不想只听一种声音，我们特别重视您的态度，这也许是我们保持公正的唯一选择。希望你能接受我们的采访，如不行也请通知我们。"

王志作为这期节目的出镜记者，提出两套拍摄方案：一是传统的，保播出；另一条完全撇开法律出台的传统路数，纯粹做高的命运。

开机后，第一个采访的对象是邱仁宗。他是中国社会科学院哲学所应用伦理研究中心主任，国内著名的医学哲学、医学伦理学的专家。邱主任在不认识高伟峰的情况下，首先肯定高伟峰的动机是为了救病人，但是他也同意，高医生违反了医学伦理学一个最基本的原则——知情同意。

之后摄制组联系高伟峰问何时能够接受采访，他说周末都有空，“你先把外围都采访完，我最后再说”。张洁听罢心中掠过一丝乌云。

不知是因为初次上电视不习惯，还是高伟峰性格属于内向低调型的，在整个采访过程中，他的眼睛一直没有看王志，也一直没有看摄像机。大部分的时间，他的眼皮自然地垂着，目光朝下，偶尔眼珠会在眼眶里面打个转。一如既往地，他的语调就好似一曲没有高低音的曲谱，如自来水般讲述着他取眼球的故事。

高伟峰回答的点在于他是“拿走”眼球，而不是“偷走”眼球，因为他在其中没有获得任何利益。然而所谓的利益除了钱还有别的东西吗？王志在采访了两位受角膜之惠的病人之后，说：“就算高伟峰没从患者处收取红包，但医院方面显然从这起手术中获利，而高伟峰也获取了专业技术方面的好处（他又增加了成功病例）。”但是超脱于利益的纠葛，便是法理情的纠葛，这样做到底是否合法？

故事里面是医生或死者家属的纠纷，故事外面是医学界、法学界、伦理学界的大探讨。高博士的背后是2.2万名眼科医生。讨论很快从案件本身转向了对立法的呼吁：一边是呼吁此事别再追究下去，因为可能要妨碍器官立法的出台；一边是坚决地认定这个伦理问题的讨论是当务之急。

直到节目最后，谁也没有定论说高博士是对是错，该判刑还是无罪。人生很多时候并不是非黑即白。就如孙玉胜在他的书里说的那样：“无解是事实存在的真实状态。”

最后西城区检察院作出正式决定：对高伟峰擅自摘取眼球一案不予刑事起诉。

2007年3月21日，国务院第171次常务会议通过《人体器官移植条例》。《条例》规定生前不同意捐献其人体器官的，任何组织或者个人不得捐献、摘取公民的人体器官。《条例》在5月1日起正式实施。

“如果我们今天不能够跳跃，甚至我们也不能一米一米跨越，那么我就坚信仍然需要一厘米一厘米往前推进。哪怕是一毫米一毫米也是行的，只要是进步。”著名报告文学作家、新闻人钱钢[1]定义自己为“毫厘主义者”。很多时候，一期节目的播出只是普通百姓的一顿饭后消遣。但是上帝只洗一次牌，没有人会知道如果节目不播出，社会改革的推进进程是会依旧还是放慢。

重回“平视”

王志的质疑采访是他的标志性风格，在《眼球丢失的背后》这期节目中，当他采访高伟峰时，张洁事先给他列了20个问题的提纲，但是他问了88个。

> 王志：偷走和拿走有区别吗？
>
> 高医生：偷走和拿走我觉得是有区别的。
>
> 王志：有什么区别？
>
> 高医生：偷我觉得起码要有一个目的，有一个利益的关系在里面。……是为了一个个人的利益概念才叫偷。
>
> 王志：现在对着我们的镜头，你能跟我们说在这两起手术中间，没有你个人的利益。
>
> 高医生：没有，这个是绝对的。
>
> 采访人民医院眼科主任黎晓新的时候，王志又是质疑架势：“高伟峰取眼球向你请示了吗？”“他是专业组负责人，不用向我请示。”王志抓着不放，连续3次追问黎晓新：“高伟峰请示过你吗？”黎晓新不如高伟峰那么没脾气，直接挥手示意摄像机喊停。
>
> “你问这话是什么意思？”
>
> “没什么意思，了解当时经过。”
>
> “我受不了你的语言、你的眼神，我拒绝再采访下去。”

王志却较上真儿，不依不饶地说：“你说我该怎么问？”最后冲张洁一挥手，

① 《唐山大地震》作者，曾任《三联生活周刊》创始人、《南方周末》副主编，现就职于香港大学中国媒体研究中心。

说："你来问吧，我没法问。"说着打开房门走了出去。最终也没有回来，是张洁坐在了他的位置上尴尬地问完了所有的问题。在片子中，采访黎晓新的那段中，也始终没出现过王志的脸。

《与神话较量的人》是王志另一部非常有名的代表作。片子播出后，网上出现了一个比较有代表性的质疑的声音，"你以为你是谁？你只是个记者，你怎么可以这样问刘姝威？"在很多观众的眼里，刘姝威是一个有良知、说真话的学者，而王志在采访过程中不断的"逼问"和"质疑"把他推到了一个与英雄"较劲"的记者的位置上了。

片中有一段采访是这样的。

王志说："你指的因素是权力吗？"

刘说："你说呢？"

王志说："我问你。"

刘说："我问你。你听了我的讲述的话，你认为这个因素是什么？"

王志："你是当事人。"

王志在他的采访手记中提到，他并没有把刘姝威当作是一个英雄来看。他对于英雄的定义是："所谓英雄，除了具备常人不具备的勇气和毅力外，最重要的是无所畏惧。"而刘姝威在片中反复提起她质疑蓝田公司总裁瞿兆玉是如何拿到《金融内参》这样的国家机密文件的。王志开始反思："观众的看法为什么会和我的如此不一致？在采访者和被采访者之间，观众最期待的是一种什么样的关系呢？我们的采访意图如何才能更准确更客观地传递给观众？"

一名媒体研究者说："看王志的节目，你会弄不清，他是在行使一个提问者的权力，还是作为一个权力者在提问。""平视"是央视新闻评论部的部训。然而新闻评论部这10年来经历着一个"从平视到俯视"的过程。

方宏进曾经说过："新闻是一种服务。"当他离开了中央电视台之后，更多地开始思考这个问题。于是，当他播报一条"英国人在墨西哥被怀疑盗窃铀被抓了起来"的新闻时，因为"铀"的发音和"油"是相同，他贴心地想到观众在听的时候第一反应可能会理解成"石油"或者是吃的"油"，但是"铀"要严重多了，两者的误解可能会对事实的判断造成"十万八千里"的失误。于是他加了一句解释"铀"到底是什么。这个解释，占用不到一分钟的节目时间，却解决了观众的疑惑，传达了新闻为观众“服务”的理念。

可能很多人会认为，普通的生活新闻是为了服务观众而生的，着力于舆论监督的深度调查节目是为了质疑，为了批判而生的，主持人有权利去质问采访对象。然而在这种“媒介的权利”和“权利的媒介”背后包含着的是无视被采访对象，并且偶尔会表现成“一种暴力和侵犯性的因素”，再强势的个人，面对摄像机的时候，都被动地处在了弱势的地位。文化批评者戴锦华说：“中国当前的大众传媒所显现的空前力度，事实上是权利的媒介与媒介的权利在特定的历史条件下，相互结合、彼此借重的结果。从某种意义上说，90年代中国的‘大众传媒’不仅在某种程度上行使并接替了经典权力的功能，而且履行着超载（或曰越权）的多重社会功能。这种‘越权’的最典型例子就是中央电视台的《焦点访谈》。”

10年之后，随着媒体技术越来越发达，说话的途径和权力也变得越来越多，越来越大。就如朱文轶在《三联生活周刊》中《〈东方时空〉，为何丢失收视率》一文中提到的那样：“而当你想你自己，刻意你自己的表现时，你就会不自觉地越来越被放大。当你的空间占满传播空间时，传播对象也就会厌倦或者背弃你的传播。因为一方面，你能有的舞台就是这样大，你必须谨慎地舞蹈；另一方面，选择权越来越在被传播对象身上，而不在自以为是的传播者口里。”

10年之后，我们还需常常回顾往昔，遥想当年最初的梦想。

《北京青年报》：概念提供与深度实践

□ 宋 燕[①]

新闻竞标、精确新闻，以及听证、访谈、暗访及回访，逐渐形成了《北京青年报》的深度报道模式。

无论作为一个亲历者还是旁观者，作为其成员还是一个普通新闻从业者，我都认为，谈到中国新闻的深度报道，绕不过《北京青年报》这张报纸。在中国市场化媒体的深度报道发展中，北青充当了一个开拓者、一个尝试者、一个概念提供者的角色——它最早将西方媒体中的一些操作手法移植到国内的媒体上来，它率先尝试了将电视媒体、网络媒体的操作形式改造成纸媒体可用的形式，它创造了一些之前的纸媒体从未考虑过的新闻写法……直到今天，它的影响仍然存在于很多媒体当中，它所尝试的多种新闻形式、操作方法，都在此后成为一个标准、一个样本。

周刊时代

北青对于深度报道的尝试始于20世纪80年代末，那时它还是一张4开8版的周报，后来发展为周四刊，主要的发行对象是大中学生。每周一次刊登于第8版的“社会大特写”，以完全区别于以往新闻形式的文风和题材，帮助它把读者群从学生扩展到社会人群。在我记忆中，“社会大特写”以记录的笔法，关注了倒爷、离婚、混歌舞厅等很多当时的群体和社会现象，为读者呈现了一个丰富多元的现实。它展现的每种东西都让作为读者的我感到新鲜和眼花缭乱。在它里面

---

① 作者为《北京青年报》本市新闻版主编助理、知名深度报道新闻人，曾创建过新闻回访、新闻亲历、新闻听证等多个版面与新闻形式，曾就深度报道的编辑撰写过多篇论文。

有生动的个体形象与故事、有直接的陈述、有对群体的总结，是一种人们从未见过的新闻写作。

这种写作形式，后来成为创刊于1992年的《青年周末》的主打产品，其题材也从观察记录社会现象，扩展到对一个事件、一股风潮、一个人物的描写，而技术上也不断被完善、被规范，成为一种主流的新闻记录形式。《青年周末》并不是一张报纸，它是《北京青年报》一周四期中的一期，逢周五出刊。北青最初的想法，是利用这种形式获取零售市场。

此后，北青又于每周三推出了主打新闻产品的《新闻周刊》，几年后又于周日推出主打消费信息的《下周刊》。从创办到2001年北青改版，这“老三刊”一直是各自有各自的编辑部，独立于《北京青年报》的日常报道，将自己的刊物作为周报来办的。也正是这种特性，使几份刊物着力于制作“深加工”、保质期长的新闻产品，从而奠定了北青后来在周刊类版面、周刊类新闻上的特长，也造就了北青人的周刊情结。

2001年末，通过几份周刊树立起主流都市报之一的地位的北青开始尝试向真正的日报转型，《青年周末》、《新闻周刊》、《下周刊》三个编辑部被整合，三刊部分成员合并组创新闻专题部，仍承担每周十几个被保留的深度报道版的编辑工作。这个部门维持到2002年末，北青再次改版，正式完成日报化转型，周刊类版面从此转型为追求时效的焦点性内容。

1992年3月27日，《北京青年报·青年周末》所载钮明采写《生命的顿悟：蓝色克莱德曼》，被媒体研究专家誉为“该报最成功的报道之一”。这样一篇在今天看来不够新闻甚至有点过于风花雪月的文字，在当年确实引起了足够的轰动，不仅满城的报摊卖疯了，在克莱德曼的发布会上，也被记者抢来抢去。且不说当年的报纸很少在一版采用大半个版铺一张面孔的版式创新，单从文字上来说，报道几乎融合了当年北青报“社会大特写”的种种优点：文笔优美、视野开阔、细节行文、知微见著等等，它有克莱德曼到达机场的现场特写，有克莱德曼在海外的流行与争议，还有克莱德曼与中国流行音乐甚至是流行文化的关联，可读而有内涵，这几乎是北青报深度报道发家伊始的指南针。

重新翻看报道原文，它的导语，或者更准确地说是文章的开头是这样写的：“就像‘秋日的私语’，轻轻道出：你好，克莱德曼。”文中像这样的句子还比比皆是：“克莱德曼内向、寡言，甚至见生人时还有几分腼腆。但他的散淡、他的恬静、他宛如蓝色大海的情调，都带着与生俱来的忧郁划痕。”文章的结尾：

“中国的流行文化，稍微坐下来听听音乐，因为有个叫理查德·克莱德曼的法国人来了，他刚刚到……”

在自己的采访手记中，钮明提到了一句话：历时两个月的采访终于修成了一颗正果。从文章的结构我们也不难看出，文章的大部分内容早在克莱德曼到达首都机场的时候已完成，关于克莱德曼的成长经历、性格，关于克莱德曼引发的文化争议，关于中国流行音乐和文化，这些由于这个蓝色钢琴演奏者到来可能引发的争议思考，都在记者两个月的准备时间里被考虑成熟，文火慢炖，在克莱德曼抵达机场的一刻，和盘托出。据钮明的手记，应该是当时的《青年周末》负责人在两个月前得到消息克莱德曼要来，开始催促记者做准备，至克莱德曼抵达前10天，他再度提醒记者。所以《青年周末》能以一个周刊的报纸胜过当时的一些日报，有当日现场，但更有前期准备已久的内涵。

概念版

从“社会大特写”发展过来的北青版深度报道，最初的探索主要在内容和题材上，到了新闻周刊阶段，则进入新闻形式也即表现手法的尝试上。

给人印象比较深刻的版面有“新闻特写”——这是脱胎于新闻大特写的一个版面，主要报道国内尤其是北京地区以外的重大新闻事件，其方式是尽量详细、尽量细致地展现事件的整个过程，描述细节，使北京的读者得以全面了解外地大事。这不是一个有鲜明特色的版面，但生命力很旺盛，阅读指数一直高居不下。很长一段时间里，北青委托一家调查公司，定期在订阅读者和零售读者中分别进行版面阅读指数和满意度调查，并以此作为版面调整和办报方向调整的依据。这一点主要是它所处的历史时期造成的。

20世纪90年代中后期，互联网还不发达，各媒体也很少派记者去外地采访突发事件，国内读者了解省市外大事的渠道极为有限，只能通过全国性媒体和地方媒体有限的国内版面阅读相关报道，而这些媒体针对新闻事件的报道都很简单，缺乏细节，社会新闻极少涉及，读者很难解渴。我们的新闻特写操作手法，说起来其实很简单，两个编辑——孔文清和刘林，每天的工作就是给外地媒体编辑和记者们打电话，询问当地大事，当地媒体的报道情况，然后选择其中新闻性强和故事性强的题材，约当地作者写稿报道，有时候甚至只是由当地媒体的编辑将他们的所有相关报道传真过来，再进行编辑。几年的版面建设，他们拥有一个数目庞大的作者网络，一度在报社被称为“小通讯社”。

这个版面一直到2000年改版时消失。在那时候，通过派记者或连线采访外地重大事件已成为惯常做法，及至后来，互联网的普及也使阅读外地新闻成为很容易的事情。“新闻特写”的黄金生命期才终于过去，一些新的深度报道版面快速兴起。

1. 新闻竞标

这个版面的创意来自陈玉明（时任新闻周刊部副主任，现任《第一财经日报》北京记者站站长），他在一家企业的赞助下，以高额稿费向社会征稿，都是对某一领域宏观问题进行分析和探讨的文章，内容深涩，很小众但却有理论高点，几乎每一篇文章都在它所涉及的领域中引起专业人士的激烈反响。新闻竞标结束后，其刊载的文章被集纳出书，书名叫《为时代的课题求解》。

这个版面的理念后来被发展成为新闻课题版，沿袭了它理性、高端、专业化的路子，编辑手法从单独的专家解读某一课题，变为多个专家争论某一课题。再以后，这个理念之上又发展出了法律圆桌版，就社会热点法制新闻中折射出的法律课题，邀请一些法律界人士进行讨论。虽然讨论内容专业性强，但因为所选择的话题都是广受争议的热点事件，如“夫妻看黄碟案”、“手机偷拍是否侵犯隐私”、“销售月球土地事件”等等，这个版也吸引了相当多的读者关注，一直保持着很高的阅读指数。

2. 精确新闻

这是由时任新闻周刊部编辑王林①和蒙小平②创立的版面，后来改名为公众调查。其概念来自美国，北青也是第一家将这一概念落地的国内媒体。其手段是用抽样调查的手段，了解民众对一些话题的倾向、看法，用数据分析的方法，把民意量化。为了这个版，北青先后雇用过零点、勺海、盖禄普等3家知名调查公司就选定的题材进行专业的调查和数据分析，从而保证调查结果公正客观，有说服力。

这个版做了很多针对北京人生活方式、思想观念、价值取向的调查，如对生活各方面的满意度的调查、对职业认可程度的调查，以及对很多热点事件的态度

---

① 现任法制晚报社总编辑。

② 现任某调查公司总经理。

与看法的调查等等。

3. 视觉新闻

这原来是王林操作的一个版面，后来由时任新闻周刊部副主任刘鹤①、编辑赵卫江先后接手。这是一个单主题的图片报道版，对一个足够重量级的事件进行多方位的跟踪与展示，是静态的纪录片。这不是北青报的独创，但北青在那个阶段将它做到了一个高度。与南方很多媒体的同类版面追求纪录感不同，这个版面更强调突发事件的冲击力。版面在全国范围内高稿酬征集图片，同时编辑四面出击，主动选择选题、约作者拍图片。好的政策吸引到了优秀的作品，1999 年，这个版上刊登的一组记者因揭黑被枪击的照片获得了当年的中国新闻奖。

4. 新闻暗访

这是2000 年改版时创造的版面，由新闻周刊部编辑刘峰②和记者杨文建③先后负责，是后来风靡全国新闻界的暗访式新闻在纸媒体上最早的尝试之一。当时记者的暗访设备都是到指定单位定点采购的。这个版采访了很多社会底层的选题，比如小广告里的肾脏买卖、殡仪馆偷卖死者衣物等等，记者的暗访经历配合针孔摄像机拍出的不很清晰讲究却很真实而有窥视感的连续画面，相当有冲击力。

5. 新闻回访

这个版也创建于2000 年，创意是由陈玉明提出来的，意图是报道那些曾经被人广为关注，现在已经被淡忘的新闻人物，反差体现时代的变迁。后来这个版由我来操作。曾报道过 1998 年为救人偷取死尸眼球的医生高伟峰；1997 年写《大连金州没有眼泪》而在网络上一夜成名的老榕；1996 年被当作第一例偷逃个人所得税而被送上法庭的工程师魏宝林；1995 年在珠海韩国企业打工，工头要求全体工人下跪而他坚持不跪的孙天帅；1996 年参与撰写《中国可以说不》，在中国引起一股民族主义风潮的张藏藏；在张金柱案中被拖出几百米，失去儿子的苏东海等。后来，这个版的这种新闻形式被保留了下来，成为我们现在也会经常使用的新闻手法，尤其在年终报道中。现在几乎每一年的年末，我们都会回访一下一年中曾被各媒体追逐过的新闻人物，看看他们后来有什么经历。这种形式也

---

① 现任《北京青年报》副总编辑。
② 现任《北京青年报》要闻版组主编。
③ 现任河北青年报社长。

成了许多媒体的常规动作，连那个版面中用于回溯新闻事件的栏目新闻回放，也成为常用栏目名。

6. 新闻听证

创办于2001年的这个版借用了网络聊天室的形式。其实，北青很多新闻形式都是从不同地域不同形态的同行中借鉴来的，通过移植和改造，创造一种新的形式，来发掘并表现一片新的新闻资源，这样可以不断地为人所不能为，而在新闻竞争中呈现自己的特色。2001年，网络发展正处在"大跃进"阶段，越来越多的人通过这个新的平台表达意见，创造这个版面，就是为了占据这块领地。

北青的形式是将一些热点新闻的当事人请到合作网站的聊天室里，与网友互动。让网友来提问，常常能得到记者所不会关注到的层面的东西；让网友发言，等于展示了社会上对这一事件的不同态度。最后经过编辑，将这些东西有意图地展示出来，不仅是对新闻事实的进一步开掘，也是对民意的访问。

这个版面持续时间不长，但这一形式后来得到了贯彻，后来《下周刊》采用这一形式的"红人上网"版，一度成为我们报社的明星版面。

7. 新闻访谈

这是一个对话形式的版面，类似于电视媒体中的《面对面》栏目。虽然这种新闻形式不是我们的独门功夫，虽然这个形式已被众多媒体采用并广泛运用，但人物访谈记者吴菲（时任新闻周刊部记者，现任《北京青年报》要闻版组记者）是在这方面做得最优秀的记者之一。她能深度挖掘被采访人的内心，能让对方清晰表达自己的思想，而这种表达，往往是被采访人自己都没能想到的。她做过的写死亡日记的陆幼青、一度患上抑郁症的崔永元、被媒体批判的史玉柱……都是不可多得的精品。

创造和移植这些新闻形式，首先是出于竞争的需要，同时也是我们的乐趣所在，不断的试验过程、不断的创新，就像《帝国时代》中扩展地图一样，让我们发现触角可及的领域越来越大，新闻资源越来越丰富。与此同时，它还让我们对这个社会保持了长久的不衰退的好奇心，而这对于一个新闻工作者来说，是极为宝贵的财富。

从新闻周刊时期到新闻专题部时期，我们并没有培养、涌现出一炮走红的记者，当时曾经力推的郑直和吴菲也没有类似"孙志刚案"这类可以符号化的作品，这是由于北青一直就不是以事件性新闻见长的媒体，我们的更多注意力放在了新闻的二次加工上。

操作规范

《新闻周刊》和新闻专题部，还为北青的深度报道制定了一个民间的技术规范，这一点，主要是通过日常的业务讨论和对新人进行的业务培训做到的。

从《新闻周刊》开始，隔段时间就会在郊外找一个地方，开一个务虚会，讨论版面得失、业务想法、部门管理等问题，同时也一起搞活动，提升团队凝聚力。

到了新闻专题部阶段，我们私下里还会写一些东西，写自己对一个稿子或一次采访的感受与思考，这些东西，都发表在当时的记者郑直个人网站上。就是通过写和阅读这些东西，我们慢慢讨论清楚了一些东西。这其中最有影响力的，应该是郑直的《我所警惕的叙述方式》，她文中提到的“不做猜测性描述”、“每一句话都有出处”等理念，都是我们部门做新闻一直遵循的教条。

务虚会时期，谈得最多的是创造；网上传阅时期，谈得最多的是经验与规范。这些东西，后来都浓缩在了我们一次培训的文本当中。这套被称为《北青报培训教材》的东西，至今仍在网上流传着，其中包括了郑直的《采访事件类新闻的实战技巧》、杨文建的《如何判断选题的价值及如何避免由文章引发的纠纷》、刘峰的《深度报道记者要具备的几个素质》等7篇讲稿，这可以说是北青深度报道的一次总结性的技术文献。

郑直在2002年7月3日所做的报道《求证哈佛博士》，是体现我们报道规范的典型之作。

2002年5月，新华社发表了一篇报道《山东外事翻译学院以百万年薪聘请哈佛博士当院长》，介绍山东外译百万年薪聘请号称是哈佛博士的陈琳做院长的事情。在那段企业纷纷以高薪作噱头延请优秀人才来提高企业知名度的时期，这则消息引起了一定的关注。6月26日，《中国青年报》刊发了该报记者历经一段时间调查的报道《“我国首位百万年薪高校校长”他是哈佛博士吗?》，对陈琳的哈佛博士身份提出了质疑，文中通过查阅陈琳工作过的几个地方的档案，以及向陈琳在哈佛的导师求证而导师“想不起这个人”，推断陈琳的哈佛博士身份是假的。报道刊出，引起了激烈的争议和对陈琳的批评。

郑直的调查就是在这一基础上进行的。她的这番调查，如律师查案一般的态度，遍访陈琳履历中涉及到的人和机构，自己拍下陈琳的照片让涉及人士指认，借来陈琳出版过的书进行追查。几乎同样的途径，因为记者的工作态度不同，最后得出了不同的结论。郑直的调查证明，陈琳的确是哈佛博士。法律文书一般的报道内容为这一新闻悬案画上了句号。在此之后，已无人在这一问题上再找到报道余地。7月5日，《检察日报》就此事刊发评论，对质疑媒体敢于"大胆假设"，却缺乏"小心求证"的工作态度进行了批评。据了解，这一事件在《中国青年报》当中引起了很大震动，至今这仍是该报新记者培训的案例之一。

前两年，笔者曾经根据在周刊、专题部工作中受到的影响，总结出工作规范如下：

1. 文中所有内容都有出处，要么是自己采访所得，要么是查阅资料所得。说明消息来源，如果是引用，要注明引用自何处。

2. 孤证（即单方面证词，没有证据、无法核实的）一般不采用，如果实在重要不得不使用，用直接引语表述，并说明是什么人在什么情况下说的。

3. 所有采访都要保留证据，尤其是纠纷类题材：采访录音、书证、照片等等。

4. 报道要平衡，涉及到的每一方都要采访，如果对方不接受，那么尽量尝试，然后在文中注明。

5. 不要想象情节。细节是观察出来和问出来的，不是想象出来的。

6. 尽量不使用形容词，尤其是主观色彩的形容词。因为之前曾有一个采访对象跟我们较真儿，就是因为文章中写他"无奈地说"。他不依不饶，说"我怎么无奈了？你看出我无奈了？"

7. 不要在文章中评论和感慨，如果非要感慨，写在记者手记中。

8. 涉及"透露"出来的事实，要对对方身份精确确认，哪怕对方是政府官员也一样。并尽量保留名片、录音、文字材料等证据。

9. 涉及专业领域，请教一下相关专家看报道说法上是否有漏洞。

这并不是全部，事实上还有许多规范之外的，与新闻伦理有关的东西，至今还没有机会进行系统的总结。

至于新闻编辑方法、采访套路，也有很多。这些东西都是通过日常传帮带的方式，在操作每一个具体选题的过程中，从一个人的脑子里传达给另一个人的，慢慢形成了北青深度报道的模式。但在今天这个新闻日渐进入流水线作业的时代中，这种手艺人般的传授方式，已经越来越难。

守望理想：上海电视的深度追寻

□ 李 桢[①]

在相对温和的氛围中保持锐气，即便这股力气不在本地挥洒，只在异地放逐，其守望理想的坚持也依然令人慰藉。

有那么一群小孩子在一大块麦田里做游戏。几千几万个小孩子，附近没有一个人——没有一个大人，我是说——除了我。我呢，就在那混账的悬崖边。我的职务是在那儿守望，要是有哪个孩子往悬崖边奔来，我就把他捉住——我是说孩子们都在狂奔，也不知道自己是在往哪儿跑。我得从什么地方出来，把他们捉住。我整天就干这样的事。我只想当个麦田里的守望者。

——摘自《麦田里的守望者》(1951)

2006年7月13日，当陆天旗终于拿到领导开具的绿灯通行证——同意《1/7》可以"用一切能够用的方式"去完成"9·11"五周年特别报道时，他长长地舒了一口气。

从春末夏初开始，《1/7》全班人马已经为这次"9·11"特别节目筹备几个月了。仲夏的深夜，上海电视台14楼《1/7》的办公室依然十分热闹。因节目需要同20多位身在美国的"9·11"亲历者取得联系，大家必须从晚上10点之后（美国东部时间早上9点之后）才开始大部分的工作。出境记者任静、编导张莉和陆熠欣，以及那位从英国利兹大学回来，已经在LV公司上班的实习生王欢野同学，在各自手头的节目结束以后，都加入到《1/7》的"夜间活动"中，为这个刚刚获得许可证的特别报道做准备工作。

---

① 作者为复旦大学新闻学院硕士研究生。

8月17日凌晨，摄制组抵达美国旧金山。在这个遥远而陌生的国度里，他们重拾有关5年前那桩震惊世界的事件的记忆。在7天的拍摄时间里，摄制组带回素材25小时，飞行和旅途时间超过90个小时，平均每天采访3个人物。节目修改到最后一天，大家的脸都绿了，几乎所有人都生了病。

这25个小时的素材最后凝结成《1/7》第一期通版特别报道——《记忆的证明》。

陆天旗说："《记忆的证明》里的每一个镜头我都很珍惜，每一个镜头都很有分量，因为它们凝结了一整个夏天的时间里那么多人的喜怒哀乐、生活五味。"相信许多参与这期节目制作的人都同他怀着一样的心情。

对于创办之初立志要成为"上海的《60分钟》"的《1/7》，这是一次特别而重大的历练。在电视新闻报道的深度探索之路上，他们又前进了一步，像以往一样，艰辛而又倔强的一步。

回望《新闻观察》

1997年春，《1/7》的前身《新闻观察》悄然登陆上海电视台八频道。

以调查报道为特色的《新闻观察》首次亮相就取得了不俗的成绩。尽管没有任何前期宣传，第一期节目《'97冰箱战》仍吸引了上海江浙一带数十万观众观看。

《'97冰箱战》见证了一段上海市场风云陡变的历史：曾以本地发达的家电制造业自豪的上海当时正经历着本地品牌全线下滑的险境，外地家电品牌开始吸引上海人骄傲的目光。这期长达20分钟的节目，以当年上菱、海尔等典型的上海、外地冰箱品牌的销售大战为切口，在对比中向观众深入展示包括冰箱市场两类品牌的销售状况、价格策略、生产商的反应等事件的方方面面。

第一期节目播出后反响热烈，一位叫黄沂海的观众来信说，节目"不仅保持了敏锐的洞察力、严谨的思辨性和厚实的信息量，体现了上海台新闻节目惯有的特色，而且也为更加充分阐述与评论新闻主题提供了任意驰骋的挥洒空间"。

此时，距离全国第一档新闻评论节目《新闻透视》诞生正好十个年头。

从1987年到1997年，《新闻透视》一直以上海电视台唯一一档新闻评论节目的身份保持着高而稳定的收视率，一枝独秀了10年。

这10年，也是中国改革开放、发展变迁飞速度演进的10年。对于上海这样的城市，其间所面临的冲击、挑战以及上海人所生发的疑问、困惑都需要通过不同的公共平台得到讨论、阐明。《新闻透视》的繁荣一方面说明大众对于运用电视的形式进行深度追问的需要，另一方面，面对复杂的社会变迁，上海电视人越来越清楚地认识到，仅仅5分钟的评论节目不可能提供足够的空间来挖掘深度。这样一来，《新闻观察》的出现就成为应时之需的必然之举。

初期的《新闻观察》并没有太多可以参考的样本，国内的深度调查类报道也处在刚刚起步的状态。因此，《新闻观察》的调查之路需要自己摸着石头探寻。

“我们希望能够突破电视新闻评论做法的常规模式，以具体的事件或现象为切入点，通过深入的采访、调查、取证、追踪，把及时的现场观感和理性的分析点评结合在一起。《新闻观察》不仅要阐明论点，而且要调动电视手段，发挥电视优势，直观地展示论证过程。”黎瑞刚①说，“我们不是简单地说教，也不是把一个硬邦邦的结论就这么扔给观众，而是让观众随着我们的记者一起展开调查和思考，明白结论是怎么来的。”他反复强调的“调查”是《新闻观察》最重要的特征之一。

其中，将“调查”的形式用电视化语言展现出来的精品节目之一是《中国基因抢夺战》。故事缘于人类基因研究在20世纪90年代的兴起。以美国为代表的西方发达国家假借合作研究之名廉价攫取中国的基因资源。《新闻观察》选取其中最具争议的安徽省安庆市美中生物医学环境卫生研究所开展调查报道。

节目以记者的行动为线索，通过解说词、串场以及电视画面的各种技术处理串起事件各方的观点，逐层展开事件。编导陆晔②的提问冷静而含蓄：

> 编导：基因提取出来派什么用场？
>
> 答：就是研究疾病。
>
> 编导：要通过什么样的技术手段才能找到（疾病）？
>
> 答：用PCR。
>
> 编导：是在你们实验室完成的。

---

① 《新闻观察》主创人之一，制片人（1997年3月—1998年6月），现任上海文广新闻传媒集团总裁。

② 《新闻观察》主创人之一，复旦大学新闻学院教授、博导，曾担任《新闻观察》、《1/7》的编导。

答：因为我们的实验室现在还达不到条件。

编导：现在我们还不能做，就是说我们要拿到合作对方，到国外去做，到哈佛去做，对不对？

答：对。

虽然没有任何的评论，但是节目通过揭露关键事实，不动声色地将观众步步引向真相。当安庆研究所方面的负责人面对镜头对“合作”项目做出辩解时，中科院或上医大的其他专业人士发表相应观点的画面随后出现在节目里，对比之中，让观众自己做出判断。

“《新闻观察》仍然希望尝试一种新的理念……即电视化。”陆晔说，“我们在《新闻观察》中尝试的是一种尽可能地利用画面既展示新闻事实又推进逻辑结构的表达方式，强调通过画面语言来调动观众的思维，体现出评论的力度。”

然而，《新闻观察》的调查之路在开播不久便走入了困境。由于做社会现象调查类报道的选题受到局限，不同类别的话题很快就呈现出枯竭的趋势。1998 年初，《新闻观察》的收视率第一次受到冲击。节目组成员对选题的方向产生了困惑，当所有的社会问题类别都被覆盖过后，《新闻观察》的调查之路又能通向何方？

直到《45 名女生被搜身后》重新拉高了收视率，答案渐渐明朗起来。1998 年 2 月 26 日，一群职校女学生在上海一家寻呼台进行毕业前实习培训时被强迫集体搜身，学生将寻呼台告上了法庭，《新闻观察》对此事件进行了调查报道。这期节目之后，《新闻观察》的制作思路发生了极大的转变，过去是由大的社会现象或者背景出发寻找案例，而现在节目组的成员忽然意识到，由具体案例出发也可以做深度报道。

之后，《十八罗汉头像归晋记》、《库岛上的希望》、《污水厂为何吃不饱》、《张小泉为何打官司》等等这一系列的选题都是强调个案，并常常表现出强烈的“纪实主义”和“非纪实主义”镜头交错相间的倾向。

“编导型的摄像”刘玮对于这一时期《新闻观察》中镜头有过深入的思考：“令人奇怪的是，在同一部片子中，我们往往可以看到两种摄像风格的并存，即使这些画面是由同一个摄像师拍出来的……《新闻观察》总的来看，是一个评述性的节目……在述与评之间，纪实主义和非纪实主义之间，界限是如此的分明。”他所说的非纪实主义和纪实主义在很大程度上对应声画分离和声画对位。

时光转入 2000 年，这一年对于《新闻观察》的重要意义在于，《新闻观察》

的播出时段由此前的晚上9点档调至晚7点的黄金时段，以至后来的《1/7》也基本保持在这个时间播出。

第一次，《新闻观察》被摆在了同《相约星期六》一类的娱乐节目竞争的位置。尽管《新闻观察》的收视率当年保持在14%的高点，但由于收视群体发生了变化，《新闻观察》也感受到了强大的收视率压力。

正如现任《1/7》制片人唐俊所说："理想的收视群体是学历较高的年轻精英群体，而现代城市的特点决定越是精英人群回家看电视的时间可能越晚，在这一个时段看电视的通常是老人孩子或者家庭妇女。"

此番过后，《新闻观察》的选题较过去更加软性化，尽管形式仍主要采取一贯的评论及调查类报道，但内容却成了大杂烩：《植物人醒了》、《难产的第一胎》、《远在唐山的"孤儿"》、《东进序曲》……平民化的路线在为《新闻观察》争取大数受众的同时也不可避免地将其带到娱乐化的边缘徘徊。

伴随着这种状况，《新闻观察》度过了貌似平稳的三年发展期，直到2003年底，另一个新的电视深度报道节目《1/7》在其腹中开始酝酿。

"人的新闻"

《1/7》的诞生并不意味着《新闻观察》的死亡，而是新征程的延续。

2004年1月4日，《1/7》正式在上海电视台新闻综合频道开播。已是文广"掌门人"的黎瑞刚亲自摘下自己参与主创的《新闻观察》，对全新的《1/7》寄予厚望，希望它能成为"上海的《60分钟》"。

在谈及当时在《新闻观察》的基础上创办全新的《1/7》时，时任编导任静回忆说："整个筹划工作持续了近半年，是在《新闻观察》的基础上改版重建的。我们起名'1/7'意为'7天中最值得期待的一天，7天中最具影响力的1小时'。"继承了原来《新闻观察》的调查风格，《1/7》更加明确要做"人的新闻"的节目原则，如第一任制片人陈琪语："只有深入人心才能影响人生。"

《1/7》的一位观众评价说："看《1/7》的节目，有的时候会像看纪录片一样被打动。"除了纯熟运用纪实性镜头技巧之外，更本质的原因还在于节目对人的关注，无论这个人是患艾滋病的农民，还是身处聚光灯下的郎咸平，抑或是一对苦恋28年的平凡恋人……

“太多太多了，好的选题会首先深深打动我们自己，”编导燕晓英回忆起做过的节目，感慨万千，“让我最难忘的一期节目是2004年底做的那期叫做《生命终点站》的节目。”

在上海市闸北区临汾医院，有3间特殊病房构成的病区，这是沪上唯一一个专门收治晚期癌症患者的病区，别的医院不愿意接收这些不可能痊愈的患者，而住进这个病区的患者，也通常会在3个月中去世。燕晓英和摄像王毅就在这个“生命终点站”守了3个月，制作了这期节目。

片中主人公之一杨良荣每天早上6点半就要去菜场买菜，以赶在7点之前把早饭送给住院的妻子许道行。摄制组必须在6点刚过就赶到他家。

因为病人身体和心理状况非常特殊，整个拍摄过程不仅漫长，更充满等待和辛劳。有时候燕晓英在病房里守一天也未必有收获：“我们更多的是等待，今天拍一点，明天拍一点，病情每天在变化，情绪也每天都不同。”“（有一天）许道行的精神不错，所以采访也安排在那天进行。一整天一共拍了6盒带子，249分钟。其中许道行夫妻的采访，一个多小时，全用吊杆录音。”

然而，当“因为爱得太深，所以牵挂的也是他”——这“爱”字猝不及防地从主人公许道行口中说出时，燕晓英觉得所有的等待和辛苦都无所谓，此刻她必须记录下心灵的震撼——这是使命，而不仅是工作。节目终了，燕晓英在电脑上敲上最后一行字：“谨以此片献给每一个热爱生活的平凡人。”

“献给每一个热爱生活的平凡人”，这也正是“人的新闻”在《1/7》字典里的涵义。

无论是第一个板块的硬新闻焦点，还是第二、第三板块的社会故事、人物志，“人的新闻”这一理念都始终贯穿其间。

第一个板块是调查类的报道。在现任制片唐俊的眼中，这个板块“代表了整个节目的魄力”。当具体的调查采访遇到阻碍时，“人的新闻”就不再仅仅体现了节目的人文关怀，而更多是“一种叙事策略”。如执行制片施喆在接受访问中说：“从宏观来看，其实是以人为本，从实际看，也是一种叙事策略……如果你接触不到核心信息源，你提供给你观众的东西是打了折扣的，在这样的情况下，我们采取了做人物的策略。因为在这样的事件中，一定有当事人……通过展现他们的命运来引起大家对这个问题的关注。这是个‘曲线救国’的策略……”

尽管对人物命运的共同关注曾模糊了各板块定位，但经过2006年后的调整，板块之间的划分如今已日益明晰。《人物志》侧重于来自各行各业的新闻人物的名人访谈，《社会故事》也由原来的“真情故事”向真正的“社会故事”转型，在展现事件本身曲折的同时凸显其背后的社会意义。

然而，对人的关注越多，“媒体暴力”就越容易出现。它常像个隐蔽的幽灵，有时在记者自己毫无意识的情况下，便强行介入，造成难以弥补的伤害；更有时候，即使记者意识到那样的介入是残忍的，出于职业要求或其他压力最后还是让那样的暴力得以发生。

“媒体暴力是良心和作为记者的专业职责之间的矛盾。”编导燕晓英说，“每个人都能分清楚什么是残忍的，什么是善良的，但节目工作任务可能会对记者造成压力。”

当燕晓英站在《凋零的“姐妹花”》主人公家乡的河边，看着姐姐悲痛欲绝地祭奠自己亲手掐死的精神病妹妹时，她宁愿选择静静地拍摄整个场景，而不忍心此时再用访问在这个家庭的伤口上撒盐。

实际上，在3个板块（尤其《社会故事》）的制作中，《1/7》的新闻人们常常面对这样的挑战。尽管很难，从编导到制片，都互相提醒着、反思着，在心里都设了一根弦，警惕从选题、采访、拍摄、剪辑到最后播出过程中可能出现的任何媒体暴力。

因此，许多选题可能被放弃，许多问题必须回避。一个优秀的高中学生因为上课看课外书被老师批评，后自觉让父母丢脸而自杀身亡。编导经过访问发现，父母过于严厉的教育对学生的自杀有着极大的影响。而这样的结论一旦经过媒体的呈现将对这对丧女的夫妻造成更大的伤痛。权衡之下，编导放弃了这个选题。对这样的舍弃，制片人唐俊很支持：“尽管有些冲突、戏剧效果是观众喜欢看的，但却会伤害到被访者。”

“面对采访对象，你必须要让他明白你不是很功利地在看热闹，你是很真心地跟他沟通。很多编导其实不明白，在现场很茫然。真诚是很重要的。”出镜记者任静说，“你也是在抚慰他们。”

如他们所言所为，只有真诚才是防止媒体暴力伤害的最佳利器。

地方VS全国

“作为地方媒体，我们经常只能采访到事件的外围。但是这一次，我充其量只能算采访到了外围的外围——一些齐二药的退休或者下岗职工。”做完有关齐齐哈尔假药事件的报道之后，出境记者王鹏在博客中这样写道，“《1/7》是在地面频道播放的节目，在采访过程中这其实已经成为我们一个不小的阻碍。《1/7》因为定位关系，通常关注的是全国性的选题，但是经常出现的情况是：当采访对象知道我们的节目并不在卫视播出之后，便拒绝采访，因为我们的节目似乎并不能对他们带来多大的帮助。在齐齐哈尔采访时，因为我们的播出平台问题，导致对方对于我们并不十分信任。在这种情况下，如果我们称自己和东方卫视是同一个集团，所以节目也是可以在那里播出的，显然十分不厚道。所以在每次采访中，我宁可告知对方实情，虽然这总是导致对方的不信任，但我们没有其他选择。”

“我们也有吵大架的时候，跟央视吵。”率性的出境记者任静颇有些可爱地说，“央视是强势啊，可是我可以比它更强势。谁怕谁啊?”

然而，如王鹏所说，作为地方台节目的《1/7》在做全国性选题时的确往往处于劣势。相比之下，央视的强势就十分明显。有的采访对象只接受央视的访问，甚至会为配合央视拍摄的行程而更改自己的活动路线，这时除了加强与兄弟媒体的合作多获得点外围消息之外，《1/7》的记者恐怕只能在外围的外围伸长脖子拼命探望了。

另外，播出平台也是这种劣势的缘由之一。在地面频道播出限制了《1/7》的影响力，然而要想借助卫视平台播出并不是一个简单的决定。2007 年初，《1/7》曾经尝试在东方卫视重播。然而仅仅几个月之后又撤回了新闻综合频道。现任制片人唐俊说：“主要原因是《1/7》难以满足两个平台的需要，这两个频道的观众群接受心理有很大差异。因为卫视的观众群更年轻，更关键的是都是在新闻综合频道播过的内容，不可能做两个版本，如果内容上没区别，重播的内容就不可能有太好的收视表现。另外，在东方卫视已经有了一个深度报道类的栏目。”

这档栏目就是《深度 105》。唐俊在来到《1/7》之前曾是《深度 105》的制片人。

从《新闻观察》到《1/7》，8 年的实践让上海文广新闻传媒集团清楚地认识到要打造全国一级的深度报道栏目，单凭地方台自己的力量非常困难，必须有一些外部协作。《深度 105》正是由东方卫视和新华通讯社联手打造的，2005 年开播，取名“深度 105”，取意于目前人类徒手潜水的极限深度 105 米，由此可见节目鲜明的“深度报道”定位。同《1/7》相同，《深度105》采用了新闻杂志式的节目构架。2007年《深度105》由半小时改版为60分钟栏目之后，共分为《天下事》、《非常道》、《说旧闻》三个板块，也是软硬结合，有调查类报道，有人物板块。唐俊说：“两个节目都是典型的深度类新闻杂志，只是《1/7》的新闻性略微更强，而《深度105》似乎具有更浓的文化性，不那么关注人物的命运，比较重视人物的观点。”

相比《1/7》,《深度105》有着天然的优势。同新华社的合作、在卫视全国播出的种种条件在很大程度上弥补了《深度105》作为地方台节目的先天不足。在采访之中，地方台栏目所受到的种种限制得到放松，《深度105》获得了更加丰富的节目资源，在掌控全国性的选题上显得更加得心应手。中央媒体的支持，使得《深度105》具备成为全国一级栏目的可能。

然而，尽管具有资源上的优势，《深度105》定位于“深度”，与《1/7》一样，它也身处于新闻专题类报道艰难的舆论生态中。在2007年改版之初，时任执行制片李振宇曾针对这次改版写道：“从某种意义上说，今天的电视已经进入了一种失语的状态，而所谓的新闻专题，说得极端一点，就是电视人为了掩饰自己的失语状态，而拼命言说出来的东西。……在这里我不想也不能展开具体的分析。然而事实就是这样发生了，从此以后，所谓的深度就成为了新闻专题梦魇，而对于《深度105》我们常常自嘲说，我们死就死在‘深度’这两个字上。”

死亡果然很快就降临了，于是就被逼着上了《非常道》的道。其实最初的时候只是对传统电视专题的一种逃避，一方面是诳领导，一方面也幻想用一种视觉的东西来掩饰自己的苍白。当然我们同时也抛出了一个概念，就是要做所谓的“非常道”，但是对于这个概念究竟意味着什么，我们当时并没有能力也没有时间去思索。然而这几期节目做下来，却慢慢有了一种“初极狭，才通人，复行数十步，豁然开朗”的感觉。

实际上，在改版后很长一段时间里，《深度105》仍处于困惑中。它不像《1/7》，定位于上海的《60分钟》，无论其选题范围多广，都是作为一个本地的深度报道栏目存在；虽然在节目资源获取上因此受到种种限制，但在目标受众的确定上，《1/7》非常清晰：注重上海本地观众关注的话题和欣赏口味，长于以小见大的情感模式，凸显都市的人文关怀。而作为地方电视台和中央媒体的合作产物，《深度105》既希望网罗全国的观众，又希望在本地收视市场中取得胜利，但节目调查显示全国与本地的收视走向是逆向的，也就是说两部分收视观众的口味有很大的区别。

“我们应该关注大事，高举高打，着力打造品牌影响力，还是遵循‘大数’原则，尽可能多地网罗普通观众？……作为东方卫视平台上播出的节目，我们应该更倾向于开拓全国市场，还是完全以本地的收视率数值为衡量成功与否的标杆？”《深度105》的前任制片，也是《1/7》的现任制片唐俊曾在《深度105》改版之初发出上述疑问。《深度105》最终的选择是先考虑全国市场，再兼顾本地特色。

这样一来，当《深度105》在全国收视范围内获得成功的同时，它的本地收视率永远拼不过《1/7》。

镣铐之舞

不论是播出平台的困惑，还是全国市场与本地受众之间的抉择，对于《1/7》来讲，收视率的拷问永远都无可回避。这个通过对上千户家庭偶然性收视行为进行统计而得出的数字，能让那些生来就风华正茂的节目一夜消失——最典型的莫过于央视评论部骤然撤销及随之消殒的《360°》等节目。“收视率是万恶之源。”崔永元此语一出，曾引无数电视新闻人长嗟短叹，复又奈何？

自开播以来，《1/7》唯一一次遭遇收视滑铁卢是进入2006年以后。之前收视率长期居于6%—7%的稳定水平的《1/7》在这一季的春日里遭遇了横空出世的《舞林大会》。同是在晚上7点档的黄金时段播出，随着《舞林大会》收视热潮的一路狂飙，到决赛的那个周日，《1/7》节目平均收视率跌至1.8%（三个板块分别是2.3%、1.6%、1.5%）的历史最低点。

时任执行制片张银这样描述当时的情景：“这个收视率一出来，顿时上下惊慌，每个人都面临巨大的压力，栏目本身也几乎进入了生死保卫战……赶紧搞收视率吧。最重要的莫过于选题和讲述方式，而选题又具有更大的决定性。直接地说，加强节目中的某些元素，满足观众某些癖好。这三个月选题的鲜明特色是：要死人，死得要离奇，而且越多越好……为了吸引观众，不但标题上要强化，节目中间要尽量放大这些元素。”

结果是收视率迅速回升。却留下张银一干人等感叹：“收视率，我们输得起吗？”

收视率，谁又真的输得起呢？面对收视危机，与其说《1/7》妥协退让，明知不该为而为之，不如说《1/7》是在为了生存而战来得公平。节目首先要生存，收视率是决定栏目生存的重要标尺。然而节目却并非为了生存而存在，生存的目的在于实现节目本身的意义。

观众成为“暴走族”，在纷繁的娱乐节目中频繁按动遥控，娱乐再娱乐。一边大嚼土豆片一边看着杀死10个小孩的变态杀人狂。通奸、乱伦、鲜血、死亡——现在的观众什么刺激没有受过？不刺激观众就得不到好的收视率。从节目的色彩、节奏、字幕到让人触目惊心的选题，大家对如何吸引观众的方法越来越驾轻就熟，但电视深度报道的“深度”又是为何？过度的包装吸引了眼球，却无法充实内容。

“毕竟《1/7》不是一个为了娱乐或者赚钱而存在的节目，它的存在是因为它需要承载更多的社会意义。”唐俊笑着，“我们的竞争节目是娱乐节目和电视剧，我们在娱乐的大潮中战斗。”《深度105》的执行制片李涛也曾感叹道：“在我们的周遭，是中国人民最钟爱的电视产品，剧情或缠绵悱恻，或曲折离奇，或时尚无敌，我有时感到我们仿佛堂·吉诃德，在晚8点的坐标上孤独前行。”当上上下下都如此看重收视率，当节目的生存必须依存于这个数值时，那些生来要承担社会责任、体现价值的节目就必须在不断权衡、考量中明确一个问题：哪里是自己的底线？

“在上海做深度报道就像戴着镣铐跳舞。”任静的比喻道出了《1/7》等电视人在这条路上经历的艰辛，“怎么办呢？没有办法，只有这样。你戴着沉重的镣铐，但是还是得想办法坚持跳出美丽的舞蹈。”

理想·守望

关于理想，节目组成员有各自不同的期待——

编导燕晓英：像教科书上说的那样，它应该是探照灯，照亮在社会中隐秘的部分，体现和促进社会正义和公平。

编导张艳艳：我一直渴望我的报道能够洞悉事实，有不一样的分量，就算不能对事情的解决有多大作用，至少能够让有关人、有关事得到警醒。

编导刘璐璐：以“片”度己。

出镜记者任静：做电视、做主持人、做记者是多么充满激情和有意义的一件事情。我觉得自己天生就是做新闻的。对我而言这是一条必然的路。

执行制片人孟立蓬：曾经抱怨这个行当的辛苦，但如今最为骄傲的是，从业20年，依然乐此不疲。面对每天发生的新闻，依然激动，依然愤怒，依然有探究真相的冲动。但愿这新闻的激情能够保持到永久。

制片人唐俊：我不知道《1/7》在未来是否仍然以现在的样式继续存在，但我始终相信，从《新闻透视》到《新闻观察》再到现在的《1/7》，有种东西是共同不变而且会继续延续下去的。

…………

《1/7》尚未满5岁，算上《新闻观察》其生命历程也还不到12载，而《60分钟》的影响却是以40年兴衰累计而来的，况且目前的深度报道在全国都处于低迷状，别说要打造一个《60分钟》，即便只是实实在在做好一档电视深度报道栏目都谈何容易。

在《1/7》中长期流行一个说法，即“《1/7》的编导为六物（务）”：拍片之前是“剧务”，因为有许多拍片的准备工作；同时也是“话”物，因为要负责订机票、饭店等，要不停地打电话；拍片的时候是“动物”，因为要跑来跑去四处奔波；编片的时候是“植物”，因为编片时就坐在机器前一动不动；片子播出之后是“废物”，因为太累了，人基本上就要废掉了；最后是“财务”，因为要处理有关报账经费等问题。伴随这种身体疲累的还有类似于收视率的压力，来自采访对象、新闻现场的各种冲击甚至心理折磨。

编导燕晓英说，她相信每一个在《1/7》坚持过一段时间的人都怀有新闻理想，因为这个节目给人的磨砺是其他许多普通节目都无法比拟的。

是的，无论从《1/7》，还是《新闻观察》，甚至更早的《新闻透视》身上，我们都可以看出某种共同的东西。在这个相识很快、遗忘更快的年代，上海电视人的深度探寻也许就是想让人们真的记住那些值得记住的东西。他们希望书写的，不是一个单薄的事实，而是有前因后果，能够成为明天历史的、与人有关的真相。

也许《1/7》的每个新闻人对这个理想的描述都不尽相同，然而他们都在共同守望着它，像“麦田里的守望者”，用自己的激情和汗水、真诚和热血静静的守望过，并将继续守望着。

生态、故事与价值：《华商报》深度报道的足迹

□ 江　雪[①]

“奔走在这杂草丛生的大地上，做一个记录者。记录世道，记录人心，记录这时代的悲喜。”由此，《华商报》成就了一个又一个故事传奇。

2007年，《华商报》迎来了它改版10年的时刻。从1997年到2007年，10年并不长，但对这家都市报来说，却是成长中关键的10年。10年的稳健步伐，奠定了它“仗剑”西部、跻身全国都市报竞争力排行前三四名的基础。

或者，于西部，于中国，《华商报》的发展都是特殊而富有一些传奇色彩的。这家以舆论监督见长，曾普遍在读者中享有“敢说话”之美誉的报纸，以其朴素的草根立场、民本意识，取得了自己独特的职业成就。而其中的一部分佼佼者，则秉持新闻理想，投身于对深度报道的追求，冀求以深度报道的新闻样式，使新闻在影响受众时达到他们理想中的极致。

时隔10年，当《华商报》同仁回顾他们年轻气盛的20世纪90年代末到21世纪初时，会发现，当初为他们“打下天下”、赢得读者赞誉的，正是一个个富有舆论监督色彩的深度报道。虽然彼时，他们中的大多数人，因为并非出身新闻专业，而在思想中并没有一个清晰的深度报道概念。

① 江雪，华商报社首席记者。因对夫妻在家看黄碟事件的报道，荣获《南方周末》“2002公众服务杰出表现奖”及2003年央视评选的“中国记者风云人物”。

早期样式：追踪、继续追踪

2001年，陕西咸阳发生一起荒诞的“处女嫖娼案”。在“罚款”的利益驱动下，泾阳县蒋路乡派出所民警通过逼迫、诱供、猥亵等手段，试图逼迫19岁少女麻旦旦承认自己卖淫，并以“嫖娼”的理由对麻旦旦做出行政处罚决定。饱受羞辱的麻旦旦随后在医院检查，证明自己尚是“处女”。

当时，《华商报》记者雨藤在得到线索后立即介入报道。从披露事件原委，到麻旦旦“民告官”向公安局索赔500万元，到最终帮助麻旦旦在上海找到工作，开始新的生活，这一新闻在《华商报》的版面上前后持续近一年。

追踪，继续追踪，全方位追踪！这是《华商报》在“处女嫖娼案”，以及此后的“延安黄碟案”、山西繁峙金矿矿难、西安宝马彩票案等著名报道中，惯常使用的一种报道形式。

在早期，追踪报道一直是《华商报》的一个“杀手锏”。报纸还专门设立了一个叫“新闻追踪”的栏目。在更早一些时候，这个栏目往往以两三篇稿子组合出现在一版的倒头条位置，作为当天的最重要新闻，赢得读者关注。在这些报道中，也会留下新闻部的电话，便于媒体和受众之间的互动。

往往，这样的一个报道，会引来读者的广泛参与，一张“敢说话”的报纸，和一个渴望媒体敢说话、抱打不平、伸张正义的读者群，他们之间有着密切的感情联系，并会产生良好的互动。读者不仅为记者送来赞扬、鼓励，提供道义的支持，还往往为记者提供线索，或提供富有建设性的意见。而所有这些意见和反馈，也会成为第二天追踪报道的一部分。在互动中，记者得以对新闻事件的持续发展保持兴奋，甚至明了方向。

“麻旦旦案”中，记者正是通过对事件持续的关注，不断地抛出对公安机关执法的质疑，读者也在关注这个少女命运的过程中，将对权力机关的不满与质疑充分地表现出来。同时，记者将这些民间舆论全面地进行了展示。

这一时期的《华商报》追踪报道，构成了此时报纸新闻深度的一部分。但这个时候，与“深度”相对，《华商报》的新闻依然是以“锐度”见长。它强调记者在现场，通过优异的挖掘能力，推进事实的披露，以及在和被质疑者直接交锋的过程中，展示“为民请命”的情怀。而在新闻事件背后的意义挖掘、背景的交互、前景的展望方面，先天不足。

另外，相当多的重要报道采取追踪报道的形式，是因为在大环境下，相当多的舆论监督报道，都可能面临被“说情”和叫停的命运，迅速地挖掘，也迅速地报道出来，不给对方以时机，这也是当时采取的一种策略。

但早期以“追踪”为主要样式的深度报道，有一个天然的缺陷，就是记者因为在报道中直接介入过多，某种程度上伤害了新闻的客观与平衡原则。多年后，当年还是新手的记者雨藤感叹，在“处女嫖娼案”的报道中，注入了太多的情感因素，记者本身仿佛扮演了麻旦旦“保护人”的角色。

事实上，在《华商报》早期的“监督报道”中，很多时候都能看到这样的痕迹：记者有强烈的伸张正义的渴望，从而甚至影响了报道的客观性。

“我们不能完全冷静。在那样荒诞的事件中，冷静会被读者骂成冷血。另一方面，政府部门压根不搭理记者，我们得逼着他们说话。”多年后，雨藤如是总结当年的思想动因。

就仿佛在早年，“南方周末的记者，天然痛恨警察，而同情农民”，《华商报》的记者也一样如此。在这些毫不避讳自己立场的报道后，往往基于这样一个基本判断：我们在为弱者呼吁，掌握着道义的资源。

就在这样的摸爬滚打中，《华商报》的记者渐渐地成长起来。多年后，他们中的许多人已认识到，客观与平衡，是新闻报道中必须恪守的使命。

舆论监督：设置公共议程

2001年7月20日，《华商报》深度报道小组成立。这个小组的组员，多以揭黑报道著称，当时确定了《华商报》的深度报道要面向全国，报道重大事件。此后，在南丹矿难、广西烟花爆炸、朔州毒酒案中，《华商报》记者都直接出击，发回了大批带有调查气质的报道。

此时，在经过一定的积累后，个别记者也向专业化发展，记者江雪因为有法学背景，对法学界、司法界长期关注，渐渐将关注中国法治作为自己的理想，并于2001年创办一个叫“法治专刊”的栏目。该栏目从早期对法制新闻的整合报道，到后来渐渐形成自身的特色，关注司法界、法学界的前沿动态、思想，每期设有主稿、评论等，以关注国内重大法治事件、本地深度法治报道。发生在2002—2003年的“夫妻看黄碟事件”、“枪下留人事件”、“孙志刚事件”等，本地乃至国内法学界的人士，都曾在该栏目上进行讨论。对收容教养制度、劳动教养制度、死刑存废问题，栏目也都以深度报道的形式持续关注。

2003年，新一届政府组成，这一年的维权事件也风起云涌。而此前的2002年，《华商报》因为对一个普通公民维权事件的关注，在某种程度上成为“公民权利年”的先声。

2002年8月，陕北延安一对年轻夫妻在家中看“黄碟”，被警察破门而入查处。男主人因反抗，被抓到派出所，并在一个多月后被以“妨害公务”刑事拘留，面临着被起诉和审判的厄运。

这个事件，一开始时，更像一个会聚了性、暴力、警察等元素的“花边”新闻。但《华商报》记者通过在第一时间的披露真相，以及随后的层层挖掘，最终使这一事件成为一个众人皆可言说的公共事件，并使之成为一个启迪中国人权利意识的样本。

就像许多舆论监督报道一样，“黄碟事件”的持续报道，也并非一帆风顺。在事件进展的过程中，报社曾受到压力，要求不再报道，但随着事件的发展，报社在报道时采取了一定的策略，从深入探讨等角度出发，使报道体现出了善意与建设性，部分地回避了这种检查。

在报道中，不断的深入是从对法学专家的采访中开始的。除了质疑事件中警察行为的荒诞外，报道渐渐引申至了警察为何而设、公民权利与国家机关公权力的边界问题。从2002年8月一直持续到2003年1月，在将近半年的时间里，一个普通的社会新闻，经由记者持续提供的事实以及法学家的专业分析，使其中的荒诞与荒谬赤裸裸地展现在公众面前。此时，这一新闻已不再是单纯的新闻，而成为一个公共事件，成为一个公民皆感“有话要说”的公众议题。

与此同时，围绕此事的评论在全国各地的媒体上，风起云涌。公权与私权的概念普及由此而始。故而，《南方都市报》评论版当时有“何妨将黄碟事件写入中国公民读本”之叹。

几乎在此同一时期，同样发生在延安的“枪下留人”事件，记者江雪在报道事实的同时，试图挖掘事件背后的意义，并在不断的探讨中，指向了死刑复核程序的虚置。

死刑问题，借由此事，从学者的诟病进入公众的视野。“死刑绝对不能成为这个社会所依赖的一种治理手段，一个社会的文明与进步，与死刑的逐步减少乃至最终废止有关。一个嗜血的社会。终究会冤冤相报，没有宽恕，也就没有安宁。百姓的死刑观念可能会滞后，但法律的理性必须在前。”这是报道者江雪的一段文字。正是这些有专业背景的记者的思考，推动了一些被报道的事件，最终成为公共议程。

草根新闻：生命力与理想光芒

2004年，大事频发。当众多媒体在盘点一年时，由当时的社会新闻部副主任李论策划，《华商报》推出了它的“年度草根人物”榜。共有10名在这一年中国媒体报道而“光芒四射”的草根人物入选此榜。他们中的大部分与维权有关。其中第一名是宝马彩票案中的刘亮。

这就是《华商报》的特色。如将它比拟为人，你会发现，他出身草根，出身平民，天然有着大众传媒该有的大众情怀，天然有着为草根说话的精神。虽然，在今天，这些草根气质似略有减少，但骨子里还是在的。

这一年的“草根人物榜”中，还有因骂公安局长而被抓的陕北农妇白彩珍，有告交警的三轮车夫吕福山……他们中的每一个人都被给予了深度报道的待遇，占据整版版面，告诉人们，这一年，作为普通人，他们曾为自己的权利哭过、笑过，努力过。

基于对一种常识的判断和天然的民本情怀，《华商报》记者在这个行业中，寻找着自己的职业价值。1997年到1998年改版，正是都市报最开始起步的阶段。《华商报》的很多人，都是在这个时候，丢下自己在政府的职位、在大学的教席，从各个行业赶来，成为一名“记者”。这曾经是他们的激情与理想。

在报纸开始发展的早期，那些文字粗糙的作品，往往是他们一大早驱车数百里，从那些偏远的乡野，或者是一个封闭的县城，敲开无数的门，在一次次被拒绝、被驱赶中，仍顽强不懈地坚持的结果。

即使是后来开设了专门的“深度新闻”版面，《华商报》对最好新闻的要求，也是“要求能拧出水来”。它不自恋，不讲求文字的精致，而讲求追问，讲求新闻的新鲜之感。例如 2005 年的儿童医院收红包案，记者能在交易的瞬间，抓住最鲜活的证据，使这一新闻有了最大范围的传播度。

草根情怀与鲜活，这是华商新闻的长处，但亦造成了它文本与理性思考的“短板”。

面向全国：地域压力和价值

这是一家地处西部的报纸，但却怀抱天下，欲朝全国一流的报纸之列进发。2006 年 8 月，在被撤销两年之后，《华商报》深度报道小组再次成立，2007 年 1 月，深度报道小组改为深度报道部。如今，这个部门有 10 个记者，大多是报社记者中的精英。

随着时间推移，如今的《华商报》也已走过了早年的揭黑与调查为主的时期。对深度报道记者来说，拓展思路、挖掘揭黑之外的选题，成为他们的努力方向之一。

“奔走在这杂草丛生的大地上，做一个记录者。记录世道，记录人心，记录这时代的悲喜。这是我们所热爱的职业，也是我们因为爱而生的夙命。面对太多的真实，我们也会有软弱，有彷徨，所以，让我们互相鼓励吧，一起行走，带着温暖，带着我们的爱。”这是 2006 年底，《华商报》深度报道小组的新年寄语。

2008 年 5 月，四川地震，深度报道部的 10 名同仁，几乎全部赶赴灾区，和华商报业的其他 30 多名记者一起，见证了灾难与不屈中的中国。

有人认为，作为一份市场化充分、有着自己相对明晰的新闻理念的报纸，《华商报》因为对记者的管理和激励机制，培养出了一群有职业素养、职业追求的记者。虽然粗糙，但假以时日，如果能够很好地转型，必然能成长为一批职业记者。

如今，自从深度报道组成立并发展为深度新闻部以来，《华商报》的深度新闻选题范围也在不断扩大。一方面是秉持几年来的传统，全国每有大事，《华商报》记者必然会出现在现场。另一方面，抛开一贯以舆论监督见长的“束缚”，不要被“打打杀杀”的套路约束，关注那些虽然并不“惊心动魄”，但事关公共事务的题材，关注小人物的命运，关注转型中国的方方面面，这都是《华商报》

需要做的。

这不仅是新闻纸自身提高品质的要求，也是客观的需要。毕竟，作为一家地方报纸，“异地监督”的帽子始终悬在头上，而能否在国内重大新闻的每个时刻出场，往往会取决于新闻环境是否宽松等。所以，在每周三次的深度版面上，如何更广泛地拓宽题材，是《华商报》深度报道记者的一个努力尺度。毕竟，在真正的深度记者的眼里，任何事件，都是有拓展空间的。

《青年报·焦点新闻》的口述往事

□ 叶辰亮 张志安[①]

已经暗淡的“焦点新闻”，在回味中再度提起；已经消逝的“口述往事”，在记忆中再度清晰。被称为“黄埔军校”的《青年报》如何才能延续当年的惊喜。

1993年，上海青年报社做了两件事。

一是面向全市公开招聘了10名记者。据说，这在上海报业尚属首次，之前报社招人多为应届毕业生或通过熟人介绍，这次公开招聘给了很多人圆记者梦的机会。15年后，这批通过报名招考加入《青年报》的记者，大多已经成为业界精英：杨海鹏现任《财经》杂志记者，黄飞珏在《申江服务导报》主持娱乐部，朱晓昆、庄亚权曾任《青年报》副总编辑，张容嘉则是东方网互动社区总监。

二是推出了新版面《焦点新闻》。《青年报》改版成为周四刊后，基本形成了日报格局，借助《焦点新闻》，逐渐在上海新闻界探索出一种快节奏、高频率的日报式深度报道模式。今天，《焦点新闻》作为《青年报》的品牌栏目依然存在，但其新闻操作的理念、机制及策略历经人事更迭、环境变化早已不复当年，参与创立《焦点新闻》的元老们也星散四方。

2008年中，我们约请了曾任新闻部副主任的徐锦泉、《焦点新闻》首任责编李智刚、首批记者朱晓昆和兼职记者嵇晓雄，请他们共同回忆一些难忘往事及经典报道。

---

① 作者分别为复旦大学新闻学院学生，新闻系讲师、传播学博士。

创立：告别“大特写”时代

作为《青年报》一个常规的重件新闻专版，《焦点新闻》在每周6期报纸中有5个版面，这种格局要求《焦点新闻》不是周刊式的报道模式，而是快节奏、高频率的日报式风格。

“在这之前，《青年报》重件报道一直沿用‘大特写’的报道模式。‘大特写’是《青年报》10余年前一炮打响的一种重件新闻的报道手段。它风行了10余年，并且直到现在还是作为国内报纸报道重件新闻的标准样式。

“10余年后的今天，随着社会生活激烈变化和报业的迅速发展，新闻竞争的态势变化了，读者的要求更高了，‘大特写’已难以适应这些变化和报业的迅速发展，其弊端也日渐显露：新闻性差，往往是讲故事而不是报道新闻；真实度下降，常常是A先生、B小姐发生在某地的故事；易读性低，数千上万言一篇长文，不适合今天读者的口味和阅读习惯；丰富性不够，文章样式大多雷同，难以根据每一事件的不同特点谋篇布局；最主要的是，‘大特写’往往是个体产品，单兵作战，周刊式的新闻作业方式，采写过程长度不适应日报新闻速率。

“在今天报业激烈竞争的时代，这种种弊端对于一张日报的重要新闻作业来说，都是致命的。”①

如何克服“大特写”之短，在日报体例中做好深度报道的文章——《焦点新闻》模式成为《青年报》人得出的答案。

徐锦泉（以下简称“徐”）：“‘大特写’的样式是走向末路了，因为周报要讲究可看性，故事化、虚构的成分越来越强，作家来写，很多时候不是追求新闻热点、不是通过第一手的采访来完成，都是通过一些化名的ABCD来写稿的。我们觉得这样的做法并不合适，在新闻理念上是有冲突的。再一点，我们也没有那么多的写手来完成这样的稿件，能写这样的大特写、编两个版的记者编辑是不多的，而当时我们稿子是很缺的。

“新闻部当时的部主任王祖光，是复旦新闻系78级的毕业生，现在是《旅游

① 《在新闻竞争中制胜——评上海〈青年报〉“焦点新闻”专版》，李智刚/文，《新闻出版报》1995年12月6日。

时报》的社长，他的新闻敏感也是非常强的。他当时策划《焦点报道》，其实是想改变原来的编辑体制，变成编辑中心制，这一制度可以让编辑直接指挥记者：记者拿线索过来，编辑来考量，再派记者去采访——原本的编辑就是拿稿子过来编辑，没有一个生产的指挥过程，编辑只能约稿——这样变化的好处在于如果有重大题材，可以在最短的时间见报，编辑可以同时派5个记者过去，多线程、多角度采访，由编辑来组织多个记者生产，可以同时推进。这样做还有一个好处：当记者很弱的时候，只要编辑很强，问题也不是很大。比如有个火灾，你可以同时派记者出去采访消防、采访受害者，而原来的大特写要编故事，回去写要时间，现在可以迅速调动记者，在最快的时间内进行反应。而且，这么做对编辑的要求和往常截然不同，原来你只有发稿的权力，现在对于这个编采过程，编辑就成了一个生产管理者，可以整合部门资源，全盘调动。这样一是解决了日报大量发稿的问题，二是解决了原来的长篇报道离新闻越来越远的问题，第三个是解决了新记者上手有困难的问题。

"当时我们提出每天一个焦点报道的时候，所有人都说：大特写稿子用一个礼拜操作都来不及，你竟然敢说每天编一个，这是不可能的。但事实上我们做到了，而且《焦点新闻》这一报道样式在实践中不断取得突破，新的记者在这样的训练下也获得了成长。"

李智刚（以下简称"李"）："我本来是在《上海法制报》，由于和徐锦泉是同学，所以对《青年报》也是很熟悉的，常常为《青年报》提供一些重要的稿件，成为编外成员。后来我调到《青年报》，是明确去当记者的，但是我进来后，徐锦泉就宣布我是编辑，还要编《焦点报道》，起初心理压力还是很大的。

"《焦点新闻》做整版的报道，是源于我们想做版面上有很大分量的东西，但是如果不改变新闻机制的话，新记者是不可能写出这样的重量级报道的，所以我们就提出了专题新闻的概念。还有一个，就是当时新闻界拼命鼓吹文章要越短越好，当时评全国青年报的优秀记者，我没评上的原因竟是文章太长，对此我印象很深。当你只是片面强调文章越短越好，就是到了另一个极端，已经完全放弃了什么样的新闻样式，处理什么样的新闻题材的原则。我觉得，如果短不能反映事实本身的话，短并不能解决问题。"

徐："我之前是在《青海青年报》，（19）89年进《青海青年报》的，正式调到上海《青年报》是（19）92年，我原来去青海支边，王祖光正好采访我，我是他们的报道对象，后来是王祖光介绍我进了《青年报》。

“《青年报》的新闻有个特点，就是喜欢做观念性的东西，这让我很不习惯，这类题材我在青海就已经做得很深了。1988年中央表扬两家青年报，一家是《北京青年报》，另一家就是《青海青年报》。观念新闻的问题和《青年报》的文化有关系，我们前面的编辑有这个传统，因为当时是周报么，所以新闻性很弱，头版总是观点。我记得有篇稿子《先富口袋还是先富脑袋》，讲在华师大调查，大多数同学还是觉得先富口袋。这篇稿子感觉还是很出挑的，但是这类报道看多了之后会发现它背后支持的东西是很少的，报道本身就是一个观念，这种新闻到了日报肯定不行，所以我们做《焦点报道》其实也是对上一代人在观念方面的一种突破。”

朱晓昆（以下简称“朱”）：“原来《大特写》也是青年报社的一个品牌栏目，不能完全抛弃。提出《焦点新闻》其实是综合两方面考虑，如何把《大特写》优化，既能够保持重大的有价值的题材，对事件有个全景的反映；同时照顾读者的阅读习惯，顺应新闻发展的潮流。《焦点新闻》与《大特写》相同之处在于也是用一个版来反映同一个事件，不同的是表现形式已经发生了变化，将原本整体的稿件分割开来，可以是新闻主体一块、新闻资料、相关访谈，各种形式活泼组合，为报道服务。对记者而言也提高了可操作性，大家分工合作。从而也就找到了一种优化《大特写》的方式。

“另一方面，当时《青年报》记者获取消息的方式没有《新民晚报》、《解放日报》、《文汇报》等报纸的记者那么多，因此往往会有这样的情况：第一天我们在晚报或其他诸如此类的报纸上看到一条四五百字的消息，如果觉得他们的消息还可以有深入开掘的余地，我们就会跟进，第二天可能在《青年报》上就会有一个关于此事的焦点报道。

“也可以这样说，为什么原来《青年报》的记者能够在其他的媒体上都做得比较拔尖，就是因为当时他们的采访条件是比较差的。他们往往是在看到了别人的报道之后，迫使自己更深入发掘出更有深度的东西，这样他们才能跟其他报纸的新闻报道相竞争。像杨海鹏之类的记者都是通过这样的方式锻炼起来的。他们可以不介意你第一天发了一个怎样的报道，因为第二天他们所发掘出的新闻事实在新闻方面足以将先前的报道比下去。”

突发事件：上海首次罢工报道

青年报社原为东湖路一栋旧式洋楼，因为条件太差，当时新闻部的10个记者、两个编辑和两个部主任都挤在汽车间改造的房间里办公。

那时国内尚未兴起互联网络通讯，10名记者靠跑现场采访，每天要写四五个版，除《焦点新闻》，还有头版、二版、实用新闻等。通常，日报主要的报道为七八百字的消息，彼时的《青年报》能做到突发新闻第二天即有大篇幅报道上版，“这在当时的上海新闻界是绝无仅有的。”朱晓昆回忆。

突发事件迅速全面报道实现的基础，是部门确立的编辑中心制：记者先报选题，编辑根据事件的性质确定当日《焦点新闻》的操作方向，在编辑指挥下，数位记者共同参与，一改往日单兵作战的局面。

而这一战术在创立不久的《焦点新闻》报道里，即得以体现。

朱：“《焦点新闻》最早报道上海的罢工事件。1994年的元月的一个星期天，有人反映说徐家汇的中兴百货，上海首个合资的百货，下午一两点钟关掉了。这在当时是很反常的。编辑们判断这一罕见现象中包含着大新闻，那天刚好是下午，按照原来的新闻做法，你要去调查、采访是比较耗时的，于是新闻部立即调集了4位休息在家的记者一同前往现场，好像是徐锦泉带队，这是《焦点新闻》对于突发事件的第一次集体出击。在了解到是因为职工不服外资老板苛刻的劳动纪律而造成的停业后，四五个记者一起出动，分头采访职工、工会和外资老板，回来就把自己的采访所得写成稿子，大家拼起来，还有记者专门去搜索中兴百货的背景资料，是哪一年进入上海的，采用的是怎样的业态等等。

“这是首次按照《焦点新闻》分块的模式，操作是比较典型的，有现场、有背景、有深入分析。对于这一令人瞩目的突发事件，第二天的《焦点新闻》作了全面、详尽、深入的报道。”

“等抱的孤儿”：奠定民间慈善的基础

1994年春节，《青年报》一群年轻的记者，带着众多上海市民，推开了福利院封闭的大门。

这场由《青年报》首度发起、上海市儿童福利院主办的“好心人，请你抱一抱孤儿”的志愿活动，在社会上激起了强烈反响。《焦点新闻》也因之获得了更大的影响力。

徐：“一般报纸认为节假日没新闻可报，但我们恰恰相反，认为节假日正是新闻策划的大好时机。当时正好在布置准备欢度春节，张琳和徐咏一个到老年福利院，一个到儿童福利院去采访，去看看有没有市领导慰问之类的。他们回来之后给我们汇报消息，有两条，一个是儿童福利院的小孩太多了，吃一顿饭，保育员要从中午喂到晚上；第二个就是说儿童福利院的小孩可能相对死亡率较其他孩子要高，医生讲这种小孩需要有人去抚摸他，跟他接触。但是保育员少，实际上给孩子的抚爱就很少，在这样环境里成长的小孩神经系统发育都可能会有问题。这些小孩要做到吃穿不愁是容易的，但要做到有足够的抚爱是比较困难的。

“我们就想做一个公益的报道。当时觉得，身体力行的慈善行为可能会更有意义。这个稿子出来之后，徐咏看了都流泪了，所有看的人也都流泪了。

“《焦点新闻》在这次活动之后不仅仅是新闻的载体，而是直接参与到了新闻的事件中，变成了新闻的行动，参与社会，参与公共事务，这是一个很大的变化。”

李：“大年初一的天气情况不甚理想，但是到最后总共有200多家媒体参与报道，电视台的摄像机无数。还有一个细节：我们给这些记者盒饭，他们都不好意思吃，凡是看到这些孤儿，没有不掉眼泪的。当天的电视新闻，除了头条是领导的活动以外，第二条就是抱一抱孤儿的活动，而且报了很长时间。”

朱：“这个事件被认为奠定了上海民间慈善事业的基础。

“之后东方电视台来找《青年报》合作，为两个患病的幼儿筹款进行了慈善手术，并对这个手术进行了现场直播。后来就转向了机制性的活动，有了周末寄托。最初参与报道此事的《青年报》记者徐咏后来和一位孤儿结成了对子，常常去看他，关心他，带他到家里来，现在这个孩子已经大学毕业，在某社区从事残联工作，以自己的行动回馈社会。这一活动对于记者本身也产生了很大的影响。我们每年的小年夜都会回儿童福利院和那里的孩子一起吃年夜饭，在报道上这其实成为一个可以不断更新的题材。”

徐：“我觉得对于这样的题材，重要的不再是那些技巧，而是记者要把自己的心带过去，要用自己的心去观察，去体悟其中的感情，去描述现场的实况，然后才能有好的报道。

“其实这个活动和《焦点新闻》是互相依托的关系，正是有了《焦点新闻》这个平台才能对这样的活动作更好的展示，如果没有《焦点新闻》的话也不可能有这样的影响力，也不可能促成这样的事。《焦点新闻》也依托了这样的新闻使得它的影响力越来越大。至此之后，人们对《焦点新闻》有了更进一步的认识。”

白领调查：填补研究领域的空白

成功策划、报道“抱抱孤儿”活动后，《焦点新闻》又将焦点对准了典型社会群体。1994 年，栏目以公众调查发现新闻价值并组织专家研讨的方式，对上海白领群体的数量、收入、消费、思维、行为及生存状态进行了大规模报道。这在当时全国范围内尚属首次。

徐：“上海白领调查和嵇晓雄是很有关系的。当时嵇晓雄做的公众调查，原来在《焦点新闻》上是没有的，所有调查都是后面才出现的。

“当时‘白领’一词被认为是容易激化社会矛盾，不大好放在媒体上说的，这样大规模地谈白领现象是第一次。当时社会对于这样一个阶层没有很全面的了解，我们在做的时候也查不到任何资料，但是白领大多数是青年，《青年报》主要关注青年群体的生活情况。同时白领是当时社会的新兴的群体，在社会的发展中地位也比较高，对于一般的老百姓来说有一定的神秘感，希望了解白领到底是怎样的，因此它本身也蕴含着较大的新闻价值。我们报道也有这种需求，当时正好有这样一个契机，确实从这个调查当中出来了很多有新闻价值的东西，对报道是非常有益的。”

嵇晓雄（以下简称“嵇”）：“从我在社会学杂志上发表文章，到后来在《文汇报》上写一个情人节的报道用了‘白领’这个词，这可能是中国新闻界最早出现‘白领’一词，之后有了虹桥友谊商城关于白领现象这个调查，中国才有了‘白领’这个说法。

“由于当时没有一个可通用的样本框，没有任何东西可以参考；也不像现在外资企业很集中，在某个地方有个名册之类的。所以这篇报道的调查方法是采用了种滚雪球的方式。访员先找到几个我们认为他属于白领阶层的被访者，然后通过被访者介绍与自己情况类似的新的朋友进来。

“另外我们还在国企方面形成了一个对照组。研究组发了800份问卷，对照组发了200份。然后结果借助软件进行统计。现在回过头来看，当时研究抽样的科学性等方面还是很值得商榷的。”

徐：“调查问卷挺长，数据是我们和复旦的调查公司一起处理的。我们在《焦点新闻》发了数个版，我记得很清楚，调查结果出来后我们开了一个发布会，因为内容太敏感，《解放日报》没法发出来。后来还开了研讨会，复旦的陆德明老师出席，他当时担任市府决策专家，会上他讲了对白领的一些研讨和分析结果，后来媒体对此广为传播。第二次研讨会华师大的许纪霖教授也来了。报道结果出来后，竟然有人要来买这个报告。可见这一调查的分量。”

“白领调查”报道之后，《青年报》专门开设了一个调查新闻版，除样本性调查外，还包括记者深入调查。此后还推出了每期必有一个《调查新闻》的《大众新闻》周刊。

黄浦江自杀调查：残缺的焦点

《大众新闻》周刊的推出，意味着已积淀两年的《焦点新闻》从内容和样式上都有所放大、深化，调查类报道日益集中地出现在版面中，当时在《青年报》兼职的中新社记者嵇晓雄写作的《黄浦江自杀调查》（未公开发表）和《非法贩售中华鲟调查》，可为其中典型。

嵇：“有了《焦点新闻》之后，我的想法是如何将社会学的方法论与新闻结合起来。当时看得比较多的是芝加哥学派的一些社会学著作，内容主要是用田野调查的方法对城市越轨人群进行调查分析。我对这个比较感兴趣，后来（徐）锦泉就说：那你索性在报纸上开个调查新闻版吧。

“当时有很多人说这是‘卧底新闻’，但是我根本没想做卧底，我的报道角度是作为研究者这个角度进入的，并不是来猎奇的。

“做这个调查的缘起是上海人一直有一种说法‘你跳黄浦江去吧’，还有种说法是‘我跳进黄浦也洗不清’。跳黄浦是一种最具有上海特征的自杀方式，我当时看到一篇社会学的文章，讲到自杀与水的关系，里面把跳黄浦和美国旧金山的金门大桥相提并论。当时我就产生一个问题：上海人跳黄浦和旧金山人跳金门大桥情况是否一样？

“接着我走访了水警大队，当然不能跟他们说我是来研究自杀的，只能说要做水警是怎样防范自杀的。和水警、法医交谈，他们拿出了很多案头资料，这里面包括两类：一类是被救起来的人，他们的叙述；另一类是自杀者的家属的回忆。我在看到这个案卷之后就通过自己做了聚类，把归因相同的聚在一起，当时电脑还不普及，所以统计都是靠手工完成。做完统计之后我忽然发现一个问题：跳黄浦自杀的人大多收入都不高，30 个人中有大约二十八九个都是中低收入的。金门大桥跳下去的都是金融大鳄之类的有钱人，上海跳黄浦的为什么是这样的一个群体？

“我开始按照卷宗上的地址一家一家地走访，发现第一，跳黄浦是上海底层的一个社会现象，自杀者不愿给家人留下恐惧或创伤，他们出于无奈，才选择了跳黄浦作为终结自己生命的手段。第二，为什么他们不从高楼跳下去呢？高楼太高，跳下去往往血肉模糊，心理上对此很难接受，因此他们转而选择跳黄浦这样一种相对艺术的方法来终结。第三个是这些人没有选择自杀的时间和空间。第一个和第三个是可以联系在一起看的，这些人家里基本都是上海老式石库门的房子，全家人居住在一个居室里面，没有空间自杀；即便你用煤气自杀，很多人家里没有煤气；即便有煤气，大多位于共用部位；即便你有机会自杀，由于这种房子的密闭性很差，往往难以成功。还有就是他们的居住环境常常是三代同堂，他们也不愿死后给家里人带来一种恐惧，开门进来天花板上就吊着个人。第四种是比较罕见的，是精神病患者，大多由于心理暗示，时间长了之后就真的跳了黄浦江。

“这篇报道让我最满意的地方并非具有宏大叙事和壮丽图景，而是找到了这些人自杀的四条原因。在于对社会底层的关注，对社会底层孑孓小民为结束生命而做的努力的关注。”

劳模徐虎：揭示他的“七情六欲”

李：“我印象中编过一篇徐列的稿子，是写徐虎的。《青年报》也要反映青年人的先进事迹，但这样的稿子很难写。当时徐虎正好评上上海市劳动模范，徐列和他比较熟，他说徐虎这个人用上海话说很‘实惠的’（就是很实在的），他当时是水电工，他的想法呢就是希望到领馆去做，这样活也干净一点，钱也多一点。当时媒体的报道已经很多了，所以我就让徐列不要按照刻板报道先进人物的一套来做，就报道徐虎的真实想法、他的日常工作，标题就是‘徐虎的七情六欲——劳模徐虎透露内心隐秘’。这篇稿子出来之前，标题我酝酿了很久，后来宣传部说‘七情六欲’的提法不恰当，但是复旦新闻系就有老师在上课的时候举例用了这个标题，认为很好。”

《徐虎的七情六欲》打破了以往典型人物“高、大、全”的报道模式，既有对徐虎精神的描写，也有徐虎日常各个侧面的展现，比如写他为妻子生日去精品店买两件玉雕的小老虎和小兔子，写他面对提拔升迁、报酬奖金、家人抱怨等问题时内心的想法，还劳模人物于朴素真实。

这个报道还促成了当年上海“小徐虎”活动的开展。

回望《焦点新闻》：曾经的激情与梦想

新闻的生产过程，往往受到记者编辑的职业意识、媒体组织的价值理念和社会语境三维度的影响。《焦点新闻》影响力的获得，亦与这三方面在历史情境中的具体体现密切相关。

朱：“编辑中心制，类似于美国《新闻周刊》的方法，改变了原来记者各自为政的局面。操作选题和手段都由编辑确定的，同时还需要协调不同记者对于事件的报道，记者的任务就是发回编辑需要的稿件，如果说欠缺，就在于没有专门改稿的编辑，当时这一任务是由徐锦泉、李智刚和文笔比较好的记者杨海鹏来承担的。”

李：“当时我们在策划上是考虑得很多的，还有就是在标题的推敲上，会为了一个精彩的标题而津津乐道。”

徐：“虽然我们也面临新闻产业化等诸多问题，但是当时的编辑、记者有新闻激情的鼓舞。反倒是现在，新闻真的产业化了，采编人员变得缺乏激情了。

朱：“当时的舆论环境相对而言比较宽松，我记得当年在宣传反不正当竞争法的时候发过关于垄断行业不正当竞争的稿子，现在不可能再去做这样的报道的。”

李：“那时的小环境也很好，《青年报》有个很好的传统，只有你工作好，你才能够受到重视，而且氛围非常民主，可以和总编辑讨论稿件，当时是崇尚业务。现在由于整个报界的环境恶化，所以小环境也大不如前。”

徐：“我待过两家青年报，有个横向的比较，感觉《青年报》的氛围就是这样的。

“反观当时，《焦点新闻》在新闻评论方面涉足得太少了，几乎很少有新闻评论，这在当时应当大力发展一下，使得《焦点新闻》发展得更加健全。再者，我觉得当时我们对新闻本身的追求已经够了，但是广告、发行的平台还没有跟上，所以难以仅凭好的报道使报纸摆脱发育不良的情况。”

凝眸往日点滴，这些开拓《青年报》日报深度报道模式的元老欣然的同时，也难掩对时殊事易的感叹。这不仅是对曾经梦想和激情的回望，也寄托了对《焦点新闻》能回归时代视线焦点的期待。

后记

当30年已成往事

当30年已成往事

历史是需要不断被唤醒的，否则，它太容易随尘风而去。30年，回首时不过恍如昨日，很多人物、事件却已被忘却，提起有的名字甚至还有诸多禁忌。忘记历史，也许算不得背叛，但至少是可耻或可笑的，于是，特别想做这样一本书，以此来回顾才刚过去却已模糊的深度报道史。

之所以对深度报道如此痴迷，不仅在于有志于此的从业者始终处于新闻金字塔顶端，他们的生产实践与职业意识为这个职业圈树立着标杆，更在于以此为研究对象，考察其新闻生产、权力实践的社会过程，可以深刻探究新闻与社会之间的复杂关系。笔者将矢志不渝地从事新闻生产、新闻从业者的研究，因而，深度报道只是观察载体，不是问题本身。

这是一项循序渐进的工作，笔者推出了一套“探索真相”丛书：第一本《报道如何深入：关于深度报道的精英访谈及经典案例》关注的是深度报道栏目的运营策略与采写技巧；第二本《记者如何专业：深度报道精英的职业意识与报道策略》探讨的是深度报道从业者的专业理念及自我追问；第三本《中国怎么样：驻华外国记者如何讲述中国故事》试图寻找他山之石，以资借鉴；这是第四本，纵向回顾深度报道的实践轨迹，记录变化背后的精神传承。

《潜入深海：深度报道30年幕后轨迹》是集体心血和智慧的结晶，从组稿、催稿、编稿到定稿，历时一年半时间，其间得到诸多好友的支持与帮助。所有作者都被我无数次“骚扰”和“逼迫”过，尤其那些日常事务繁忙的深度报道从业者，还要拨冗重新回忆、撰文，不可谓不辛苦。在此，向所有作者表示衷心感谢，没有你们的积极支援，不会有这本新书的诞生，也不会有我倍感幸福的人生。同时，也感谢责编梁建华先生对我始终如一的支持，他是我成长的见证人。

实际上，此书出版颇费周折，出于一些原因，做了大量的自我审查和忍痛割爱，有兴趣的读者不妨到网上检索部分书稿的“完整版”。愿此书的出版，如卢跃刚先生所言，“是新闻界的一件大事”。当30年已成往事，在这些历史中，我们依然能找回不灭的光与热。

张志安

2009年3月20日于复旦园

参考文献

本书撰稿过程中，部分章节参考较多文献，特致谢。同时，将各篇文章的主要参考文献分列于此处便于读者查阅。

《新闻调查》：追问与自问

《新闻背后的新闻》，中央电视台新闻评论部/编，中央编译出版社 1998 年

《正在发生的历史：新闻调查·1998》，中央电视台新闻评论部/编，光明日报出版社 1999 年

《第一现场：新闻调查 1999》，中央电视台新闻评论部/编，南方日报出版社 2000 年

《目击历史：新闻调查幕后的故事》，夏骏、王坚平/主编，文化艺术出版社 1999 年

《“调查”十年——一个电视栏目的生存记忆》，《新闻调查》栏目组/编著，三联书店 2006 年

《报道如何深入：关于深度报道的精英访谈及经典案例》，张志安/著，南方日报出版社 2006 年

《中国青年报·冰点》：当代中国的政治标本

《冰点故事》，李大同/著，广西师范大学出版社 2005 年

《记者如何专业：深度报道精英的职业意识与报道策略》，张志安/著，南方日报出版社 2007 年

《新闻传播精品导读·特写与报告文学卷》，宋玉书/著，复旦大学出版社 2005 年

《转型中国：媒体、民意、社会进程》，汪凯/著，复旦大学出版社 2005 年

《变化》，凌志军/著，中国社会科学出版社 2003 年

《本报今日出击》，卢跃刚/主点评，南方日报出版社 2000 年

《名记者清华演讲录》，方芳、乔申颖/主编，人民日报出版社2003年

《不可复制的冰点与李大同》，李方/文，《青年视点》2005年第12期

《中青报与北大青鸟合作告终》，青文/文，《青年视点》2005年第12期

《〈冰点故事〉：用新闻影响今天》，石岩/文，《南方周末》2005年12月15日

在细雨中呼喊——《新周报》停刊内幕调查

《太平湖的记忆——老舍之死》，郑实、傅光明/著，海天出版社2001年

《新周报阅读手记》，李仕权/文，详见作者博客 http://lishiquan28.bokee.com/

央视新闻评论部：电视语态的十年变迁

《十年：从改变电视的语态开始》，孙玉胜/著，三联书店2003年

《目击历史——〈新闻调查〉幕后的故事》，夏骏/著，文化艺术出版社1998年

《中央电视台焦点访谈精粹》，中国人民大学出版社1998年

《东方时空的日子》，梁建增/编，高等教育出版社2003年

《财经》十年：调查的力量

《2001：银广夏惊梦》，郭宏超/文，引自《开放中国——改革30年记忆》，《经济观察报》/著，中信出版社2008年

《报道读者应该看的东西——〈财经〉杂志副主编王烁访谈》，引自《报道如何深入：关于深度报道的精英访谈及经典案例》，张志安/著，南方日报出版社2006年

《再见赵瑜纲》，王烁/文，《财经》2001年第9期

《基金黑幕之后记——庄家之变》，《财经》2000年第10期

《吕梁的贡献》，胡舒立/文，《财经》2001年第5期

《胡舒立：漫长的今日》，覃里雯/文，《经济观察报》2002年12月30日

《黑幕与陷阱》，《财经》编辑部/著，社会科学文献出版社2003年

《胡舒立：SARS报道，财经的选择与思考》，覃里雯/文，《经济观察报》

2003 年 6 月 16 日

《胡舒立：特立独行的职业新闻人》，马力/文，《外滩画报》2003 年 6 月

守望理想：上海电视的深度追寻

《有一种力量叫坚持，每一个生命都高贵》，陆天旗/文，来源：《1/7》栏目博客

http://blog.sina.com.cn/s/blog_4c332440010008ca.html

《观察〈新闻观察〉》，上海电视台新闻评论部/编，上海人民出版社 2001 年

《电视新闻直击：中国调查报告》，朱涛、袁雷/主编，复旦大学出版社 2005 年

《我们的生存空间并不是很乐观——上海文广传媒集团〈1/7〉执行制片施喆访谈》，引自《记者如何专业：深度报道精英的职业意识与报道策略》，张志安/著，南方日报出版社 2007 年

《〈非常道〉是条什么道?》，李振宇/文，来源：《深度 105》栏目博客

《收视率我们输得起吗?》，张银/文，来源：《1/7》栏目博客

《沉重的铅中毒》，张艳艳/文，来源：《1/7》栏目博客

《以“片”度己》，刘璐璐/文，来源：《1/7》栏目博客

《北京学习小记》，任静/文，来源：《1/7》栏目博客

双重身份的时代宠儿：20 世纪 80 年代报告文学热的回顾与思考

《中国报告文学发展史》，章罗生/著，湖南人民出版社 2002 年

《文化生态与报告文学》，丁晓原/著，上海三联书店 2001 年

改革守望者：20 世纪 90 年代的《中华工商时报》

《改革中国——来自传媒的力量（1989—2004）》，张志勇/主编，中华工商联合出版社 2004 年